Das Buch

Das alljährliche Dorffest im toskanischen Städtchen Ambra ist in vollem Gange, man isst und trinkt, singt und tanzt und liegt sich weinselig in den Armen. Im Gedränge geht Jonas, ein siebenjähriger Junge, verloren. Seine Eltern suchen ihn verzweifelt – aber er ist wie vom Erdboden verschluckt.

Schweren Herzens nimmt Commissario Neri die Ermittlungen auf. Nicht schon wieder ein verschwundenes Kind! Aber dabei bleibt es nicht. An unterschiedlichen Orten in der Toskana verschwinden Menschen. Es gibt keine Leichen, keine Spuren – nichts. Neri überfordert die Suche nach dem kleinen Jonas, er sehnt sich nach dem Ruhestand, am besten mit einem kleinen Ferienhaus am Meer. Das soll ihm die Maklerin Elena vermitteln, eine alte Bekannte der Familie.

Elena spielt in der höchsten Liga, hat die absoluten Topimmobilien der Toskana im Portfolio. Doch trotz ihres beruflichen Erfolgs spürt sie eine tiefsitzende Langeweile, vor allem was ihre Beziehungen zu Männern betrifft. Den nötigen sexuellen Kick verschafft ihr erst eine Agentur, über die sie sich mit wildfremden Männern einlässt. Elena weiß selbst, dass sie damit ein verdammt hohes Risiko eingeht.

Und dann ist auch sie plötzlich verschwunden.

Die Autorin

Sabine Thiesler, geboren in Berlin, studierte Germanistik und Theaterwissenschaften. Sie arbeitete einige Jahre als Schauspielerin im Fernsehen und auf der Bühne. Außerdem schrieb sie erfolgreich Theaterstücke und zahlreiche Drehbücher fürs Fernsehen. Bereits mit ihrem ersten Roman »Der Kindersammler« stand sie wochenlang auf den Bestsellerlisten, ebenso mit all ihren weiteren Romanen: »Hexenkind«, »Die Totengräberin«, »Der Menschenräuber«, »Nachtprinzessin«, »Bewusstlos«, »Versunken«, »Und draußen stirbt ein Vogel«, »Nachts in meinem Haus«, »Zeckenbiss«, »Der Keller« und »Im Versteck«. Zuletzt bei Heyne erschienen: »Romeos Tod«.

Große Autorinnenwebsite unter www.sabine-thiesler.de

SABINE THIESLER

VERSCHWUNDEN

THRILLER

WILHELM HEYNE VERLAG
MÜNCHEN

Penguin Random House Verlagsgruppe FSC® N001967

5. Auflage
Vollständige Taschenbuchausgabe 01/2024
© 2023 by Sabine Thiesler
Copyright © 2023 dieser Ausgabe
by Wilhelm Heyne Verlag, München,
in der Penguin Random House Verlagsgruppe GmbH,
Neumarkter Str. 28, 81673 München
Umschlaggestaltung: Eisele Grafik.Design, München
unter Verwendung eines Fotos von Joanna Czogala/Trevillion
Satz: Leingärtner, Nabburg
Druck und Bindung: GGP Media GmbH, Pößneck
Printed in Germany
ISBN: 978-3-453-44195-8

www.heyne.de
www.sabine-thiesler.de

Wenn du einen verhungernden Hund aufliest
und machst ihn satt, dann wird er dich nicht beißen.
Das ist der Grundunterschied zwischen Hund
und Mensch.

Mark Twain

PROLOG

Da war ein winziger Laut. Wie ein Schaben. Etwas Kratzendes, das sie in ihre Träume einbaute. Dann war es wieder still.

Kurz darauf ein Schlag. Oder ein dumpfes Krachen. Es kam vom Balkon und war auf alle Fälle nicht normal.

Im Schlafzimmer war es stockfinster, sie hielt den Atem an. Horchte und starrte in die Dunkelheit. Ihr Herz raste.

Sie konnte nichts hören und nichts sehen. Alles war still.

Nein, da war nichts, sagte sie sich schließlich. Alles in Ordnung, was sollte auch sein. Schlaf weiter. Morgen hast du zwei Vorlesungen, da musst du ausgeruht sein.

Sie streckte sich, schlang die Bettdecke um ihre Beine, atmete tief aus, was fast wie ein sanftes, wohliges Seufzen klang, und schlief weiter.

Als sie der grelle Strahl einer Taschenlampe direkt ins Gesicht traf, schreckte sie aus all ihren Träumen und war augenblicklich wach. Ihr Zustand kam einem Herzstillstand nahe.

Vor ihrem Bett stand ein Mann. Vollkommen schwarz gekleidet. Vermummt. Mit einem Messer in der Hand.

Sie versuchte zu schreien. Aber da kam kein Laut. Und dann wollte sie kämpfen, sich wehren, versuchen zu fliehen, aber sie lag wie festgeschraubt in ihrem Bett, unfähig, sich zu bewegen. War vollkommen hilflos. Gelähmt und ausgeliefert. In kompletter Schockstarre.

Sie hatte nur noch die eine Chance, dass dies alles ein ganz böser Traum war. Der schlimmste, den sie je geträumt hatte.

Aber es war kein Traum.

DORFFEST

1

Toskana

Das kleine, beschauliche toskanische Städtchen Ambra glich einem Irrenhaus. Auf der Piazza waren eine Bühne und eine Tanzfläche aufgebaut, und die hämmernden Bässe einer Band wummerten durch die Gassen. Überall Buden mit Salami, Schinken, Oliven, Käse oder primitivem Kunsthandwerk. Familienväter hatten aus Holz kleine Boote zusammengeleimt, Frauen aus einfachen Materialien Ohrringe und Halsketten zusammengelötet. Auf der kleineren Piazza vor dem Zeitungsladen stand ein großes weißes Zelt, in dem man Schnecken in Knoblauchöl, lumache aglio e olio, verspeisen konnte. Der Chianti floss in Strömen, Einheimische und Touristen feierten gemeinsam, lautstark und weinselig. »Azzurro« dröhnte zweisprachig durchs Zelt, man lag sich in den Armen und fühlte sich am schönsten Ort der Welt.

Auf dem Parkplatz direkt am Kindergarten stand sogar ein Karussell für die Kleinsten mit Autos, Feuerwehren, Pferden und Elefanten.

Ganz Ambra war unterwegs, und keinen Touristen hielt es in seinem Ferienhaus. Dies war der Event des Jahres, dieses Fest wollte niemand verpassen. Die Italiener waren wie im Rausch, sie lachten, aßen, tranken und sangen, der wummernden Band zum Trotz, einige tanzten die engen Gassen entlang.

Es war voll.

Es war laut.

Es war ein herrlicher Ausnahmezustand.

Gitta war an einem kleinen Stand mit Modeschmuck stehen geblieben. Die Frau hinter dem Verkaufstresen hatte langes graues Haar. Sie begrüßte Gitta nicht, beobachtete sie nur und ließ sie in Ruhe.

Gitta interessierte sich für ein Paar Ohrringe. Gut, sie waren nichts wert, aber irgendwie originell und eine schöne Erinnerung an diesen traumhaften Urlaub, der in drei Tagen zu Ende ging.

Sie überlegte hin und her, konnte sich nicht entscheiden, zögerte und zauderte, als ginge es um eine Immobilie, dabei kosteten die Ohrringe gerade einmal zwanzig Euro. Viel zu teuer für das billige Zeugs, dachte sie, aber auch wunderschön. Und was sind schon zwanzig Euro für ein Andenken. Mein Gott!

Die grauhaarige Frau sagte immer noch keinen Ton, sondern sah Gitta nur unverwandt an, bis diese schließlich meinte: »Va bene. Ich nehme sie.«

Jetzt huschte ein Lächeln über das Gesicht der Grauhaarigen, sie zauberte blitzschnell ein Tütchen aus einer Schublade, ließ die Ohrringe hineinfallen und gab sie Gitta.

Gitta bezahlte, bedankte sich und reihte sich wieder in den Strom der Menschen ein, die sich in der engen Gasse drängelten.

Wo waren Elmar und Jonas? Sie hatte wegen der Ohrringe nicht mehr auf die beiden geachtet und konnte sie jetzt nirgends entdecken. Allmählich hatte sie keine Lust mehr auf den Trubel, wünschte sich zurück auf die stille und herrlich nach Jasmin duftende Terrasse, wollte noch in Ruhe mit Elmar ein Glas Wein trinken. Und Jonas musste auch allmählich ins Bett. Immerhin war es schon halb elf.

»Elmar!«, schrie sie, aber das war inmitten der vielen Menschen sinnlos. Er würde sie nicht hören.

Sie sah sich um, stellte sich auf die Zehenspitzen, rief erneut – nichts. Mein Gott, dachte sie entnervt, da bleibe ich ein Mal an einem Stand stehen, weil mich etwas interessiert, und schon sind die beiden weg. Warum muss ich immer ihnen hinterherdackeln, warum kann sich Elmar mit dem Jungen nicht auch mal daran orientieren, wo *ich* gerade bin? Warum bin ich eigentlich immer diejenige, die sich sorgt und sich kümmert und den beiden hinterherrennt?

Die Wut kam in ihr hoch, aber gleichzeitig auch eine Spur von Sorge. Das letzte Mal hatte sie die beiden an einer Bude gesehen, wo ein Mann selbst zusammengelötetes Blechspielzeug verkaufte.

Grottenhässlich, fand sie, darum hatte sie sich auch dem Schmuckstand zugewandt.

Aber beim Spielzeug waren Elmar und Jonas nicht mehr zu sehen.

Okay, dachte Gitta, Ambra ist ja nicht groß, hier geht niemand verloren, irgendwo werden sie schon sein. Doch ein wenig sauer war sie schon, dass die beiden sie anscheinend einfach vergessen hatten.

Sie ging langsam, sah sich überall um, und schließlich entdeckte sie Elmar. Direkt vor dem lumaca-Zelt. In der Hand ein Schälchen mit pasta und Schnecken in Knoblauchöl. Eine widerliche Kombination, wie sie fand. Aber egal. Wenn Elmar hier war, würde Jonas nicht weit sein.

Elmar unterhielt sich gerade mit einem deutschen Paar, als Gitta mit einem knappen »Entschuldigen Sie« in das Gespräch platzte. »Himmel noch mal, hier bist du!«, rief sie. »Ich hab dich überall gesucht! Wo ist Jonas?«

Das Ehepaar verabschiedete sich schnell und verschwand in Richtung Piazza.

»Ich hab dich auch gesucht, aber du warst plötzlich wie vom Erdboden verschwunden!«

»Ich hab mir an dem Schmuckstand Ohrringe angeguckt. Warum hast du nicht gewartet?«

»Weil ich mir zwei Stände weiter eine kurze Hose kaufen wollte. Und dann dachte ich, du wärst schon weitergelaufen.«

»Und wo ist Jonas?«

»Keine Ahnung. Ist er nicht bei dir?«

»Du hast doch gesehen, dass er nicht bei mir ist! Ich dachte, er ist bei dir!«

»Ja, am Anfang schon. Aber dann war er plötzlich weg, und ich hab geglaubt, er ist zu dir gelaufen, weil es ihm bei mir zu langweilig wurde.«

»Nein. Er war nicht bei mir.«

»Hm.« Elmar schob sich von seinem Pappteller eine Schnecke in den Mund.

Gitta starrte ihren Mann fassungslos an. »Elmar, begreifst du denn nicht? Jonas ist weg, und wir müssen ihn suchen! Komm!«

Sie packte ihn am Arm und zog ihn durchs Gedränge.

2

Jonas war noch einmal an den Stand mit lebenden Hühnern zurückgekehrt, die ihn nicht losließen, alle zusammengepfercht in einem winzigen Käfig, wild flatternd und scheinbar irre vor Angst. Sie taten ihm so unendlich leid. Er wusste nicht, was mit ihnen geschehen würde. Wurden sie gekauft, um in einem Hühnerstall zu leben, auf einer Wiese herumzuspazieren und Eier zu legen, oder wurden sie bereits morgen geschlachtet?

Er stand wie paralysiert vor ihnen, sah ihr panisches Geflatter und konnte ihnen nicht helfen.

Der Käfig war viel zu klein. Jonas hoffte inständig, dass irgendjemand kommen und ein paar Tiere kaufen würde, damit sich die anderen in der Enge beruhigen konnten.

Nach einigen Minuten löste er sich von den Hühnern, war irgendwie traurig und sah sich nach seinen Eltern um.

Sie waren nirgends zu sehen.

Er lief durch die Dorfstraße bis zur Piazza. Nichts. Seine Eltern waren wie vom Erdboden verschluckt. Er sah sich um. Immer hektischer, immer verzweifelter, rief nach seiner Mutter, nach seinem Vater, obwohl er sich blöd dabei vorkam, aber allmählich geriet er in Panik, und da war ihm alles egal.

»Maaammmaaa!«, schrie er, so laut er konnte. Und »Paaapppaaa!«.

»Was ist mit dir?«, fragte ein Mann, der plötzlich zwischen den vielen Menschen vor ihm stand.

Vollkommen verunsichert sah Jonas hin und her. In dem Gewimmel erkannte er gar nichts und niemanden mehr.

»Ich suche meine Eltern!«, flüsterte er. »Mein Vater war da vorn und meine Mutter kurz hinter mir. Und jetzt sind beide verschwunden.«

»Komm!«, meinte der Fremde. Er hatte einen merkwürdig geraden Stoppelhaarschnitt, einen Wirbel direkt über der Stirn und tiefe Grübchen in den Wangen. Daher sah er aus, als würde er unentwegt grinsen und Witze machen.

Jonas fasste sofort Vertrauen zu ihm. Und der Mann sprach auch recht gut Deutsch.

»Komm, wir suchen sie. Wie sehen sie denn aus?«

»Mein Vater ist ziemlich groß, hat dunkle Haare, eine schwarze Weste, und meine Mutter ist blond, etwas kleiner als mein Vater, hat lange Haare und eine grüne dünne Jacke. Und ein rotes Halstuch.«

»Bene. Keine Sorge, wir finden sie schon.«

Und dann nahm ihn der Mann an die Hand und zog ihn durch die Menschenmassen. Bis hinauf zum Parkplatz.

»Was machen wir jetzt?«, fragte der Mann. »Wir haben alles abgesucht. Offensichtlich sind sie hier nicht. Wo wohnt ihr?«

»Casa Bella Vista, in Cennina.«

»Okay. Dann fahren wir da jetzt hin. Und entweder deine Eltern sind dort, oder wir warten auf sie. Okay?«

Jonas nickte und hatte das Gefühl, dass der fremde Mann seine Probleme lösen konnte. Er war nicht mehr allein und weniger verzweifelt.

Im Auto am Steuer saß ein weiterer Mann mit langen dunklen Haaren, die am Hinterkopf zu einem Schwanz zusammengebunden waren. Er sagte nichts, als Jonas einstieg. Als wäre alles ganz normal. Und dann fuhr er los. Aber nicht bis zur Casa Bella

Vista, sondern sehr viel weiter. In den Wald und dann auf die Landstraße.

»Wo fahren wir denn hin?«, fragte Jonas, jetzt vor Angst zitternd, weil er spürte, dass irgendetwas nicht stimmte.

»Dahin, wo es dir gut geht und wo dich deine Eltern morgen abholen«, sagte der Mann, mit dem er zum Auto gegangen war. »Mach dir keine Sorgen.«

Cennina war von Ambra höchstens fünf Minuten entfernt. Auf einer kurvigen Straße den Berg hinauf, und dann lag auf der linken Seite das Haus, in dem sie wohnten. Und jetzt waren sie bestimmt schon eine Viertelstunde unterwegs.

Jonas überschwemmte eine Angst, wie er sie so heftig noch nie gespürt hatte. Der Mann hatte ihm versprochen, zur Casa Bella Vista zu fahren. Er hatte gelogen. Er wollte ihm nicht helfen, er hatte anderes, irgendetwas Böses mit ihm vor. Er war ein Verbrecher, vielleicht ein Mörder. Genau so einer, vor dem ihn seine Eltern immer gewarnt hatten. Und er war so dumm gewesen und mitgegangen und ins Auto gestiegen. Obwohl er doch wusste, dass man das auf gar keinen Fall machen durfte.

Jetzt war ihm plötzlich alles klar. Er hätte einfach nur warten müssen. Spätestens wenn das Fest zu Ende war und alle nach Hause gingen, hätte er seine Eltern wiedergefunden, denn sie wären niemals ohne ihn zurück ins Ferienhaus gefahren. Er war so schrecklich dumm gewesen, so bescheuert, dass er es gar nicht aushalten konnte, daran auch nur zu denken.

Und jetzt saß er in der Falle. Irgendetwas hatten die Männer mit ihm vor. Irgendetwas Schreckliches.

In Gedanken und in seinem Inneren schrie er nach Hilfe, schrie nach seinen Eltern und begann zu weinen.

»Bitte, bring mich zur Casa Bella Vista«, flehte er schluchzend, »bitte, meine Eltern sind sicher schon ganz verrückt vor Angst. Bitte!«

»Das kann ich mir nicht vorstellen«, sagte der Mann mit den

Grübchen kühl, »denn sonst hätten sie sicher besser aufgepasst, dass ihr euch zwischen den vielen Menschen nicht verliert.«

Zu bitten hatte keinen Zweck. So viel kapierte Jonas.

Er weinte, konnte gar nicht mehr aufhören, war so verzweifelt wie noch nie, überlegte, ob er sich aus dem Auto werfen könnte. Aber dabei würde er sich vielleicht verletzen, konnte dann nicht schnell genug wegrennen, die Männer würden ihn einholen, wieder ins Auto schleppen, und dann wären sie stinksauer auf ihn und vielleicht noch böser. Noch gemeiner.

Zum ersten Mal spürte Jonas sein Herz. Da saß die Angst. Und sein Herz tat unheimlich weh.

Er sagte nichts mehr.

Und auch die Männer schwiegen.

Jonas sah aus dem Fenster. Es war tiefschwarze Nacht. Nur durch die Scheinwerfer des Wagens konnte er schemenhaft Wald, Olivenhaine und Weinberge erkennen. Ab und zu ein paar Häuser an der Straße, kein Licht in den Fenstern, alle schliefen. Alle waren zu Hause. Jonas hätte alles dafür gegeben, jetzt wieder bei seinen Eltern zu sein. Er sehnte sich so sehr nach ihnen, dass es wehtat.

Die Straße war eng und kurvig. Nirgends sah er ein Ortsschild, er kannte die Gegend nicht, wusste nicht, wo er war. Intuitiv versuchte er, sich so viel zu merken wie möglich.

Er versuchte herauszufinden, in was für einem Auto sie saßen. Beim Einsteigen hatte er nicht darauf geachtet. Er beugte sich etwas vor und sah das Emblem auf dem Lenkrad. Ein Mercedes. Okay. Das würde er sich merken. Er würde nach der Farbe gucken, wenn er aussteigen musste.

»Hast du Durst? Möchtest du etwas trinken?«, fragte der mit den Grübchen auf einmal, drehte sich zu Jonas um und sah ihm in die Augen. »Ich hab hier eine Cola für dich!«

Jonas nickte vollkommen eingeschüchtert.

Der Mann gab ihm einen Plastikbecher, den Jonas sofort

gierig austrank. Vielleicht waren die Männer doch nicht so schlimm. Sonst hätten sie ihm ja keine Cola gegeben.

Der Mann mit den kurzen Haaren beobachtete lächelnd, wie Jonas nur Sekunden später die Augen zufielen, er auf der Rückbank umkippte und in tiefen Schlaf sank.

Daher bekam er auch nicht mehr mit, dass der Mann ihm in den Finger stach, Blut abnahm, einen Test machte und nach wenigen Minuten den Daumen in die Höhe reckte.

Der Fahrer mit dem Pferdeschwanz grinste. »Perfetto«, sagte er.

Jonas schlief, als der Wagen auf die Autostrada abbog und noch über eine Stunde unterwegs war, bis die Lichter einer Stadt auftauchten und der Fahrer die Ausfahrt nahm.

3

Gitta und Elmar irrten durch die Gassen, guckten immer wieder nach rechts und links, sahen hinter sich, riefen ihn, aber nirgends war eine Spur von Jonas. Auch bei den Hühnern war er nicht.

Sie fragten an jeder Bude, jedem Stand, sprachen Leute an, die touristisch aussahen oder einen deutschen Eindruck machten, sie ließen die wummernde Band Jonas ausrufen, durchsuchten die Toiletten, das Festzelt und fragten beim Karussellbesitzer. Obwohl sie ziemlich sicher waren, dass Jonas sich nicht mehr auf einen Elefanten oder in ein Polizeiauto setzen würde. Egal. Sie griffen nach jedem Strohhalm. Denn allmählich wurde ihnen immer klarer, dass sie ein Problem hatten, dass Jonas wirklich verschwunden war.

Sie hörten auf, darüber zu diskutieren, wer schuld war, sie waren einfach nur fassungslos.

Irgendwann blieben sie erschöpft stehen und sahen sich an. In ihren Gesichtern spiegelten sich Panik und nackte Angst.

Elmar sah auf die Uhr. »Verdammt noch mal, es ist schon nach zwölf!«, sagte er. »Gitta, es hat keinen Zweck, wir müssen die Polizei verständigen. Ich verstehe es einfach nicht. Jonas achtet doch auch darauf, dass er uns nicht verliert. Er hat doch selbst den absoluten Horror davor, in einem fremden Land, in einer fremden Stadt plötzlich allein dazustehen.«

Gitta brach in Tränen aus.

Elmar legte den Arm um sie. »Die Sucherei bringt jetzt nichts mehr. Wir sind bestimmt zehnmal durch den gesamten Ort gerannt, wir gehen jetzt zur Polizei. Direkt oben beim Karussell hab ich eine Carabinieri-Station gesehen.«

Gitta nickte. Aber sie war so verzweifelt, dass sie kaum noch laufen konnte.

Allmählich leerten sich die Gassen, die Band packte ihre Instrumente ein, in Ambra kehrte langsam Ruhe ein.

»Irgendjemand hat ihn mitgenommen«, sagte Gitta leise. »Da bin ich ganz sicher. Denn er haut nicht ab.«

Die Carabinieri-Station war verschlossen, aber an der Tür klebte ein Zettel mit einer Notfallnummer.

Neri war erst vor einer Stunde nach Hause gekommen, direkt ins Bett gefallen und schreckte aus dem Tiefschlaf hoch, als das Diensttelefon klingelte. Er warf einen Blick auf die Uhr: Kurz vor eins. Na toll. Was gab es denn jetzt schon wieder? Wahrscheinlich war irgendein Besoffener mit seinem Wagen in die Ambra gestürzt oder in einen Graben gefahren.

Er meldete sich bewusst müde und genervt: »Maresciallo Donato Neri, Carabinieri-Station Ambra, che cosa è successo?«

»Sorry, wir waren heute auf dem Fest in Ambra«, sagte Elmar auf Englisch, »und da haben wir unseren Sohn Jonas aus den Augen verloren. Er ist ein zarter kleiner Junge, gerade erst sieben geworden. Und nun ist er weg. Verschwunden, maresciallo. Seit über zwei Stunden. Wir sind am Ende, wissen nicht mehr weiter. Bitte helfen Sie uns!«

Neri stöhnte auf. Oddio! So viel hatte er verstanden: Es ging schon wieder um ein verschwundenes Kind.

Er atmete dreimal tief durch, antwortete Elmar ebenfalls auf Englisch, aber längst nicht so fließend, dass er in die Carabinieri-Station kommen würde. In einer halben Stunde.

Dann stand er auf, nahm seine Sachen und ging leise ins Bad.

4

Es war halb zwei, als sich das Ehepaar Wengler und Donato Neri gegenübersaßen. Neri war verschlafen und übermüdet, hatte auf dem Fest sicher eine Flasche Chianti getrunken und wollte nur noch zurück ins Bett. Dennoch pochte in seinem gerädeten Verstand nur ein einziger glasklarer Gedanke: Schon wieder ein verschwundenes Kind! Das kann nicht sein! Das verkrafte ich nicht!

Die Wenglers waren hellwach und hektisch, hatten jede Menge Adrenalin im Blut und wollten Jonas finden, irgendetwas tun.

»Sie sind Deutsche?«, fragte Neri.

»Ja.«

»Kann ich Ihre Ausweise sehen?«

Elmar und Gitta reichten ihre Plastikkarten Neri, der müde aufstand und sie fotokopierte.

»Va bene. Sie machen hier Urlaub?«

»Ja. In Cennina. Casa Bella Vista. Gleich hinter der Ruine rechts.«

Neri nickte. Er kannte das Haus. War nicht die allerbeste Adresse, aber ganz nett mit kleinem Garten und einem schönen Blick über das Ambratal.

»Bitte erzählen Sie mir, was passiert ist.«

Elmar berichtete alles, was er wusste. So genau wie möglich.

Gitta schwieg. Einen Abend, an dem sie nicht wusste, wo ihr Sohn war, hatte sie noch nie erlebt. Sie war so fassungslos, dass sie nichts mehr sagen konnte.

Jonas, dachte sie, bitte, lieber Schatz, komm nach Hause, komm zurück zu mir, wo bist du nur, oh, mein Gott, Jonas, wie soll ich nur weiterleben ohne dich?

Völlig in sich zusammengesunken, saß sie Neri gegenüber und rührte sich nicht.

»Bei wem war Jonas zuletzt? Bei Ihnen oder Ihrer Frau?« Neri sah beide an.

Und beide zuckten die Achseln. »Keine Ahnung«, sagte Gitta ebenfalls in gutem Englisch, »ich dachte, er wäre bei meinem Mann, und er dachte, Jonas wäre bei mir. Ich verstehe es nicht! Er haut doch nicht einfach ab? Es kann sein, dass er gedankenverloren irgendwo stehen bleibt … Aber dann finden wir ihn doch! Mein Gott, er ist gerade mal sieben, maresciallo!«

»Gab es an diesem Tag vielleicht irgendeinen Streit mit Jonas, oder war irgendetwas Außergewöhnliches passiert?«, fragte Neri nach.

»Nein!«, sagte Gitta bestimmt.

»Überhaupt nicht!«, meinte auch Elmar. »Es war alles in Ordnung. Jonas war nur unglücklich, dass wir in drei Tagen abreisen wollten.«

»Tja«, sagte Neri, weil ihm nichts mehr einfiel. Dass sich ein kleiner deutscher Junge in Italien auf die Reise ins Ungewisse machte, konnte er sich auch nicht vorstellen.

»Wie sieht Ihr Sohn aus?«, fragte er. »Haben Sie vielleicht ein Foto?«

»Na klar.« Gitta scrollte auf ihrem Handy die Fotos durch und zeigte Neri einige Bilder von Jonas. »Die sind aktuell«, meinte sie, »hab ich in den letzten Tagen gemacht.«

Neri nickte. »Können Sie sie mir auf mein Handy schicken?« Er zückte eine seiner schönen neuen Visitenkarten und gab sie

Gitta. Dabei hatte er das Gefühl, dass sich die Anschaffung der tausend Stück durchaus gelohnt hatte.

Wenige Sekunden später sagte Gitta: »Sie müssten die Fotos jetzt bereits bekommen haben.«

Neri kontrollierte sein Handy. »Va bene. Grazie. Sagen Sie, was hatte Jonas am Abend an?«

Elmar kratzte sich am Kopf und sah seine Frau fragend an.

»Eine kurze, blaue, ausgefranste Jeans, die ich ihm mal oberhalb des Knies abgeschnitten hab. Turnschuhe, ein gelbes T-Shirt und eine blaue Adidas-Trainingsjacke mit weißen Streifen.«

»Mir ist so, als ob er was Rotes anhatte?«, meldete sich Elmar unsicher zu Wort.

»Nein!«, sagte Gitta scharf. »Das hatte er nicht. Ich weiß genau, was er anhatte. Ganz bestimmt.«

Neri nickte.

»Was können Sie tun?«, fragte Elmar weiter.

»Niente«, sagte Neri. »Gar nichts. Ich habe keine Leute und kann niemanden losschicken. Und mitten in der Nacht schon gar nicht. Morgen früh sehen wir weiter.«

»Was?« Gitta sprang auf. »Er kann doch nicht die ganze Nacht da draußen bleiben! Irgendwo in einem Graben oder im Wald? Oder in einem Keller bei dem, der ihn weggefangen hat! Seinem Entführer oder seinem Mörder!« Sie schlug die Hände vors Gesicht und weinte hemmungslos.

»Nun sehen Sie mal nicht so schwarz«, beschwichtigte Neri. »Vielleicht hat er mit Kindern gespielt, ist mit ihnen mitgelaufen und weiß jetzt nicht mehr, wo er ist und wo er wohnt. Das scheint mir das Wahrscheinlichste zu sein. Und morgen früh melden sich die Eltern bei mir, weil sie plötzlich ein Kind zu viel zu Hause haben.« Er grinste.

Elmar sah seine Frau an, die sich kaum beruhigen konnte.

»Gitta, das stimmt. Ich weiß nicht, ob Jonas überhaupt die Adresse von unserem Ferienhaus weiß?«

»Hat er ein Handy?«, fragte Neri.

»Nein.«

»Ja, schade, sonst hätten wir es vielleicht orten können.«

»Dazu ist er noch zu klein. Finden wir jedenfalls. Ab und zu spielt er mit meinem ein bisschen herum. Mehr nicht.«

»Verstehe«, sagte Neri, um das Ganze abzukürzen. »Gehen Sie jetzt in Ihre Ferienwohnung und versuchen Sie zu schlafen. Sie werden morgen Ihre ganze Kraft brauchen. Ich kümmere mich, und wir hören voneinander. Va bene?«

Elmar und Gitta nickten. Vollkommen verzweifelt.

»Bitte, kommen Sie.«

Elmar und Gitta verließen die Carabinieri-Station, und Neri schloss hinter ihnen ab. Dann stieg er in seinen Wagen, winkte ihnen noch kurz zu und fuhr davon.

Elmar und Gitta sahen ihm nach, bis die Rücklichter seines Wagens in der Dunkelheit verschwanden. In dieser Nacht würden sie vollkommen allein sein.

Nichts passierte mehr. Jonas war verschwunden.

Es war so endgültig.

5

Mitternacht war vorbei. Elena lag auf einer Liege an ihrem Pool mitten in Siena. Er schimmerte grünlich und gespenstisch im Schein der Lampen, die seinen Boden und seine Wände beleuchteten. Ein faszinierendes, aber gleichzeitig auch bedrückendes Bild.

Diese verdammten Algen setzen sich schon wieder an den Wänden fest, dachte Elena, ich muss Alberto bitten, den Pool zu scheuern und mehr Chemie hineinzukippen. Der kleine Reinigungsroboter, der unermüdlich seine Arbeit verrichtete und ohne Unterlass die Bodenfliesen absaugte, schaffte es offensichtlich nicht. Er kam bei dieser Hitze gegen den Algenbewuchs, der vor allem an den Poolwänden explodierte, nicht an, und Elena hasste es, wenn der Pool grün und trüb wurde. Dann ekelte sie sich und ging nicht mehr hinein.

Und gerade jetzt, in den warmen Sommernächten, war das ein herber Verlust von Lebensqualität. Sie würde Alberto morgen anrufen.

Ihr weitläufiger Garten mitten in Siena war wunderschön bepflanzt. Üppiges Grün und blühende Stauden an jeder Ecke. Ihr Gärtner kümmerte sich um alles, sie hatte keine Ahnung, welche Pflanzen sie umgaben, aber es sah sensationell aus. Sie liebte ihren botanischen Garten, wie sie ihn gern nannte, vor allem in der Nacht, wenn das Licht der Lampen ihn in eine Traumlandschaft verwandelte.

Dieser Ort war ein bezauberndes Kleinod, etwas ganz Besonderes und Wertvolles mitten in Siena.

Umgeben war der Garten von alten Mauern, doch ungeachtet dessen genoss Elena den Blick auf die mittelalterliche Abtei San Sebastiano. Sie saß im Herzen der italienischen Kultur, im Zentrum einer der schönsten Städte Europas, und war trotzdem nicht dem Lärm der Straße ausgesetzt. Der Garten wirkte ruhig und ländlich, aber wenn Elena aus dem Haus trat, befand sie sich mitten im Strudel der quirligen Stadt, fünf Minuten vom Dom und genauso weit von der zentralen weltberühmten Piazza del Campo entfernt.

Es gab keine vergleichbare Immobilie in Siena. Und wenn Elena sie verkaufen würde, wäre sie unerschwinglich.

Sie selbst handelte mit Immobilien, hatte die allerschönsten und erlesensten Immobilien der Toskana im Angebot.

Ihre Kunden hatten Stil. Sie wussten, was sie wollten. Und Elena wusste noch besser, was sie wollten, was ihre Träume waren, und konnte ihnen die Häuser schmackhaft machen.

Sie war die Königin der toskanischen Makler. Auch die Kollegen hatten Hochachtung vor ihr und beobachteten voller Neid, wie sie stets die Sahnestücke an Land zog und verkaufte.

Elena atmete tief ein und schloss die Augen. Was für eine herrliche Nacht.

Sie döste ein paar Minuten, dann stand sie auf, ging zu der kleinen Bar am Poolrand und schenkte sich noch ein wenig eiskalten Weißwein ein. Nach diesem Glas würde sie ins Bett gehen. Morgen stand eine wichtige Besichtigung in Montaperti an. Eine Villa für dreieinhalb Millionen. Erst vor einem halben Jahr hatte sie eine Villa oberhalb von Panzano für sechs Millionen Euro verkauft. Das war auch für sie eine Seltenheit gewesen.

Und sie dachte, dass sie eigentlich noch Kaya anrufen wollte. Aber dazu war es heute Abend zu spät.

Sie ließ noch einmal den Blick über ihre so sensationell eigene Welt auf sich wirken, trank den Wein aus, stand auf und ging ins Haus.

Kaya. Ja, meine Liebe. Ich ruf dich morgen an. Morgen ist auch noch ein Tag.

6

Bereits um kurz vor acht stand Neri im Bademantel mit zerwühltem Haar an der Kaffeemaschine und brühte seine erste Tasse.

Dante verfolgte von der Couch aus jede seiner Bewegungen. Gabriella hatte den Bordercollie vor einem halben Jahr aus dem Tierheim geholt, weil sie wusste, wie sehr der verstorbene Peppone Neri fehlte und wie sehr er sich einen Hund wünschte.

Mittlerweile waren Dante und sein Herrchen ein Herz und eine Seele, Neri konnte sich ein Leben ohne Hund nicht mehr vorstellen.

Gabriella schlief noch, aber Neri war schon aufgestanden, weil er wusste, dass er irgendetwas unternehmen musste, um Jonas zu finden. Ihm fielen auf Anhieb fünf Olivenbauern ein, die er animieren konnte, die Gegend nach dem kleinen Jungen zu durchforsten. Aber das war wie die Suche nach der berühmten Nadel im Heuhaufen.

Wenn Jonas wirklich vom Dorffest weg entführt worden war, konnte er längst in Rom, Mailand oder sonst wo sein, da brauchte man nicht durch das trockene toskanische und von Vipern durchseuchte Gebüsch zu robben.

Als kurz darauf Gabriella die Treppe herunterkam, schoss Dante auf sie zu, sprang an ihr hoch und freute sich derart, dass er sich in der Luft beinah überschlug.

Gabriella lachte, streichelte und liebkoste den Hund, der sich nur allmählich beruhigte.

»Buongiorno carissimo«, murmelte sie, küsste Neri auf die Wange und kochte sich auch einen Kaffee. »Was zum Teufel war denn los heute Nacht? Als du weggefahren bist, konnte ich natürlich nicht mehr schlafen. Hab mir ohne Ende Gedanken gemacht, was passiert sein könnte, und war erst einigermaßen beruhigt, als du wieder zurückkamst und zu mir ins Bett gekrochen bist. Aber dann hatte ich nicht mehr viel von der Nacht!«

»Scusa cara, ich hab versucht leise zu sein.«

»Was war denn los?«

»Schon wieder ein verschwundenes Kind, Gabriella. Ich hab mich mit den vollkommen verzweifelten Eltern im Büro getroffen.«

»Oddio!«

Gabriella setzte sich an den Küchentisch, umfasste ihren Kaffeebecher, als wolle sie sich die Hände wärmen, und blickte ihn mit großen, aufmerksamen Augen an. »Erzähl!«

Und dann berichtete Neri ihr alles, was die Eltern des kleinen Jonas ihm erzählt hatten.

Gabriella schien jedes Wort in sich aufzusaugen wie ein Schwamm.

Als Neri mit seinem Bericht fertig war, fragte sie: »Und? Was willst du jetzt tun?«

Das war die schwierigste Frage überhaupt, und gerade die konnte Neri nicht beantworten.

»Keine Ahnung«, murmelte er hilflos. »Ich weiß es wirklich nicht.«

»Tja«, sagte Gabriella, »das ist übel. Wirklich übel. Ich kann mir vorstellen, wie du dich fühlst. Aber ich verstehe auch nicht, warum du hier immer noch so ruhig rumsitzt. Komm, hau ab, Neri, auch wenn es dich ankotzt und du das Gefühl hast, immer wieder die Pferde scheu machen zu müssen. Schick Cesare los, um die Leute zu befragen, die gestern auf dem Fest waren. Das wird ja so gut wie jeder in Ambra gewesen sein, der nicht schon über hundert oder bettlägerig ist. Organisier eine kleine Truppe, die die Gegend durchkämmt. Und dann starte einen Aufruf und eine Suche in den sozialen Netzwerken. Facebook, Twitter, Instagram haben die alle auf ihren Smartphones. Nicht unsere Alten, nicht die Olivenbauern, aber die Touristen, und die haben vielleicht was gesehen oder bemerkt.«

»Ich weiß nicht, wie das geht«, sagte Neri leise.

»Dann hol dir jemanden, der weiß, wie das geht. Fabrizio vielleicht. Der repariert hier alle Computer in der Gegend und kennt sich mit Internet aus. Oder Nicolò. Der installiert dir alles, was du willst, baut dir jede Schüssel aufs Dach und ist echt firm. Ruf einen von den beiden an und lass dir helfen. Das ist – glaub ich – in diesem Fall eine gute Idee.«

Neri war blass vor Entsetzen. »Das kann ich nicht, Gabriella, das überfordert mich jetzt.«

»Dann frag Cesare. Der ist jünger, und für den ist das bestimmt kein Problem.«

»Muss das sein?«

»Ich denke schon. Du kannst hier nicht weiterarbeiten wie in der Steinzeit.«

»Va bene. Dann rede ich mal mit Cesare.« Neri war am Boden zerstört.

»Das persönliche Gespräch ist out, amore. Das Telefon auch. Das dauert viel zu lange. Heutzutage läuft alles nur noch digital. Lade dir Skype runter und unterhalte dich mit den Leuten am Computer. Das ist die Zukunft. Du glaubst immer noch, dass irgendjemand in dein Büro kommt, aber das wird immer seltener und irgendwann gar nicht mehr passieren. Und dann kannst du da die Tür abschließen und den Schlüssel wegschmeißen.«

Neri war immer noch fassungslos. »Du bist mir unheimlich, Gabriella.«

»Kann sein.« Sie lächelte.

»Was soll ich jetzt als Erstes tun?«, fragte Neri. »Ich bin völlig durcheinander.«

»Über deine Pensionierung nachdenken, amore. Und dann fahren wir drei Monate ans Meer, damit deine Birne mal zur Ruhe kommt.«

Neri sah sie an. Ja, dachte er. Ja. Er war an dem Punkt, an dem er sich pensionieren lassen musste. Das hier schaffte er alles nicht mehr.

Neri stand auf, rief Dante, drückte Gabriella einen Kuss auf die Stirn und fuhr los.

Dante saß im Kofferraum, sah aus dem Fenster und schien sich im Gegensatz zu seinem Herrchen auf alles zu freuen, was der Tag so bringen würde.

7

Elena erwachte, weil die Sonne über die Mauer kroch, sich mühsam einen Weg durch den Nussbaum bahnte, ihr glitzerndes Morgenlicht in den Pool fallen ließ und ganz allmählich das Schlafzimmer sanft beleuchtete.

Sie wachte immer auf, wenn es hell wurde, nur mit einer Schlafmaske könnte sie jetzt noch länger schlafen. Aber ein Blick auf die Uhr sagte ihr, dass es Viertel vor sieben war, in fünfzehn Minuten musste sie ohnehin aufstehen.

Sie streckte sich wohlig, hörte ihre verschlafenen Knochen krachen, hob die Beine und fuhr Fahrrad in der Luft.

Ihre Beine waren wunderschön, und sie liebte es, sie anzusehen. Nur wenige Frauen hatten wirklich schöne Beine, das hatte sie in den letzten Jahren beobachtet, aber sie gehörte dazu. Und sie war stolz darauf.

Sie schwang sich aus dem Bett und öffnete die Fenster.

Bereits die Morgenluft war warm und machte Lust auf einen schönen Sommertag.

Vielleicht würde sie heute das große Anwesen bei Montaperti verkaufen, der Kunde hatte sich sehr interessiert gezeigt. Das wäre genial.

Sie schaltete Musik von Gianna Nannini an, drehte auf volle Lautstärke, tanzte fast ins Bad und sang laut mit:

Ai maschi innamorati come me
ai maschi innamorati come te …

Sie putzte sich die Zähne, der Song dröhnte laut durchs ganze Haus, und auch als sie ihr Nachthemd, eigentlich ein übergroßes T-Shirt, auf den Badezimmerteppich fallen ließ und unter die Dusche ging, lief die Musik weiter.

Nachdem sie sich sorgfältig eingecremt hatte, ging sie ins Schlafzimmer, schaltete die Musik aus, zog ein leichtes Sommerkleid mit hohen Sandaletten an und setzte sich an ihren Schminktisch. Sie trug Make-up, Puder, Rouge, Lidschatten, Eyeliner und Wimperntusche auf, überlegte, ob sie noch Wimpern kleben sollte, entschied sich dann aber dagegen, fuhr sich mit der Bürste durch die Haare, schüttelte den Kopf, damit sie weich und locker fielen, und lächelte ihrem Spiegelbild zu.

Sie war sehr zufrieden mit sich. Das Leben war ein einziges Fest.

In der Küche brühte sie sich einen Milchkaffee auf, aß einen Früchtejoghurt und überprüfte den Inhalt ihrer Aktentasche. Die Unterlagen zu Montaperti hatte sie schon am Tag zuvor eingepackt. Soweit sie es überblicken konnte, war alles da: Lageplan, Grundrisse, Beschreibung der Immobilie, Fotos, Liste der vorhandenen Räume, Bäder, Abstellkammern und aller Dinge, die zum Haus gehörten, wie Heizung, Ausstattungen, aber auch Pool, Terrassen, Garagen et cetera. Die Liste war endlos, das Haus perfekt.

Die Genehmigungen aller Umbauten der letzten zehn Jahre lagen ihr vor, Elena überließ nichts dem Zufall. Dennoch würde es einiges geben, was sie noch besorgen oder was noch geklärt werden musste. In Italien fehlten immer irgendwelche Papiere, denn jede Behörde und jeder Sachbearbeiter verlangte etwas anderes. Es gab keine allgemeingültigen Richtlinien, und man konnte sich auf nichts verlassen. Zu Beginn ihrer Tätigkeit als Maklerin hatte sie das wahnsinnig wütend gemacht, aber inzwischen hatte sie sich daran gewöhnt. Und mittlerweile gab es nichts, was sie nicht wieder hinbiegen konnte. Sie kannte die maßgeblichen Leute, die in den Kommunen saßen, sie hatte ein riesiges Netzwerk von Geometern und Architekten, aber auch von Handwerkern, die jederzeit für kleine oder größere Reparaturen oder Korrekturen einspringen konnten.

Elena zahlte gut. Und wenn sie rief, kamen alle sofort.

Es war neun Uhr, als sie Siena verließ. Um neun Uhr dreißig würde sie in Montaperti sein, dann konnte sie das Haus noch einmal kontrollieren und kurz durchlüften.

Und für den Fall, dass der Kauf heute festgeklopft werden sollte, hatte sie in ihrem Wagen eine gekühlte Flasche Champagner dabei. Den kleinen Kühlschrank hatte sie sich in ihren SUV der Luxusklasse extra einbauen lassen.

Es war ein traumhafter Tag. Keine Wolke am Himmel, die Sonne schien bereits klar und hell, nicht mehr verhalten milchig wie am frühen Morgen, was Elena auch immer davon abhielt, direkt nach dem Aufstehen ein Bad im Pool zu nehmen. Sie schwamm lieber abends ihre Bahnen oder dümpelte unter dem Sternenhimmel im warmen Wasser vor sich hin, sah zum großen Außen-Fernseher auf der Terrasse und trank ihren Champagner, auf einem bequemen Mauervorsprung im Wasser sitzend, den sie nur zu diesem Zweck im Pool hatte einbauen lassen. Sport war noch nie ihr Ding gewesen, sie wollte sich nicht täglich anstrengen müssen, Fitnessstudios waren ihr ein Graus, um Gottes willen, sie wollte sich nicht zusammen mit hässlichen, schwitzenden Menschen quälen, dann machte das Leben keinen Spaß mehr. Es ging ihr um nichts anderes als um Genuss. Und dazu gehörte, dass man nichts gedankenlos in sich hineinfraß oder -schüttete, das man dann wieder abstrampeln musste, sondern dass man alles mit Bedacht, in Maßen und ganz bewusst zu sich nahm. Dadurch hatte sie auch immer ihre schlanke Figur behalten.

Genuss bezog sich aber nicht nur auf Essen und Trinken, sondern auf alles, was sie tat. Ob sie nun Auto fuhr, einen Spaziergang durch die Zypressenhaine oder Weinberge machte, ob sie ein Buch las oder einen Film sah, oder ob sie mit einem Mann zusammen war.

Wenn irgendetwas mühsam oder langweilig wurde, hörte sie damit auf. Radikal. Und bisher war sie mit dieser Haltung immer gut gefahren.

Auch stets nur so viel zu arbeiten, dass es ihr nicht auf die Nerven ging, war ihr bisher immer gelungen.

Auf dem großen Display in ihrem Wagen drückte sie auf Telefon, durchsuchte die Kontakte und klickte Alberto an.

Nur Sekunden später hatte sie ihn am Apparat. »Buongiorno Alberto! Come stai?«

Alberto antwortete brav, dass es ihm gut ginge.

»Ascolta«, sagte sie, »mein Pool ist dabei, umzukippen. Ich werde wahnsinnig, bekomme morgen Gäste, die alle den Pool genießen wollen. Kannst du bitte heute noch hinfahren, die Algen abscheuern und ihn mit genügend Chemie wieder auf Vordermann bringen?«

»Certo«, sagte Alberto wortkarg und offensichtlich wenig begeistert.

»Fantastisch. Ich danke dir! Sonst müsste ich alle meine Gäste ausladen. Ich bin heute so gegen siebzehn Uhr wieder zurück.«

»Va bene. Bis dahin habe ich das erledigt.«

»Danke, Alberto. Mille grazie.«

Sie legte auf und lächelte. Es würde funktionieren. Alberto war nicht gerade der temperamentvollste Italiener, aber er tat, was man ihm sagte, und Elena war sicher, dass spätestens morgen der Pool wieder klar sein würde.

Dann wählte sie die Nummer von Kaya, während sich ihr Wagen ruhig und elegant eine Serpentinenstraße hinaufschraubte.

Kaya nahm nicht ab.

Schade, sie hätte gern ein paar Worte mit ihrer Tochter gewechselt, aber es sollte wohl nicht sein. Vielleicht heute Abend.

8

Neri brühte gerade einen Espresso, als Cesare hereinkam.

»Buongiorno maresciallo«, sagte er, und Neris Laune besserte sich augenblicklich.

»Buongiorno Cesare«, erwiderte er freundlich. »Es tut mir echt leid, dass du heute am Sonntag kommen musstest, aber es ist dringend. Wir haben schon wieder ein verschwundenes Kind.«

Cesare starrte Neri mit großen erschrockenen Augen an und setzte sich stumm.

»Auch einen caffè?«

»Per favore.«

»Ascolta, Cesare, letzte Nacht ist hier in Ambra ein kleiner Junge verloren gegangen. Jonas, sieben Jahre alt, deutsche Eltern, die hier Urlaub machen. Die Eltern haben ihn in dem Gedränge aus den Augen verloren und über Stunden nicht mehr wiedergefunden. Und dann haben sie mich angerufen und aus dem Tiefschlaf gerissen.«

Während sie die Espressi tranken, erzählte Neri langsam und sehr detailliert alles, was er sonst noch wusste.

Als er fertig war, schüttelte Cesare den Kopf. »Nicht schon wieder«, stöhnte er.

»Genau das denke ich auch die ganze Zeit«, sagte Neri ernst. »Cesare, wir müssen andere Saiten aufziehen. Müssen diesmal professioneller vorgehen. Es nützt nichts, wenn irgendwelche Bauern durchs Gebüsch robben und Kinder suchen. Das war gestern. Heutzutage sucht man nicht mehr zwischen den Oliven, sondern digital. Bei Facebook, Instagram und weiß der Teufel wo noch. Da kennst du dich doch aus, oder? Du bist doch eine ganz andere Generation als ich.«

»Schon. Aber ehrlich gesagt bin ich weder bei Facebook noch bei Instagram oder Twitter. Ich kenne mich da genauso wenig aus wie Sie, maresciallo.«

Neri brach zusammen. »Das darf nicht wahr sein, Cesare, in welcher Welt lebst du eigentlich?«

Cesare zuckte die Achseln.

»Was tust du denn, wenn du abends nach Hause kommst? Alle Welt postet da bei Facebook irgendwelchen Blödsinn, nur du nicht?«

Cesare schüttelte den Kopf.

»Und? Was machst du abends?«

»Ich koche mit meiner Freundin zusammen. Und dann setzen wir uns zum Essen raus auf die Terrasse. Sehen danach vielleicht noch ein bisschen fern und gehen ins Bett.«

»Das klingt, als wärst du schon siebzig.«

Cesare grinste verunsichert.

»Gut. Egal!« Neri schlug mit der flachen Hand auf den Tisch. »Du wirst ja wohl irgendwelche Kumpel haben, die sich damit auskennen. Mach sie ausfindig. Sofort! Fahr hin und lass dir helfen. Starte eine Online-Suche nach Jonas auf Facebook oder wo auch immer. Wichtig ist, dass die Welt davon erfährt. Stell sein Bild ins Netz. Seine Beschreibung. Frag, ob irgendjemand in Ambra was gesehen oder beobachtet hat. Die Leute starren doch alle den ganzen Tag auf ihr Handy, die halbe Welt war in Ambra unterwegs, da wird doch wohl eine arme Seele was bemerkt oder fotografiert haben? Wahrscheinlich gibt es zig Videos, die an diesem Abend gedreht worden sind. Und die müssen wir finden, denn darauf ist vielleicht irgendwas zu sehen. Jonas mit irgend-welchen Typen oder was auch immer.«

Cesare sah aus, als hätte Neri ihm einen Vortrag über Relati-vitätstheorie gehalten.

»Alles klar?«, fragte Neri.

Cesare nickte vollkommen verunsichert.

»Allora, dann los. Treib jemanden auf, der dir den Quatsch er-klärt. Je eher, desto besser. Ich schicke dir die Fotos von Jonas aufs Handy. Und sowie was reinkommt, lass es mich wissen. Va bene?«

»Va bene.«

Neri sah Cesare, als er das Büro verließ, kopfschüttelnd hin-terher. Wozu hatte man junge, unerfahrene Mitarbeiter, wenn sie noch nicht mal in der Lage waren, mit den sozialen Medien um-zugehen? Im Grunde konnte Cesare auch bald seinen Renten-antrag einreichen. Er war ja genauso fit wie ein Neunzigjähriger.

Neri griff zum Telefon, um eine Gruppe zusammenzutrom-meln, die nach dem kleinen Jonas suchen sollte. Wahrschein-lich würde es am Ende doch mehr bringen, durchs Gebüsch zu robben.

9

Gitta konnte nicht schlafen. Saß schon seit sechs am Fenster und starrte auf die Hügel der Toskana, die ihr noch vor zwei Tagen traumhaft vorgekommen waren. Sie hatte sich gewünscht, in einem anderen Leben jeden Tag diesen Blick genießen zu können. Dann würde es ihr gut gehen, hatte sie gedacht. Dann würde sie glücklich sein.

Und jetzt erschien ihr dieser Blick grau und hässlich. Bedeutete ihr nichts mehr. Sie sah in die Weite und wurde immer trauriger. Die Wälder waren grauschwarz, der Himmel wolkenverhangen, die Bergdörfer ärmlich und heruntergekommen. Widerlich. Und irgendwo da draußen war Jonas. Was für ein unerträglicher Gedanke.

Sie hatte Fluchtgedanken. Hätte am liebsten ihre Sachen gepackt und wäre nach Hause gefahren, nach Hannover, wo die Welt noch in Ordnung war, wo Jonas zur Schule, Elmar in die Firma und sie selbst ins Amt ging, wo sie sich um Bauanträge kümmerte. Sie gingen alle irgendwohin, jeder hatte seinen Platz, alles war in Ordnung. Am Abend kochten sie gemeinsam ein tolles Essen, dann spielte Jonas, oder sie sahen noch ein wenig fern, das Leben war perfekt.

Und nun war alles aus den Fugen geraten.

Sie wünschte sich Jonas und ihr altes Leben zurück!

Aber sie spürte, dass das alles Illusion war, dass nie wieder alles so sein würde, wie es gewesen war.

Gitta begann zu frieren. Sie wusste nicht, was sie tun sollte. Der Blick aus dem Fenster machte sie ganz krank. Sie suchte sich warme Wollsocken, zog sie an und kochte sich einen Kaffee. Elmar schlief und wurde noch nicht einmal durch das Rattern der Kaffeemaschine wach. Sie verstand es nicht. Wie konnte er nur schlafen? Sie hatte das Gefühl, ziellos durch das Weltall zu treiben ohne Chance, jemals zur Erde zurückzufinden.

Der heiße Kaffee tat gut. Er wärmte nicht nur ihren Magen und ihre Hände, sondern auch ihre Füße.

Fünf Minuten trank sie ruhig den Kaffee, weil sie wusste, dass an diesem Tag noch viel auf sie zukommen würde, dann sprang sie auf und platzte ins Schlafzimmer.

»Elmar!«, rief sie. »Wach auf! Wir haben keine Zeit mehr zu schlafen, wir müssen Jonas finden! Los, komm! Mach dich fertig!«

Elmar grunzte, rollte sich langsam auf die Seite und stand auf. Schlaftrunken meinte er: »Nur fünf Minuten!«, und verschwand im Bad.

Männer können schlafen, dachte Gitta fassungslos, egal, was geschehen oder passiert ist. Sie knipsen sich einfach aus. Nehmen nichts mit in ihre Träume. Auch nicht, dass ihr Kind auf einem Straßenfest verschwindet.

Nur Minuten später kippte Elmar schnell einen Kaffee hinunter, dann stürzte er zur Tür. »Fahren wir zu den Carabinieri«, sagte er. »Los, kommst du nicht mit?«

»Ich bleibe hier«, sagte sie leise. »Was dachtest du denn? Ich muss doch hier sein, wenn er wiederkommt.«

10

»Glauben Sie mir, ich habe die Nacht kaum geschlafen, aber Sie wahrscheinlich auch nicht«, meinte Neri und gähnte herzhaft. »Keine Sorge, ich habe meine Jungs losgeschickt. Die haben da Routine. Es ist nicht das erste Mal, dass ein Kind in Ambra verschwindet, und bis jetzt haben wir noch jedes wiedergefunden.« Ob tot oder lebendig, musste er hier ja nicht erwähnen.

Elmar atmete vor Erleichterung hörbar tief aus.

»Heute Abend ist er wieder bei Ihnen.«

»Da sind Sie sicher?«

»Certo. Meine Kollegen durchkämmen jetzt die unmittelbare Umgebung von Ambra: das Flusstal, die Wälder, die Berge, die Höhlen und Verstecke. Und mein Kollege befragt die Bewohner von Ambra. Wer wie wo was gesehen hat. Und natürlich stellt er die Suche nach Jonas auch online. Bindet die sozialen Netzwerke ein mit allem Pipapo. Es läuft bereits eine grandiose Maschinerie. Daher würde ich vorschlagen, wir gehen jetzt auf die Piazza und trinken einen Kaffee. Die Bar ist der zentrale Mittelpunkt des Dorfes, hier kommen täglich fast alle zusammen. Einheimische und Touristen. Wir können uns in der Bar erkundigen, ob sie irgendetwas gehört haben, und auch jeden fragen, der vorbeikommt. Bei mir laufen sowieso alle Informationen der Kollegen zusammen.«

Elmar nickte ergeben.

Und Neri dachte an den Espresso und die duftenden Croissants.

Wenig später saßen sie auf der Piazza, Elmar nippte an seinem Espresso, dachte daran, dass hier gestern Abend noch der Bär gesteppt hatte, und es passierte gar nichts. Neris Handy klingelte nicht, und es kamen keine neuen Informationen herein.

Ambra war immer noch erfüllt von einer lähmenden Trägheit, die einen schliefen ihren Rausch aus, andere tranken ihren caffè an diesem Morgen lieber zu Hause auf der Terrasse als auf der Piazza. Und Cesare hatte sicher noch nichts bewegt.

Aber Neri versuchte, Elmar Wengler irgendwie bei Laune zu halten, ihm die Hoffnung nicht zu nehmen.

»Der, der da kommt, das ist Sergio. Fünfundachtzig. Der sitzt hier immer morgens auf der Piazza, das ist sein Leben, das Highlight, aber nach siebzehn Uhr traut er sich nicht mehr aus dem Haus. Der kommt sicher nicht infrage. Mit dem brauch ich gar nicht zu reden. Und der Dürre da drüben, das ist Mauro. Er ist über fünfzig, wohnt aber noch zu Hause. Seine Mutter würde Zeter und Mordio schreien und mich sofort anrufen, wenn Mauro abends nicht zu Hause wäre.

Ach, guck, da kommt Don Bruno, der Pfarrer. Der tut keiner Fliege was. Der ist sanft wie ein Lamm und hat wahrscheinlich in seiner Stube gebetet, während hier ganz Ambra verrücktspielte. Er kann den Trubel nicht ab. Porca miseria, ich weiß wirklich nicht, was passiert sein könnte. Ob vielleicht ein Tourist Jonas weggefangen hat? Oder ein Ferienhausbesitzer? Das können wir leider alles nicht überprüfen. Dazu fehlen uns die Leute.« Neri schwieg resigniert. »Vermisstenfälle haben immer irgendwie mit Hellseherei zu tun, aber das hab ich während meiner ganzen Laufbahn nicht gelernt. Madonnina! Und ich bin schon fast vierzig Jahre bei der Polizei!«

»Was machen wir jetzt?«, fragte Elmar. »Wir können doch nicht hier rumsitzen, Kaffee trinken und darauf warten, dass irgendjemand Jonas zurückbringt. Das wird nicht geschehen.«

»Nein«, meinte Neri. »Aber Sie können auch nicht draußen durch dorniges Gebüsch klettern. Zumal Sie sich nicht auskennen. Das bringt gar nichts. Das lassen Sie mal unsere Sorge sein. Bleiben Sie hier und halten Sie sich zur Verfügung. Das ist das Einzige und Beste, was Sie tun können! Und ich hab Ihnen ja schon gesagt, die Maschinerie läuft. Die halbe Welt sucht Ihren Sohn!«

Neri stand auf und fasste sich grüßend an die Mütze. »Ich habe Ihre Handynummer und melde mich, sowie es etwas Neues gibt. Bleiben Sie ruhig. Sie können nichts ändern. Aber wir tun, was wir können.«

Elmar nickte. Hilflos und vollkommen verzweifelt.

11

Elmar saß noch eine halbe Stunde wie festgenagelt auf dem harten Metallstuhl der Bar. Sein Espresso war längst ausgetrunken. Er bestellte sich einen neuen.

Schweigend beobachtete er die Italiener, die allmählich aus ihren Häusern kamen und in der Bar ein und aus gingen, die Touristen in ihren kurzen Hosen und obligatorischen Sandalen, die ihre Fahrräder an den Blumenkästen stehen ließen und sich ein paar Panini kauften. Auf der Piazza setzte wieder das normale Leben ein, als wäre nichts geschehen. Als wäre Jonas nicht verschwunden.

Vier Parkplätze gab es direkt vor der Piazza. Wurde einer frei, war er nach wenigen Sekunden sofort wieder belegt. Junge und Alte liefen die stark ansteigende Dorfstraße hinauf und hinab, Frauen und Männer, Einheimische und Touristen. Alltag in Ambra. An der Mauer gleich neben der Bar, die den steilen Berg zur Kirche abstützte, hingen die Todesanzeigen und öffentlichen Danksagungen. Niemand blieb stehen, um sie zu lesen. Sie wussten eh alle Bescheid. Lange bevor das Plakat verkündete, wer von ihnen gestorben, wer nicht mehr bei ihnen war.

Elmar beobachtete dies alles stumm und irgendwie fassungslos. Denn irgendwo hier war vielleicht Jonas. In irgendeinem Haus. Im Weinberg, in den Olivenhainen oder im Wald. Lebendig oder längst schon begraben. Oder man hatte ihn weggebracht. Nach Siena, Florenz oder Mailand. Dann würden sie ihn nie mehr finden. Man würde ihn an einen Pornoring verkaufen und in ein schreckliches, brutales Leben prügeln. Falls sie ihn überhaupt am Leben ließen.

Die Männer da draußen zerkratzten sich die Arme und Beine im Dornengestrüpp, aber es war wahrscheinlich sinnlos. Jonas war tot oder irgendwo auf dieser Welt. Ganz weit weg. Für alle Zeiten unauffindbar. Und wenn er noch am Leben war, würde er es nie wieder mit ihnen teilen. Würde nie mehr wiederkommen.

Er verreckte fast an seinen schrecklichen Gedanken, während er da saß und die fremden Menschen anstarrte.

Bereits jetzt, keine zwölf Stunden nach Jonas' Verschwinden, hatte er die Hoffnung schon aufgegeben.

Ich verstehe es nicht, dachte Elmar, während er die einsame Serpentinenstraße hinauf in die Berge zu ihrem Ferienhaus fuhr, das Leben geht anscheinend weiter, als ob nichts geschehen wäre. Dabei müsste die Welt eigentlich stillstehen und den Atem anhalten. Ich begreife nicht, was passiert ist. Habe nicht die leiseste Ahnung, wo er sein, und nicht die geringste Idee, wo ich ihn suchen könnte. Meine Welt dreht sich nicht mehr. Es gibt kein Morgen.

Er drückte abrupt auf die Bremse, schaltete den Motor aus und zog die Handbremse an.

In dem Wagen war keine Luft mehr zum Atmen, nur noch Verzweiflung.

Und dann brach er in Tränen aus.

Es dauerte lange, bis Elmar weiterfahren konnte.

Unterdessen schlich Gitta durchs Haus. Auf Socken. Damit sie hören würde, wenn Jonas kam oder rief. Alle Türen standen weit offen, und all ihre Sinne waren auf Alarm gestellt.

Sie hatte versucht zu lesen, hatte den Fernseher angeschaltet, um sich abzulenken, es funktionierte alles nicht.

Unaufhörlich lief sie durch das Ferienhaus und betete innerlich: Bitte, Jonas, komm. Bitte, komm! Damit ich weiterleben kann, denn ohne dich ist mein Leben zu Ende!

Als Elmar zurückkehrte, so gegen halb zwölf, war er so grau im Gesicht, dass Gitta regelrecht erschrak. So krank, so alt und so kraftlos hatte sie ihren Mann überhaupt noch nie gesehen. Genauso wird er aussehen, wenn er tot ist, dachte sie. Und allein der Gedanke trieb ihr die Tränen in die Augen.

»Setz dich«, sagte sie leise und drückte ihn kurz an sich. »Willst du was trinken?«

»Ja. Ein Wasser.«

Elmar setzte sich, und Gitta stellte ihm das Wasser hin.

»Und? Hast du irgendwas gehört? Weiß irgendjemand was?«

Elmar schüttelte stumm und kraftlos den Kopf. »Nein. Nichts.«

»Oh, Mann!«

»Sie werden ihn auch nicht finden, hier in diesem Nest. Der Carabiniere hat ein paar Leute losgeschickt, aber das kannst du vergessen.«

Gitta nickte. Sie stellte sich vor, statt Wasser irgendein Gift zu trinken, und dann fiel sie um und war tot. Ganz schnell, ganz schmerzlos und einfach. Und tschüss. Wenn es so etwas geben würde, sie hätte es sofort getrunken. Die Sehnsucht nach ihrem Sohn und die Angst um ihn waren einfach unerträglich.

»Und nun?«

Elmar zuckte die Achseln. »Ich weiß nicht mehr weiter, Gitta. Ich weiß nicht, was wir noch machen können.«

12

Elena hielt vor dem Haus. Die Kunden waren noch nicht da. Wunderbar. Wenn man sich direkt am Objekt verabredete, bestand immer die Gefahr, dass die Interessenten schon ein, zwei Stunden vorher da waren, allein auf dem Grundstück herumkrochen und sich alles ansahen. Das liebte sie gar nicht. Daher hatte sie Herrn und Frau Wedekind gesagt, die Eigentümer erwarteten, dass man die verabredete Zeit einhielt.

Es war eine Notlüge, eine *bugia bianca*, wie die Italiener sagten, denn die Eigentümer saßen in Mailand, hatten nicht die geringste Lust, in ihrem mittlerweile ungeliebten Haus anwesend zu sein, und überließen alles Elena. Sie wollten nur noch zur Vertragsunterzeichnung beim Notar anreisen.

Sie stieg aus dem Wagen. Was für ein schöner, sonniger Tag. Ideal für eine Hausbesichtigung. Alles sah gut aus. Der Rasen war gemäht, die Büsche gestutzt, das Unkraut weitgehend entfernt, und der Pool schimmerte hellblau und kristallklar. Sie würde Francesco ein kleines Lob per WhatsApp schicken.

Bevor sie das Haus aufschloss, checkte sie noch ihre Mails, klickte jede Menge Werbung weg, öffnete dann alle Fenster und Türen und ertappte sich bei dem Gedanken, dass ihr dieses Anwesen auch gefallen könnte. Es war zwar kein Vergleich zu ihrem Kleinod mitten in Siena, aber auf seine Weise ebenfalls wunderschön. Perfekt. Die Häuser, in denen ein Leben auch für sie durchaus denkbar wäre, konnte sie immer am besten und am schnellsten verkaufen.

Langsam ging sie durch alle Zimmer, wischte hier noch ein bisschen Staub von einer Lampe, entfernte dort einige Spinnenweben aus einer Ecke und spülte die Toilette.

Sie war gespannt, was Herr und Frau Wedekind, die aus Freiburg kamen, sagen würden. Die Exposés hatten sie ansprechend gefunden, aber heute sahen sie das Haus zum ersten Mal in der Realität.

Als sie hörte, wie ein Auto vorfuhr, trat sie auf die Terrasse und war sich ihrer Erscheinung vollkommen bewusst: Ihr sommerliches Outfit war perfekt, ihre Haare wehten locker im Wind, und sie lächelte strahlend.

Elena ging auf das Ehepaar zu, das aus dem Auto stieg und zögernd näher kam. »Herr und Frau Wedekind?«

Die beiden nickten.

»Ich grüße Sie!« Sie gab erst ihr, dann ihm die Hand. »Herzlich willkommen. Ich hoffe, Sie hatten eine angenehme Fahrt. Haben Sie das Anwesen hier ohne Weiteres gefunden?«

»Ja«, sagte Herr Wedekind, »wir hatten kein Problem, das heißt: unser Navi hatte kein Problem.«

»Das freut mich. Ich würde vorschlagen, wir gucken uns bei diesem herrlichen Wetter erst einmal die Außenanlagen an. Darf ich Ihnen etwas zu trinken anbieten? Ich habe gekühltes Mineralwasser im Wagen.«

»Nein, danke«, sagte Frau Wedekind, »wir hatten Wasser dabei und haben im Auto genug getrunken.« Sie lächelte Elena zu.

Elena lächelte zurück. Zumindest zu der Frau war eine positive Verbindung hergestellt.

»Sind Sie allein hier?«, fragte Herr Wedekind mit hochgezogenen Augenbrauen. »Wo sind denn die Eigentümer?«

»Ach ja.« Elena tat, als ärgere sie sich selbst über ihre Vergesslichkeit. »Sie lassen sich vielmals entschuldigen. Die Signori Rossini wohnen in Milano, und die Signora ist Modedesignerin und hat in dieser Woche eine wichtige sfilata di moda, eine Modenschau. Daher schaffen sie es leider nicht. Es tut mir auch sehr leid, dass Sie sich nicht kennenlernen. Aber das werden wir nachholen, und ich hoffe, dass ich Ihnen alle Fragen beantworten kann.«

Herr Wedekind sah aus, als würde er innerlich leise knurren, aber da rief seine Frau: »Hubertus! Dreh dich doch bitte mal um und lass diesen Blick auf dich wirken! Hast du so etwas Schönes in deinem Leben überhaupt schon mal gesehen?«

»Schon hundertmal!«, sagte Hubertus, aber er grinste dabei.

»Und schau mal: Was für ein herrlicher Pool! Da können wir im Wasser liegen oder schwimmen und dabei über die ganze Welt sehen.«

»Ja, das ist wirklich einmalig«, mischte sich Elena ein. »So einen weiten Blick vom Pool aus habe ich wirklich auch bei den allerteuersten Häusern und Villen nur ganz selten.«

Und dann ließ sie die beiden erst einmal in Ruhe, hielt genug Abstand, um leise Gespräche nicht mitzuhören, blieb aber doch nah genug, um aufkommende Fragen sofort beantworten zu können.

Die beiden besichtigten geschlagene vier Stunden. Das erlebte Elena selten. Es gab Wahnsinnige, die durch ein Haus hasteten, einmal kurz übers Grundstück rannten und nach zehn Minuten sagten: »Okay, wir nehmen es.«

Dann gab es die, die noch nicht einmal aus dem Auto ausstiegen, sondern nur die Scheibe runterließen und sagten: »Nein, tut uns furchtbar leid, aber das ist es nicht.«

»Aber wollen Sie das Haus denn nicht von innen besichtigen? Es ist wunderschön, sehr elegant, mit herrlichem Blick, und den Pool können Sie von hier aus auch noch gar nicht sehen, er ist ...«

»Nein, sorry, aber das gefällt uns nicht.« Und schon braussten sie davon.

Der Normalfall war eine Besichtigung von ein bis zwei Stunden, je nachdem, wie groß das Anwesen war.

Aber vier Stunden intensive Besichtigung war schon eine Hausnummer und etwas Besonderes.

Elena blieb ruhig und gelassen, bekam immer mehr Lust, Dinge und Details zu erklären, denn je mehr Zeit verging, desto größer war anscheinend das Interesse. Das rettende Ufer war noch nicht erreicht, aber bereits in Sicht.

Als sie alles gesagt und erklärt hatte, was es zu diesem Haus überhaupt zu sagen und zu erklären gab, setzte sich Elena an den Pool und schloss die Augen. Sie wusste, dass allein ihre Optik mit ihrer lässigen, entspannten Haltung, ihren schönen übereinandergeschlagenen Beinen, ihrer verspiegelten Sonnenbrille und ihrem blonden langen Haar, das so locker, unkompliziert und ungestylt wirkte, aber genau das überhaupt nicht war, den Luxus des Hauses noch unterstrich. In jeder Hochglanzbroschüre wäre sie bei der Präsentation des Hauses mit auf dem Foto gewesen.

Irgendwann setzten sich die Wedekinds zu ihr. Elena nahm die Brille ab, lächelte und schwieg.

»Es ist wunderschön«, sagte Frau Wedekind, aber ihre Stimme klang verzagt, als wäre dies alles nur ein unerreichbarer Traum.

Herr Wedekind blätterte im Exposé. »Dreieinhalb Millionen!«, rief er kopfschüttelnd. »Das ist verdammt noch mal ein Haufen Geld.«

Elena sagte gar nichts. Tja, den Preis hatte er vorher gewusst. Der war schließlich kein Geheimnis. Und er hatte ihn mit keinem Wort infrage gestellt. Konnte es wirklich wahr sein, dass Herr Wedekind jetzt noch anfangen wollte zu handeln? Das war in ihren Augen erbärmlich. Entweder sie konnten sich das Haus leisten oder nicht. Entweder es gefiel ihnen oder nicht. Oder hatten sie am Ende nur läppische dreihunderttausend auf dem

Konto und wussten jetzt nicht, wie sie ohne Gesichtsverlust aus der Nummer wieder rauskamen?

Sie hielt ihr Gesicht in die Sonne und wartete ab.

Zum Glück war sie auf den Verkauf nicht angewiesen, da würde sich dann schon jemand anderes finden. Und sie hatte noch heißere und lukrativere Eisen im Feuer.

Zwei Minuten später stand Hubertus Wedekind auf und stopfte sich umständlich das Hemd in die Hose. »Tja, meine Liebe«, sagte er zu seiner Frau, »da ich noch nicht dazu gekommen bin, mich nach einem Geburtstagsgeschenk für dich umzusehen, denke ich, es ist eine gute Idee, wenn ich dir dieses Haus schenke. Du scheinst es ja zu mögen.«

Frau Wedekind stieß einen spitzen hohen Schrei aus, stürzte sich auf ihren Mann, übersäte ihn mit Küssen und quiekte: »Ich mag es nicht nur, ich liebe es! Und ich liebe auch dich! Es ist wunderbar. Ich danke dir! Es wird so schön sein, wenn wir die Sommer hier verbringen.«

Na also, dachte Elena. Das war ja doch einfach gewesen.

»Aber du weißt schon, Rosi, dass ich im Sommer auf der Yacht sein will?«, sagte Hubertus lächelnd, doch unmissverständlich.

Rosi erstarrte. »Das heißt, du bist im Sommer auf der Yacht und ich allein hier? Das geht ja gar nicht!«

»Wenn es dein Haus ist, kannst du hierherfahren, wann immer du willst. Frühling, Sommer, Herbst und Winter. Alles ist möglich und von mir vollkommen unabhängig. Ich werde sicher hin und wieder mitkommen, natürlich, aber im Sommer bin ich auf der Yacht.«

Elena hörte dem Gespräch fassungslos zu.

»Das funktioniert nicht«, meinte Rosi enttäuscht. »Ich kann doch hier im Sommer nicht allein rumsitzen, mich langweilen und zu Tode gruseln, weil es so einsam ist!«

»Überleg es dir. Ich kann dir zu deinem Geburtstag auch den Maserati schenken, den du dir schon so lange wünschst. Das ist wesentlich billiger für mich. Und dann kommst du vielleicht mit aufs Boot.«

»Vielleicht«, murmelte Rosi nachdenklich.

Hubertus sah Elena an und grinste. »Wir überlegen leider noch. Meine Frau ist – wie immer – unentschlossen.«

Was seid ihr beide doch für Vollidioten, dachte Elena, ihr erstickt im Geld und schafft es nicht, euer Leben zu genießen. Sie war jetzt so genervt, dass sie aufpassen musste, nicht irgendeine beleidigende Bemerkung rauszuhauen.

»Kein Problem«, sagte sie freundlich, »so eine Entscheidung trifft man ja auch nicht in fünf Minuten. Überlegen Sie in Ruhe und rufen Sie mich an, wenn Sie sich entschieden haben. Im Moment sind Immobilien wie diese in Italien sehr gefragt, sagen Sie mir also bitte schnell Bescheid, sonst kann ich für nichts garantieren.«

Obwohl die Wedekinds ihre Nummer, ihre Mail-Adresse und alle wichtigen Daten hatten, reichte sie ihnen dennoch ihre Visitenkarte. Es war so ein Ritual. Sie wäre sich komisch vorgekommen, wenn sie es nicht getan hätte.

»Selbstverständlich«, meinte Herr Wedekind jetzt ausnehmend nett und verbindlich, »wir melden uns auf alle Fälle so schnell wie möglich.«

Ihr Arschlöcher werdet euch wahrscheinlich nie mehr melden, ihr werdet einfach in der Versenkung verschwinden, dachte Elena, ihr habt mich jede Menge Zeit und Nerven gekostet, aber das interessiert euch nicht.

Sie reichte beiden die Hand. »Machen Sie es gut, schön, dass Sie hier waren, kommen Sie gut nach Hause, ich freue mich, von Ihnen zu hören.«

Verlogene Floskeln.

Die Wedekinds bedankten sich artig, stiegen in ihren Wagen und fuhren davon.

Sie ging ins Haus, schloss die Fenster und Türen, dachte noch einmal, mein Gott, was ist das doch für ein schönes Anwesen, nicht zu groß und nicht zu klein, elegant, luxuriös, geschmackvoll, einfach perfekt.

Nun ja.

Sie verschloss die Haustür.

Der gekühlte Champagner in ihrem Auto blieb ungeöffnet.

Elena fuhr los. Sie war gespannt, ob Alberto den Pool wieder hinbekommen hatte, sie freute sich auf ein nächtliches Bad, denn es war mittlerweile unerträglich schwül. Ohne Klimaanlage würde ich es im Auto keine zehn Minuten aushalten, dachte Elena, als sie die enge Serpentinenstraße hinabfuhr.

Die Sonne verschwand hinter immer dunkler werdenden und sich auftürmenden Wolken. Es interessierte sie nicht. Im Sommer gab es fast jeden Nachmittag ein Gewitter, sie hatte sich schon fast daran gewöhnt. Am Abend würde die Luft wieder warm und klar und leicht sein. Keine Hitze mehr und keine Schwüle.

Sie freute sich darauf.

13

Am Nachmittag fuhr Elmar zwei Stunden in der Gegend herum. Dass dies sinnlos war, wussten er und Gitta, aber er hielt es zu Hause nicht aus, musste irgendetwas tun.

Beinah alle halbe Stunde rief er Neri an. Aber auch dort gab es nichts Neues.

Später saßen sie sich auf der Terrasse schweigend gegenüber. Stocherten in ihrem Mozzarella herum, nippten an ihrem Wein, und die Tomaten brannten auf der Zunge. Wo war Jonas jetzt? Hatte er etwas zu essen? Konnte er überhaupt noch essen?

Sie schwiegen sich an, waren sprachlos geworden, schämten sich beinah voreinander. Es erschien ihnen so banal, so respektlos, so falsch, irgendetwas zu sagen. Vielleicht würden sie sonst anfangen, sich gegenseitig Vorwürfe zu machen, wer an dem Abend auf wen nicht geachtet hatte, sondern nur seinen eigenen Interessen gefolgt war. Hatten sie überhaupt noch an Jonas gedacht, ihn mit einbezogen in ihr Vergnügen auf diesem Fest? Oder war er nicht nur aus ihrem Blickfeld, sondern auch aus ihren Gedanken verschwunden? Hatten sie ihn deswegen verlieren können? War er deswegen weggelaufen? Verstört, verunsichert und beleidigt, nicht mehr beachtet worden zu sein? Oder hatte ihn jemand abgelenkt, sein Interesse geweckt und ihn weggelockt?

Irgendwohin? In sein Verderben? Das Schlimmste, was einem kleinen Kind passieren konnte?

Sie saßen stumm da, bekamen kaum einen Bissen hinunter. Zwei verzweifelte Menschen, die sich gegenseitig nicht helfen konnten. Paralysiert, total geschockt, sie vegetierten nur noch vor sich hin, unfähig zu handeln.

Stunden vergingen. Es war mittlerweile dunkel und kühl geworden, das Windlicht auf dem Tisch flackerte wild.

Gitta ging ins Haus und holte sich eine Jacke.

Den Wind, der plötzlich aufgekommen war, empfand sie als zusätzliche Bedrohung. Jonas war nicht warm genug angezogen, um die Nächte unbeschadet im Freien verbringen zu können.

Als sie zurück auf die Terrasse kam, spürte sie, dass Elmar sich innerlich gesammelt hatte. Er saß aufrechter, wirkte kräftiger, angriffslustiger.

»Wir müssen etwas tun«, sagte er, als sie sich setzte. »Wir müssen die Sache selbst in die Hand nehmen. Dieser Dorfpolizist hier ist sehr nett, aber es passiert nichts. Er wird Jonas niemals finden. Ich habe das Gefühl, er hat gar keine Idee, was er machen soll.«

»Okay. Und was sollen wir tun?«

»Wir müssen an die Öffentlichkeit, Gitta. Wir müssen versuchen, der ganzen Welt mitzuteilen, dass unser Kind verschwunden ist. In der lieblichen Toskana. In der Urlaubsidylle. Wir müssen handeln wie die McCanns damals in Portugal, als ihre kleine Tochter Maddie nachts aus dem Hotelzimmer gestohlen wurde. Erinnerst du dich?«

»Aber sicher. Ich habe den Fall nie vergessen.«

»Die ganze Welt hat darüber berichtet und geredet.«

»Ja. Aber es hat nichts genutzt. Sie haben einen Verdächtigen, aber die tote oder lebende Maddie immer noch nicht.«

»Herrgott noch mal, Gitta! Das heißt doch nicht, dass es bei uns auch so sein wird! Warum gehst du immer vom Schlechtesten aus? Warum ist dein Glas immer halb leer? Du machst dir alles kaputt, wenn du nur negativ denkst! Gib uns und Jonas doch mal eine Chance!«

Gitta starrte ihren Mann aus entzündeten, trockenen Augen an. »Okay, Chef!«, sagte sie leise und sarkastisch. »Was schlagen Sie vor?«

Elmar überhörte ihren Ton. »Wir werden morgen versuchen, an die Tageszeitung heranzutreten. An *La Repubblica*. Vielleicht bringen sie dann was über unseren Fall. Und wir könnten uns ans Fernsehen wenden. RAI UNO, oder andere Sender, keine Ahnung. Wir erzählen unsere Geschichte, wir bitten den Entführer, uns Jonas zurückzugeben, wir beschreiben Jonas, zeigen Bilder, wir bitten die Bevölkerung, die Augen offen zu halten. Was weiß ich. Italiener haben ein Herz für Kinder und sind unheimlich empathisch, wenn eins verschwindet. Lass es uns doch einfach versuchen!«

»Wir können kein Italienisch.«

»Das ist egal. Sie werden uns simultan übersetzen oder Untertitel druntersetzen.«

»Hm.«

»Siehst du denn nicht, dass es eine Chance ist? Vielleicht unsere einzige? Oder glaubst du im Ernst, dass dieser verschlafene Dorfpolizist hier irgendetwas zustande bringt?«

Gitta zuckte die Achseln und trieb Elmar damit noch mehr auf die Palme.

»Also bist du bereit, im Fernsehen zu reden? Es ist viel emotionaler, wenn das eine Mutter macht, als wenn der Vater was sagt. Männer kommen immer viel kühler rüber.«

»Ja, ja, ja!«, schrie Gitta. »Ich werde was sagen. Na klar! Ich werde Jonas' Mörder anbetteln, meinen Sohn rauszugeben, ich werde ihn anflehen, ihn freizulassen, obwohl ich weiß, dass er schon längst tot und kalt und steif ist. Ich werde das alles tun, aber es ist sinnlos, Elmar. Begreifst du denn nicht? Jonas ist tot. Er wird nie wieder zu uns zurückkehren.«

»Nein, das sehe ich nicht so!«, brüllte jetzt auch Elmar. »Das sehe ich ganz und gar nicht so. Solange ich seine Leiche nicht gesehen und in meinen Händen gehalten habe, werde ich immer davon ausgehen, dass er lebt, und werde dafür kämpfen, dass er zu uns zurückkommt. Ich hasse dich dafür, dass du ihn schon abgeschrieben hast!«

Damit ging Elmar ins Haus und knallte die Tür zu.

Gitta brach in Tränen aus.

14

Auf der Autobahn hinter Figline Valdarno kam sie nicht nur in ein Gewitter, sondern in einen Gewittersturm. Schlagartig und von null auf hundert prasselte der Regen vom Himmel in einer Wucht, dass es der Scheibenwischer nicht mehr schaffte. Das Thermometer fiel um zehn Grad. Wasserbäche, die aufs Auto klatschten, hüllten die Autobahn in dichten Regennebel, der jegliche Sicht nahm. Elena befand sich in reinem Blindflug, sah gar nichts mehr. Um sie herum war nur noch Wasser. Ins Meer zu stürzen, würde sich wahrscheinlich nicht anders anfühlen.

Panik erfasste sie, sie wusste nicht, was der Verkehr hinter ihr tat, sie konnte nicht einfach auf der Autobahn stehen bleiben, konnte aber auch nicht weiterfahren, ohne irgendetwas zu sehen. Da gab es noch nicht einmal die Silhouette eines Vorausfahrenden, das wäre tröstlich gewesen, dem hätte sie sich anschließen können, nein, sie schwamm dahin, umgeben von diesem Meer von Wasser, und wartete auf den ganz großen Crash. Den Knall, der sie von diesem in ein anderes Leben befördern würde.

Ich muss hier raus, dachte sie. Der Seitenspiegel zeigte nur eine undurchdringliche Wasserwand und Gischt. Todesmutig zog sie rüber auf die rechte Spur, aber das laute Hupen eines Lkw ließ sie zusammenzucken und hastig nach links zurück auf ihre Spur lenken.

Ihr Herz dröhnte im Kopf, hämmerte in den Schläfen, sie war verrückt vor Angst.

Der Laster donnerte vorbei. Offensichtlich hatte er keine Probleme mit dem Wetter und war bereit, alles niederzumähen, was sich ihm in den Weg stellte.

Und wieder zog sie nach rechts. Ohne Rücksicht auf Verluste. Sie musste es einfach probieren. Es konnte schiefgehen, aber es konnte auch klappen. Sie musste es wagen.

Und sie schaffte es. Da war kein Wagen, der in sie hineinkrachte, und kein LKW, der sie überrollte und sie und ihren Wagen zu einem handlichen Paket zusammenfaltete.

Sie atmete tief durch und wollte gerade auf dem Standstreifen anhalten, als sie bemerkte, dass er so gut wie zugeparkt war. Fast jeder hatte sich vor dem Unwetter auf die Standspur geflüchtet.

Irgendwann fand sie eine ausreichend große Lücke, fuhr hinein und hielt an. Sie war den wahnsinnigen Lkw, die sich nicht um Sicht und Wetter scherten, entkommen.

Ein klein wenig Sicherheit. Am Rand der Autobahn, wo sie vielleicht noch Stunden würde stehen müssen, aber egal: Der grauenhafte Blindflug war vorbei.

Das Gewitter tobte. Wassermassen entluden sich über Autos und Autobahn, ein Fortkommen war unmöglich.

Elena checkte die Nachrichten auf ihrem Handy.

Sie sah eine WhatsApp von Carina, der Frau, die ihr Vater nach dem Tod ihrer Mutter geheiratet hatte. Eine junge Römerin, die ihm eines Nachts in einer kleinen Trattoria gegenübergesessen hatte, als er den Tag mit einer Bruschetta und einem Chianti ausklingen lassen wollte, weil er sich so unendlich allein fühlte. Elena kannte ihren Vater. Frauen flogen auf ihn, und er war kein Kostverächter. Er hatte in die dunklen Augen der schönen Römerin gesehen, und sie redeten die halbe Nacht, bis der Trattoriabesitzer sie entnervt vor die Tür setzte und sie sich auf regennasser Straße küssten. Seit diesem Abend, hatte ihr Vater mal erzählt, hatte er gewusst, dass sie die Frau war, mit der er den Rest seines Lebens verbringen wollte.

Carina war vierzig Jahre jünger als ihr Ehemann, genauso alt wie Elena. Sie hätten Freundinnen sein können, aber ihr Verhältnis war denkbar unterkühlt.

Jetzt schrieb Carina: »Lena, dein Vater hatte heute Morgen einen Herzinfarkt. Einen heftigen. Wir wissen nicht, ob er ihn überlebt. Wenn du kannst, komm schnell, um Adieu zu sagen. Carina.«

Elena stockte der Atem. Ihr babbo lag im Sterben? Das war vollkommen unmöglich. In ihrem Kopf war ihr Vater unsterblich, und sie war immer fest davon überzeugt gewesen, dass *er* an *ihrem* Grab stehen würde. Und nicht umgekehrt.

Ihr schossen die Tränen in die Augen, sie spürte den Drang, jetzt sofort mit zweihundert Sachen über die Autobahn zu brettern, um so schnell wie möglich bei ihm zu sein. Die Vorstellung, dass in seinen letzten Minuten diese affektierte, berechnende und verlogene Carina seine Hand halten würde und nicht sie, seine einzige Tochter, war schier unerträglich.

Noch nie in ihrem Leben hatte sie es so eilig gehabt, und jetzt saß sie hier auf der Autobahn fest, wegen dieses verfluchten Gewitters. Draußen war Weltuntergang, und in ihrem Inneren sah es genauso aus. In ihr tobten Panik und Angst, nicht mehr rechtzeitig bei ihm zu sein. Die Wut, hier festzusitzen, und diese unerträgliche Ohnmacht, zur Tatenlosigkeit verdammt zu sein, brachten sie schier um den Verstand.

Sie starrte auf die Scheibe, ob sie irgendein Anzeichen entdecken konnte, dass der Regen etwas weniger wurde, aber da war nichts. Der Himmel hatte sämtliche Schleusen geöffnet.

Elena wählte Kayas Nummer. Kaya musste unbedingt erfahren, dass ihr Großvater im Sterben lag. Sie ließ es unzählige Male klingeln. Nichts. Eine Konservenstimme bat schließlich um eine Nachricht nach dem Piep. Elena sagte nichts. Verdammt noch mal, warum rief Kaya nicht zurück? Sie musste doch gesehen haben, dass sie es bereits heute Morgen versucht hatte.

Jetzt versuchte sie Carina zu erreichen.

Die Zicke ging sofort ran. »Pronto?«, hauchte sie mit leidender, tränenerstickter Stimme.

»Ja, ich bin's, Elena«, sagte Elena betont kühl, um dem leidenden Singsang bewusst etwas entgegenzusetzen, »ich habe gerade deine Nachricht bekommen, stehe hier noch auf der Autobahn in einem unheimlichen Gewitter, eine halbe Stunde von San Gusmè entfernt. Wo ist mein Vater?«

»Zu Hause.«

»Warum? Kommt man mit einem Herzinfarkt nicht ins Krankenhaus?«

»Schon, aber er wollte nicht. Er weiß, dass er sterben wird, und er will zu Hause sterben. Das respektiere ich. Sein Arzt ist bei ihm.«

»Va bene. Ich komme, so schnell ich kann.«

»Beeil dich!«, sagte Carina und legte auf.

Elena war in Berlin aufgewachsen. Ihre Mutter war Malerin und ließ sich zu Beginn ihres künstlerischen Schaffens von Berliner Motiven inspirieren: Straßenschluchten, Plätze, Hinterhöfe. Sie malte ganz realistisch, ihre Bilder wirkten fast wie Fotografien, nur dass im Hinterhof nackte Frauen tanzten, sich auf dem Breitscheidplatz Pinguine sonnten oder sich dicker, gelber Schleim durch die Straßenschluchten schob und Menschen und Autos unter sich begrub.

Elena war total fasziniert von ihren Bildern, sie bewunderte ihre Mutter und war das stolzeste kleine Mädchen der Stadt, wenn sie auf den Vernissagen durch die staunende Besuchermenge ging und es nicht lassen konnte, darauf hinzuweisen, dass ihre Mutter diese vielen tollen Bilder gemalt hatte. Die Werke wurden zu Höchstpreisen verkauft, und das war der Moment, wo

Elena traurig wurde. Ein dicker Mann zahlte zwanzigtausend für die nackten, tanzenden Frauen im Hinterhof, und Elenas Lieblingsbild war weg. Für immer verschwunden. Es würde nie mehr in der Galerie hängen, wo sie stundenlang davor gestanden hatte. Sie konnte sich nur noch die Fotos ansehen, die ihre Mutter von dem Bild gemacht hatte, aber das war nicht dasselbe.

»Ich möchte auch Malerin werden«, sagte Elena einmal zu ihrer Mutter. »So wie du. Ich will auch solche Bilder malen. Und dann häng ich sie in mein Zimmer, und niemand darf sie kaufen.«

»Vergiss es«, antwortete ihre Mutter desinteressiert. »Das wird nie was, das verspreche ich dir. Du hast einfach kein Talent. Das Pferd, das du neulich in der Schule malen solltest … Du lieber Himmel, das hätte eine Kuh, ein Esel oder ein Hund sein können. Kein Mensch hätte da jemals ein Pferd erkannt, eher einen verkrüppelten Affen.«

Elena weinte. Und verstand die Welt nicht mehr. Ihre Mutter war gemein. Sie hatte sich so eine Mühe gegeben. Und warum konnte ihre Mutter so gut malen und sie nicht?

Schließlich schluckte sie die Tränen runter, wischte sich mit dem Ärmel übers Gesicht, schniefte und sagte: »Dann zeig's mir. Bitte! Ich will Malen lernen! Man kann alles lernen, hat Frau Kimmel gesagt.«

»Vielleicht«, meinte ihre Mutter und stöhnte leise. »Vielleicht kann man Rechnen lernen oder Englisch oder Biologie. Aber Malen nicht. Das kann man, oder man kann es nicht. Und du kannst es nicht. Du hast kein Talent. Glaub's mir. Also lass es, es hat keinen Zweck.«

Elena rannte aus dem Zimmer und knallte die Tür hinter sich zu. War vollkommen verzweifelt.

Ihr Vater, Hans-Joachim Ludwig, war ein hohes Tier in der Politik. Das interessierte Elena überhaupt nicht. Ständig hatte ihr Vater einen neuen Posten, einen noch besseren, noch interessanteren, noch lukrativeren, und die Aufgaben wurden immer verantwortungsvoller. Sie sah ihren Vater fast nie. Tagsüber war er immer im Büro oder unterwegs, und auch abends saß er oft in Sitzungen, die sogar manchmal bis in die frühen Morgenstunden dauerten.

Elenas Mutter schien sich nicht drum zu scheren. Sie malte und war froh, dass sie keinen Mann hatte, der sie dabei störte oder dem sie pünktlich ein Essen vorsetzen musste. Der kleinen Elena machte sie eine Dosensuppe warm, wusch gleichzeitig ihre Pinsel aus und sah ihr hier und da noch ein bisschen bei den Schularbeiten über die Schulter. »In deinem Alter hab ich absolut fehlerfreie Diktate geschrieben«, sagte sie so ganz nebenbei. »Das ist ja gruselig, wie viele Fehler du machst! Du musst mehr lesen, mein Kind, dann kann sich dein Kopf daran erinnern, wie die Worte aussehen, und dann schreibst du sie vielleicht richtig. So wird das nichts.«

Dann verschwand sie wieder in ihrem Atelier, und Elena war allein.

Und todunglücklich.

Als Elena dreizehn war, wurde plötzlich alles anders.

Es war ein denkwürdiger, ein ganz besonderer Abend. Ihr Vater war bereits seit siebzehn Uhr zu Hause, und auch ihre Mutter arbeitete nicht im Atelier. Sie saßen beide am Tisch und sahen Elena an.

Elena wurde angst und bange. Sie überlegte fieberhaft, was sie verbrochen haben könnte – aber ihr fiel nichts ein.

»Hör zu, Lenchen«, sagte ihr Vater liebevoll, und so nannte er sie nur zu ganz besonderen Anlässen: zum Geburtstag, zu Weihnachten oder wenn sie die beste Arbeit der Klasse geschrieben hatte. »Unser Leben wird sich extrem ändern. Wie du weißt, arbeite ich schon seit einigen Jahren im Auswärtigen Amt.«

Elena zuckte unmerklich die Achseln. Das konnte sein, das hatte sie nicht gewusst, und das war ihr auch egal.

»Und jetzt habe ich die unglaubliche Chance, einen fantastischen neuen Job zu bekommen. Ich werde deutscher Botschafter in Rom. Die deutsche Vertretung in Italien. Verstehst du das?«

Elena nickte, wenig beeindruckt.

»Dieser Karrieresprung ist sensationell, und ich freue mich da ungemein drauf. Und darum ziehen wir nach Rom. Du wirst dort die Deutsche Schule besuchen, und es wird wunderschön sein.«

Elenas Mutter saß mit verschränkten Armen am Tisch und schwieg vor sich hin, schenkte ihrer Tochter nur ein ganz leichtes, nichtssagendes Lächeln, das Elena nicht interpretieren konnte.

»Na, was sagst du?«, fragte Elenas Vater.

»Wann ziehen wir um?«

»In zwei Wochen.«

»Und was ist mit meinen Freundinnen?«

»Du kannst ihnen schreiben. Oder telefonieren, so viel du willst. Und im Sommer können sie zu Besuch kommen. Wir werden noch ein Haus am Meer mieten, da fahren wir dann in den Ferien hin. Du darfst deine Freundinnen natürlich dorthin einladen. Das wird toll, Lenchen. Du weißt, dass in Italien immer schönes, warmes Wetter ist … Mein Gott, wie oft waren wir im Urlaub dort, das hast du doch toll gefunden, oder?«

Elena nickte.

»Wir sind ja schon fast eine italienische Familie! Du wurdest in einem Italienurlaub gezeugt …«

Elena zuckte zusammen. So etwas wollte sie nicht hören. Das fand sie widerlich.

»… du hast einen wunderschönen italienischen Namen, und jetzt ziehen wir endlich in dieses herrliche Land. Und du und deine Freundinnen, ihr könnt im Meer baden, Eis essen und abends so lange aufbleiben, wie ihr wollt. Ist das nicht fantastisch?«

Das hörte sich verlockend an, aber dennoch war Elena ziemlich verunsichert. Es ging ihr alles zu schnell. In zwei Wochen war sie weg von der Schule, musste ihren Freundinnen vielleicht für immer Tschüs sagen, ihre Sachen packen, aus dieser tollen Wohnung ausziehen, musste sich von allem verabschieden, was sie gekannt und geliebt hatte und was ihr in ihrem Leben wichtig gewesen war.

»Ich weiß nicht«, sagte sie. »Ich kapier das alles nicht.« Dann sah sie ihre Mutter an. »Und was machst du? Mit deinen Bildern, der Galerie und allem?«

Ihre Mutter lächelte. »Malen kann ich auch in Italien. Ich kann überall malen. Ich brauche nur eine Leinwand, gutes Licht und ein paar Farben. Kein Problem. Aber ich habe in Rom natürlich ein großes Atelier gemietet. Ein ganz anderes Kaliber als hier. Ich werde dort ungeahnte Arbeitsmöglichkeiten haben. Und ich freue mich auf ein großes Haus und die Sonne und das Meer. Und auch die Stadt wird dir gefallen, Lena, sie ist ganz anders als Berlin. Warm, quirlig und fröhlich. Auf den Straßen Leben pur. Ich freue mich darauf, und auch du wirst dich irgendwann einigermaßen zurechtfinden und die Sprache zumindest so lernen, dass du klarkommst. Und irgendwann kannst du dir kein anderes Leben mehr vorstellen.«

Werde ich nicht, dachte Elena. Ich hasse euch, ich hasse euch alle beide. Immer macht ihr mir alles kaputt. Ihr tut, was ihr wollt und was euch in den Kram passt und wie es gut für den Job und die Karriere ist, und ich kann ja sehen, wie ich klarkomme. Ihr seid Arschlöcher. Und immer lasst ihr mich allein im Regen stehen.

Jetzt soll ich meine Sachen packen und innerhalb von zwei Wochen alles aufgeben, was mir wichtig war? Meine Freunde, meine Freundinnen, meine Schule? Alles?

Scheiß auf die Schule in diesem blöden Rom!

Sie hatte Angst, dort überhaupt nicht zurechtzukommen. Gut, die Schulsprache war wahrscheinlich Englisch, aber auch das konnte sie nicht besonders, und um sie herum redeten alle Italienisch, und sie würde kein Wort verstehen!

»Ihr kotzt mich an!«, schrie sie und rannte nach oben in ihr

Zimmer. Schmiss sich aufs Bett und heulte in ihr Kissen. Heulte um ihr Leben, das sie aufgeben musste und das sie jetzt schon verzweifelt vermisste.

Sie war ziemlich allein auf der Welt. Ihr Vater war nie da. Saß immer nur in irgendwelchen Sitzungen und Konferenzen bis mitten in die Nacht, ihre Mutter malte und war weder gegenwärtig noch ansprechbar.

Aber sie hatte wenigstens ihre Freundinnen gehabt.

Doch wenn sie nach Rom gehen musste, hatte sie niemanden mehr. Dann war sie vollkommen allein.

Ihr Vater war immer ihr Held gewesen. Abwesend, glorifiziert, unerreichbar. Heiß und innig geliebt. Und sie sah ihn öfter im Fernsehen als zu Hause. Wenn sie ein Problem hatte, überlegte sie sich genau, wie sie es ihm erklären und was sie ihn fragen würde. Aber dann vergingen Wochen, bis er wirklich Zeit für sie hatte. Dann war es zu spät, und sie fragte ihn nicht mehr.

Nur manchmal kroch sie nachts zu ihrem Vater ins Bett und kuschelte sich an ihn. Selbst im Tiefschlaf legte er dann den Arm um sie, drückte sie an sich, und die Welt war in Ordnung.

Noch immer war ans Weiterfahren nicht zu denken. Elena saß wie auf heißen Kohlen. Halt durch, Papa, flehte sie innerlich, bitte halt durch, bis ich komme. Ich möchte dich noch ein letztes Mal in den Arm nehmen und ganz fest halten, bevor deine Seele für immer davonfliegt.

Damals in Rom, nach diesem völlig überstürzten Umzug, hatte sie den schrecklichsten Sommer ihres Lebens verbracht. Natürlich waren ihre Freundinnen nicht gekommen, sie hatten ihre Sommerurlaube mit ihren Eltern längst anderweitig verplant, und Elena fand Rom schrecklich heiß, schrecklich laut, schrecklich chaotisch. Am Meer war es nicht besser. Sie saß vollkommen allein vor der Ferienvilla auf der Terrasse oder am Strand und hatte keinen Menschen, mit dem sie reden oder mit dem sie irgendetwas unternehmen konnte. Ihr Vater war in Rom geblieben, um sich einzuarbeiten, ihre Mutter malte. Nackte Männer, die aus dem Meer auftauchten und Schiffe unter Wasser drückten. Albern, fand Elena. Die Motive gefielen ihr schon lange nicht mehr. Ihre Mutter kam ihr vor wie eine Wildfremde, und sie fand sie furchtbar hässlich in ihrem weißen, mit bunten Farben vollgekleckksten Kittel. Nichts hatte sich geändert. Jede Frage, jede Bitte wurde von ihrer Mutter abgeschmettert, sie hatte offensichtlich nicht das geringste Interesse an ihrer Tochter.

Sie hat mich nie gewollt, dachte Elena immer öfter, ich war wahrscheinlich ein Unfall, und jetzt bin ich ein ungeliebter Klotz am Bein. Wenn ich tot wäre, das würde sie vielleicht tagelang nicht merken.

Es würde mir auch nicht leidtun, wenn du tot wärst, Mama, ich würde bestimmt nicht um dich weinen, dachte sie oft in diesem ersten Sommer in Italien. Und bald wünschte sie es sich jeden Tag. Immer öfter und immer stärker. Und gleichzeitig schämte sie sich dafür und bat den Himmel für ihre bösen Gedanken um Verzeihung.

Der Regen donnerte gegen die Scheiben, die Straße sah mittlerweile aus wie ein Fluss, auf dem sich kleine Wellen kräuselten.

Sie rief Ottavio an. Ottavio war ihr Gelegenheitslover, zehn Jahre jünger als sie, ein aalglatter, aber charmanter Typ, der an der Börse spekulierte. Ihr war nicht klar, womit er sein Geld verdiente, denn nach dem, was er erzählte, machte er öfter Verluste als Gewinne. Aber er war freundlich, anhänglich und jederzeit verfügbar. Und er ließ augenblicklich alle Termine sausen, wenn sie rief.

Ottavio war praktisch und nett, aber alles andere als aufregend. Drei- oder viermal im Monat trafen sie sich, aßen gemeinsam und stiegen dann ins Bett. Sie fand es angenehm, aber verliebt war sie nicht im Geringsten.

Er war sofort am Apparat. »Ich bin's«, sagte sie knapp, »Ottavio, hör zu, mein Vater liegt im Sterben, ich bin auf dem Weg nach Casa Colleverde, weiß nicht, ob ich es noch rechtzeitig schaffe. Weiß auch nicht, was in den nächsten Tagen alles auf mich zukommt. Also rechne nicht mit mir. Ich melde mich, wenn ich mehr weiß oder wenn die Beerdigung vorbei ist.«

»Das ist ja ganz und gar furchtbar«, sagte Ottavio erschüttert, »ich wünsche dir alle Kraft dieser Welt. Und wenn ich zur Beerdigung mitkommen soll, dann sag es bitte. Ich kannte deinen Vater ja nicht, aber vielleicht kann ich dir durch meine Anwesenheit ein bisschen helfen.«

»Das ist lieb, danke, aber ich weiß echt nicht, was wird. Ich melde mich, va bene?«

»Ich denke an dich, amore! Bis bald!«

Sie legten auf.

Elena atmete tief durch.

Eine halbe Stunde später hatte sich das Gewitter gelegt, und der Regen war nicht mehr der Rede wert.

Sie fuhr los und drückte aufs Gas.

War auf dem Weg nach San Gusmè.

Zu ihrem sterbenden Vater.

Noch nie war ihr Herz so schwer gewesen.

15

Als sie in San Gusmè vorfuhr, parkten bereits acht Autos vor dem Haus.

Da hatte sich diese widerliche Gans Carina doch nicht entblödet, der halben Welt Bescheid zu sagen, dass Hans-Joachim Ludwig im Sterben liegt. Und alle waren gekommen: sensationsheischend und publicitygeil.

Elena platzte fast vor Wut. Es würde keinen ruhigen Moment zwischen Vater und Tochter geben, wegen dieser blöden Zicke. Wahrscheinlich würde sie zu dem Ereignis auch noch Häppchen reichen und Prosecco kredenzen.

Als Elena das Haus betrat, stand Carina rauchend im großen Empfangssaal und unterhielt sich mit einem Paar, das Elena in ihrem Leben noch niemals gesehen hatte.

Als sie ohne Gruß an den drei Personen vorbeieilte, zischte ihr Carina ein »Da bist du ja endlich« zu.

Elena beachtete sie gar nicht. Das war ja wohl eine Unverschämtheit. So einen Satz hätte sie ihr zuraunen können, wenn Elena im Nachbarhaus vor dem Fernseher gesessen und Carina seit Stunden weinend und allein an Hajos Bett gesessen hätte. Aber Hof zu halten, qualmend rumzustehen und dummes Zeug quatschend auf den Tod des eigenen Mannes zu warten, war eine ganz andere Nummer.

Sie schaffte es nicht, zu kontern und eine passende Erwiderung rauszuhauen. War der eiskalten und kaltschnäuzigen Carina heute nicht gewachsen. Ihre Schlagfertigkeit war verflogen, sie fühlte sich wie ein Kind allein im dunkeln Wald, das sich verlaufen hat und weinend nach den Eltern ruft.

Sie hatte Angst davor, ihren geliebten Vater zum letzten Mal zu sehen. Wusste, dass diese Situation sie emotional völlig überfordern würde. Ebenso hatte sie Angst davor, dass sie zu spät kam und er schon tot war. Dann konnte sie ihm nicht noch einmal sagen, dass sie ihn ihr ganzes Leben lang geliebt und ihr ganzes Leben lang vermisst hatte.

Sie fürchtete sich davor, dies alles, was nun unweigerlich auf sie zukam, nicht zu verkraften, wollte ihr altes Leben zurück. Inwiefern und inwieweit ihr Vater Carina testamentarisch bedacht hatte, wusste sie nicht, aber sie befürchtete das Schlimmste und sah eine jahrelange juristische Auseinandersetzung auf sich zukommen.

Elena lief die geschwungene Treppe hinauf und direkt zum Schlafzimmer ihres Vaters. Sie klopfte nicht an, sondern ging einfach hinein.

Ihr Vater lag bleich in seinen Kissen, seine Wangen waren eingefallen, seine Augen lagen in tiefen dunklen Höhlen, und sein Mund stand ein wenig offen.

Oh, mein Gott, Papa, dachte sie. Oh, mein Gott, du bist ja schon so weit weg.

An seinem Bett saßen drei Personen, die sie auch nicht kannte. Zwei Männer und eine Frau. Die Frau hielt seine Hand, was Elena anmaßend fand.

»Ich weiß nicht, wer Sie sind, aber ich bitte Sie jetzt sofort das Zimmer zu verlassen und mich mit meinem Vater allein zu lassen!«, sagte sie scharf.

Die Frau stand mit entgeistertem Gesichtsausdruck auf. »Entschuldigen Sie, aber ich bin seine langjährige Vertraute, seine Sekretärin, seine rechte Hand, ich habe alles für ihn ...«

»Es ist mir egal, wer Sie sind und was Sie für ihn getan haben. Gehen Sie. Ich möchte mit meinem Vater allein sein.«

Vollkommen konsterniert wagte es die Frau, Hans-Joachim Ludwig noch einen Kuss auf die Wange zu hauchen, und verließ den Raum. Die beiden Männer folgten stumm. Wahrscheinlich der Gärtner und der Chauffeur, dachte Elena. Verpisst euch alle!

Dann schloss sie von innen die Tür des Krankenzimmers ab und setzte sich ans Bett ihres Vaters.

»Babbo«, flüsterte sie, »ich bin es, ich bin hier bei dir, dein kleines Lenchen, babbo, verlass mich nicht, bitte, ich liebe dich doch.« Sie nahm seine Hand und drückte sie.

Ihr Vater schlug langsam die Augen auf und erwiderte schwach den Händedruck. »Lenchen!«, hauchte er. »Meine kleine Prinzessin. Mein Sonnenschein!« Er seufzte leise.

»Papa, bitte, verlass mich nicht.«

»Ja, ja, ja«, sagte er leise. Es fiel ihm anscheinend schwer zu sprechen.

Tränen schossen Elena in die Augen, sie bedeckte sein eingefallenes, dem Tode geweihtes Gesicht mit Küssen und flüsterte: »Ich liebe dich ohne Ende, babbo, und ich werde dich immer lieben. Bleib hier, Lieber, bitte, lass mich nicht allein.«

»Piccolina«, sagte ihr Vater so leise, dass sie es kaum verstand, und dann schloss er die Augen. Wurde ganz ruhig und hörte einfach auf zu atmen.

Sie wollte es nicht wahrhaben, fühlte seinen Puls, versuchte seinen Atem zu spüren, aber da war nichts mehr.

Elena legte den Kopf auf seine Brust und weinte. Minutenlang hielt sie ihren Vater fest in ihrem Arm.

»Ciao amore«, sagte sie schließlich, streichelte sein Gesicht, seine Haare, küsste ihn noch einmal und wieder und wieder, murmelte noch ein paar Mal: »Papa, babbo …«, stand dann endlich auf, öffnete das Fenster, damit seine Seele davonfliegen konnte, hauchte ein letztes »Ciao« und verließ den Raum.

Noch nie hatte sie einen so tiefen Schmerz verspürt.

Carina kam ihr auf dem Flur entgegen. »Wie geht es ihm?«, fragte sie.

»Er ist tot. Du kannst Hof halten, die trauernde Witwe spielen, vor laufenden Kameras Tränen vergießen und Beileidsbekundungen entgegennehmen. Auf diesen Moment hast du doch die ganze Zeit gewartet.«

»Wie bitte? Warum hast du mich nicht gerufen, als es mit ihm zu Ende ging? Ich hätte mich so gerne noch verabschiedet.«

»Dazu hattest du Gelegenheit genug, meine Liebe. Und jetzt schreib Todesanzeigen und geh mir aus den Augen.«

16

Kayas winzige Wohnung lag ebenfalls in der Altstadt von Siena. Dort, wo das Leben pulsierte, nicht weit von der Piazza del Campo und auch nicht vom Wahnsinnshaus ihrer Mutter entfernt. Fußläufig vielleicht zehn Minuten.

Sie wohnte in einer engen Gasse, erster Stock, zwei Zimmer, Küche, Bad und ein Balkon zum Innenhof, in dem Farne, Zitronen- und Feigenbäumchen ihr armseliges, sonnenarmes Dasein fristeten. Auch ein trockner Olivenbaum kämpfte ums Überleben.

Dennoch ihr kleines Paradies. Bisher hatte sie kein Mann aus dieser Wohnung weglocken können, selbst ein Palast hätte sie nicht gereizt, und auch mit ihrem Freund Luigi war das Thema einer gemeinsamen Wohnung noch nie zur Sprache gekommen.

Kaya war vollkommen zufrieden. Wenn sie nach Hause kam, schlich ihr die Katze schnurrend um die Beine, dann nahm sie sie auf den Arm und kraulte ihr den Bauch, den Hals und das Köpfchen zwischen den Ohren, zog ihre Schuhe aus, setzte sich an den Küchentisch und schaltete ab. Gab der Katze Futter und sich selbst ein Glas Wein. Sie hatte eine Fluchtburg, war für die Welt unerreichbar und konnte sogar zu Luigi sagen: »Bitte, lass mich allein.«

Heute hatte sie den ganzen Tag für die Uni gearbeitet. Praktische Philosophie, angewandte Ethik, in drei Wochen wollte sie ihre Semesterarbeit fertig haben.

Ein paarmal klingelte das Telefon. Sie ging nicht ran. Würde irgendwann zurückrufen.

Die Balkontür stand halb offen. Der Sommer war in der Stadt, und sie würde schon bald nächtelang auf dem Balkon, in kleinen Trattorien und auf Sienas Plätzen herumsitzen, würde im T-Shirt durch die Gassen laufen und mit Luigi auf der Piazza del Campo Prosecco trinken.

Das Leben war so unglaublich schön, aber vorher musste sie noch diese verdammte Semesterarbeit auf die Reihe kriegen.

Kaya trank ihren Weißwein und wollte sich gerade auf Netflix die dritte Folge einer Dramaserie ansehen, als wieder das Telefon klingelte.

Auf dem Display sah sie, dass es ihre Mutter war. Außerdem bemerkte sie erst jetzt, dass der Anrufbeantworter unaufhörlich blinkte, das war ihr bisher noch gar nicht aufgefallen. Obwohl sie absolut keine Lust hatte zu telefonieren, atmete sie tief durch und hob ab.

Ohne Vorwarnung sagte ihre Mutter: »Kaya, Liebes, es ist etwas Schreckliches passiert. Dein Großvater ist heute gestorben.«

Kaya blieb stumm. Sie hatte verstanden, was ihre Mutter gesagt hatte, aber die Botschaft war dennoch nicht bei ihr angekommen. Ihre Gedanken verirrten sich, und darum konnte sie nicht antworten.

»Kaya?«

»Ja.«

»Hast du mich gehört?«

»Ja.«

Beide Frauen schwiegen. Unerträglich lange. Dann sagte Elena: »Bitte, komm nach San Gusmè. Carina hat bereits der halben Welt Bescheid gesagt. Ich schaff diesen Rummel nicht. Komm her und hilf mir! Bitte! Ich weiß auch nicht, wann die Beerdigung ist. In zwei oder drei Tagen? Keine Ahnung. Aber es wird sehr bald sein.«

»Wie ist er gestorben?«, fragte Kaya tonlos.

»Quasi in meinen Armen. Ich habe alle aus seinem Zimmer gescheucht. Er hatte am Vormittag einen Herzinfarkt erlitten und war sehr schwach, aber er hat mich noch erkannt. Er sagte ein paar Worte, ich hielt seine Hand, und dann schlief er einfach ein. Zum Glück war ich bei ihm und nicht Carina. Es war ein leichter, würdiger Tod. Aber er kam auch für mich vollkommen überraschend.«

Kaya, die Carina eigentlich ganz gern mochte, sah das völlig anders, aber sie erwiderte nichts.

»Wann kannst du kommen?«, fragte Elena.

»Morgen eventuell«, meinte Kaya, »ich weiß noch nicht genau, ich muss erst mal sehen, wie das alles ist, was ich für Termine hab, wie ich das alles hinkriege. Ich bin jetzt erst mal vollkommen geplättet, Mama, ich kann gar nicht klar denken, bitte, lass uns morgen telefonieren, ja?«

»Va bene. Ciao carissima, versuch trotz allem zu schlafen.«

Elena legte auf.

Opa, dachte Kaya, mein über alles geliebter nonno!

Das Erste, an das sie sich erinnern konnte, war ein riesiges Fest in Rom. Da war sie fünf, und ihr Opa ging in Pension. Er wurde in Reden überschwänglich gefeiert und bekam einen Haufen wertvoller Geschenke zum Abschied. Da hatte sie begriffen, dass ihr Opa nicht nur für sie, sondern offensichtlich auch für Italien etwas Besonderes war.

Dann zog er nach San Gusmè, lebte ruhig und zufrieden. Der Rummel war vorbei.

Nonno, weinte sie, du warst immer so stark, so klug, ich hab dich so geliebt. Und jetzt sollst du nicht mehr da sein? Völlig unmöglich und völlig unerträglich.

Sie rief Luigi an.

Er hob ab und brüllte: »Pronto!«

Wie sie das hasste! Umso leiser sagte sie: »Luigi, mein Großvater ist tot. Ich muss zur Beerdigung. Kommst du mit? Bitte!«

In der Leitung war es still.

»Luigi?«

»Ja?«

»Ich hab dich was gefragt.«

»Was?«

»Mein nonno ist tot. Ich muss zur Beerdigung nach San Gusmè. Wirst du mitkommen?«

»Ich kannte ihn doch kaum«, röchelte Luigi, und im Hintergrund donnerten die Bässe irgendeiner drittklassigen Band.

»Bitte.«

»Va bene. Wann?«

»Ich weiß es noch nicht. Wo bist du?«

»In einer Bar in der Via dei Pittori. Mit Livemusik!«

»Ich versteh dich kaum. Ich ruf dich morgen noch mal an. Buonanotte.«

»Buonanotte.«

Kaya legte auf. Zum Glück würde Luigi dabei sein. Dann war sie nicht ganz allein, und dann war alles leichter zu ertragen.

Sie schlang ihre Bettdecke um ihre Füße, löschte das Licht und atmete tief aus. Zwang sich, zur Ruhe zu kommen.

Mimi rollte sich am Fußende zusammen und schnurrte leise.

Und dann weinte Kaya sich in den Schlaf.

17

Als sie wussten, dass sie am nächsten Tag ins Fernsehstudio zu RAI UNO nach Florenz fahren würden, hatte Gitta sich noch schnell ein schwarzes T-Shirt auf dem Markt gekauft. Sie war in Trauer. Alles andere, was sie in ihrem Koffer hatte, war Urlaubsgarderobe und erschien ihr unangebracht für die Öffentlichkeit.

Die Maskenbildnerin, die ihr Gesicht abpudern wollte, wischte sie mit einer energischen Handbewegung weg.

Sie fühlte sich wie in einem Paralleluniversum, in dem sie sich nicht zurechtfand. Gleich in wenigen Minuten, wenn die Sendung begonnen und die Moderatorin ihren Fall anmoderiert hatte, musste sie etwas Sinnloses erledigen: Sie musste den Entführer ihres Sohnes bitten, ihr Kind zurückzugeben.

Was für ein Irrsinn! Sie war sicher, ihr Sohn war tot. Er kam nicht mehr zurück. Was auch immer sie sagte, der Mörder pellte sich ein Ei darauf, voller Gewissheit, dass die Leiche, die er sicher sorgfältig vergraben, versteckt oder entsorgt hatte, nicht entdeckt wurde.

Aber sie tat sich diesen Tort an, weil sie hoffte, dass zumindest irgendwann nicht nur Jonas gefunden, sondern auch der Mörder überführt und verurteilt wurde. Und vielleicht würde Elmar hingehen und ihm – wenn er die Gelegenheit dazu bekäme – die Kehle durchschneiden.

Elmar war dazu in der Lage. Das wusste sie. Und dieses Szenario bot ihr zumindest ein bisschen Trost und eine kleine Perspektive.

Die Sendung begann, und die Moderatorin schilderte den Fall.

Ab und zu schwenkte die Kamera auf Elmar und Gitta, die schweigend warteten.

Elmar sah aus wie immer. Nach zweieinhalb Wochen Urlaub braun gebrannt, die Haare ein wenig zu lang, was ihm gut stand, und es hatte etwas Energisches und gleichzeitig Lockeres, wenn er sie sich aus dem Gesicht strich.

Gitta hingegen war bleich und vollkommen ungeschminkt. Ihre Haare hingen ohne Spannung herab, ihre Augen strahlten nicht, sondern wirkten ausdruckslos und vom vielen Weinen entzündet. Ihre Lippen waren so grau wie ihre Gesichtshaut, als Lippen kaum noch erkennbar.

Gitta sah aus wie ein Mensch, der eine Woche lang in einem kalten Keller dahinvegetiert und sich die Augen aus dem Kopf geheult hatte.

»Signora Wengler«, sagte die Moderatorin, »Ihr Sohn verschwand am vergangenen Samstag auf dem Dorffest in Ambra. Plötzlich war er weg, Sie haben ihn stundenlang gesucht und nicht gefunden.«

Gitta und Elmar nickten.

»Was glauben Sie, Signora, was Ihrem Sohn passiert ist? Sie haben sicher unentwegt darüber nachgedacht, was ihm geschehen sein könnte …?«

»Wir hatten einen fantastischen Urlaub hinter uns«, sagte Gitta leise, »Jonas war traurig, dass er schon fast zu Ende war. Wir hatten keinen Streit, wir waren glücklich miteinander. Jonas wäre niemals abgehauen, warum auch? Nein, ich glaube, dass irgendjemand ihn mitgenommen hat. In ein Auto gelockt oder mit Gewalt gezerrt hat. Und dieser Jemand hat ihn irgendwo hingebracht. Und wir wissen nicht, wohin und warum. Es ergibt keinen Sinn!«

Alles, was Gitta oder Elmar sagten, wurde simultan ins Italienische übersetzt.

»Sie glauben also, dass Ihr Sohn entführt worden ist?«

»Ja, das glauben wir«, schaltete sich Elmar ein, »obwohl es von den Entführern keinerlei Lösegeldforderungen gibt.«

»Bitte, Signora«, sagte die Moderatorin, »falls das so gewesen sein sollte, gibt es etwas, das Sie unseren Zuschauern oder dem Entführer Ihres Sohnes sagen wollen?«

Gitta nickte und schwieg. Ließ sich Zeit, ihre Gedanken zu sammeln. Auf einmal war alles anders. Hundertmal hatte sie sich ihre Worte genau überlegt, und jetzt wusste sie nicht weiter. Ihr Kopf war wie leer gefegt, jede wohldurchdachte Formulierung hatte sie vergessen.

»Signore und Signori«, begann Gitta, und dann brach sie in Tränen aus. Weinte um ihr verschwundenes Kind, um ihr kaputtes Leben, um ihre zerstörte Beziehung. Weinte um Jonas, von dem zig Bilder vor ihrem geistigen Auge auftauchten, die sie nicht ertragen konnte.

Die Maskenbildnerin reichte ihr ein Taschentuch. »Es tut mir leid«, stotterte Gitta und schnäuzte sich die Nase. »Bitte entschuldigen Sie.«

Im Studio war es mucksmäuschenstill. Die Kamera hatte Gitta unentwegt im Bild, und auch die Moderatorin schwieg.

Es schien ein großer, emotionaler Fernsehmoment zu werden.

»Als ich ihn auf die Welt gebracht habe und zum ersten Mal in meinen Armen hielt«, begann Gitta zögernd und leise, »da hab ich vor Gott und der Welt geschworen, dieses Leben, diesen kleinen, zarten Menschen und seinen so verletzlichen Körper zu beschützen. Mein Blick auf das Leben veränderte sich, ich spürte vierundzwanzig Stunden am Tag die Verantwortung für dieses zerbrechliche Wesen. Er ist die große Liebe meines Lebens. Eine größere gibt es nicht. Und jetzt hat mir jemand dieses geliebte Wesen genommen. Er hat mir mein Leben genommen.

Bitte, gib ihn mir wieder, und ich werde dir verzeihen.

Aber wenn du ihm etwas angetan, wenn du ihn getötet hast, dann werde ich dich verfolgen, und ich werde dich umbringen. Das schwöre ich. Mein Leben wird kein anderes Ziel mehr haben. Aber bitte, lass uns Frieden schließen und gib ihn mir wieder. Bitte!«

Sie schlug die Hände vors Gesicht und brach erneut in Tränen aus.

Elmar legte den Arm um sie und drückte ihr einen Kuss auf den Scheitel.

Die Kamera nahm wieder die Moderatorin ins Bild, die sich nun an das Publikum wandte: »Liebe Zuschauerinnen und Zuschauer, falls Sie am Wochenende auch bei der Sagra della lumaca in Ambra waren und irgendetwas beobachtet oder bemerkt haben, was wichtig sein könnte, dann melden Sie sich bitte hier bei uns, bei RAI UNO, die Nummer sehen Sie unten eingeblendet, oder direkt bei den Carabinieri in Ambra, auch diese Nummer sehen Sie eingeblendet.

Signora e Signor Wengler, ich danke Ihnen ganz herzlich, dass Sie ins Studio gekommen sind, und ich wünsche Ihnen alles Gute und hoffe, dass Sie Ihren Sohn wiederfinden!«

Elmar und Gitta nickten und standen auf.

»Wir danken auch.«

Dann gingen sie gemeinsam hinaus.

»Ich hab es versaut«, sagte Gitta unglücklich.

»Nein, das hast du nicht!«, meinte Elmar leise. »Im Gegenteil.«

18

Kaya und Luigi kamen erst am Tag der Beerdigung, kurz vor den Feierlichkeiten.

Elena trug einen schmalen, schwarzen Hosenanzug, der einen perfekten Kontrast zu ihrem blonden Haar bildete, sie war dezent geschminkt, und ihr Blick war traurig, aber klar.

»Hättet ihr nicht ein wenig früher kommen können?«, fragte sie mit leichtem Vorwurf in der Stimme, als sie Kaya und Luigi in die Arme schloss. »Es ist doch nur eine halbe Stunde von Siena, und ich hätte euch in den letzten beiden Tagen hier wirklich gebraucht. Ich war ganz allein gegen die geballte Carina-Front.«

»Ich konnte nicht«, sagte Kaya, deren ungeschminktes Gesicht voller Trauer und Schmerz war, und sie wirkte, als würde sie die bevorstehende Beerdigung kaum durchstehen. »Ich hab es nicht geschafft. Hab stundenlang im Bett gelegen und geheult und überlegt, ob ich überhaupt kommen soll, es hat mich alles überfordert, deine Erwartung, dieser ganze Trubel hier, deine Wut und Enttäuschung, wenn ich nicht spure und nicht mache, was du willst ...«

Luigi sah Elena an und zuckte die Achseln.

»Danke, dass du dennoch gekommen bist.« Elena umarmte ihre Tochter erneut und spürte, wie diese sich innerlich wenigstens etwas entspannte und langsam lockerer wurde.

Immer wenn Elena ihre Tochter ansah, sah sie sich selbst mit Anfang zwanzig. Kaya war ihr wie aus dem Gesicht geschnitten, nur eben vierundzwanzig Jahre jünger. Oft hatten sie Selfies gemacht, Mutter und Tochter, zwei Frauen, die sich so verdammt ähnlich sahen, auf einigen Fotos wirkten sie sogar wie Schwestern. Und nur wenn man ganz genau hinguckte, sah man die zwanzig intensiv gelebten Jahre, die Elenas Gesicht Fältchen und Konturen gegeben hatten.

Doch gerade heute hatte Kaya es wohl direkt darauf angelegt, sich von ihrer Mutter und deren Eleganz deutlich zu unterscheiden. Sie trug Turnschuhe, eine blaue Jeans und eine schmucklose schwarze Bluse. War vollkommen ungeschminkt und hatte ihr Haar im Nacken zu einem schlichten Knoten gebunden.

Luigi erschien im studentischen Schlabberlook: anthrazitfarbenes Schlabberhemd, schwarze Schlabberhose, obligatorische Sonnenbrille, Turnschuhe.

Elena war froh, dass er nicht auch noch ein Basecap mit grellroter Werbung für IPERCOOP oder JUVE trug, aber sie fand beide total underdressed. In diesem Outfit könnten sie auch den Hund im Wald ausführen oder auf dem Markt Gemüse kaufen. Aber sie sagte nichts. Vielleicht hatte Kaya ja zu diesem Anlass wirklich keine angemessene Garderobe. Doch selbst dann hätte sie sich wirklich etwas kaufen können.

Elena seufzte leise. »Komm, cara, komm, Luigi, ich zeige euch euer Zimmer. Ich habe euch im Ostflügel untergebracht, im Zimmer neben mir, abseits des Rummels und weit weg von Carina und ihren Lakaien. Da haben wir ein bisschen Ruhe. Die meisten Leute sind schon da, in anderthalb Stunden geht es los. Möchtet ihr euch noch ein bisschen frisch machen oder umziehen?«

»Nein«, sagte Kaya, »es ist alles okay. Wir bleiben so.«

»Va bene. Andiamo.«

Der Sarg in der hauseigenen Kapelle war offen, mit roten Rosen und weißen Lilien geschmückt. Hans-Joachim lag mit gefalteten Händen auf weißem Damast, gekämmt, geschminkt und maniкürt und wirkte, als würde er jeden Moment aufstehen und dem Sarg entsteigen.

Man sah sofort, dass er einmal ein wirklich schöner Mann gewesen war.

Freunde, Bekannte und ehemalige Weggefährten aus der Politik flanierten am Sarg vorbei und trugen sich ins Kondolenzbuch ein.

Für Carina war es der wichtigste Tag ihres Lebens – für Elena der Horror schlechthin.

Carina begrüßte die politische Prominenz, lachte hier, schmeichelte dort, zwitscherte in einem fort und spielte gleichzeitig die trauernde Witwe und die Hausherrin von Casa Colleverde. Es gelang ihr, dieses Anwesen inmitten der verschwiegenen Hügel der Toskana durch ihre schillernde und flatternde Präsenz zum Mittelpunkt der Welt zu machen – und Elena wurde speiübel.

Anschließend liefen die Trauergäste den Weg hinauf in den kleinen mittelalterlichen Ort San Gusmè, wo die Messe in der Chiesa della Compagnia della Santissima Annunziata stattfand.

Papa, dachte Elena während der Messe. Mehr nicht. Papa. Sie dachte nicht an ihre Kindheit, nicht an schöne und schmerzliche Situationen mit ihrem Vater, sie dachte nur: Papa. Ihr Kopf war vollkommen leer.

Diese Trauerfeier in der Kirche war so fremd, so weit weg, hatte nichts mit ihr zu tun. Sie konnte nicht weinen, sie dachte nur, wann ist es endlich vorbei. Und hinterher werde ich all die Leute begrüßen müssen, werde Hände schütteln und mit Prosecco anstoßen. Werde Small Talk machen und versuchen, mich anständig zu benehmen. Werde mich anstrengen, Carina zu ertragen und ihr keinen Rotwein übers Kleid zu gießen. Oh, mein Gott, wie schrecklich war doch dies alles.

In der Kirche saß sie neben Kaya und Luigi in der ersten Reihe. Mit einem Strauß in der Hand. Kaya in ihren Jeans und der ordinären Bluse und Luigi in seinem Schlabberlook. Elena schüttelte sich innerlich und durfte gar nicht hingucken, damit ihr nicht übel wurde.

Die Orgel ertönte. Elena fand es grauenhaft. Natürlich: Carina hatte die Musik ausgesucht. Nicht Charles Trenet mit »La Mer«, den Song, den ihr Vater sein Leben lang über alles geliebt hatte, nein, irgendwelche hochgestochene Orgelmusik, die niemanden emotional berührte, weil niemand sie mit irgendeiner persönlichen Situation mit ihrem Vater in Verbindung brachte.

Carina war perfekt darin, jede Emotion abzutöten. Bloß keine lustvolle Erinnerung, die einem das Lächeln ins Gesicht zauberte oder die Augen mit Tränen füllte, es ging ihr nicht um ihn, sondern nur um sich. Sie war die Hauptfigur, sie bestimmte, wo's langging.

Und dann passierte es. Während des Orgelkonzerts vibrierte Elenas Handy.

Eine SMS.

Elena erstarrte. Ihr Gesicht wurde flammend rot.

Obwohl es in der Kirche und während der Trauerfeier überaus peinlich war, öffnete sie die SMS und las sie tief unter der Kirchenbank genau: »Treffen heute um neunzehn Uhr in Marina di Grosseto. Im Ristorante ›Al Mare‹, direkt am Hafen. Bitte um weiße Kleidung.«

Elena klickte die SMS weg und sah auf die Uhr. Es war jetzt zwanzig nach zwölf. Bis Marina di Grosseto brauchte sie von zu Hause aus mit dem Auto anderthalb Stunden, wenn sie nicht in einen Stau kam. Sie müsste von dort also spätestens um siebzehn Uhr losfahren. Das waren noch gute vier Stunden. Sie musste zurück in ihre Wohnung, sich umziehen, ein paar Vorbereitungen treffen, das eine oder andere regeln. Schließlich war sie dann zwei Tage nicht da.

Die Trauerfeier dauerte mindestens noch eine halbe Stunde, die Beisetzung war bei den vielen Beileidsbezeugungen auch keine schnelle Sache, und schließlich kam am Abend die cena mit sämtlichen Gästen.

Nein, das funktionierte alles nicht.

Sie saß da, sah auf das schöne Bild ihres Vaters, und ihr Herz raste. Wie verlockend, dem allen hier zu entfliehen: dem ständigen Gedanken an den Tod ihres Vaters, der Zicke Carina und der Peinlichkeit, dass ihre Tochter und ihr Freund aussahen wie die letzten vagabondi. Abzutauchen in ihre kleine geheime Welt, ihre Lust, ihr Abenteuer.

Ihr Puls tobte in ihren Schläfen, als sie sich zu ihrer Tochter beugte und leise sagte: »Tut mir leid, aber ich habe einen heftigen Migräneanfall, kann die Kopfschmerzen nicht mehr aushalten, muss mich gleich übergeben, scusa, aber ich muss gehen. Entschuldige mich bitte. Es tut mir wirklich leid.«

»Soll ich dir helfen?«, fragte Kaya erschrocken.

»Nein, es geht schon. Ciao.«

Leise und gebückt verließ sie die Kirche. Sie ahnte, dass sich einige sicher völlig fassungslos umsahen, spürte ihre Blicke in ihrem Rücken. Aber es war eben so. Sie konnte es nicht ändern. Manchmal musste sie sich auch mal um ihr eigenes Ding kümmern. Und dann war sie einfach mal eine Weile weg. Verschwunden.

Die schwere Kirchentür schloss sich hinter ihr, und da dicke Filzstoffe den Kirchenraum vor Zugluft abschotteten, hörte es niemand.

PASSION

19

Als sie auf ihr Auto zulief, sah sie sich noch einmal um, aber niemand folgte ihr.

Sie fuhr los. Die Straßen waren frei, und nach einer halben Stunde erreichte sie Siena. Da sie einen festen ersten Wohnsitz in Siena hatte und einen Parkplatz am Haus vorweisen konnte, durfte sie direkt in die Altstadt reinfahren, die für Nichtansässige und Touristen gesperrt war.

Sie fuhr auf ihren hauseigenen Parkplatz, sprang aus dem Wagen, rannte ins Haus und sah aus dem Augenwinkel, wie das klare Wasser im Pool wieder funkelte, als wäre es das Natürlichste von der Welt. Alberto war ein Schatz.

Kurz darauf ging sie unter die Dusche, wusch sich die Haare, föhnte sie, cremte sich ein und parfümierte sich, zog sich an, legte Alberto einen Zettel hin, auf dem sie ihn bat, die Rosen zu beschneiden, sie müsse ganz plötzlich nach Rom, wäre aber in zwei Tagen zurück.

Alles in Ordnung.

Dann schickte sie Kaya eine WhatsApp. »Liege im Bett. Im Dunkeln. Hoffe, dass es bald vorbeigeht. Es ist grauenhaft. Ich melde mich bei dir, wenn es mir besser geht. Ciao, baci, Elena.«

Sie sah auf die Uhr. Zehn vor drei.

Nicht mehr lange, dann würde sie ihn treffen. Ihr ganzer Körper vibrierte, so erregt und gespannt war sie. So sehr freute sie sich auf ihr nächstes sexuelles Abenteuer.

Sie war noch nicht lange bei der Agentur, hatte sich erst dreimal bestellen lassen, hatte sich mit Männern getroffen, die sie begehrten, die sie reich beschenkten und sich ein Wochenende mit ihr sehr viel kosten ließen.

Vielleicht war die Erklärung zu einfach, aber das unbeachtete, ungewollte Kind in ihr, das um die Liebe seiner Mutter immer erfolglos gekämpft und gebettelt hatte, war plötzlich die Königin. Die Geliebte, die Begehrte, das Sehnsuchtsobjekt. Der Mittelpunkt, der Höhepunkt im Leben eines Mannes. Zwei Tage lang.

Noch nie hatte sie etwas Schöneres, Erfüllenderes erlebt.

Es war das Salz in der Suppe ihres Lebens, auch weil sie fühlte, dass der Tod allgegenwärtig und völlig unberechenbar war. Ihre Mutter war an einem hellen Frühlingsmorgen in ihrem Atelier urplötzlich zusammengebrochen, ein Aneurysma war geplatzt, sie war quasi in ihrem eigenen Blut ertrunken und gestorben. Und nun hatte der Herzinfarkt auch ihren Vater überraschend aus dem Leben gerissen.

Sie wollte einfach nur leben. All das tun, was brave Mädchen eigentlich nicht taten. Wollte sich vergessen, verlieren und über die Stränge schlagen. Und gespannt darauf warten, was sie heute in Marina di Grosseto erwartete.

Nur das war Leben pur.

20

Ein Treffen am Meer. Vor Jahren war sie mal in Marina di Grosseto gewesen und hatte nur noch eine vage Erinnerung an diese kleine touristische Stadt. Ein Hafen, wenige Wohn- und viele Ferienhäuser, ein paar Restaurants. Wahrscheinlich standen dort mittlerweile luxuriöse Hotels. Es würde wunderschön werden. Auf der Promenade den Sonnenuntergang genießen, essen gehen und dann vom Hotel aus aufs Meer schauen, sehen, wie das Licht des bleichen Mondes auf dem Wasser glitzerte, ins Bett gehen und danach auf dem nächtlichen Balkon in der warmen Sommernacht noch einen Prosecco trinken ... Was für eine grandiose Idee!

So ein Ort gefiel ihr. Das erste Mal war sie nach Florenz bestellt worden, das zweite Mal nach Rom und das dritte Mal in ein stilles Haus in den umbrischen Bergen.

Aber sie musste aufpassen. Musste ihr gewohntes Umfeld verlassen, weil sonst die Gefahr bestand, dass der Besteller sie kannte. Das wäre eine Katastrophe. Dann könnte alles auffliegen und alles vorbei sein. Dann wäre ihr Ruf dahin, ihr Job, ihr ganzes Leben.

Dementsprechend entspannt fuhr sie zu diesem Date heute Abend am Meer. Niemand würde sie dort kennen.

Auch diesmal hatte sie nicht die geringste Ahnung, wer der Besteller war, durfte sich auch nicht bei der Agentur erkundigen.

Es war immer ein Blind Date. Wahrscheinlich auch ein ungleiches, unfaires Spiel, das war ihr völlig klar, aber sie wollte es so. Heute Abend um neunzehn Uhr gab sie alles ab: ihre Freiheit, ihre Selbstbestimmtheit, ein Stück weit auch ihre Würde. All das, was vor dem Gesetz als unantastbar galt. Aber das war es, was ihre Lust ausmachte: Sie lieferte sich einem Fremden vollkommen aus und tat zwei Tage lang bedingungslos, was er wollte. Und nur die Agentur wusste, wer er war.

Ihr Einfluss und ihr Reichtum nützten ihr gar nichts mehr.

In den kommenden achtundvierzig Stunden konnte alles geschehen, sie war bereit, sich vollkommen aufzugeben.

Das war der Reiz an dem gefährlichen Spiel, an dem Treffen, das ihr bevorstand.

Viertel vor sieben stieg sie in Marina di Grosseto aus dem Auto. Die letzten Meter wollte sie zu Fuß gehen.

Elena war entsetzt. Marina di Grosseto hatte sich nicht zum Positiven, sondern eher zum Negativen entwickelt. Es waren keine Luxushotels am Meer entstanden, der Pinienwald war abgebrannt, und einige Häuser standen leer. Auch viele Geschäfte waren geschlossen und hatten das Schild »Chiuso« ins Fenster gehängt, der Wind fegte durch die Straßen, und es waren kaum Touristen unterwegs.

Was will er hier mit mir?, fragte sie sich.

Sie trug ein schmales, weißes, knielanges Kleid, darüber eine leichte helle Jacke. Die locker fallenden Stoffe umspielten ihren Körper, goldene Sandaletten waren der glanzvolle i-Punkt zu dem eleganten, aber schlichten Outfit, denn Elena hatte auf jeglichen Schmuck verzichtet. Hier in dieser Hafenstadt kam sie sich total unpassend gekleidet vor.

Und obwohl es ein warmer Sommerabend war, fröstelte sie.

Langsam ging sie auf das Restaurant »Al Mare« zu.

Aber dort war niemand, der nach ihr Ausschau hielt.

Sie sah auf die Uhr. Eine Minute nach sieben.

Okay. Vielleicht gehörte es zum Spiel und zu seinem Plan, dass er sie warten ließ.

Elena hatte ihn nicht kommen hören und war vollkommen überrascht, als sich plötzlich eine Hand von hinten auf ihre Schulter legte.

»Signora?«, fragte eine dunkle, warme Stimme.

»Ja?« Sie drehte sich um und sah ihn an. Er war größer als sie und vielleicht zehn Jahre älter. Sein Haar war voll, aber in den Ansätzen bereits grau, ebenso sein gepflegter Bart. Seine dunklen Augen strahlten Wärme und Herzlichkeit aus. Sie fasste sofort Vertrauen zu ihm.

»Wollen wir hineingehen?«, fragte er.

Sie nickte dankbar.

Nur zwei Minuten später saßen sie auf einer wunderschönen Terrasse mit Blick auf den Hafen. Die im Wind klappernden Schäkel der Segelboote klangen wie die Töne eines Xylofons, es war Musik in ihren Ohren.

»Da wären wir«, sagte er.

»Ja, da wären wir.« Sie fragte sich, was jetzt kommen würde.

»Wie heißt du?«, fragte er.

»Das weißt du doch. Laura«, antwortete sie. »Und du?«

»Vito.«

»Lebst du hier in der Gegend?«

»Nein.« Er antwortete so kurz angebunden, dass sie nicht weiterfragte. Es war ja auch egal, und Anonymität war das Credo der Agentur.

»Magst du Rotwein?«

»Gern.«

»Prosecco?«

»Sehr gern.«

»Champagner?«

»Am liebsten.«

»Va bene.« Er rief die Bedienung.

Wenig später prosteten sie sich zu.

»Es ist schade, dass eine wunderschöne Frau wie du so gar keinen Schmuck trägt«, sagte Vito. »Darum hab ich dir etwas mitgebracht.« Er öffnete ein Kästchen mit zwei wunderschönen Ohrringen.

Dass sie aus Gold mit echten Brillanten und bestimmt tausend Euro wert waren, sah sie sofort.

»Nein!«, sagte sie und tat überrascht. »Für mich?«

Vito lachte. »Für wen denn sonst? Du bist für mich die schönste Frau der Welt.«

Elena legte die Ohrringe an.

Das war der Moment. Jetzt war der Vertrag geschlossen, nun gehörte sie ihm.

Der Kellner kam, und sie bestellten.

Als sie aßen, fragte Vito: »Und? Hattest du eine lange Anreise? Ich meine, gab es Probleme, weil ich mich ja sehr kurzfristig gemeldet habe?«

Elena lächelte. »Nein, alles gut. Ich konnte mich im Büro freischaufeln und sofort losfahren. Gott sei Dank!«

»Großartig!«, sagte er. »Ich hatte schon befürchtet, dass es nicht klappt. Aber jetzt bin ich richtig glücklich.«

Sie sah ihn an. Er gefiel ihr. War genau der Typ, der ihr unter vielen auffallen würde. Er hatte etwas Jungenhaftes, trotz der ersten Falten und grauen Haare. Sein Körper wirkte immer noch sportlich und seinem Alter entsprechend durchtrainiert, aber das Schönste an ihm waren seine Hände, seine langen, gepflegten Finger. Was bist du?, fragte sie sich. Frauenarzt? Philosoph? Oder Goldschmied? Seine Bewegungen waren ruhig und zart, und es war eine Freude zu sehen, wie bedachtsam er das Fleisch schnitt. Als würde er es sezieren oder vorsichtig und vor aller Augen einen Hochzeitskuchen anschneiden.

Da gab es kein Zittern, keine vorschnellen Bewegungen, kein

nervöses Nesteln, auch nicht – denn das hatte er längst bemerkt –, wenn er beobachtet wurde.

»Was guckst du?«, fragte er.

»Mir gefallen deine Hände«, sagte sie.

»Du gefällst mir als Ganzes«, meinte er lächelnd, »und ich möchte, dass wir das schönste Wochenende deines Lebens erleben werden.«

So etwas hatte noch nie jemand zu ihr gesagt. Sie wurde rot. »Ich freu mich drauf«, antwortete sie leise.

Als sie mit dem Essen fertig waren, verlangte Vito die Rechnung, bezahlte und sah sie an. »Gehen wir?«, fragte er.

»Wohin?«

»Dorthin, wo wir unsere erste Nacht verbringen werden.«

Sie lächelte, nickte und folgte ihm.

Und damit begann ihre zweitägige Reise ins Ungewisse.

21

Er führte sie durch den Hafen über ein verwirrendes Geflecht von Stegen, die alle mit Buchstaben und Nummern gekennzeichnet waren, und brachte sie zu einer Motoryacht. Fünfzehn Meter, Luxus pur.

»Da wären wir«, sagte er. »Das ist meine *Abbraccio*. Unser Liebesnest für die nächsten zwei Tage. Wir werden an der Küste entlangschippern, die traumhaftesten Häfen genießen und uns lieben. Was gibt es Schöneres?«

Was für ein schöner Name, dachte sie, »abbraccio« – »Umarmung«. Dennoch war ihr mulmig zumute.

Vito zog seine Schuhe aus, ließ sie auf dem Steg stehen, ging an Bord, Elena zog ebenfalls die Schuhe aus und folgte ihm.

Er bemerkte es und fragte: »Du kennst dich aus an Bord eines Schiffes?«

Elena nickte.

Er führte sie herum. »Hier ist der Steuerstand, siehst du ja, meine kleine Brücke sozusagen. Von hier aus hat man einen guten Blick übers Schiff und übers Wasser.«

Sie nickte und folgte Vito eine Treppe in den Bauch des Schiffes hinunter.

»Wie du siehst, ist hier der Salon mit Fernseher, Stereoanlage und allem Klimbim, das dort ist die Küche mit unglaublich viel

Platz, Kühlschrank, Spülmaschine, Waschmaschine, Backofen, Mikrowelle und allem, was das Herz begehrt. Direkt gegenüber, im Bug sozusagen«, er öffnete eine Tür, »sind Gästezimmer und Gästebad, und hier«, er öffnete eine weitere Tür, »ist mein kleines Büro. Es ist gut, wenn man auch auf See nicht ganz aus der Welt ist und noch das eine oder andere Bürokratische erledigen kann. Aber jetzt zeig ich dir unser Reich, unser Schlafzimmer.«

Er nahm sie an der Hand und führte sie zum Heck des Schiffes in die Eignerkabine mit Einbauschränken, zwei riesigen Spiegeln und einem gewaltigen Doppelbett. »Und hier ist natürlich auch noch ein Bad. Nur für uns.« Es lag dem Bett genau gegenüber.

»Und?«, fragte er und sah Elena abwartend an.

»Wunderschön! Wirklich, das Schiff ist ein Traum!« Aber so richtig begeistert klang das nicht, was Vito auch zu bemerken schien.

»Ich muss kurz an die frische Luft«, sagte sie entschuldigend und hastete nach oben und vor bis zum Bug.

Der Hafen war in gelbliches Licht getaucht, aus den Bullaugen der Boote leuchtete es über den Steg.

Am Horizont sah sie, wie das letzte Glimmen des Tages erlosch, scheinbar im Meer versank und sich mit dem Dunkel der Nacht vermischte.

Vito legte den Arm um sie. Sie hatte ihn gar nicht kommen hören. »Lass uns in die Nacht fahren«, sagte er leise. »Keine Angst, das Wetter ist herrlich, und da draußen sind wir ganz allein. Komm, machen wir die Leinen los!«

»Bitte nicht, Vito!«, hauchte sie entsetzt. Mit dem Boot rauszufahren hätte sie schon enorme Überwindung gekostet, aber in die Nacht zu fahren war gänzlich unmöglich. Für sie das Schlimmste überhaupt.

»Bitte, Vito, lass uns die Nacht über hier bleiben! Der Hafen ist so wunderbar, lass uns ins Bett gehen und hier schlafen!«

»Das stimmt, eine Nacht im Hafen ist schön. Aber auf dem Meer ist sie noch viel schöner. Und jetzt mach die Leinen los, ich lass den Motor an! Morgen früh sind wir auf Elba!«

Sie wusste, dass sie nichts dagegen tun konnte. Sie konnte jetzt nicht von Bord springen, er hatte die Gangway bereits eingeholt, sie würde sich die Knochen brechen oder zwischen Kai und Bordwand fallen und zerquetscht werden. Sie hatte keine Chance, fügte sich in ihr Schicksal und machte mit zitternden Händen die Leinen los.

Der Motor lief und ließ das Wasser am Heck sprudeln.

»Sind wir frei?«, fragte Vito rufend. »Alles klar?«

»Alles klar!«, rief sie ziemlich laut, um das Motorengeräusch zu übertönen.

Das Schiff glitt langsam aus dem Hafen.

Vito schaltete Musik an.

Von sämtlichen Bordlautsprechern über und unter Deck erschallte »Gente di mare« von Raf und Umberto Tozzi.

Vito legte den Arm um sie. »Vielleicht fahren wir beide ja irgendwann mal um die Welt.«

Elena wurde schwindlig. Sie musste sich an der Reling festklammern. Ihr ganzer Körper zitterte und bebte, sie konnte sich kaum noch auf den Beinen halten.

Genau dieses Lied hatte auch Cosimo immer aufgelegt, wenn sie einen Hafen verließen.

Damals, in diesem traumhaften letzten Urlaub. Als sie die Leinen losmachten zur Überfahrt nach Sardinien.

Die Erinnerung brach über sie herein wie ein einstürzendes Haus, das keinen Stein mehr auf dem andern lässt und mit beißendem Staub den Atem raubt.

Sie waren auf dem Weg nach Sardinien, wollten dort ihren Sommerurlaub verbringen. Ihre Dreizehn-Meter-Yacht war nagelneu, und sowohl Elena als auch Cosimo, ihr langjähriger Lebensgefährte und Kayas Vater, der sich inständig weigerte zu heiraten, hatten sich schon halbwegs mit allen Funktionen des Bootes vertraut gemacht. So eine Motoryacht bestand vorwiegend aus Elektronik, und man brauchte eigentlich Monate, um all das bedienen zu können, was so ein Wunderwerk der Technik für einen bereithielt. Der Lieblingsspruch jedes Schiffsverkäufers lautete nicht umsonst: »Das Schiff kann immer viel mehr und hält auch viel mehr aus als der Mensch, der es fährt und bedient.«

Wie tröstlich.

Elena hatte keine Lust, sich mit allem elektronischen Schnickschnack vertraut zu machen. Sie konnte ziemlich gut navigieren, Cosimo zu jedem Ziel dieser Welt präzise den Weg weisen und jedes Boot fest vertäuen. Knoten waren ihre Spezialität, da war sie in ihrem Element, Seile faszinierten sie. Cosimo sollte sich um den restlichen Kram kümmern, das Schiff fahren und im Hafen vernünftig anlegen. Sie würde es dann sicher festmachen.

Das war die Aufgabenteilung, die Elena sehr gut und entspannend fand.

Kaya war zehn und von der Schifffahrerei ziemlich gelangweilt, fand es stressig, ständig mit der Schwimmweste herumlaufen und sich an der Reling anseilen zu müssen, und sie hasste es, unter Deck zu sitzen, wenn schlechtes Wetter war, wo ihr übel wurde und sie sich ständig übergeben musste.

Aber sie freute sich immer auf die Häfen, die neu und spannend waren, wo Elena fürs Abendessen mit ihr einkaufen ging. Und sie liebte es, wenn es abends dunkel und leiser wurde, nur noch die Schäkel im Wind schlugen, die Lichter angingen und sie das Gefühl bekam, ihr ganzes Leben wäre ein einziges großes Abenteuer.

Aber das war eben das Problem. Kaya liebte die Häfen, ihre Eltern die See.

An jenem grauenvollen und schicksalsschweren Tag waren sie von Fiumicino, dem Hafen von Rom, nach Olbia auf Sardinien unterwegs. Circa hundertdreißig Seemeilen lagen vor ihnen, also fünfzehn bis sechzehn Stunden, wenn alles gut ging. Morgens um fünf waren sie gestartet und hofften, am Abend in Olbia ein wunderschönes Abendessen zu sich nehmen zu können.

Aber das Wetter machte ihnen einen Strich durch die Rechnung.

Als sie fünf Stunden gefahren waren, zog innerhalb kürzester Zeit ein Unwetter auf, Blitze zuckten übers Meer, es stürmte, und die Wellen türmten sich bis zu sieben Metern auf.

Kaya saß unter Deck, kotzte und schrie. Sie hatte unaussprechliche Angst und schwor sich, niemals wieder auf dieses widerliche Schiff zu gehen.

Cosimo kämpfte am Steuerstand. Mit all seiner Kraft hielt er das Steuer fest, aber immer wieder überspülte ihn eine tosende Welle. Sie befanden sich mitten im Sturm, hatten keine Chance, ihm zu entkommen.

»Was kann ich tun?«, brüllte Elena komplett durchnässt und sich krampfhaft festhaltend.

»Nichts!«, schrie Cosimo zurück. »Geh nach unten zu Kaya. Ich halte hier die Stellung.«

Elena war vollkommen konfus, im wahrsten Sinne des Wortes durch den Wind, sie sehnte sich danach, unter Deck zu verschwinden, trocken und warm zu werden, den Wassermassen zu entgehen, die unentwegt über ihnen zusammenbrachen, aber sie wollte ihren Mann nicht allein am Steuer stehen lassen. In diesem Moment steckte Kaya den Kopf aus der Luke empor und rief: »Mama, komm! Bitte!« Und gerade, als sich Elena ihr zuwandte, schlug eine riesige Welle über dem Boot zusammen. Sie brach über Cosimo, der verzweifelt versuchte, sich festzuhalten.

Die Gewalt des tosenden Wassers riss ihn einfach mit sich, er fiel, fand keinen Halt mehr, war verloren, kein Mensch hat eine Chance gegen diese unbändige Kraft der Natur, und so stürzte Cosimo ins Meer, gefangen in einem Strudel von Wasser und

Gischt und wahrscheinlich schon ohnmächtig … Es war eine Szene wie in einem Katastrophenfilm.

»Cosimo!«, schrie Elena, und Kaya, die es auch mitbekommen hatte, brüllte gleichzeitig: »Papa!«

»Geh nach unten!«, brüllte Elena. »Verdammt noch mal, geh nach unten!«

Kaya verschwand unter Deck.

Panisch stürzte Elena ans Steuer. Es war der schlimmste Moment ihres Lebens. Sie klammerte sich ans Ruder, musste das Schiff irgendwie durch die Wogen steuern und suchte gleichzeitig verzweifelt das Meer nach ihrem Mann ab. Aber da waren nur Wellenberge und Gischt. Sie sah nichts, absolut nichts, und auch einen Hilferuf hätte sie nicht hören können. Immer wieder brachen die Wellen über ihr, mit aller Kraft hielt sie sich fest, um nicht wie Cosimo ins Meer gespült zu werden. Vielleicht hatte er eine Sekunde lang nicht aufgepasst, und da hatte das Meer ihn erwischt und sich geholt.

»Cosimo!«, schrie sie immer wieder, und sie wusste nicht, was sie machen sollte, hatte keine Ahnung, wo er war, wohin sie das Boot lenken sollte. Sie konnte es nicht drehen, sonst hätten sie die Wellen von der Seite getroffen und das Boot zum Kentern gebracht. Und das wäre der Untergang von ihr und Kaya gewesen. Also fuhr sie einfach weiter, hielt verzweifelt die Stellung und wusste zugleich, dass sie sich immer weiter von Cosimo entfernte, der allein in diesem Meeres-Inferno um sein Leben kämpfte und verlieren würde. Oder bereits verloren hatte.

Ab und zu riss sie das Fernglas vor die tränen- und gischt-nassen Augen, hatte immer noch die sinnlose Hoffnung, ihn irgendwo in den Wellenbergen zu entdecken, aber irgendwann gab sie es auf. Es war auch zu gefährlich. Das Boot trudelte hoch und runter, tauchte in Wellentäler hinab und wurde wieder emporgerissen, sie musste sich mit all ihrer Kraft und mit beiden Händen festhalten. Keine Sekunde hatte sie den Überblick übers

Meer, es war unmöglich. Cosimo war verschwunden. Unauffind-bar.

Elena kämpfte drei Stunden lang.

Als sich der Sturm schließlich gelegt hatte, ging sie zu Kaya unter Deck. Kaya starrte sie mit angstgeweiteten Augen an. Elena nahm sie in den Arm und sagte: »Ich habe alles versucht, aber ich konnte Papa nicht retten. Es tut mir so leid, aber er ist ertrunken.«

»Nein!«, schrie Kaya. »Nein, nein, nein! Du hast es nicht ver-sucht. Du hast es nicht gewollt! Warum bist du nicht zu ihm ge-fahren und hast ihn an Bord gezogen? Warum nicht? Du bist froh, dass er tot ist! Stimmt's? Ich hasse dich!«

Elena verstand bis heute nicht, warum Kaya so reagiert hatte. Vielleicht war sie davon ausgegangen, dass ihre Eltern allmäch-tig seien, und wenn dem einen was passierte, rettete ihn der andere.

Sie hatten nie wieder darüber geredet.

Cosimo war tot. Das Boot wurde verkauft.

22

Vito stand am Steuer. Leicht vor sich hin lächelnd. »Komm zu mir«, sagte er. »Komm, ich möchte dich umarmen. Diese Nacht ist so unglaublich, so warm, nur der Fahrtwind ist zu spüren. Wären wir Segler, hätten wir eine totale Flaute.« Er lachte leise. »Guck, niemand ist unterwegs, wir sind allein auf dem Meer und allein auf der Welt. Und nachts sieht man andere Boote viel besser als am Tag. Es ist alles in Ordnung, hab keine Angst. Lass dich fallen und genieße es!«

»Vito«, sagte sie, »mir ist nicht gut, bitte, lass uns zurückfahren!«

»Liebste, du bist seekrank, obwohl es dafür gar keinen Grund gibt. Das Boot liegt vollkommen ruhig im Wasser. Wie ein Brett. Es schaukelt noch nicht mal. Kein kleines bisschen! Soll ich dir eine Brühe machen? Dann geht es dir sofort besser.«

Elena sah ihn mit glasigen Augen an. »Nein. Ich bin nicht seekrank. Ich habe schon schweres Wetter erlebt ohne jede Übelkeit. Aber ich kann es nicht ertragen, auf See zu sein. Bitte, lass uns zurückfahren, ja? Ich kann nicht mehr, ich möchte nicht mehr hier an Bord sein, bitte, Vito, bitte!«

»Carissima, es gibt wirklich keinen Grund zur Sorge ...« Dann erst sah er, wie leichenblass Elena war. »Was ist passiert? Wo hast du schon mal schweres Wetter erlebt?«

Elena schluckte, schloss die Augen und rieb sich die Stirn.

»Vor elf Jahren. Auf der Überfahrt nach Sardinien. Mit einer Motoryacht, dreizehn Meter.«

»Und?«

»In dieser grauenvollen Nacht ging mein Mann über Bord. Man hat seine Leiche bis heute nicht gefunden.«

»Oddio. Jetzt verstehe ich, warum du nicht rausfahren wolltest. Bitte entschuldige.« Er schwieg eine Weile. »Warst du seitdem jemals wieder an Bord eines Schiffes?«

»Nein.« Elena schlich zurück an Deck und ließ sich resigniert auf einer Bank am Heck nieder. Diese Bootstour war für sie ein einziger Horrortrip. Sie sah die unendliche bedrohlich schwarze Wasserwüste, spürte ihr Verlorensein im Universum, ihr Ausgeliefertsein und wartete darauf, wie ihr Körper reagierte. Stellte sich vor, dass ihr Herz einfach aufhörte zu schlagen.

Plötzlich stoppte Vito die Motoren. Schlagartig wurde es still. Unheimlich still.

Sie waren mitten auf dem Meer. Marina di Grosseto war längst außer Sicht und Elba noch nicht mal zu erahnen. Um sie herum tiefschwarze Nacht, nur das bleiche Licht des Mondes spiegelte sich auf dem Wasser.

Elena riss die Tür zum Steuerstand auf. »Was ist los?«, schrie sie panisch.

»Nichts«, erwiderte er leise. »Es tut mir sehr leid, was du mit deinem Mann erleben musstest. Aber schau dich um. Alles ist ruhig. Wir sind unter uns. Du und ich und das Meer. Hier ist keine Schifffahrtsstraße, außer uns ist niemand unterwegs. Kein grünes, rotes oder weißes Licht, so weit das Auge reicht. Friede. Totale Ruhe. Hörst du, dass du nichts hörst?«

Elena nickte zaghaft.

So eine absolute Stille hatte sie so bewusst noch nie erlebt. Das Meer schwieg, keine Möwe schrie, kein Motor war zu hören.

Hier war wirklich nichts. Überwältigend und beängstigend zugleich.

Er drückte auf einen Knopf, und der Anker ratterte in die Tiefe. »Damit wir nicht abdriften«, sagte er. »Hier sind nur zwölf Meter Wassertiefe, ansonsten sind es überall fünfzig Meter und mehr. Hier können wir ankern. Und wenn sich ein Schiff nähert, werden wir gewarnt. Dieses Boot passt auf uns auf. Aber uns wird hier kein Kreuzfahrtschiff und auch kein Fischerboot über den Haufen fahren. Da kannst du ganz sicher sein.«

Allmählich verschwand Elenas Panik. Sie begann sich zu entspannen und spürte, dass ihr dieser Mann guttat.

Er verließ den Steuerstand, ging zu Elena, die etwas verloren in der Tür lehnte, und nahm sie in den Arm.

Und dann küsste er sie. Sanft und lange, so wie sie schon ewig nicht mehr geküsst worden war.

Sie wurde weich und gab sich ihm hin. Sah über das nachtschwarze Meer und hatte das Gefühl, dass sie vielleicht genau diese Situation erleben musste, um dieses schreckliche Erlebnis mit Cosimo endlich verarbeiten und hinter sich lassen zu können.

»Hast du immer noch Angst?«, fragte er.

Sie schüttelte den Kopf.

»Komm«, sagte er, »ich habe auch Matratzen an Deck. Dort können wir alles vergessen und in die Sterne gucken.«

»Später!«, sagte sie und fuhr ihm mit der Fingerspitze über die Augenlider, die Nase, das Kinn und küsste ihn auf den Mund. Und in diesem Moment gingen sämtliche Pferde mit ihr durch, als sie sagte: »Lass uns vorher ins Wasser gehen!«

Sie erschrak selbst über ihren Mut, sich dem Schrecklichsten zu stellen. Aber sie wollte sich selbst besiegen und ihre elende Angst endlich in die Schranken weisen.

Darum tat sie das völlig Undenkbare: Sie zog sich aus, bis sie vollkommen nackt war, stieg am Heck des Schiffes die Badeleiter hinunter und ließ sich ins kühle, tiefschwarze Wasser gleiten.

»Es ist herrlich!«, rief sie. »Komm!«

Vito brauchte offensichtlich viel Überwindung, es ihr gleichzutun, und auch er war nackt, als er im dunklen Wasser untertauchte.

Sie schwamm weit und zügig hinaus, er hatte Mühe, ihr zu folgen.

Schließlich hielt sie an, ließ ihn an sich herankommen und nahm ihn in den Arm.

»Das ist jetzt meine Regie«, sagte sie, »nicht deine.«

»Vollkommen egal«, meinte er und küsste sie.

In der Ferne leuchteten die Lichter der *Abbraccio* in der Dunkelheit.

Sie umschlangen, betasteten und erkundeten sich. Sie gingen unter, kamen prustend wieder an die Wasseroberfläche, hielten sich fest und küssten sich, es war erregend und gleichzeitig beängstigend. Das gewaltige, dunkle Meer schwappte über sie, aber sie wehrten sich, tauchten wieder auf, dachten nicht an die Tiere in der Tiefe, ihre Hände waren überall.

Ihre Leidenschaft wuchs, ihre Sehnsucht nacheinander, und schließlich schwammen sie zurück zum Boot, weil sie es nicht mehr aushielten. Schwammen so schnell, wie sie noch nie geschwommen waren, kletterten an Deck, fielen auf die Matratzen, selig, wieder an Bord zu sein, und selig, sich der Lust endlich ungezügelt hingeben zu können.

Im bleichen Licht des Mondes erlebte Elena eine der schönsten, intensivsten und außergewöhnlichsten Liebesnächte ihres Lebens, wenn sie die Augen öffnete, sah sie über sich nur funkelnde Sterne, wenn sie die Augen schloss, spürte sie nur noch Vitos zärtliche Hände. Sie fühlte sich mit ihm allein im Universum, unvorstellbar schön.

Sie hatte ihre Angst überwunden.

Und sie erschrak nicht, als Vito später den Motor anschaltete und weiter nach Elba fuhr.

23

»Weißt du«, sagte Elena, »ich hatte schon ein paar Dates. Nicht viele, aber ein paar.«

»Ich auch«, meinte Vito lächelnd, »einige wenige.«

»Verstehe.« Beide lachten leise.

Die *Abbraccio* lag im Hafen von Porto Azzurro auf Elba, Vito hatte Brötchen geholt, und sie frühstückten. Noch nie hatte Elena der morgendliche Kaffee so gut geschmeckt. Sie war restlos glücklich.

»Komisch, ich habe mit den Männern nie geredet. Alles, was wir taten, taten wir fast stumm. Aber mit dir hab ich das Bedürfnis zu sprechen. Ich habe das Gefühl, ich könnte dir mein ganzes Leben erzählen.«

»So geht es mir auch, aber du weißt, es ist gegen die Regeln. Wir sollten unsere Daten, unsere Identitäten nicht austauschen.«

»Es erfährt ja keiner, was wir miteinander machen und besprechen. Wir sind doch erwachsene Leute!«

»Komm, lass uns jetzt nicht darüber reden.«

Sie hatten einen wunderschönen Blick auf die Piazza von Porto Azzurro mit seinen bunten Häusern, Restaurants und Geschäften und dem quirligen Treiben der Einheimischen und der Touristen. Hinter ihnen lag das Meer, das in der Sonne glitzerte.

Elena hatte keine Angst mehr. Sie wusste, dass sie mit diesem

Mann und diesem Boot überall hinfahren würde. Sie fühlte sich komplett entspannt. Nur hin und wieder blitzte in ihrem Hinterkopf der Gedanke an ihren Vater und seine Beerdigung auf, und sie überlegte, wie der Rest der Feierlichkeiten wohl verlaufen war und wie man sich über sie das Maul zerrissen hatte.

Und dann lächelte sie, warf ihren Kopf in den Nacken und genoss die Sonne auf ihrem Gesicht.

Es war *ihr* Leben!

»Laura?«, fragte er. »So heißt du nicht wirklich, oder?«

»Nein. Aber du heißt ja auch nicht Vito.«

»Nein.«

Sie sagten nichts mehr, aber sie sahen sich an. Lange. Viel zu lange. Es war intensiver, als wenn sie sich ihre Liebe geschworen hätten.

»Bist du verheiratet?«, fragte Vito schließlich.

»Nein. Du?«

»Auch nicht. Bist du ganz allein?«

»Nein. Ich habe jemanden, einen Freund. Aber nur so ein bisschen. Wir wohnen nicht zusammen und sehen uns nur ab und zu.«

»Weiß er Bescheid?«

»Nein. Für ihn und für alle andern bin ich auf Geschäftsreise. Denn das bin ich ja auch andauernd. Und du? Bist du ganz allein?«

»Ja. Eigentlich schon. Ich habe zwar eine zehnjährige Tochter, doch die darf ich nicht sehen. Ihre Mutter lässt mich nicht und prozessiert gegen mich ohne Ende. Als hätte ich die Pest und meine Kleine könnte tot umfallen, wenn ich sie nur umarme.«

»Und jetzt hast du niemanden mehr?«

»Nein. Ich will nicht. Ich will meinen Spaß, aber keine Enttäuschungen mehr.«

»Da geht's dir ja wie mir.«

Später schlenderten sie durch Porto Azzurro, aßen ein Eis an der Mole, stöberten durch Antiquitätengeschäfte, sahen sich zwei Galerien an, und Elena kaufte sich geflochtene Sandalen in einem winzigen Klamottenladen.

Wieder an Bord, als sie sich erneut vollkommen erschöpft in den Armen lagen, stand Vito auf, öffnete eine Flasche Prosecco und goss zwei Gläser ein.

Sie stießen an. Auf eine zweite unvergleichliche Nacht. Auf das Leben. Auf sie.

»Warum bist du bei der Agentur?«, fragte sie. »Warum holst du dir Frauen und investierst Schmuck, der ein Heidengeld kostet, für ein Wochenende? Das hast du doch gar nicht nötig!«

»Um jemanden wie dich kennenzulernen.« Er lächelte und strich ihr sanft übers Bein.

»Mich könntest du auch auf irgendeiner Piazza kennenlernen und zum Kaffee einladen.«

»Das glaube ich nicht.« Er sah sie an und war plötzlich ungeheuer ernst. »Durch diese Agentur trifft man außergewöhnliche Menschen. Tja, wie soll ich es ausdrücken? Ich würde mal sagen, es sind etwas schräge Charaktere, die das Abenteuer lieben, das Geheimnis und das Ungewisse. Die Frauen sind keine Nutten und die Männer keine gewöhnlichen Freier. Es sind zivilisierte, intelligente Menschen mit Stil, Geld und Verstand, Businessmenschen der Oberschicht, Führungspersönlichkeiten, die ihresgleichen suchen. Ich könnte Hunderte von Cappuccini auf der Piazza trinken, bis ich einer Klassefrau wie dir begegne. An der Nasenspitze sieht man sich nicht an, dass man von einem Schlag ist, dabei hilft einem aber die Agentur.«

Vito sprach nur das aus, was sie schon lange wusste. Und nur deshalb war auch sie Mitglied dieser Agentur, er hatte ja vollkommen recht.

Insofern war die Agentur eine gute Sache, nur das System war antiquiert. Warum konnten sich die Frauen nicht einen Mann aussuchen und ihn für ein Wochenende kaufen oder mieten, wie man es auch nennen wollte?

Vielleicht, weil es zu wenige Frauen gab, die dazu Lust hatten, und zu viele, die lieber gekauft und begehrt werden wollten.

Elena wusste es nicht.

Sie liebten sich erneut in den frühen Morgenstunden, als Vito wach wurde und zu ihr unter die Decke kroch. Sie schliefen eng umschlungen weiter wie ein jung verliebtes Paar.

Um neun holte Vito noch einmal Brötchen im Hafen, da hatte Elena schon geduscht und sich die Haare gebürstet. Er brühte den Kaffee auf und deckte den Frühstückstisch an Deck. Schon hatten sie eine gewisse Routine an Bord des Schiffes entwickelt, und Elena dachte nicht mehr an Cosimo und Kaya, sondern fühlte sich wie ein junges Mädchen mit ihrem ersten Lover. Nicht mehr wie die erfolgreiche Elena von heute, sondern so, wie sie als junge Frau mit zwanzig gewesen war. Sie war restlos glücklich.

Sie frühstückten über eine Stunde lang.

»Wollen wir zurückfahren?«, fragte er schließlich. »Oder willst du noch hierbleiben?«

»Ich würde gern noch ein bisschen bleiben«, antwortete sie. »Elba hat so schöne Häfen ... Oder hast du morgen Termine?«

»Nein. Und du?«

»Ich auch nicht.«

Elena hatte gelogen, aber es war ihr egal. Sie wollte diesen Rausch verlängern. Sie würde ihrem Mitarbeiter eine SMS schicken, dass sie erst Dienstag wieder im Büro war und er alle Termine verschieben sollte. Sie war die Chefin, sie konnte tun und lassen, was sie wollte, und etwas wirklich Wichtiges stand nicht an.

Sie umrundeten Elba. Übernachteten in Portoferraio. Gingen fantastisch essen. Und verließen danach das Bett nicht. Streichelten sich, tobten, neckten und liebten sich ohne Ende. Es war ein Fest.

Am Montagnachmittag saßen sie sich müde in Marina di Grosseto gegenüber und tranken einen letzten gemeinsamen Kaffee. Nervös dachten sie an die bevorstehende Trennung.

»Laura«, sagte er, »Laura, ich habe mit dir das schönste Wochenende meines Lebens verbracht, und ich bin nicht mehr der Jüngste, ich habe wahrhaftig einige hinter mir. Aber ich war noch nie so glücklich wie mit dir. Bitte, scheiß auf die Regeln der Agentur, gib mir deinen Namen und deine Daten, ich möchte dich wiedersehen. Bitte!«

Elena sah ihn an und schwieg. Vito war vielleicht der zärtlichste und gütigste Liebhaber, den sie je gehabt hatte. Aber wollte sie das ständig? Sie war nicht in die Agentur gegangen, um Männer wie Vito für immer zu behalten. Sie wollte sich verlieren. Wollte sich der Gewalt eines Fremden überlassen. Das war ihre Passion. Und sie wollte es immer wieder. Nicht in der Wiederholung mit einem Partner, sondern jedes Mal neu. Ohne zu wissen, was auf sie zukam. Ohne zu wissen, mit wem sie es zu tun hatte.

»Niemand von der Agentur wird je erfahren, dass wir uns weiter treffen«, fuhr Vito fort. »Das haben sicher auch schon andere gemacht. Diese Treffen sind ein Spiel mit dem Feuer. Man weiß nie, was daraus wird.«

»Ja, das stimmt.« Sie wirkte nachdenklich.

»Wir zwei haben keine kleine Flamme entzündet, sondern ein Inferno, Laura! Jedenfalls geht es mir so. Ich habe mich – verdammt noch mal, und das ist mir noch nie passiert – in dich verliebt.«

Er sah sie lange an, aber sie antwortete nicht.

Schließlich nahm er ihre Hand und sagte: »Ich heiße Andrea. Andrea de Luca.«

»Und wo wohnst du?«

»In Siena. Und du?«

»Auch in Siena. Aber bitte, lass mir Zeit. Ich kann mich noch nicht an den Gedanken gewöhnen, dass da jemand in meinem Leben ist. Noch will ich frei bleiben. Aber es kann natürlich sein, dass da eines Tages die Sehnsucht kommt. Dann ruf ich dich an.«

»Und ich? Kann ich dich auch anrufen?«

»Ja. Wenn alle Stricke reißen.«

»Nur dann?«

»Erst mal nur dann.«

Er angelte ein kleines Notizbuch aus seiner Tasche, riss eine Seite heraus und schrieb seine Handynummer darauf.

»Hier. Bitte! Gibst du mir auch deine Nummer?«

Sie riss einen Teil seines Zettels ab und kritzelte ihre Nummer darauf.

»Was sagst du der Agentur?«, fragte sie, als er das Papier faltete und einsteckte.

»Dass du sensationell warst. Ein Traum.«

»Nervt es dich, wenn ich weitermache?«

Er sah sie an. »Ja«, sagte er leise. »Ja. Es tut schon weh, wenn ich nur daran denke.«

24

Andrea, dachte sie, als sie in ihrem Wagen saß und die lange Strecke zurück nach Siena fuhr, oder Vito? Wie würde sie ihn nennen? Wahrscheinlich eher Vito. Alles hatte sie mit ihm erlebt. Von Andrea hatte sie erst ganz am Schluss erfahren.

Sie stellte sich vor, entgegen aller Bedenken Vito einzuladen. Mit ihm im warmen Pool zu schwimmen und mitten in Siena den Himmel auf Erden zu erleben.

Aber augenblicklich pfiff sie sich innerlich zurück. Sie wollte Vito als Freund. Mehr nicht. Noch war sie jung, noch konnte sie ihre Fantasien ausleben, darum war sie Mitglied der Agentur. Vito hingegen schien ja deutlich stärker an einer festen Bindung interessiert, war wohl in der Agentur gelandet, weil er im Geld schwamm. Sie überlegte kurz, ihn mal zu googeln, aber es war nicht wichtig. Vielleicht bemühte er auch die Agentur, weil es ihm zu anstrengend war, selbst zu flirten.

Es war ein schönes Wochenende gewesen, aber Leidenschaft bedeutete noch so viel mehr. Dies hier war nicht ihre Passion.

Beim Abschied hatte er sie auf die Stirn geküsst. Als würde man eine gute Freundin oder Bekannte verabschieden. Gut so. Und dann war sie in ihr Auto gestiegen. Es ging alles so verdammt schnell. Sie wusste nicht einmal, ob er den letzten Blick, den sie ihm zugeworfen hatte, überhaupt gesehen hatte.

Als sie zurückdachte, spürte sie, dass sie Vito doch herbeisehnte. Um mit ihm zusammen in die Sterne zu gucken und zu reden. Nächtelang. Und dann zu schlafen.

Vielleicht jeder in einem anderen Zimmer.

Sie brauchte sich nichts vorzumachen: Sie war eine verdammt einsame Frau.

Als sie zu Hause ankam, verriegelte sie hinter sich das Tor sorgfältig und ging langsam durch die blühenden und wuchernden Büsche bis zum Pool. Die Unterwasserlampen funkelten und glitzerten im glasklaren Wasser.

Elena holte sich aus dem Kühlschrank an der Bar eine Flasche Weißwein, schenkte sich ein Glas ein und setzte sich auf eine der Liegen.

Sie hatte ihr Anwesen immer geliebt, fand es unvorstellbar schön. Aber auf einmal fielen ihr die Risse in der Mauer auf, die dringend einmal neu verputzt und überstrichen werden mussten, plötzlich sah sie das Moos zwischen den Fliesen, den Grünspan an den Kacheln. Ihr Paradies war nicht mehr perfekt. Weil sie so verflucht allein war.

Papa, dachte sie, es ist bestimmt drei Jahre her, dass du das letzte Mal hier gewesen bist. Verflucht noch mal, es würde mir etwas bedeuten, wenn dir mein Haus, so wie es jetzt ist, mit allem, was ich so umgebaut habe, gefallen hätte. Das wäre mir wichtiger als bei jedem anderen Menschen auf der Welt. Aber das ist ja jetzt zu spät.

Sie nahm ihr Handy und googelte Andrea de Luca in Siena. Da kam nichts. Ohne den Zusatz »Siena« gab es einen Bluessänger, einen Arzt, einen Illustrator und noch einige mehr. Aber es starrten ihr lauter fremde Bilder entgegen. Ansonsten – niente.

Vielleicht hieß er also weder Vito noch Andrea de Luca. Sie musste grinsen. Perfekt! Er hatte sie angelogen.

Das war unter den Umständen, wie sie sich kennengelernt

hatten, auch vollkommen okay. Jeder in der Kartei der Agentur log wie gedruckt. Das war das System, das gehörte zum Spiel.

Elena wollte gar nicht wissen, wer er wirklich war. Er hatte das Spiel nicht ausgehebelt, er hatte sich strikt an die Regeln gehalten und sie konsequent belogen.

Va bene. Das war ja auch der Plan. Sie bezweifelte, dass die Telefonnummer stimmte, die er ihr gegeben hatte, aber es kam auf einen Versuch an, falls sie ihn wirklich brauchte.

Vielleicht war es zu unüberlegt gewesen, dass sie ihm ihre richtige Nummer aufgeschrieben hatte.

Im Moment war es jedenfalls so, als hätte es Vito in ihrem Leben nie gegeben. Sie konnte ihn zu den Akten legen. Es waren wunderschöne Tage und Nächte gewesen, mehr nicht.

Sie drückte auf den Knopf, um die Stereoanlage einzuschalten, und wählte »Solo ieri« von Eros Ramazzotti. Das Lied erklang und erfüllte die Luft, alles um sie herum war so übermächtig und allgegenwärtig, dass sie das Gefühl hatte, ganz Siena zu beschallen. Es würde vielleicht einen Menschen auf der Piazza geben, der dieses Lied in diesem Moment hörte.

Es war ein Song des Abschieds.

25

Neri wurde irre. Hier in Ambra war ein erfrischendes Gewitter nicht in Sicht, die diesjährige Hitzewelle schien auf ihrem Höhepunkt angekommen zu sein, der Schweiß lief ihm in Bächen den Rücken hinunter, das Papiertaschentuch, mit dem er sich ständig übers Gesicht wischte, musste er unentwegt wechseln, weil es klatschnass war. Der Ventilator schepperte vor sich hin und verwirbelte die Luft im Büro, aber lediglich mit dem Erfolg, dass die Papiere auf Neris Schreibtisch, wenn er sie nicht festhielt, wegflogen und auf den Boden segelten.

»Cesare!«, schrie Neri völlig entnervt, weil es bei dieser Hitze einfach völlig unmöglich war, im Büro zu arbeiten. Und als er nichts hörte, schrie er noch einmal: »Cesare! Wo zum Teufel bist du? Porca miseria!«

Nur Sekunden später steckte Cesare den Kopf durch die Tür. Seine hellen Haare klebten am Kopf und sahen aus, als wären sie dunkel.

»Was kann ich für Sie tun?«, fragte Cesare vorsichtig.

»Bitte, sei so gut und geh raus, nach rechts, zwei Häuser weiter zu Marcello. Er hat einen Steinhaufen im Garten, keine Ahnung warum. Bitte, hol mir fünf oder sechs Steine. Nicht zu groß, nicht zu klein, wie eine Faust ungefähr.«

»Aber ich kann doch nicht auf ein fremdes Grundstück gehen

und Steine klauen, maresciallo, das ist doch Diebstahl! Und das meinen Sie doch jetzt nicht ernst, oder?«

»Doch, das meine ich ernst. Marcello arbeitet im Outlet bei Prada in Montevarchi. Der ist gar nicht zu Hause. Und seine Frau hat ihn meines Wissens verlassen. Also. Es ist niemand da. Und glaubst du ernsthaft, es fällt auf, wenn aus dem riesigen Haufen fünf Steine fehlen?«

»Aber wir sind Carabinieri! Wir können doch nichts klauen! Auch wenn es noch so banal ist!«

Neri stöhnte auf. Jetzt wurde dieser junge Kollege schon wieder schwierig und päpstlicher als der Papst. Er selbst wollte nicht gehen. Das war ihm zu anstrengend bei der Hitze. Fünf Steine schleppen! Kam ja gar nicht infrage. »Also gehst du jetzt oder nicht? Das ist eine dienstliche Anweisung!«

»Auf Ihre Verantwortung, maresciallo«, murmelte Cesare und ging kopfschüttelnd hinaus.

Nur Minuten später war Cesare mit fünf wunderschönen faustgroßen Steinen wieder da. Er hatte das Gefühl gehabt, ein Verbrechen zu begehen, als er sie in Windeseile einsammelte, hatte tausend Ängste ausgestanden und hoffte, dass ihn niemand gesehen hatte. Obwohl in diesem Dorf ja alle Fenster Augen hatten und hinter jeder Scheibe irgendjemand hockte und auf die Straße stierte. Überall war eine Groß- oder Urgroßmutter zu Hause.

»Fantastico!«, sagte Neri und verteilte die Steine auf seinen unterschiedlichen Papierstapeln. »Jetzt fliegt wenigstens nichts mehr weg. Das hast du sehr gut gemacht, Cesare, und darum kannst du jetzt auch nach Hause gehen. Ich gebe dir hitzefrei. Bei Gelegenheit werde ich mich bei Marcello für die Steine bedanken.«

Cesare starrte Neri an, als wäre sein Chef von allen guten Geistern verlassen.

»Gibt es noch irgendetwas Neues von Jonas?«, fragte Neri.

»Nein. Das wissen Sie doch. Jonas ist seit zehn Tagen verschwunden. Hier vor Ort sucht jetzt keiner mehr. Und in den sozialen Netzwerken hab ich auch nichts erfahren.«

Die Freude über die Steine war verflogen. Neris Herz wurde augenblicklich schwer. »Ich kann einfach nicht aufhören, an Jonas zu denken, und dachte nur, vielleicht hättest du irgendwas gehört.«

»Nein. Leider nicht.«

»Va bene. Dann geh jetzt nach Hause. Und vergiss nicht, bei der Hitze fangen wir morgen schon um sieben Uhr an.«

»Certo! Buonasera maresciallo!«

»Buonasera.«

Cesare schloss die Tür hinter sich.

Ein bisschen zu laut, wie Neri fand.

Verdammt. War der kleine Junge wirklich schon zehn Tage verschwunden? So lange war es ihm gar nicht vorgekommen. Es war so viel los gewesen, irgendwie war die Zeit verflogen. Neri, was ist mit dir los, dachte er erschrocken. Der Fall schien ihm völlig entglitten zu sein, die Hitze hatte sein Hirn ausgetrocknet. Aber auch Gabriella hatte gar nicht mehr nachgefragt, was merkwürdig war. Und er wusste auch nicht, ob die Eltern immer noch im Ferienhaus warteten oder nicht. Er hatte seit ein paar Tagen gar nichts mehr von ihnen gehört.

Ihm wurde angst und bange. Man konnte sich doch nicht derart ausknipsen und einen Fall so verdrängen, nur weil das Thermometer nicht mehr unter fünfunddreißig Grad fiel? Wo war er denn mit seinen Gedanken und seinem Verstand in den letzten Tagen gewesen? Alles was geschehen oder nicht geschehen war, war wie ausgelöscht.

Neri bekam die Panik. Und begann sich abgrundtief zu schämen. Er musste unbedingt die Eltern anrufen oder direkt zum

Ferienhaus fahren und sehen, was los war. Wie sie die Woche durchlebt hatten.

Neri schaltete den Ventilator aus, schloss Fenster und Türen und konnte einfach nicht aufhören, daran zu denken, dass er seine Arbeit erbärmlich schlecht getan hatte, ohne es zu merken.

Er mutierte zu einem lausigen Carabiniere, und es war wirklich Zeit, in Rente zu gehen.

Aber dann würde er zu Hause am Fenster oder vor dem Haus sitzen und vollkommen verblöden. Nein. Dies hier war ein Weckruf gewesen. Er musste auf sich aufpassen, durfte sich nicht von der Hitze einlullen lassen und halb ohnmächtig vor sich hindämmern, ohne etwas mitzukriegen. Das ging einfach nicht.

Neri straffte die Schultern, stellte sich aufrecht hin und beschloss, dass neue, bessere Zeiten anbrechen würden. Auch dieser Sommer würde enden, irgendwann kam der Herbst mit seinen Stürmen, und dann konnte er wieder klar denken.

Er kontrollierte alle Computer, Schubladen und Tresore und verließ die Station. Schloss sorgfältig ab. Drehte sich um und wollte gerade die vier Stufen zum Weg hinuntergehen, als er einen kleinen Jungen sah. Blass. Stumm. In T-Shirt und kurzer Hose.

Der Junge sah ihn so merkwürdig an, dass Neri abrupt stehen blieb und sich jede flapsige Bemerkung verkniff.

»Ciao! Suchst du was? Kann ich irgendetwas für dich tun?«, fragte er auf Italienisch.

Der Junge antwortete nicht.

»Was willst du denn?«

Der Junge antwortete nicht.

»Wo willst du denn hin?«

Der Junge antwortete nicht.

»Are you lost?«, versuchte er es auf Englisch.

Der Junge antwortete nicht.

Neri ging die vier Stufen hinunter.

Der Junge wich ängstlich zurück.

Neri blieb stehen. »Keine Angst. Ich tu dir nichts. Kannst du mich verstehen?«

Der Junge blieb stumm und sah ihn mit einem so verlorenen, leeren Blick an, als hätte er wirklich bisher noch kein Wort verstanden.

Da kam Neri ein Gedanke, und er fragte auf Deutsch, weil er so viel von seinem Sohn Gianni, der die Sprache ja halbwegs konnte, aufgeschnappt hatte: »Wie heißt du?«

Und da sagte der Junge ganz leise, kaum hörbar: »Jonas.«

Neri blieb fast das Herz stehen.

Der kleine verschwundene deutsche Junge stand hier vor ihm? Das durfte nicht wahr sein! Das war ein Wunder! Das größte Wunder, das er sich überhaupt vorstellen konnte, einfach unglaublich! Noch heute Abend würde er in der Kirche von Ambra fünf Kerzen spenden: für Jonas, für sich, für Gabriella, und für Jonas' Eltern.

»Komm!«, sagte er freundlich zu Jonas und nahm ihn vorsichtig an der Hand. »Komm, ich rufe deine Eltern an!« Damit Jonas ihn verstand, machte er das Zeichen fürs Telefonieren mit Daumen und kleinem Finger.

Er schloss die Carabinieri-Station wieder auf und führte den Kleinen sanft an der Schulter ins Haus.

Anschließend schloss er wieder ab. Hatte Angst, dass Jonas erneut abhauen könnte. Jetzt war er so nah dran. An einem Happy End!

26

Sie waren vom Berg gerast wie die Lebensmüden und standen nur zehn Minuten später in der Carabinieri-Station ihrem Sohn gegenüber.

Gitta hatte sich im Auto – während Elmar wie ein Geisteskranker durch die Kurven schleuderte – vorgestellt, wie sie auf Jonas zustürzen, ihn in den Arm nehmen, durch die Luft wirbeln und zugleich lachen und weinen würde ... Sie würden beide vor Freude durchdrehen, umfallen und sich auf dem Boden kugeln und dabei schreien und jubeln, dies war einfach der schönste Tag ihres Lebens!

Und jetzt stand sie da. Ganz stumm und wusste nicht, was sie machen sollte. Jonas sah so verändert aus. Kleiner, schmaler, zarter, kränker. Sie fand ihn erschreckend anders. So bleich. So abgemagert. Die Lebensfreude, das fröhliche Funkeln in seinen Augen war erloschen.

»Jonas!«, flüsterte sie. »Mein Schatz!«

Dann ging sie auf ihn zu und breitete die Arme aus.

Jonas reagierte nicht. Er stand da wie ein Standbild, stocksteif, blass und bleich, als wäre er aus Marmor. So hatte sie ihn noch nie erlebt. Er wirkte irgendwie gar nicht lebendig.

Sie wandte sich schnell um und sah, dass Elmar ebenso fassungslos und hilflos war wie sie und scheinbar abwartete, was geschehen würde.

Und dann ging sie in die Knie und nahm Jonas in die Arme. Drückte ihn an sich.

Jonas schrie plötzlich wie am Spieß »Auaaa!«, und die Tränen schossen ihm in die Augen.

Gitta ließ ihn erschrocken los. »Was hast du? Wo tut's dir weh?«

Jonas deutete unter Tränen auf seine linke Seite.

Elmar kam näher. Auch Neri, der die Szene schweigend beobachtet hatte, trat einen Schritt vor.

Gitta hob Jonas' T-Shirt hoch.

Darunter klaffte eine circa zehn Zentimeter lange, entzündete Narbe.

Gitta schrie auf. »Was ist das, Jonas? Was haben sie mit dir gemacht?«

Jonas schwieg.

»Warst du in einem Krankenhaus?«

Jonas schüttelte den Kopf.

»Bist du operiert worden?«

Jonas nickte.

»Wer war das? Wer hat dich entführt? Wer hat dir das angetan?«

Jonas zuckte die Achseln.

Elmar strich seinem Sohn beruhigend übers Haar und sah Neri an. Sein Gesicht war knallrot, wie der Warnknopf einer Alarmanlage. »Gucken Sie mal, maresciallo, das ist genau die Stelle, hier an der Seite. Ich glaube, dass seine Entführer ihm eine Niere entfernt haben. Wir müssen sofort ins Krankenhaus, um ihn gründlich untersuchen zu lassen.«

In Neris Kopf drehte sich alles. Er war noch fassungsloser als Jonas' Eltern. Was war hier los? Tobte hier eine Mafia, die mit Organen handelte und kleine Kinder entführte, um ihnen Nieren zu entnehmen und sie dann wieder heimlich auszusetzen? In Ambra? Das konnte nicht wahr sein! Warum hier, wo sich die

Käuze und Vipern Gute Nacht sagten und die Grillen am Abend ein Schlaflied zirpten? Warum hier und nicht in Rom, Florenz oder Mailand?

Er verstand die Welt nicht mehr und meinte nur leise: »Es ist richtig, wir müssen ins Krankenhaus. Fahren Sie mir einfach hinterher.«

Elmar folgte Neri mit dem Wagen, auf der Rückbank saß Gitta und hatte Jonas im Arm.

»Ist alles okay?«, flüsterte sie und drückte ihm einen Kuss aufs Haar.

Jonas nickte.

»Tut dir irgendwas weh?«

»Ein bisschen.«

»Hältst du es aus, bis wir im Krankenhaus sind?«

Jonas nickte.

Gitta platzte fast vor Wut, aber sie beherrschte sich. Da hatte jemand an ihrem Kind herumgeschnitten und ihm anscheinend eine Niere entnommen. Das war nicht zu ertragen. Sie hatten ihn schwer verletzt, nur um Profit zu machen, nur um sein Organ zu verkaufen.

Während sie auf dem kürzesten Weg durch die Berge über die schlechten Straßen rumpelten, hielt sie ihren Sohn im Arm und weinte leise. Dankte dem Himmel, dass sie Jonas wiederhatte, und hoffte, dass er ihre Tränen nicht bemerkte.

27

Jonas hatte einen Untersuchungsmarathon hinter sich und schlief jetzt fest. Vermutlich zum ersten Mal seit über einer Woche entspannt und sicher, dachte Gitta. Sie hatte seine Hand genommen, ihm über den Kopf gestreichelt, ihm etwas zugeflüstert – er reagierte nicht. War vollkommen weg.

Es war gut so.

»Es ist tatsächlich wahr, auch wenn es so unglaublich klingt, aber irgendjemand hat Ihrem kleinen Sohn eine Niere entnommen«, sagte dottor Luciano Caputo leise. »Das ist ein Verbrechen!«

»Ich informiere die Staatsanwaltschaft«, meldete sich Neri zu Wort.

»Ja, unbedingt. Der Täter hat sauber gearbeitet, die Niere ist fachmännisch entfernt worden, da war kein Dilettant am Werk. Aber bei der Narbe und der Wundversorgung wurde schludrig gearbeitet. Daher hat sich die Wunde entzündet. Ich möchte Ihnen vorschlagen, die Narbe noch einmal zu öffnen und sauber zu verschließen, sonst hat Ihr Sohn an dieser Stelle ein Leben lang Probleme. Während eine gut vernähte Narbe derartig verblassen kann, dass sie kaum noch zu sehen ist und auch keinerlei Schwierigkeiten mehr bereitet.«

»Dann tun Sie das«, hauchte Gitta und sah ihren Mann fragend an. »Oder was meinst du?«

»Ich bin ganz deiner Meinung. Brauchen Sie dazu wieder eine Vollnarkose?«

»Nein. Das machen wir mit Lokalanästhesie. Das ist keine große Sache. Also wie gesagt: An Ihrem Sohn ist ein Verbrechen verübt worden. Das steht außer Frage. Aber es geht ihm gut. Wie er das Erlebte allerdings psychisch wegsteckt, ist eine andere Frage. Da sollten Sie sich vielleicht professionelle Hilfe holen.«

Elmar und Gitta nickten. Sie waren glücklich und erleichtert, dass sie Jonas halbwegs wohlbehalten wiederhatten, aber sie hatten das Ganze, was geschehen war, noch lange nicht verarbeitet. Waren zutiefst erschüttert.

Gitta fühlte sich wie in einem Vakuum, all das, was hier gerade geschah, war nicht real, sondern einer ihrer kranken, angsteinflößenden Träume. Niemand schnitt mit einem Skalpell in die zarte, weiche, unversehrte Haut ihres Sohnes und holte eine noch so junge, frische Niere aus dem kleinen Körper heraus, um sie in eine Kühlbox zu legen und zu verkaufen. Das tat niemand. Das durfte nicht wahr sein.

Und sie erinnerte sich an Jonas' Babygeruch, den sie über alles geliebt hatte und ihr Leben lang nicht mehr vergessen würde. Wie Gummiente mit Honig. Immer und immer wieder hatte sie an seiner warmen, weichen Haut geschnuppert. Dies hatte all ihre Beschützerinstinkte wachgerufen. Diesem zarten Menschlein durfte nichts geschehen, ihm durfte kein Leid angetan werden. Dafür würde sie sorgen.

Und jetzt hatte man ihn derartig verletzt, und sie hatte es nicht verhindern können. Elmar auch nicht. Irgendein Wahnsinniger hatte in ihn hineingeschnitten, als würde er eine Hühnerbrust zerteilen.

»Wie lange muss er noch hierbleiben?«, fragte Elmar.

»Zwei Tage. Maximal. Er muss zur Ruhe kommen, und wir beobachten ihn, ob alles in Ordnung ist. Wenn Sie dann mit ihm zurück nach Deutschland fahren, schicken Sie ihn nicht gleich in die Schule. Er braucht Zeit. Mindestens drei Monate, besser sechs. Er muss das alles verarbeiten. Eventuell hat er Dinge erlebt, die wir uns gar nicht vorstellen können und die er uns vielleicht auch nie erzählen wird. Befreien Sie ihn von jeder Last. Fahren Sie mit ihm ans Meer. Irgendwohin, wo es ihm gefällt. Er muss wieder Lust auf das Leben entwickeln. Und noch wichtiger: Er muss langsam wieder lernen, Vertrauen zu Menschen zu fassen. Das wird – meiner Meinung nach – vollkommen zerstört sein.«

Gitta und Elmar nickten stumm.

Eine Weile sagte niemand ein Wort.

Dann meinte Neri: »Grazie, dottore. Ich brauche Ihren Bericht und den Arztbrief des Krankenhauses, wenn Jonas entlassen wird.«

»Selbstverständlich. Das bekommen Sie alles.«

Das Gespräch war eigentlich zu Ende, aber dottor Caputo stand wie angenagelt, rieb sich die Hände und wollte offensichtlich noch nicht gehen. »Haben Sie, maresciallo, schon eine vage Idee, wer so etwas getan haben könnte? Gibt es da mafiöse Strömungen oder Strukturen in Ihrer Region? Oder irgendeinen anderen Verdacht?«

»Nein«, meinte Neri. »Nichts dergleichen. Für mich ist das Ganze vollkommen neu und unvorstellbar. Ich bin ja auch erst vor wenigen Stunden mit dieser Situation konfrontiert worden. Wer sollte bei uns auf dem Land so etwas tun? Aber ich werde es herausfinden. Da können Sie sicher sein.«

Der dottore nickte. »Falls Sie noch Fragen haben, können Sie sich jederzeit an mich wenden.« Er blickte noch einmal in die Runde. »Buonasera signori. Lassen Sie Jonas jetzt am besten in Ruhe. Er braucht den Schlaf.«

Er wandte sich ab und ging davon.

Drei Menschen sahen ihm stumm hinterher, waren in Gedanken bei dem kleinen Jonas und verstanden die Welt nicht mehr.

»Gehen wir!«, meinte Neri nach einer unendlich langen Pause. »Und so furchtbar das alles auch ist, eigentlich haben wir was zu feiern. Denn wir haben Jonas wieder! Wenn Sie wollen, lade ich Sie auf der Piazza zu einem Glas Wein ein!«

»Das können wir machen«, sagte Elmar, und seine Stimme klang kühl und bestimmt. »Aber vorher möchte ich noch eine Strafanzeige stellen. Gegen unbekannt. Damit wir sicher sein können, dass in dem Fall unseres Sohnes weiter ermittelt wird.«

»Aber selbstverständlich«, meinte Neri und schloss die Augen. So schrecklich fand er das alles, was jetzt sicher auf ihn zukommen würde.

28

Es war stockdunkel im Schlafzimmer.

Neri und Gabriella lagen nebeneinander auf dem Rücken im Bett und starrten an die Decke, ohne irgendetwas zu sehen.

»Er war in keinem Krankenhaus. In keinem OP. Wer weiß, ob er überhaupt eine vernünftige Narkose bekommen hat.«

»Doch, das glaube ich schon«, meinte Gabriella. »So fest kannst du ein Kind gar nicht anbinden, wie es bei diesen Schmerzen zappeln und strampeln würde. Da kriegst du keinen glatten Schnitt zustande. Und der Schnitt war doch glatt? Oder war er zackig und in Schlangenlinien?«

»Nein, der war glatt«, hauchte Neri und wunderte sich, dass seine oft gefühlvoll überschäumende Gabriella, die bei jedem Film, sowie es ans Herz ging, in Tränen ausbrach, jetzt so pragmatisch denken und reden konnte.

»Na also. Dann hat er hundertprozentig eine Narkose bekommen. Allein schon, damit er nicht die ganze Nachbarschaft zusammenbrüllt.«

»Was glaubst du, wo das Ganze passiert ist?«

»Ich weiß nicht, amore, es kann hier in Ambra oder überall passiert sein. Keine Ahnung. Wahrscheinlich reicht da irgendein Küchentisch unter einer hellen Lampe. So wie bei uns. Steriles Papier darunter, und los geht's.«

Neri sah Gabriella an, obwohl er ihr Gesicht im Dunkeln nur erahnte.

»Manchmal machst du mir Angst«, flüsterte er.

Gabriella lachte leise. »Aber es ist doch so, tesoro. Der Organhandel floriert, und das Schlimme ist: Auf legalem Weg gibt es viel zu wenig Organe, weil die Leute zu vorsichtig sind. Sie glauben, wenn sie einen Spenderausweis in der Tasche haben, werden sie aufgeschnitten und ausgeweidet, auch wenn sie noch nicht tot sind und vielleicht noch gesund werden könnten. Also versucht die Organmafia, Organe illegal zu bekommen.«

»Wie muss ich mir das vorstellen?«, fragte Neri, der mit dieser Thematik noch niemals konfrontiert worden war. »Da wird unserem kleinen Jonas eine Niere entfernt, und die wird dann auf dem schnellsten Wege nach Wien geflogen, weil dort in der Klinik ein Kind liegt, das dringend eine Niere braucht? Und der, der die Niere schickt, verdient gutes Geld?«

Gabriella sah ihren Mann fassungslos an. »Neri, ich bitte dich! Auf welchem Stern lebst du denn? Kliniken in Europa tauschen sich ganz offiziell aus und führen genaue Ranglisten. Da gibt es in Berlin ein Unfallopfer, und das Herz des Opfers wird einem Kranken in Wien, der an Warteposition eins steht, implantiert. Alles ganz legal, aber mit gewaltiger Bürokratie. Hier steht ein Organ zur Verfügung, da wird eins gebraucht. Alles prima. Jedenfalls muss man bei diesem System keine Organe klauen.«

»Va bene. Und warum brauchte irgendjemand Jonas' Niere?«

»Weil es irgendwo, und offensichtlich auch hier bei uns, Ärzte gibt, die das illegal erledigen. Ihre Aufträge kommen eben nicht von einer Klinik mit Warteliste, sondern von einem Scheich aus Dubai, einem Millionär aus Liechtenstein oder einem englischen Lord. Alles Leute, die Geld wie Heu haben und die sagen: ›Mein Sohn, oder mein Enkel, meine Nichte oder wer auch immer braucht dringend eine Niere. Meine Nichte ist acht, wiegt soundsoviel Kilo, ist soundso groß, hat die Blutgruppe pipapo …‹

Käufer und Verkäufer sind in Kontakt, handeln einen wahrscheinlich astronomischen Preis aus, denn dem Scheich ist die Knete vollkommen gleichgültig, weil er sie ohne Ende hat, und dann entführt der Beschaffer ein passendes Opfer, operiert es und verschickt das Organ. Und wenn er das geschäftsmäßig betreibt, wird er steinreich.«

Neri schüttelte den Kopf. »Ich fasse es nicht!«

»Aber es gibt natürlich auch Organisationen, die sich Organe kaufen. Bei mittellosen Menschen per meno di niente, für weniger als nichts. Weil diese extrem Armen keine andere Möglichkeit mehr sehen, über die Runden zu kommen, als zum Beispiel ihre Niere zu verkaufen. Und diese Organe gehen dann auch zu Wohlhabenden auf die Reise, aber meist im eigenen Land. In Indien beispielsweise.«

»Woher weißt du das alles?«

»Das hört man schon seit Jahren immer mal wieder in den Medien. Und es sagt einem auch der gesunde Menschenverstand. Das Schlimme ist, dass es jeden treffen kann, Neri. Wenn bei uns einer einbricht und sagt: ›Wenn du uns nicht deine Niere gibst, dann schneiden wir deiner Frau die Kehle durch!‹ Was tust du dann?«

»Ich geb meine Niere nicht!«, sagte Neri und fing an zu lachen.

Und auch Gabriella kicherte, konnte gar nicht mehr aufhören. Beide umarmten sich und drehten sich albern und lachend im Bett hin und her.

Aber plötzlich hörten sie auf und blieben still liegen. Ihre Münder fanden sich, und ihre Hände gingen unter der Decke auf Wanderschaft und erkundeten den Körper des anderen.

Wie schon ewig nicht mehr.

29

Auf dem Anrufbeantworter waren fünfundzwanzig Anrufe. Klar, denn ihr Handy war während der letzten drei Tage ausgeschaltet gewesen.

Sie hatte keine Lust, sich die endlosen Fragen und Vorwürfe anzuhören: Wo bist du gewesen, warum ist dein verdammtes Handy aus, wieso bist du nicht zu erreichen, bitte melde dich ...

»Es waren schlimme Tage, Liebe«, sprach sie Kaya auf den Anrufbeantworter, »ein wirklich heftiger Migräneanfall wie schon lange nicht mehr. Aber jetzt geht es mir besser. Ich weile wieder unter den Lebenden. Tut mir sehr leid, dass ich bei der Beerdigung nicht dabei sein konnte. Ruf mich doch zurück, wenn du magst. Baci.«

Carina hatte ein paar Mal ins Telefon geplärrt, sie hätte nicht das geringste Verständnis dafür, dass sich Elena von der Beerdigung ihres Vaters verpisst hatte. »Absentiert« nannte es die vornehme Carina, die sich bald im Reichtum suhlen würde, wenn ihr Hans-Joachim wirklich so viel vermacht hatte, wie Elena befürchtete.

Und dann jammerte da noch Ottavio rum. Dreimal hatte er auf den Anrufbeantworter gesprochen. »Carissima, wo bist du? Ich erreiche dich nicht und bin ganz verrückt vor Sorge. Ich habe gehört, dass du nicht bei der Beerdigung warst, sondern die

Kirche verlassen hast. Weil es dir nicht gut ging. Oh, mein Gott! Was ist mit dir, Liebste? Bitte melde dich! Ruf mich an! Jederzeit! Auch mitten in der Nacht! Bitte, Elena, ich halte es nicht mehr aus, melde dich, damit ich weiterleben kann!«

Eine Diskussion darüber, wo sie gewesen war und was sie in den letzten drei Tagen gemacht hatte, konnte sie jetzt überhaupt nicht ertragen. Warum musste er jetzt hier so eine Panik machen? Sie dachte nicht daran, sich bei ihm zu melden.

Seufzend ging sie hinaus und legte sich an den Pool. Überlegte, ob sie vielleicht doch Ottavio anrufen sollte, damit er endlich Ruhe gab. Es war grausam. Warum konnte sie nicht tun und lassen, was sie wollte? Warum musste sie Hinz und Kunz Rechenschaft ablegen?

Sie stand auf, goss sich ein Glas Weißwein ein, trank einen Schluck und rief Ottavio an. War unglaublich geladen.

Keine gute Voraussetzung.

»Wie du hörst, lebe ich noch«, sagte sie kalt, als er sich meldete.

»Elena! Wie schön, dich zu hören! Ich habe mir solche Sorgen gemacht! Wie geht es dir? Wo bist du? Wo warst du?«

»So viele Fragen auf einmal. Ich bin zu Hause, und es geht mir gut. Sehr gut. Habe mir gerade ein Glas Weißwein eingeschenkt und denke mal, dass ich in einer halben Stunde ins Bett gehe. Und morgen früh werde ich schwimmen. Es ist alles in Ordnung. Alles super.«

»Wo warst du?«

»Der Tod meines Vaters hat mich schwer erschüttert. Ich bin auch immer noch fix und fertig und musste mal eine Weile allein sein. Der ganze Trubel mit den Gästen im Haus ging mir auf die Nerven. Die blöde Carina hat Krethi und Plethi eingeladen, weil sie gerne hofiert wird, und das mag ich nicht.«

Ottavio schluckte. »Ho capito. Va bene. Aber wo warst du?«

»Zu Hause. In meinem Bett. Ich bin nur nicht ans Telefon gegangen. Und ansonsten bin ich oft mal hier und da und dort.

Wenn ich allein sein will, nehme ich mir irgendwo ein Zimmer in einem kleinen Hotel. In Firenze, in Siena oder auf dem Dorf. Wo auch immer. Ist das verboten?«

»Nein, nein, schon gut. Ich dachte ja nur …«

»Hör auf zu denken, Ottavio. Ich hab meinen Blues und du deinen. Und wir sollten uns beide in Ruhe lassen und uns nicht unentwegt ausfragen. Va bene? Ich bin gern mit dir zusammen, aber das kann schon morgen ganz anders sein. Genieße den Tag. Denn durch deine Fragerei kannst du es nicht verhindern, dass ich vielleicht weggehe oder mich anders orientiere. Wer weiß, was im Leben passiert? Wer mir über den Weg läuft? Wir teilen unsere Zeit, es ist wunderschön, aber wie lange, weiß kein Mensch. Hör auf, dir einen Kopf zu machen, Ottavio, es ist, wie es ist.«

»Es tut mir so leid, dass ich nicht bei der Beerdigung dabei sein konnte. Ich hätte dich so gern unterstützt, aber du wolltest es ja nicht.«

»Nein. Es hätte nichts gebracht. Mir nicht und dir nicht. Ist doch alles völlig okay. Mach dir keine Gedanken. Du musst dir überhaupt wegen nichts, wegen absolut gar nichts Gedanken machen.«

»Wann seh ich dich?«

»Nächste Woche. Vielleicht Mittwoch. Ich sag dir noch Bescheid. Wie immer so gegen achtzehn Uhr.«

»Bei mir oder bei dir?«

»Komm zu mir. Ich ruf dich an, und ich koche was Schönes.«

»Grazie, cara. Ich freu mich!«

Sie legte auf und überlegte, dass sie eigentlich gar keine Lust hatte zu kochen. Und sie hatte auch keine Lust, ihn zu sehen und nach dem Essen mit ihm ins Bett zu gehen.

Sie hatte zu nichts Lust, was Ottavio betraf, dachte, dass es besser wäre, wenn Vito statt Ottavio kommen würde, und fragte sich ernsthaft, warum sie dieses Date überhaupt ausgemacht hatte.

Elena wusste, dass die Innenstadt von Siena jetzt gegen zweiundzwanzig Uhr voll war. In der warmen Nacht schoben sich die Menschen durch die engen Gassen, die Restaurants waren überfüllt, die Piazza del Campo war voller Leben, an mehreren Ecken spielten kleine Bands oder Straßenmusiker, die sich als Alleinunterhalter durchs Leben schlugen. Der Torre del Mangia leuchtete warm angestrahlt gegen den tiefdunklen, wolkenfreien Nachthimmel.

Vito, dachte sie. Ottavio kann dir nicht das Wasser reichen, und wahrscheinlich bist du der Grund, warum ich nicht die geringste Lust habe, ihn wiederzusehen. Vielleicht werde ich es beenden. Wenn ich die Kraft dazu habe.

Nie hatte sie gern oder leicht einen Menschen verlassen, sie war immer eher froh gewesen, wenn sie verlassen wurde. Auch wenn es überraschend kam. Denn dann war die Beziehung sowieso am Ende, und sie musste sich nicht mehr wochenlang etwas vormachen, sich quälen, ihm hinterherspionieren oder schreckliche investigative Gespräche führen, die immer in Streit und Tränen endeten.

Aber diesmal musste es wohl sein. Denn Ottavio war nicht der Typ, der jemals Schluss machte. Lieber litt er weiter wie ein Hund. Ottavio konnte man beim Liebesspiel mit einem anderen zusehen lassen – er würde weinen, aber niemals seinen Hut nehmen und gehen.

Aber es musste ein Ende haben. Das war ihr völlig klar.

Elena war nicht traurig, dass sie jetzt nicht draußen im abendlichen Feierrausch der Sienesen und Touristen, sondern innerhalb ihrer eigenen Mauern war, sie war froh, dass sie den Trubel nicht hörte und die Stille genießen konnte und doch so nah dran war am Puls des Lebens. Zwei Minuten Fußweg. Dann wäre sie mittendrin. Was für ein überragendes Gefühl!

Sie lächelte und ließ sich nackt ins warme Wasser gleiten. Durchquerte den erleuchteten Pool mit kräftigen Schwimmzügen, tauchte bei jedem Zug so tief wie möglich unter, um zu spüren, wie das Wasser über ihren Kopf hinwegrauschte, bevor sie wieder auftauchte und ihre kräftigen Arme erneut durchs Wasser zog. Es war die reine Lust. Sie war mit sich, mit ihrem Körper, mit der Welt im Reinen, das Wasser war für sie wie das Universum, in dem sie sich beinah schwerelos bewegen und mit dem sie verschmelzen konnte.

30

Es war kurz vor zwölf. Elena hatte gerade das Licht ausgemacht und wollte schlafen, als das Telefon klingelte. Sie wälzte sich mühevoll auf die andere Seite, suchte den Lichtschalter, knipste schließlich die Lampe an und ging an ihr Handy.

»Ja?«

»Sorry, aber dich muss man ja zu so einer späten Stunde anrufen, um überhaupt die Chance zu haben, dich zu erreichen. Willkommen unter den Lebenden!«, flötete Kaya.

»Süße, können wir uns morgen Vormittag unterhalten? Um zehn? Ich schlafe schon!« Sie legte ohne weiteren Kommentar auf und löschte das Licht.

Ihr Handy klingelte erneut. Seufzend ging Elena dran und fragte: »Okay. Was ist los? Was müssen wir heute Nacht noch klären? Wer ist tot?«

»Opa. Schon vergessen? Kann sein, denn du warst ja nicht bei der Beerdigung. Die Leute haben sich das Maul über dich zerrissen!«

»Wie schön! Dann hatten sie ja wenigstens ein Thema. Und Carina wird am lautesten getönt haben.«

»So ist es.«

»Kaya, ich kann es doch nicht ändern. Die Migräne hat mich gefällt wie einen Baum. Ich hab es kaum nach Hause geschafft.«

»Und du warst dann auch drei Tage lang nicht zu erreichen.«

»Nein. Ich habe im Dunkeln gelegen wie in einem Sarg. Und mich nicht gerührt. Und hab mit niemandem geredet.«

»So schlimm war deine Migräne ja noch nie!«

»Nein. Und ich hoffe nicht, dass ich das noch einmal erleben muss. Es war die Hölle!«

»Ich habe mindestens fünfzig Mal sagen müssen, es geht ihr nicht gut, der Tod ihres Vaters ist ihr sehr zu Herzen gegangen, sie hat eine Migräneattacke … Ich hab den ganzen Abend nichts anderes gemacht.«

»Das tut mir leid, Maus.«

»Du hattest Migräne. Okay. Aber wann bist du denn mal fassbar? Das Problem hab ich ja ständig. Wenn ich wirklich mal am Arsch wäre und Hilfe bräuchte – ich würde alle möglichen Leute anrufen können, nur dich nicht. Du bist nie erreichbar, du bist immer irgendwo, dein Handy ist aus, es ist einfach nur zum Kotzen.«

»Wir telefonieren eigentlich fast jeden Tag.«

»Na ja, bitte!«

»Gut. Gefühlt fast jeden Tag. Also jedenfalls sehr häufig. Und vor Opas Tod hab ich ständig versucht, dich zu erreichen. Keine Chance.«

»Wollen wir uns das jetzt alles vorrechnen?«

»Nein. Was hältst du davon: Morgen früh bei Nannini? Zehn Uhr?«

»Va bene. Ich komme. Und ich warne dich: Wenn du nicht da bist, bringe ich dich um. Denn dann mache ich mir danach wenigstens keine Sorgen mehr.«

Kaya legte auf.

Elena musste grinsen. Was hatte sie doch für eine sperrige, aber tolle Tochter!

31

Im Café Nannini im Herzen von Siena war um diese Zeit die Hölle los. Einheimische und Touristen, die hier ein schnelles Frühstück genießen oder in dem legendären Café der Geschwister Alessandro und Gianna Nannini einen Espresso trinken wollten, gaben sich die Klinke in die Hand.

Elena und Kaya saßen im hintersten Raum an einem winzigen Bistrotisch und versuchten, den Lärm auszuknipsen.

»Schön, dass du da bist!«, begann Elena.

»Ebenso.« Elena spürte, dass ihre Tochter kratzbürstig und aggressiv war, aber das kannte sie schon. Das war wahrhaftig nichts Neues. Kaya war wie fast immer vollkommen ungeschminkt, trug ihr Haar wie üblich zu einem simplen Pferdeschwanz gebunden, hatte Bluejeans an und ein ausgewaschenes T-Shirt. Nichts Außergewöhnliches in einer Unistadt wie Siena.

»Sag's mir einfach«, sagte Kaya ohne große Vorreden. »Sag mir, warum du von der Beerdigung so einfach abgehauen bist, ohne mir oder irgendeinem Menschen Bescheid zu geben, wo du hin musst. Ich glaub dir deine komische Migräne nämlich nicht. Du hattest seit Jahren keine Migräneanfälle mehr, du hast ja noch nicht mal eine Schmerztablette im Haus. Als ich mal eine brauchte, hast du keine gefunden. Die Migräne war nur eine Ausrede, damit ich mir keine Sorgen mache oder die Feuerwehr, die Polizei und sonst wen alarmiere. Also sag mir bitte, wo du wirklich warst und warum du unbedingt die Beerdigung deines Vaters sausen lassen musstest.«

Elena schwieg.

»Und Carina rannte, immer wenn jemand nach dir fragte, mit diesem ›So-ist-sie-eben‹-Gesicht herum, und das sagte sie auch jedem, der es hören wollte. ›Tja, so ist sie eben. Vollkommen unzuverlässig und unberechenbar. Da habe ich mich ja schon fast dran gewöhnt, aber dass sie jetzt nicht hier ist, empfinde ich als Skandal!‹ O-Ton Carina.«

Elena musste grinsen. »Wir werden die dumme Pute nicht mehr ändern. Sie wird mein Erbe einsacken, wenn mein Vater mich aufs Pflichtteil gesetzt hat, wird sich in der Casa Colleverde breitmachen und dort Hof halten. Ich halte das nur aus, wenn ich es verdränge und versuche, nie wieder dran zu denken.«

»Warum musstest du unbedingt weg?«, fragte Kaya vollkommen unbeeindruckt.

»Ich hatte ein Date. Eine Verabredung, und wollte denjenigen nicht durch meine Absage vor den Kopf stoßen.«

»Und das war so wichtig, dass es nicht warten konnte?«

»Ja.«

»Beruflich oder privat?«

Elena zögerte. »Sowohl als auch«, wand sie sich.

»Ich verstehe das nicht.«

»Nein. Du kannst es auch nicht verstehen. Und ich werde es dir nicht erklären. Weil ich auch ein Privatleben habe und einen kleinen Freiraum für mich behalten möchte. Ich will niemandem Rechenschaft darüber ablegen, was ich tue, wo ich hingehe, mit wem ich mich treffe. Ich möchte nicht mitteilen, wann ich nach Hause komme, wann ich ins Bett gehe und mit wem ich telefoniere. Und es geht keine Sau etwas an, wer mich eventuell nachts noch besucht oder wen ich besuche. Das ist meins. Das ist tabu. Auch für dich. Du bist meine Tochter, meine Vertraute, ich liebe dich mehr als alles auf der Welt, aber es gibt Grenzen. Es gibt Dinge, die ich selbst dir nicht erzähle.«

Kaya war sprachlos. Dann meinte sie mit einem Lächeln: »Das hört sich aber interessant an.«

»Ist es auch. Und darum lass es gut sein. Du und Ottavio und die Zicke Carina und weiß Gott, wer sonst noch alles. Hört auf, mich zu nerven. Mein Vater liegt jetzt unter der Erde, er ist würdig beerdigt worden, ob ich nun dabei war oder nicht, ist auch egal. Ich werde ihn immer in meinem Herzen bewahren, auch wenn ich nicht an seinem Grab gestanden und mit Carina um die Wette geweint habe. Es ist alles in Ordnung. Zum Glück gibt es noch Geheimnisse auf der Welt, und eins davon ist meins.«

Kaya war vollkommen baff. »Es gibt Dinge, die du selbst mir nicht erzählen würdest?«

»Ja.«

»Das haut mich jetzt um.«

»Vielleicht weil sich Töchter nie vorstellen können, dass ihre Mütter auch ein Privat- und ein Sexleben haben.«

»Es geht also um Sex?«

Elena lächelte. »Kind! In diesem Leben geht es immer und ausschließlich nur um Sex. Du musst die Dinge nur hinterfragen, musst ihnen auf die Spur kommen und ihnen auf den Grund gehen, dann wirst du merken, dass es immer und überall nur um Sex geht.«

Kayas Angriffslust schien verflogen. »Gibt es sonst noch irgendetwas, was du mir erzählen könntest oder würdest?«

»Nein. Es ist alles in Ordnung, meine Liebe. Es geht mir glänzend. Ich bin glücklich und zufrieden. Sorg dich um alles auf dieser Welt – aber nicht um mich. Wie läuft es in der Uni?«

»Gut.«

»Und mit Luigi?«

»Einigermaßen.«

»Oh!«

»Ja.«

»Erzähl es mir, wenn du magst. Oder behalt es für dich.«

»Ja.«

»Wollen wir in diesem Sommer noch gemeinsam eine Woche ans Meer fahren?«

»Au ja!« Kaya sprang auf und umarmte ihre Mutter. »Wann hast du Zeit?«

»Moment, das kann ich dir gleich sagen.« Elena holte ihr Handy aus der Handtasche und scrollte ihre Termine durch. »Oh! Es ist schwierig im Moment. Aber Ende August, Anfang September könnte es klappen. Was meinst du?«

»Sehr, sehr gerne. Bitte, mach es möglich, denn ich denke, wir brauchen ein paar ruhige Tage. Nur du und ich.«

Elena nickte und lächelte.

32

Sie saßen im Auto. Die Po-Ebene nahm kein Ende. Wussten nicht, was sie sagen sollten. Das, was geschehen war, hatte sie sprachlos gemacht.

»Geht's dir gut, Spatz?«, fragte Gitta.

»Hm.«

»Freust du dich auf zu Hause?«

»Ich will zu Oma und Opa.«

Gitta und Elmar sahen sich an. »Wir übernachten heute in München, und dann unterhalten wir uns beim Abendessen darüber, wo wir morgen hinfahren, ja?«

»Ich will zu Oma und Opa«, sagte Jonas erneut und begann schon wieder zu weinen.

»Was möchtest du essen?«, fragte Gitta am Abend im Restaurant. »Spaghetti? Lasagne? Oder irgendwas mit Spätzle?«

»Darf ich auch 'ne Cola trinken, jetzt, wo ich doch nur noch eine Niere hab?«, fragte Jonas.

»Aber sicher! Das ist überhaupt kein Problem.«

»Warum hat man dann zwei Nieren, wenn das überhaupt kein Problem ist?«

»Damit man nicht stirbt, wenn einem so etwas Schreckliches passiert wie dir!«

»Okay. Dann nehme ich eine Cola. Und Lasagne.«

Gitta und Elmar bestellten.

»Warum möchtest du zu Oma und Opa und nicht nach Hause?«, fragte Elmar.

»Da weiß der böse Mann nicht, dass ich da bin«, flüsterte Jonas. »Da bin ich nur zu Besuch. Und da kann er nicht kommen und auch noch mein Herz holen.«

»Wie kommst du denn darauf?«, fragte Gitta entsetzt.

»Ich hab gehört, dass sie irgendwann mal gesagt haben, dass sie auch noch ein Herz brauchen. Für ein Kind. Blutgruppe 0.«

Und dann fing Jonas wieder an zu weinen und war kaum zu beruhigen.

»Es ist alles gut, mein Schatz, niemand weiß, wo du bist, niemand tut dir jemals wieder was zuleide. Du brauchst wirklich keine Angst zu haben.«

Gitta hielt ihn minutenlang im Arm, bis er sich beruhigte.

»Und sie holen wirklich nicht mein Herz?«

»Nein. Auf gar keinen Fall. Da kannst du ganz sicher sein!«

Gitta und Elmar disponierten um und fuhren am nächsten Tag nach Celle zu Gittas Eltern. Wenn er es sich so sehr wünschte, würden sie eine Weile dort bleiben. Termine ließen sich verschieben, und nach allem, was er mitgemacht hatte, tat es ihm sicher gut.

Am Abend brachte Gitta Jonas im Gästezimmer ins Bett, legte sich zu ihm und kuschelte sich an ihn.

»Kannst du dich an den bösen Mann erinnern?«, fragte sie.

Bisher hatte Jonas so gut wie nichts von seiner Entführung erzählt.

Jonas nickte. »Es waren zwei.«

»Und? Wie sahen die aus?«

»Der eine hatte dunkle lange Haare, und der andere hatte einen Stoppelhaarschnitt.«

»Blond oder schwarz?«

»So braun irgendwie.«

»Haben sie Deutsch gesprochen?«

Jonas nickte. »Der mit den kurzen Haaren. Beim andern weiß ich nicht. Der hat gar nichts gesagt.«

»Waren sie freundlich zu dir?«

»Ein bisschen. Sie haben mir eine Cola gegeben, und dann bin ich eingeschlafen und erst wieder aufgewacht, als mir alles wehtat.«

»Und sonst?«

»Sonst nichts. Der mit den kurzen Haaren ist mit einer Spritze gekommen und hat gesagt, wenn ich die kriege, ist alles gut. Und dann weiß ich nichts mehr.«

»Und jetzt hast du Angst, dass er wiederkommt?«

Jonas schluchzte laut auf und schlug die Hände vors Gesicht.

WÖLFE

33

Gabriella wachte auf, weil Dante sie pausenlos anstupste, ihr über die Nase leckte und leise jaulte.

»Lass das, verdammt!«, stöhnte Gabriella, wischte sich mit ihrem Schlafanzugärmel übers Gesicht, drehte sich auf die andere Seite und schlief weiter.

Dante ließ nicht locker. Fuhr mit der Schnauze unter die Bettdecke, stupste sie unaufhörlich und jaulte lauter.

»Was ist denn, zum Teufel!«, fluchte Gabriella, setzte sich auf und warf einen Blick auf den Radiowecker. Vier Uhr siebenunddreißig. Madonnina! Sie wollte Dante gerade heftig zusammenstauchen, als sie sah, dass das Bett neben ihr leer war.

»Donato«, fragte sie, wohl wissend, dass er sie nicht hören konnte, wenn er im Bad, in der Küche oder sonst wo war.

Sie strich Dante über den Kopf, der erleichtert schien, dass sie seine Botschaft verstanden hatte, schaltete die Nachttischlampe an, sprang aus dem Bett und zog sich ihren Morgenmantel über. Im Flur sah sie, dass das Bad dunkel war, und lief die Treppe hinunter.

»Neri?«

Sie bekam keine Antwort.

Neri saß im Wohnzimmer im Sessel, alle viere von sich gestreckt wie ein gestrandeter Maikäfer auf dem Rücken.

»Was ist los? Was ist mit dir?« Sie stürzte auf ihn zu, kniete sich vor ihn und fühlte seinen Puls.

»Ich bekomme keine Luft.«

»Wieso nicht?«

»Weiß ich doch nicht!«

»Und warum sitzt du hier im Sessel?«

»Weil ich im Liegen keine Luft kriege. Ich muss sitzen. Herrgott noch mal! Im Bett krieg ich die Panik!«

Gabriella war die Ruhe selbst. »Soll ich die Feuerwehr oder den Notarzt rufen?«

»Nein!«

»Die Misericordia? Oder die dottoressa? Ich habe ihre private Handynummer!«

»Nein! Bitte, bring mir ein Glas Wasser!« Neri schloss die Augen.

Gabriella holte ein Glas. »Dein Hund hat mich geweckt. Er hat sich Sorgen um dich gemacht. Ist ein verdammt kluger Hund.«

Neri nickte nur.

Gabriella beobachtete ihn. »Was ist mit dir?«

»Nichts. Gar nichts. Lass mich in Ruhe!«

Gabriella ging zurück ins Schlafzimmer. Wenn nichts war und wenn er seine Ruhe haben wollte, dann war es ja gut.

Aber sie konnte nicht wieder einschlafen und hörte, dass Neri im Wohnzimmer auf und ab ging.

Wer läuft, stirbt wahrscheinlich nicht, überlegte sie, um sich selbst zu beruhigen, er wird sich schon melden, wenn er Hilfe braucht. Und dann dämmerte sie unmerklich ein und träumte wüst, von Neri und ihr in einem unbekannten Haus voller Menschen, alle saßen und lagen durcheinander, in jedem Zimmer dröhnte Musik, und Gabriella war vollkommen verzweifelt, weil sie ihre Handtasche suchte. Ihre Handtasche, in der ihr ganzes Leben steckte. Sie rannte durch die Räume, suchte, rief um Hilfe, sprach mit jedem Menschen, den sie traf, aber niemand konnte ihr helfen. Neri war völlig teilnahmslos, er verstand ihre Panik nicht. Sie schwitzte und weinte im Schlaf, schlug um sich und zog sich die Decke über den Kopf. Bis sie sich sagte, es ist doch wahrscheinlich nur ein Traum, der ständig wiederkehrende »Ich-hab-meine-Handtasche-verloren-Traum«, wach auf, dann ist alles gut, dann ist dieser Horror endlich vorbei.

Und sie wachte auf. Links neben ihrem Bett, direkt am Nachttisch, erfühlte sie ihre Handtasche. Die Erleichterung war übermächtig, das reale Leben war großartig im Gegensatz zu den absurden Gespenstern der Nacht.

Sie warf einen Blick auf den Radiowecker. Sechs Uhr siebzehn. Sie könnte eigentlich noch schlafen, aber dann sah sie neben sich. Neri war immer noch nicht im Bett. Der arme Kerl, vielleicht ging es ihm wirklich schlecht, und sie schlief ungerührt und träumte von verlorenen Handtaschen.

Gabriella schwang sich aus dem Bett und lief nach unten.

Neri saß in der Küche und umklammerte einen dampfenden Teetopf.

»Oddio!«, schrie Gabriella. »Neri! Was ist denn mit deiner Hand passiert?«

Sie erinnerte sich, dass er sich gestern Nachmittag seine Hand in der Schuppentür hinter dem Haus eingeklemmt hatte. Er hatte geschrien und getanzt, und sie hatte ihm einige Holzsplitter aus der blutenden Wunde gezogen. Jod hatte Neri vehement abgelehnt, einen Verband auch, er akzeptierte nur ein lapidares, albernes Pflaster. Und jetzt war die gesamte Hand angeschwollen, knallrot, entzündet und heiß. Als Gabriella seine Hand berührte, zuckte sie zurück, als hätte sie auf eine heiße Herdplatte gefasst.

»Donato, du musst ins Krankenhaus!«, sagte sie ernst. »Ohne Spaß, darum hast du auch diese Atemnot. Ich hab Angst, dass du eine Blutvergiftung bekommst. Eine Sepsis. Und dann kann es ganz schnell vorbei sein.«

»Blödsinn.« Er tippte sich an die Stirn. »Ich setze mich doch jetzt nicht sieben Stunden in die Notaufnahme und falle dann irgendwann tot vom Stuhl! Was soll das bringen? Nee, Gabriella, vergiss es. Ich hab eine Verletzung an der Hand. Na und? Das wird schon wieder.«

»Dann geh zur dottoressa.«

»Die ist noch bis nächste Woche in Urlaub. Und bei ihrer Vertretung in Bucine ist die Hölle los.«

»Neri, du musst zum Arzt! Das ist gefährlich, was du da hast!«

»Glaub ich nicht. Und wo soll ich denn hin? Nach Siena oder Florenz? Willst du die ganze Welt verrückt machen, weil ich mir die Hand eingequetscht hab?«

Gabriella musste sich beherrschen, um bei so viel Sturheit nicht sauer zu werden. »Va bene. Nehmen wir die einfachste Lösung. Direkt an der Piazza in Ambra hat ein neuer dottore ein ambulatorio eröffnet. Seit einem Monat ungefähr. Ein Chirurg. Das heißt, er klammert, schneidet auf, näht zu, zieht Nägel, lauter solche Sachen. Also in deinem Fall genau richtig. Gut, er behandelt nur privat, du musst bezahlen, aber was soll's. Geh hin und zeig ihm deine Hand. Wenn er sagt, tutto bene, dann ist es ja gut. Und dann brauchst du auch nachts nicht mehr durch die Gegend zu wandern und den Hund und mich verrückt zu machen. Geh hin!«

»Ich hab um zehn einen Termin beim Staatsanwalt wegen des kleinen Jonas.«

»Das schaffst du, wenn du gleich losfährst. Und wenn nicht, muss der Staatsanwalt eben warten. Neri, es ist wichtig! Glaub mir! Direkt gegenüber der Assicurazione. Moment, ich guck mal im Internet, ob er geöffnet hat.« Sie setzte sich an den Computer und sagte nach wenigen Sekunden: »Alles klar. Also, ambulatorio dottor Nevio Angioli, geöffnet Montag, Dienstag und Mittwoch von acht bis zwölf. Du kannst auf der Piazza parken. Du bist Carabiniere, du darfst parken wie Django.«

Neri gab sich geschlagen und nickte.

Er fuhr direkt auf die Piazza, hielt so dicht an einem Cafétisch, dass er beinah die Handtasche einer Frau plattgemacht hätte, und betrat das ambulatorio. An der Anmeldung nannte er seinen Namen, seinen Beruf und sein Anliegen.

Die Sprechstundenhilfe, eine schweigsame, dickliche junge Frau, notierte alles und bat ihn, im Wartezimmer Platz zu nehmen.

Dort saß nur eine dürre Frau, Mitte sechzig, die Neri zunickte.

Neri kannte sie nicht. »Buongiorno«, sagte er. »Warten Sie auch auf den dottore?«

»Nein. Ich bekomme nur eine Zeckenimpfung.«

Neri setzte sich. Wunderbar. Das würde wahrscheinlich wirklich schnell gehen.

Nur zehn Minuten später wurde er ins Behandlungszimmer gerufen.

Dottor Angioli begrüßte ihn lächelnd und sah auf einen Zettel. »Maresciallo, La saluto, was kann ich für Sie tun?«

Was für ein charismatischer Mann, dachte Neri. Groß, schlank, dennoch kräftig, und man sah ihm an, dass er auch einen schwer kranken Übergewichtigen auf die Behandlungsliege hieven konnte. Er hatte dichtes, in Ansätzen leicht ergrautes Haar, gebräunte Haut und eng zusammenstehende blaue Augen. Selten in Italien. Einen Blick wie ein Husky. Beeindruckend. Dieser Mann ging einem so leicht nicht mehr aus dem Kopf. Sicher ein guter Arzt und ein Gewinn für Ambra.

»Ich hab mich gestern verletzt. Die Hand in einer Schuppentür eingeklemmt, sicher nicht schlimm, aber meine Frau meinte, ich sollte Ihnen das mal zeigen …«

Er legte die Hand vor dem dottore auf den Tisch.

Dieser sah Neri an und reagierte genauso wie Gabriella.

»Oddio«, sagte er. »Mamma mia. Die Wunde hat sich extrem entzündet, das ist gefährlich, wir müssen verhindern, dass Sie eine Blutvergiftung bekommen. Meine Assistentin wird die Wunde jetzt säubern, desinfizieren, verbinden, und dann bekommen Sie von mir ein starkes Antibiotikum. Das nehmen Sie bitte zehn Tage, morgens und abends. Und dann sehen wir uns wieder.« Er druckte das Rezept aus. »Und wenn was ist, wenn es Ihnen nicht gut geht oder Sie starke Schmerzen haben, rufen Sie mich an. Tag und Nacht. Kein Problem.« Er drückte Neri seine Visitenkarte in die Hand.

Neri war vollkommen überrumpelt. Es ging ihm alles zu schnell. »Sie sind neu hier?«, fragte er.

»Ja. Hier im ambulatorio arbeite ich erst seit vier Wochen. Ich habe unterhalb von Monte Benichi ein Anwesen gekauft und ein wenig hergerichtet. Und als hier in Ambra, so zentral wie es nur irgendwie geht, diese Räume frei wurden, hab ich sie sofort angemietet.«

»Welches Anwesen? Chiesina?«

»Ja. Genau.«

»Fantastico. Dort hat einmal ein Freund von mir gewohnt. Mittlerweile hat sich aber ja wohl viel geändert.«

Neri erinnerte sich, dass es damals noch eine heruntergekommene, über zweihundert Jahre alte Villa gewesen war. Und innerhalb von drei Jahren nach dem Verkauf war das ruinöse Anwesen prachtvoll restauriert, es gab außerdem einen gewaltigen Pool, zwei Terrassen, Wirtschaftsgebäude und weiß Gott was noch alles.

Jetzt wusste er wenigstens, wer dort wohnte. Dottor Nevio Angioli. So, so. Ein neuer dottore mit einer winzigen Praxis. Dabei war die Restaurierung der Villa sicher nicht billig gewesen.

»Ich hatte heute die ganze Nacht Atemnot«, sagte Neri. »Konnte nicht liegen, musste umherlaufen, hatte Angst zu ersticken. Es war grauenvoll.«

Dottor Angioli nickte. »Das kommt von der Infektion. Ihr gesamter Organismus ist durcheinander.« Er hielt ihm kurz ein Thermometer ins Ohr. »Leichtes Fieber haben Sie auch. Machen Sie sich keine Sorgen, sobald die Antibiotika anschlagen, wird es Ihnen besser gehen.«

Neri reichte ihm seine gesunde Hand. »Ich weiß nicht, wie ich Ihnen danken soll!«

»Di niente. Gute Besserung! Und bitte, gehen Sie gleich rechts in den Nebenraum, Rosanna kümmert sich um Sie.«

Nevio begleitete ihn und gab Rosanna Instruktionen.

»Certo, dottore«, sagte Rosanna. Sie streckte Neri ohne zu lächeln die Hand entgegen. »Bitte setzen Sie sich.« Sie sah ihn nicht an, säuberte, desinfizierte und verband wortlos seine Hand, die anschließend aussah, als hätte man ihm einen Skistiefel über den Arm gestülpt. Dann erst lächelte Rosanna zum ersten Mal.

»Alles Gute«, sagte sie. »Kommen Sie jeden Morgen um neun, wenn es geht. Dann erneuern wir den Verband.«

Neri nickte, bedankte sich und ging.

Dante schlief auf der Rückbank, als er aus der Praxis kam, und Neri sah auf die Uhr. Den Termin in Montevarchi würde er eventuell noch schaffen.

34

Der Staatsanwalt Silvano Corsi war ein winziges, verhärmtes Männlein mit einem blassen Gesicht und einer undefinierbaren Haarfarbe, die man nur als »staubig« bezeichnen konnte. Seine dünnen Beinchen steckten in schmalen Jeans, die man sicher nur in der Kinderabteilung bekam, aber sein Blick war kalt wie der einer Hyäne.

Oddio, wo haben sie den denn ausgebuddelt, dachte Neri, als er Silvano Corsi begrüßte.

»Maresciallo«, meinte Corsi, »come va?«

»Bene, grazie.«

»Wir unterhalten uns heute kurz über den Fall des kleinen Jonas Wengler. Eine reine Formalität.«

»D'accordo.«

»Inwiefern waren Sie in den Fall involviert?«

»Jonas' Eltern haben ihren Sohn bei mir als vermisst gemeldet. Er war während eines Dorffestes verschwunden. Ich habe in alle Richtungen ermittelt, aber ohne Erfolg. Der Junge blieb unauffindbar, die Eltern waren verzweifelt. Und dann stand er zehn Tage später plötzlich vor meiner Tür. Ich meine vor der Carabinieri-Station in Ambra. Nicht vor meiner privaten Tür.«

»Verstehe. Wie kam er da hin?«

»Keine Ahnung. Ich nehme mal an, der Entführer hat ihn da abgesetzt. Damit er gefunden und zu seinen Eltern zurückgebracht wird.«

»Das vermuten Sie?«

»Natürlich! Was soll ich denn sonst tun? Er hatte kein Schild um den Hals.«

»Entschuldigen Sie vielmals, wenn ich frage«, sagte der Staatsanwalt zunehmend genervt. »Es handelt sich hier um eine reine Formalität, aber haben Sie irgendjemand gesehen? Einen Mann? Eine Frau? Ein Auto, das wegfuhr?«

»Nein.«

»Nichts?«

»Niente.«

»Haben Sie darauf geachtet?«

»Sicher. Ich bin Carabiniere. Da achtet man automatisch auf alles.«

»Hat der Junge irgendetwas gesagt, wer ihn bei Ihnen abgesetzt hat?«

»Nein. Der Junge hat kein Wort gesprochen und auf keine Frage geantwortet. Er war vollkommen verstört und stumm.«

»Verstehe. Was haben Sie bei Ihren Ermittlungen herausgefunden?«

»Nichts. Das habe ich doch schon gesagt.«

»Dem Jungen wurde eine Niere entnommen?«

»Ja.«

»Haben Sie das herausgefunden?«

»Nein. Das war dottor Luciano Caputo in Montevarchi.«

»Ist die Operation fachmännisch ausgeführt worden?«

Jetzt platzte Neri fast der Kragen. »Dottor Corsi, was soll das? Alles, was Sie mich hier fragen, steht in der Akte! Das wissen Sie längst. Also was soll dieses Gespräch?«

»Eine reine Formalität, maresciallo. Ich muss das, was ich schwarz auf weiß gelesen habe, noch einmal im direkten Gespräch untermauern. Sie wissen also nicht, wer dies diesem Kind angetan haben könnte?«

»Nein!« Neri schrie es fast. »Wir sollten vielleicht alle Küchentische in der Toskana untersuchen, ob es dort irgendwo noch eine Plastikunterlage gibt, an der ein paar Blutspuren von Jonas zu finden sind. Das würde Jahre dauern und nichts bringen. Eine andere Möglichkeit sehe ich nicht, den Täter zu finden. Und diese Untersuchung wäre natürlich auch nur eine reine Formalität!«, konnte sich Neri nicht verkneifen zu sagen, und er wusste augenblicklich, dass es ein Fehler gewesen war.

Corsi erstarrte und erhob sich. »Ich danke Ihnen, maresciallo. Sie haben hervorragende Arbeit geleistet. Sehr schade, dass sie ohne Ergebnis geblieben ist.«

»Buongiorno. Ich melde mich, wenn es vonnöten sein sollte. Danke für Ihre Zeit!« Neri deutete eine Verbeugung an und verließ ohne ein weiteres Wort das Büro.

Und in diesem Moment fiel ihm ein, dass es heiß im Auto war. Wahrscheinlich viel zu heiß für Dante! Auch wenn er die Fenster aufgelassen hatte.

Neri rannte los. Zum Parkplatz. So schnell wie er schon ewig nicht mehr gerannt war.

35

Bevor sich dottor Nevio Angioli um zwölf verabschiedete, bat er Rosanna, wie immer das ambulatorio zu lüften und zu putzen und danach gut abzuschließen. Sie hatte einen Schlüssel, morgen früh um acht ging es weiter.

Rosannas Mutter Monica hatte vor Wochen weinend vor ihm gesessen. Neben ihr ihre Tochter: dicklich, schwammig und mit dunklen, zu einem Pferdeschwanz zusammengebundenen Haaren. Ihre braunen Augen fixierten Nevio unverwandt, sie schien an nichts zu denken, sie starrte ihn nur an.

Nevio fühlte sich unbehaglich und hatte Lust, Mutter und Tochter einfach ohne ein weiteres Wort rauszuschmeißen.

»Bitte, dottore«, flehte Monica, »meine Tochter redet nicht viel, aber sie ist zupackend, hat vor nichts Angst, keine Arbeit ist ihr zu schwer, sie hat Kraft, sie macht alles, was man ihr sagt. Wirklich alles, was Sie von ihr wollen.«

»Was hast du denn bisher gemacht, Rosanna?«, fragte Nevio und sah sie freundlich an.

Rosanna zuckte die Achseln, und ihre Mutter antwortete schnell: »Sie hat es bei Ipercoop probiert, an der Kasse, das war nichts für sie. Zahlen bringt sie durcheinander, und dann den ganzen Tag auf so einer kleinen Tastatur herumzutippen, da wird sie ganz verrückt und macht Fehler. Aber sie kann ein Kalb in der Kuh drehen oder ein Huhn schlachten, das ist alles kein Problem. Bitte, dottore, geben Sie ihr eine Chance, ich schwöre, sie wird Sie nicht enttäuschen!«

Nevio überlegte. Sah diese junge Frau mit dem starren, dunklen Blick an und wusste nicht warum, aber er glaubte der Mutter und sagte: »Va bene. Dann wollen wir es mal probieren. Vier Wochen lang. Deine Probezeit, Rosanna. Wenn es nicht klappt, gehst du nach Hause. Ohne Diskussion. Ist das für dich in Ordnung?«

»Benissimo!« Monica sprang auf. Ihre Augen strahlten, und Nevio spürte, dass sie ihm am liebsten um den Hals gefallen wäre.

»Morgen früh um acht!«, sagte Nevio zu Rosanna. »Bitte pünktlich. Va bene?«

»D'accordo«, sagte Rosanna, und Nevio überlegte, ob sie ein wenig gelächelt oder ob er sich das nur eingebildet hatte.

Rosanna arbeitete hervorragend. Tat alles, was man ihr sagte. Nahm Blut ab, säuberte und verband Wunden, ekelte sich vor nichts. Blut, Eiter, Kot oder Schleim – Rosanna war es egal. Sie fasste überall an, wischte alles weg und würgte auch nicht, wenn es bei jahrelang offenen Beinen bereits nach Verwesung roch. Denn sie fürchtete sich vor nichts.

Sie war goldrichtig für diesen Job, auch wenn sie beim Kassieren in zwei von drei Fällen falsch herausgab. Aber Nevio bereute an keinem Tag, sie eingestellt zu haben.

Nevio fuhr abends oft auf dem Weg nach Hause noch bei Antonio vorbei, holte drei Pizzen und eine Schale mit braunen Oliven, denn Remo aß viel. Zwei große Pizzen mindestens.

Er fuhr hinauf in die Berge nach Monte Benichi. Und jedes Mal war er von Neuem froh, dieses Fleckchen Erde gekauft und es in dieses herrliche Anwesen, das es jetzt war, verwandelt zu haben. Es gab nichts Schöneres, und nur hier konnte er auch Remo ertragen. Seinen kleinen, fetten Bruder, der seinen Verstand verloren hatte.

Er hatte sich zeitlebens um ihn gekümmert, und er würde es weiter tun.

Nevio fuhr durch Monte Benichi, grüßte Aladina, die Alte, die sich erbarmt hatte und die Straße fegte, seit Primetta tot war, indem er ihr kurz zuwinkte, und sah im Rückspiegel, dass Aladina ihm vollkommen überdreht und euphorisch tausend Luftküsse hinterherschickte.

Vor der Trattoria bog er rechts ab. Hier begann die unasphaltierte Natursteinstraße, wie sie die Italiener romantisch nannten, aber es hatte nichts mit Romantik, sondern nur mit Schlaglöchern und im Winter mit Schlamm zu tun.

Doch er hatte es nicht mehr weit.

An der kleinen, schon fast zerfallenen Kapelle mit einem Madonnenschrein bog er rechts ab nach Chiesina, wie sein Anwesen hieß.

Ließ sich bergab rollen. Bis vor das automatische Tor.

Das war das Irrsinnige in der Toskana. Man fuhr von einem Hügel bergab zu einem Haus und vermutete es im Tal. Aber dort hatte man dennoch das Gefühl, hoch oben auf dem Berg zu sein, weil man immer noch tief hinab und über die Wälder und Hügel sah.

Ein Phänomen in einer Landschaft, in der kaum eine Erhebung mehr als fünfhundert Meter Höhe erreichte.

Auf Knopfdruck schwang das Tor auf und schloss sich hinter ihm augenblicklich wieder.

Dann öffnete er mithilfe einer App auf seinem Handy den Zwinger, der weit hinten am anderen Ende des Grundstücks, umgeben von Feigenbäumen, stand.

Und nur Sekunden später stürzte eine wüste Wolfsmeute auf ihn zu. Sieben Wölfe jaulten und tobten vor Freude, ihren Chef wiederzusehen.

Nevio kraulte, streichelte und begrüßte alle mit Namen, bis es genug war.

»Schluss!«, rief er. Und alle Tiere saßen stramm und stumm vor ihm.

Er tätschelte und lobte sie alle. »Ihr seid großartig«, flüsterte er. »Ihr seid so unglaublich!«

Er hatte die Wölfe aus Umbrien geholt. Aus einem Naturpark, wo er den Direktor kannte. Ein Tierarzt, der sich freute, dass Nevio Wölfe artgerecht halten wollte.

Die meisten Italiener fürchteten sich vor Hunden – vor Wölfen hatten sie Todesangst. Sie weigerten sich, auf dem Grundstück zu arbeiten. Nur wenn sie sich anmeldeten und Nevio ihnen garantierte, dass die Wölfe im Zwinger waren, wagten sie sich auf das Grundstück.

Das hatte Nevio durchaus bezweckt.

Der Einzige, der in dieser Hinsicht vollkommen schmerzfrei war, war der Postbote. Die Briefe warf er in den Briefkasten am Tor, brachte er ein Paket, klingelte er und betrat, wenn sich das Tor öffnete, ganz gelassen das Grundstück und verschwendete offenbar keinen Gedanken daran, dass sich eine hungrige Wolfsmeute auf ihn stürzen könnte.

Nevio fand dies bemerkenswert, aber es hätte ihm besser gefallen, wenn der Postbote auch ein wenig mehr Respekt vor den Wölfen gezeigt hätte. Er überlegte ernsthaft, ob er sie das nächste Mal freiließ, wenn der Briefträger kam. Auch wenn sie sich nur hinter dem Tor zähnefletschend zeigten, konnte das dem dreisten Boten schon eine Lehre sein.

»Remo!«, schrie Nevio. »Ich bin wieder da! Wo bist du?«

Natürlich hatte ihn Remo längst bemerkt. Er hatte auch das Bellen der Wölfe gehört, aber dennoch dauerte es immer eine ganze Weile, bis er sich zeigte.

»Komm raus! Ich hab uns was zum Essen mitgebracht!«

Nicht weit entfernt sprang Remo hinter einem Busch hervor.

Splitterfasernackt. Vor Freude kreischend drehte er sich wie ein Tornado auf Nevio zu, ließ sich anschließend aufs Gras fallen und strampelte mit Armen und Beinen. Danach blieb er mit allen vieren von sich gestreckt wie ein erschossener Maikäfer auf dem Rücken liegen.

»Ist gut, Remo«, sagte Nevio. »Ich hab uns Pizza besorgt.«

Remo quietschte begeistert.

So war er eben. So war er fast immer.

36

»Na?«, fragte Gabriella, als Neri nach Hause kam. »Was ist? Was hat der Arzt gesagt?«

»Er hat gesagt, dass meine Hand ganz entsetzlich entzündet ist, ein Wunder, dass ich nicht schon heute Nacht den Löffel abgegeben habe.«

Gabriella musste grinsen, was Neri aber nicht bemerkte.

»Du hast recht gehabt, Gabriella, es war wichtig, dass ich gleich heute Morgen zum Arzt gegangen bin, sonst hätte es für mich böse enden können.« Er machte ein todernstes Gesicht und meinte weiter: »Aber der dottore ist großartig. Ich bin schwer begeistert. Ein Blick – und er wusste, was Sache ist. Die Wunde ist jetzt desinfiziert und verarztet«, er hob demonstrativ seine verbundene Hand hoch, »und ich werde mit Antibiotika vollgestopft. Jetzt kann ich sicher auch wieder schlafen, Gabriella!«

»Wie schön, dass du uns und der Welt noch eine Weile erhalten bleibst«, spottete Gabriella. »Und? Wie war's beim Staatsanwalt?«

»Corsi ist ein Vollidiot, der Termin war reine Schikane, ich konnte ihm nichts sagen, was er nicht schon wusste. Ein Schaumschläger und Wichtigtuer par excellence.«

»Er hat dich wahrscheinlich nur bestellt, weil er darauf drängen wollte, von dir einen Täter, Infos und Ermittlungsergebnisse präsentiert zu bekommen, um seine Anklage untermauern zu können. Neri, das ist dein Fall, und er hängt an der ganz großen Glocke!«

»Ich weiß«, seufzte Neri.

»Ich hab das Gefühl, du hast die ganze Sache noch nicht so richtig in Angriff genommen?«

»In Angriff genommen hab ich sie schon, aber dann ein klein wenig schleifen lassen. Hauptsache, Jonas ist wieder da.«

»Na, dann leg mal einen Gang zu. Und mach Cesare ein bisschen Dampf. Ich glaube nicht, dass er sich überarbeitet. Wie weit ist er denn mit den sozialen Netzwerken?«

»Ich werd noch mal mit ihm reden.«

Gabriella nickte und sah Neri an. »Auch wenn Jonas zurückgekommen ist, Donato, ist der Fall ja noch nicht aufgeklärt. Da musst du dich echt drum kümmern. Und was ist, wenn so etwas wieder passiert?«

Ihr guter alter Neri begann nachlässig zu werden und seinen Biss zu verlieren. Es wurde wirklich Zeit, dass er in Rente ging.

37

Sie hatten wie jeden Abend auf der Terrasse gesessen und die Pizzen gegessen. Die sieben Wölfe lagen um den Tisch herum und warteten darauf, dass für sie irgendetwas abfiel. Nevio hatte ab und zu ein trockenes Stück vom Rand abgebrochen und einem der Wölfe zugeworfen, wobei er penibel darauf achtete, dass letztendlich jeder etwas abbekam.

Remo fraß seine Pizzen und beachtete die Tiere gar nicht.

Nevio sah ihm dabei zu und dachte zum tausendsten Mal daran, dass er Remo satthatte. So satt, wie man einen Menschen überhaupt nur satthaben konnte. Remo hatte nicht nur einen kahlen Schädel, er war sogar am ganzen Körper unbehaart. Der kreisrunde Haarausfall hatte begonnen, als er sechzehn war. Remo schämte sich, kaschierte die kahle, runde Stelle auf seinem Kopf, trug ständig eine Mütze, und so fiel es niemandem auf. Aber da er nicht rechtzeitig ärztlich behandelt wurde, fielen ihm bald alle Körperhaare aus, die Alopecia areata wurde zur Alopecia universalis, bald hatte er auch keine Augenbrauen und Wimpern mehr, nun war es nicht mehr zu übersehen.

Remo schämte sich zu Tode. Der Arzt, der hinzugezogen wurde, verabreichte ihm hohe Dosen Cortison, wodurch sein Körper fett und breiig wurde, und empfahl ihm UV-Strahlung.

Seitdem rannte Remo, wenn es irgendwie möglich war, nackt

in der Sonne herum, verinnerlichte die Nacktheit immer mehr, wurde unempfindlich kalten Temperaturen gegenüber und blieb – durch jahrelanges Training abgehärtet – schließlich auch im Winter nackt. Aber die Haare kamen nicht wieder, vor lauter Frust fraß er alles in sich hinein, was er bekommen konnte, und seine unförmige aufgeschwemmte Figur manifestierte sich.

Sah man diesen haar- und konturlosen Menschen zum ersten Mal, wirkte er beängstigend und abstoßend, aber wenn man ihn kennenlernte, spürte man, dass sein weiches, sensibles Wesen zu diesem schwabbeligen Körper irgendwie passte.

Als er auf die Welt kam, hatte Nevio seinen kleinen Bruder abgöttisch geliebt. Das, was Remo durch seine Mutter angetan wurde, war nicht seine Schuld. Nevio hatte geschworen, seinen Bruder immer zu beschützen und sich um ihn zu kümmern, er hatte sein Versprechen gehalten und ihm bis jetzt ein sorgenfreies Leben ermöglicht.

Er würde es auch weiterhin tun, Remo kam ohne ihn nicht klar, er kannte die Welt ja gar nicht, konnte sich in ihr nicht zurechtfinden. Aber es wurde für Nevio immer unerträglicher.

Da vegetierte dieser widerliche Fleischberg auf seinem Grundstück vor sich hin, spielte mit den Wölfen und war anscheinend glücklich. Und er selbst bekam die Krise, wenn er seinen Bruder überhaupt nur sah. Ansehen musste.

Als Remo fertig war, rülpste er wohlig und legte sich auf die Wiese. Wie immer alle viere von sich gestreckt. Und die Wölfe legten sich zu ihm. Neben ihn, auf ihn, in seine Armbeuge gekuschelt.

Remo hatte eine ganz eigene Beziehung zu den Wölfen, über die er nicht nachdachte. Er bewegte sich vollkommen selbstverständlich unter ihnen, war ihresgleichen, und das, was er fühlte, fühlten die Tiere auch. Sie akzeptierten und liebten ihn als Rudelmitglied. Er war willkommen, nicht als Chef, sondern als Mitläufer, er war einer, um den sie sich auch kümmerten.

Wenn Nevio hingegen den Zwinger betrat, war er ein Eindringling. Ein Fremder, und die Wölfe knurrten leise. Nevio musste stark und autoritär auftreten, musste ihnen jeden Tag von Neuem zeigen, dass er der Chef war, erst dann akzeptierten sie ihn und beruhigten sich.

Aber es war ein ständiger Kampf, Nevio durfte sich keine Blöße geben und keine Schwäche zeigen.

Auch Remos ständige Nacktheit widerte Nevio an. Er konnte es nicht mehr ertragen. Sein Geschlecht war ihm ein Graus. Es ekelte ihn, es jeden Tag sehen zu müssen.

Remos Finger waren feingliedrig und bleich und erinnerten ihn an den dünnen, am feisten Körper baumelnden Schwanz, der sich zaghaft aufrichtete, wenn ihn eine Wolfsschnauze zufällig berührte.

Es war so ekelhaft, und er wollte dies alles nicht mehr.

Aber er hatte einen Eid geschworen und war verflucht, sich ein Leben lang um seinen schwachsinnigen Bruder zu kümmern.

Nevio sah auf die Uhr. Es wurde höchste Zeit, er musste wieder los.

»Ich hau kurz ab!«, rief er. »Muss im ambulatorio noch mal nach dem Rechten sehen.«

Remo reagierte nicht. Genoss die Abendsonne, den warmen Atem und das leise Schnarchen der Wölfe. Den Frieden, den diese Tiere ausstrahlten.

Als Nevio in seinem Wagen das Tal verließ, dachte er an all das, was damals geschehen war, alle Bilder und Emotionen standen ihm wieder klar vor Augen, und am liebsten wäre er umgekehrt, hätte den Fleischberg in den Arm genommen und gesagt: »Komm, Remo, heul dich endlich mal aus!«

Aber er tat es nicht, sondern drückte aufs Gas.

Er war sechs gewesen und hatte nur undeutliche Erinnerungen. Aber er wusste noch, dass sich seine Mutter mit einem dicken Bauch durch die Wohnung schleppte und er sie gefragt hatte: »Hast du zu viel gegessen, oder warum bist du so dick?«

»Nein«, sagte seine Mutter und hatte sogar ein klein wenig gelächelt, was selten bei ihr war. »Da drin in meinem Bauch ist dein
Geschwisterchen. Dein Bruder oder deine Schwester.«

»Und wie kommt das da raus?«

»Das kommt halt einfach raus. Irgendwie. Und dann kannst
du dein Geschwisterchen auf den Arm nehmen, und dann muss
es ständig gefüttert werden.«

Nevio verstand das alles überhaupt nicht, aber er war fasziniert.

Zwei Monate später holte ihn eine Nachbarin aus dem Kindergarten ab und kochte ihm zu Hause Pasta.

»Wo ist Mama?«, fragte er.

»Im Krankenhaus. Sie kommt bald wieder. Mit dem Baby.«

Die Nachbarin passte zwei Tage lang auf ihn auf. Sah zu, dass
er etwas zu essen bekam, und saß ansonsten vor dem Fernseher.
Abends brachte sie ihn ins Bett, strich ihm nicht einmal über den
Kopf, sondern löschte das Licht und sagte statt »Schlaf gut!« nur
»Mach keinen Unfug!«

Er wusste gar nicht, wie sie hieß, und redete sie nicht ein einziges Mal an.

Und dann kam Mama wahrhaftig mit einem Baby im Arm
wieder. Er konnte es nicht fassen. Ein Brüderchen. So klein und
zart, mit winzigen Fingern und winzigen Zehen.

»Nimm ihn«, sagte seine Mutter, »aber lass ihn nicht fallen. Ich
bin so kaputt, ich leg mich gleich hin. Du musst ihn durch die Gegend tragen, wenn er schreit, dann beruhigt er sich. Außer er will was
zu essen haben oder gewickelt werden. So ist das. Und dann wächst
er, und wenn er groß ist, könnt ihr zusammen Fußball spielen.«

Wo denn, dachte Nevio. Sie lebten in Rom in der Via Frattini
in einer Anderthalbzimmerwohnung. Vor dem Haus tobte der
Verkehr, im Hinterhof standen die Mülltonnen neben einer arm-
seligen Kastanie, die langsam und qualvoll vertrocknete. Und
jeder, der nicht wusste, wohin mit seinem Schrott, stellte ihn auf
den Hof.

Seine Mutter lag jeden Tag fast nur mit geschlossenen Augen auf der Couch und bewegte sich nicht. Manchmal zog sie sich sogar eine Decke übers Gesicht und tauchte so völlig ab.

»Was ist los, Mama?«, fragte Nevio. »Bist du krank?«

»Vielleicht. Ich weiß nicht.«

»Bist du traurig?«

»Gibt es irgendeinen Grund, nicht traurig zu sein?«

»Du hast doch mich und Remo!«

»Na und?« Dann drehte sie sich weg und war nicht mehr ansprechbar.

Nevio war selbst noch ein kleines Kind, aber er lernte schnell, sich um alles zu kümmern. Gegen Abend erwachte die Mutter aus ihrer Lethargie, stand mühsam auf, verschwand im Bad, um sich zu kämmen und zu schminken, zog sich um, verließ die Wohnung und kam stundenlang nicht wieder. Er hatte keine Ahnung, wo sie war, lebte in ständiger Angst, dass sie nie mehr wiederkommen würde, machte die Milch, die seine Mutter ihm hingestellt hatte, im Flaschenwärmer warm und fütterte das Baby, wenn es schrie. Mit haufenweise Papier machte er den Po sauber, wenn die Windel voll war, und legte seinem Brüderchen irgendwie krumm und schief eine neue um. Und dann trug er ihn auf dem Arm, bis er schlief. Er liebte ihn. Der warme, kleine Kopf an seinem Hals machte ihn glücklich. Er hatte ja sonst nichts.

Bevor Remo auf der Welt war, hatte seine Mutter noch gekocht. Spaghetti oder Risotto oder Spiegeleier mit Kartoffelbrei.

Jetzt kochte sie überhaupt nicht mehr. Aber Nevio versuchte es und schaffte es sogar halbwegs. Manchmal fütterte er nicht nur Remo, sondern auch seine Mutter, die – wenn sie zu Hause war – immer abwesender zu sein schien, immer desinteressierter an dem, was um sie herum geschah.

Aber auch Nevio war unsagbar allein. Schlief allein ein und

wachte allein auf. Niemand sagte ihm, dass er ein toller kleiner Junge war, niemand nahm ihn in den Arm. Er kümmerte sich um Remo, aber verkümmerte selbst.

Da seine Mutter das halbe Zimmer für sich allein beanspruchte, spielte sich alles im Wohnzimmer ab. Dort schlief Remo, dort sah seine Mutter fern, dort bewachte Nevio nachts auch das Baby.

Er hatte nie Ruhe.

Das Zimmer seiner Mutter war ständig verschlossen, Nevio wusste nicht, was sie darin tat. Wenn sie ging, sperrte sie ab und versteckte den Schlüssel. Bewahrte ihn immer bei sich auf. In der Tasche des Bademantels, in ihrer Handtasche, in ihrer Hosentasche oder sonst wo.

Nevio wusste, dass sie keine Reichtümer hortete und auch sonst keine Geheimnisse hatte. Sie wollte einfach nur allein und ungestört sein. Ihre Söhne, er und Remo, gingen ihr wohl auf die Nerven. Offensichtlich war sie ihrer extrem überdrüssig.

Und wenn sie unterwegs war oder mit einer Flasche Alkohol in ihrem Zimmer verschwand, hörte sie nicht, wie Remo weinte. Jede Nacht. Nevio trug ihn dann durch die Wohnung. Stundenlang. Bis Remo vor Erschöpfung einschlief. Und Nevio auch.

Rom war laut. Und chaotisch. Nevios Mutter verschwand in den Straßenschluchten, und er hatte keine Ahnung, was sie tat. Woher sie ab und zu Geld aus ihrer Handtasche nestelte und Nevio zum Supermarkt schickte, um das Nötigste einzukaufen. Das waren für ihn die schönsten Momente überhaupt: Er fühlte sich wie der König, der auswählen durfte von all den Köstlichkeiten. Dass seine Wahl begrenzt war, weil sein Geld nicht reichte, spielte keine Rolle.

Im Herbst kam Nevio in die Schule, und Remo blieb allein zu Hause und weinte. Schrie sich die Seele aus dem Leib. Seine Mutter war in ihrem verschlossenen Zimmer und schlief ihren Rausch aus oder war unterwegs.

Nevio wusste das und hielt es kaum aus. Dachte in der Schule unentwegt und jede Sekunde daran, wie sein kleiner Bruder zu Hause litt. Er konnte sich nicht konzentrieren und nicht zuhören, er war ein erbärmlicher Schüler, wartete nur auf den Schulschluss, rannte nach Hause und war selig, wenn er Remo in den Arm nehmen, liebkosen und beruhigen konnte.

Remo war gerade zwei geworden, da kam der Tag, der alles veränderte. Seine Mutter lag auf der Couch und hatte rasende Kopfschmerzen.

»Kann ich irgendetwas tun, Mama?«, fragte Nevio.

»Ja. Dein Bruder schreit. Sieh zu, dass er damit aufhört, es macht mich wahnsinnig.«

Nevio war in Eile. Er musste zur Schule. Aß und trank selber nichts, gab aber seinem Bruder zu essen und zu trinken, setzte ihn aufs Töpfchen, spielte und schäkerte mit ihm herum. Nahm ihn auf den Arm.

Remo lachte, aber sowie Nevio gehen wollte, fing er an zu brüllen und schrie: »Nein! Nein! Nein! Bleib!«

Nevio wusste nicht mehr, was er machen sollte.

Schließlich legte er Remo ins Bett und rannte in die Schule.

Zur ersten Stunde kam er zu spät, entschuldigte sich und sagte, seine Mutter wäre krank und er hätte seinen kleinen Bruder versorgen müssen. Der Lehrer hatte dafür Verständnis.

In der zweiten Stunde wurde er immer nervöser. Seine schlecht gelaunte Mutter und Remo allein in der Wohnung. Remo würde weinen und schreien, weil er nicht da war. Und seine Mutter würde durchdrehen, weil sie diese Kopfschmerzen hatte.

Er hielt es kaum noch aus, zitterte am ganzen Körper, und in der großen Pause sagte er zu seinem Klassenlehrer, dass er fürchterliche Bauchschmerzen hätte. Er krümmte sich vor Schmerz. Das war zwar übertrieben, aber er hatte wirklich Bauchkrämpfe, wenn er daran dachte, was zu Hause los war. Schlimmer waren jedoch seine Herzschmerzen, aber das hätte sein Lehrer nicht verstanden.

»Geh nach Hause«, sagte sein Lehrer, »leg dich hin und sag deiner Mutter, sie soll dir Zwieback geben und Kamillentee kochen.«

Nevio nickte und schleppte sich aus der Schule. Als er außer Sichtweite war, rannte er los. So schnell, wie er noch nie gerannt war.

Bereits im Treppenhaus hörte er Remo und seine Mutter brüllen. Seine Mutter schrie, Remo solle endlich Ruhe geben, und Remo schrie in Panik, weil seine Mutter schrie. Er konnte keine Ruhe geben, weil er vor Angst völlig aufgelöst war. Aber das begriff seine Mutter nicht, deren Kopf wahrscheinlich fast explodierte.

Nevio riss die Tür auf, da stand seine Mutter mit dem schreienden Remo auf dem Arm, sie schüttelte ihn, brüllte ihn an, endlich aufzuhören, aber er schrie weiter, Tränenbäche stürzten aus seinen Augen, er konnte sich einfach nicht mehr beruhigen.

»Gib ihn mir, Mama!«, rief Nevio und stürzte auf seine Mutter zu, zerrte an ihrem Arm, versuchte, ihr Remo zu entreißen, brüllte unentwegt: »Gib ihn mir! Bitte, gib ihn mir!«, aber sie hörte nicht auf ihn. Sie riss sich von Nevio los, ging zum Fenster und öffnete es.

Nevio schrie wie am Spieß, krallte sich an ihr fest, trommelte mit seinen kleinen Fäusten auf sie ein, biss sie in den Oberarm. »Nein! Nein! Mama, bitte! Bitte, nicht! Gib ihn mir!«

Auch Remo auf ihrem Arm schrie um sein Leben.

Die Mutter reagierte gar nicht.

Und dann warf sie ihren kleinen, weinenden Sohn aus dem Fenster.

Eiskalt.

Nevio brüllte, als hätte er einen Stich mitten ins Herz bekommen.

Er war schuld. War verdammt noch mal schuld. Wäre er an diesem verfluchten Morgen zu Hause geblieben und nicht in die Schule gegangen, wäre das alles nicht passiert.

Remo überlebte, aber er lag wochenlang im Gipsbett. Nevio tat sein kleiner Bruder unendlich leid. Und er hasste seine Mutter, die abends, wenn sie nicht in ihrem Zimmer verschwunden war, am offenen Fenster saß und rauchte. An dem Fenster, aus dem sie Remo geworfen hatte. Diese selbstgefällige, gefühllose Zicke, die der Polizei erzählt hatte, Remo sei aufs Fensterbrett geklettert, als sie gerade mal kurz auf der Toilette gewesen sei, und aus dem Fenster gefallen. Sie schien untröstlich. Weinte und schrie und drohte damit, sich das Leben zu nehmen.

Jeder hatte Mitleid mit der trauernden Mutter, es wurde kein Ermittlungsverfahren gegen sie eingeleitet, und Nevio hielt die Schnauze. Er sagte nichts. Wenn seine Mutter in den Knast kam, würden er und sein kleiner Bruder im Heim landen. Und das wollte er auf gar keinen Fall.

Dann sah er sie lieber am Fenster sitzen und spürte, wie der Hass ihm Kraft gab.

Und er schwor, sich immer um seinen Bruder zu kümmern. Dafür zu sorgen, dass dieses arme Menschlein, das für all das, was geschehen war, nichts, aber auch gar nichts konnte, ein schönes Leben hatte.

Eines Morgens – die Mutter schlief in ihrem Zimmer, und Remo war noch im Krankenhaus – flog ein Spatz ins Zimmer. Nevio sah, dass der Vogel in Panik war und das rettende offene Fenster suchte. Nevio fand das irre aufregend. Ein Vogel im Zimmer, der offensichtlich Todesangst hatte. So wie er, so wie Remo. Ein Leidensgenosse.

Nevios Puls begann zu rasen, und er schloss das Fenster. Jetzt hatte der Spatz keine Chance mehr, er gehörte ihm. Er entschied, was mit dem kleinen Vogel passierte. Was für ein grandioses Gefühl!

Nevio stand in der Ecke des Zimmers und sah dem panischen Spatz und seinen Fluchtversuchen zu.

Als das Tier mehrmals erschöpft und verzweifelt gegen die Scheibe geprallt war, fing er es.

Er sah lange in die angstvoll geweiteten Augen des Vogels. Und plötzlich verstand dieser kleine Junge die Welt. Da waren die Starken und die Schwachen. Um zu überleben, musstest du zu den Starken gehören, sonst warst du verloren. Und wenn du schwach warst, musstest du dich stark machen.

Und darum nahm er den Spatz und riss ihm die Beine aus. Legte ihn auf den Tisch und sah, wie das Blut aus dem zuckenden Vogel auf den Boden tropfte.

Als er genug gesehen hatte, drehte er ihm den Hals um.

Und fühlte sich zum ersten Mal richtig wohl. Entspannt und stark. Er würde es schaffen.

Die Ärzte flickten Remos gebrochene und zersplitterte Knochen wieder zusammen, er wurde rein körperlich wieder gesund.

Aber er hatte den Verstand verloren. Hatte ein Schütteltrauma und zudem irreparable Schäden durch den schweren Sturz auf den Kopf.

An einem Dienstagmorgen holte ihn seine Mutter aus dem Krankenhaus. Monate hatte er dort verbracht.

Als er nach Hause kam, grinste er und hüpfte vor Freude. Lachte glucksend.

Nevio war glücklich.

Seine Mutter seufzte nur.

Und von nun an war alles anders.

Seine Mutter zog sich, wenn sie zu Hause war, konsequent in ihr kleines Zimmer zurück. Aber sie verließ ihre Söhne auch immer öfter und immer länger. Blieb erst einen, dann zwei, dann drei Tage lang weg. Irgendwann tauchte sie eine ganze Woche nicht mehr auf, und dann verschwand sie für immer.

Nevio betete, dass sie doch wieder zurückkehren würde, er schaffte das alles nicht ohne sie, aber sie kam nicht. Er versuchte, sich an den Gedanken zu gewöhnen, dass seine Mutter tot war und Remo nie wieder etwas antun könnte, aber dieser Gedanke erfüllte ihn dennoch mit Entsetzen. Sosehr er sie auch hasste, hoffte er doch, dass die Tür aufgehen und sie einfach dastehen und »Hallo, Jungs!« sagen würde. Dass er sie noch einmal umarmen und sich der Illusion hingeben könnte, dass alles gut werden würde.

Aber es war alles umsonst. Sosehr er auch hoffte und betete: Sie kam nie wieder.

Wochenlang versuchte er, die Fassade aufrechtzuerhalten, und erfand tausend Ausreden für die Abwesenheit seiner Mutter. Aber irgendwann war es vorbei. Er hatte die Nachbarin wieder um Hilfe gebeten, weil er Büchsen und Flaschen nicht aufbekam und kein Geld mehr zum Einkaufen hatte, er ging nicht mehr in die Schule, weil er rund um die Uhr für Remo da sein musste und auf ihn aufpasste. Es war eigentlich eine schöne Zeit, denn Remo schrie überhaupt nicht mehr.

Aber irgendwann flog alles auf, das Jugendamt griff ein und holte die beiden Jungs aus der verwahrlosten Wohnung. Nach acht Monaten im Heim kamen sie beide zu einer Pflegefamilie.

Zu Renata und Domenico Piccardi.

In dem Haus am Stadtrand von Rom gab es wenig Liebe, aber einen strukturierten Tagesablauf, ein ordentliches Zimmer für beide Jungen, saubere Kleidung, Kontrolle rund um die Uhr, gemeinsame Mahlzeiten und klare Ansagen.

Nevio fühlte sich wohl, endlich konnte er seine Verantwortung für Remo abgeben und ein eigenes Leben führen, er suchte sich seine Nischen, in denen er unbeobachtet machen konnte, was er wollte.

Er war ein stiller Junge, der dreimal überlegte, bevor er etwas sagte, und alles richtig machen wollte. Er hatte keine Freunde und öffnete sich niemandem. Ging zu keinem Kindergeburtstag, war in keinem Sportverein und verließ – außer zur Schule – nie das Haus.

Saß lieber in seinem Zimmer am Mikroskop. Und machte Tierversuche.

Seine Pflegeeltern akzeptierte er notgedrungen, aber er liebte sie nicht. Sie waren ihm so gleichgültig wie das Schwarze unterm Nagel. Das heißt, er war dankbar, dass er ein Bett, Kleidung und warme Mahlzeiten hatte, aber ansonsten nervten sie ihn nur.

Vor allem die übertriebene Katzenliebe von Renata fand er unerträglich. Eines Tages, als Renata und Domenico nicht zu Hause waren, warf er Cleopatra einen Strick um den Hals und hängte sie, während sich die Schlinge immer fester zuzog, im Vorratsraum an einen Haken, an dem sonst Würste hingen. Sah zu, wie sie strampelte, gurgelnde, gruslige Geräusche von sich gab und um ihr Leben kämpfte. Er ergötzte sich an dem unglaublich lange währenden Todeskampf und der Kraft, die diese Katze entwickelte, es war faszinierend mit anzusehen. Dennoch hatte sie keine Chance. Als ihre Augen aus den Höhlen traten und sie ihn mit diesem wirren Blick des Todes anstierte und ihre sieben Katzenleben aushauchte, holte er sie herunter, löste den Strick um ihren Hals, streifte ihn ab und warf die tote Katze in die Regentonne.

Zwei Stunden später stürmte er zu Renata, die gerade das Mittagessen zubereitete, in die Küche. »Renata!«, schrie er, »bitte komm schnell, es ist so furchtbar, aber ich glaube, Cleopatra ist in der Regentonne ertrunken!« Er schlug die Hände vors Gesicht und imitierte ein Schluchzen.

Renata rannte aus dem Haus und stieß einen hohen, fürchterlichen Schrei aus, als sie in die Regentonne sah. Sie weinte, sie schrie, aber sie schaffte es nicht, die schlaffe, nasse Cleopatra aus der Tonne zu ziehen, sie traute sich nicht, eine Leiche zu berühren, sie schrie nach ihrem abwesenden Mann, war völlig durch den Wind.

»Soll ich dir helfen?«, fragte Nevio mit dem tausendfach einstudierten unschuldigen Blick eines Klosterschülers.

»Kannst du das?«

»Aber sicher. Heb mich ein bisschen hoch.«

Renata stemmte ihn hoch, und Nevio zog vollkommen cool den Katzenkadaver am Nackenfell aus der Tonne. Ließ Cleopatra auf die Erde klatschen.

»Da können wir nichts mehr tun«, sagte er. »Echt scheiße. War so 'ne Süße.«

Renata nickte und brach in Tränen aus. Hockte sich hin und streichelte den klatschnassen Körper ihrer toten Katze.

Nevio stand hinter ihr und grinste.

Katze tot, Frau am Ende.

Alles richtig gemacht.

Nevio experimentierte weiter. Am Ufer des Tiber fing er in Regenzeiten Frösche. Er riss ihnen nicht die Beine raus, nein, das interessierte ihn nicht mehr, er amputierte sie nun fein säuberlich, studierte jeden einzelnen noch so winzigen Muskelstrang, beobachtete, wie sie ohne Beine zu fliehen versuchten. Fotografierte und dokumentierte alles, zerstach ihre Schallblasen, damit sie für immer still waren, und durchbohrte sie schließlich mit einer Stricknadel.

Er ertränkte Mäuse und stoppte die Zeit, in der sie um ihr Leben kämpften, ein Meerschweinchen häutete er bei lebendigem Leib, um zu sehen, wie lange es in diesem Zustand überleben konnte.

Später kreuzigte er in einem verlassenen Schuppen Katzen und operierte sie bei lebendigem Leib. Legte ihr kleines Herz frei und registrierte, wie lange es noch schlug. Entfernte Nieren und Leber und stieß ihnen die Augen aus, wenn ihr Schreien ihm auf die Nerven ging. Er holte einer schwangeren Katze die Kleinen aus dem Bauch und kochte sie.

Schon als Kind und Jugendlicher kristallisierte sich seine Begabung heraus. Er war ein Chirurg durch und durch. Es war seine Bestimmung, seine Aufgabe, die Chirurgie würde sein Leben bestimmen.

38

Kaya und Luigi saßen in einer kleinen Bar, vom Trubel der Piazza nur wenige Schritte entfernt, aber dennoch so ruhig, dass sie sich ungestört unterhalten konnten.

»Sie geht mir so unheimlich auf die Nerven mit ihrer Lügerei und vor allem mit ihrer verdammten Geheimniskrämerei. Das hat sie sich richtig angewöhnt, oh Mann, ich könnte platzen vor Wut!«

Luigi kommentierte das nicht.

Kaya echauffierte sich weiter. »Da sagt sie mir doch wörtlich: Vielleicht können sich Töchter nie vorstellen, dass ihre Mütter auch ein Privat- und Sexleben haben. Madonnina! Was soll das denn bedeuten? Ich habe mit Ottavio telefoniert, er wusste auch von nichts. Bei ihm war sie jedenfalls am Tag der Beerdigung nicht. Oder glaubst du, sie trifft sich mit irgendeinem Kerl und schiebt 'ne Nummer gerade während der Beerdigung ihres Vaters, wo es allen, wirklich auch dem letzten Idioten auffällt? Das glaubst du doch wohl selbst nicht!«

»Nein«, sagte Luigi ruhig. »Das glaub ich nicht. Ich glaube gar nichts.«

»Aber was denkst du denn, wo sie war?«

Luigi zuckte die Achseln. »Keine Ahnung.«

Das trieb Kaya noch mehr auf die Palme. »Warum sagt sie mir

nicht einfach, du, da gibt es noch einen Typen in meinem Leben, aber stecke es Ottavio nicht! Ich würde sagen, geil, Mama, mach es dir so schön wie möglich, genieße dein Leben, meine Unterstützung hast du! Aber das kann es nicht sein, Luigi, denn sie verpisst sich während der Beerdigung! Das ist doch kein normales Date! Da ist doch was faul!«

»Ich hab keine Ahnung«, sagte Luigi genervt.

»Ja, klar, wir haben beide keine Ahnung, aber dann lass uns doch mal nachdenken! Wir müssen herausfinden, was da los ist!«

»Lass es einfach, Kaya. Deine Mutter hat im Moment einen Blues, vielleicht ist sie so schwer verliebt, dass sie alles stehen und liegen lässt, und wenn der Typ sagt: Komm!, dann lässt sie sogar die Beerdigung sausen. Vielleicht ist das eine Art Torschlusspanik. Zum letzten Mal in diesem Leben eine große Liebe, zum letzten Mal wüsten Sex.« Er grinste. »Kann doch sein, oder?«

Kaya war sprachlos. »Ja, vielleicht. Obwohl, so richtig vorstellen kann ich mir das nicht.«

»Nein. Das können Töchter auch nicht. Und das hat deine Mutter ja auch gesagt. Darum solltest du da jetzt nicht allzu viel hineininterpretieren und einfach nicht mehr darüber nachdenken. So ist es eben. Va bene. Finito.«

Kaya sah Luigi an. Er sagte ja nur selten etwas und wenn, dann nicht viel, aber er war gar kein schlechter Psychologe. »Aber warum erzählt sie es mir nicht? Sie weiß, dass mich diese Geheimniskrämerei aufregt!«

»Lass ihr doch das Geheimnis! Es ist ihrs! Wenn sie es erzählt, wird es kleiner. Dann entwertet es sich von selbst. Man sollte auch nicht von einem neuen Job erzählen, wenn man den Vertrag noch nicht unterschrieben hat. Dann geht das ganze Projekt vielleicht in die Hose. Das ist total abergläubisch, aber ich denke mal, bei deiner Mutter ist es genauso.«

»Und Ottavio?«

»Mein Gott, Ottavio! Das wird sie regeln, wie sie will. Da

brauchst du dir nun wirklich keinen Kopf zu machen. Und ich würde an deiner Stelle auch echt nicht mehr über die Beerdigung und ihr Verschwinden mit Ottavio reden.«

Kaya nickte. Ihre Mutter erschien ihr plötzlich in einem ganz anderen Licht, und sie wusste nicht, ob sie es gut oder schlecht finden sollte.

Das Schlimmste war vielleicht, dass sie immer davon ausgegangen war, dass sie nicht wie Mutter und Tochter, sondern eher wie Freundinnen waren.

Aber das war wohl nicht der Fall.

Zehn Jahre lang hatten sie beide allein zusammengelebt, seit ihr Vater ertrunken war. Sie hatten alles miteinander geteilt, endlose Gespräche geführt, sich gegenseitig das Geheimste anvertraut.

Und jetzt war anscheinend alles anders. Ihre Mutter war für sie auf einmal wie eine Fremde.

»Möchtest du noch was trinken?«, fragte Luigi.

Kaya schüttelte den Kopf. Sie fühlte sich immer noch deprimiert.

»Wollen wir gehen? Kommst du mit zu mir? Wir könnten uns noch ein bisschen in den Hof setzen?«

Kaya überlegte einen Moment. Dann sagte sie: »Ja, lass uns zu dir gehen.«

Und dann sah sie gedankenverloren auf die Menschen, die jetzt am Abend durch Siena schlenderten, und sie war froh, dass sie Luigi hatte und heute Nacht nicht allein sein würde.

39

Heiseres Bellen klang durch die Nacht. Blechern und kalt. Keine warmen, tiefen Laute, um zu zeigen, wer Herr im Hause ist, sondern angstvolles Krächzen. Tierische Hilferufe, die durch die Nacht gellten.

Nevio schreckte aus dem Tiefschlaf hoch und war sofort alarmiert. Irgendetwas stimmte nicht. Dass seine Wölfe bellten, war ungewöhnlich, das taten sie so gut wie nie, und nachts schon gar nicht. Sie schliefen in der Regel vollkommen ruhig, waren nicht im Zwinger und hatten als Rudel einen gemeinsamen Schlafplatz, meist ganz hinten im kleinen Wäldchen, am äußersten Ende des großen Grundstücks, weit vom Tor entfernt. Nur ganz selten, bei Vollmond, begannen sie manchmal zu heulen, aber es war eher wie ein Gesang. Minerva, eine junge Wölfin, fing meist an, und nach und nach stimmten die anderen ein. Wenn die Wölfe in verschiedenen Tonlagen den bleichen, hellen Mond anheulten, dann war das für Nevio die schönste Musik, die er sich vorstellen konnte.

Aber heute Nacht heulten sie nicht. Sie bellten voller Angst. Hysterisch.

Nevio sprang aus dem Bett. Im Haus war alles still. Er ging zum Fenster und sah hinaus in die Nacht. Da war nichts. Gar nichts. Nevio stand unbeweglich. Das Bellen hatte aufgehört.

Auf einmal ein Schmerzensschrei, so schrill, so elendig, dass

Nevio zusammenzuckte, als sei er selbst verletzt. Dann unerträgliches Jaulen.

Irgendjemand war auf dem Grundstück. Irgendjemand tat seinen Wölfen Schreckliches an.

Es waren nur wenige Schritte bis zum Waffenschrank, den er nachts immer offen ließ. Es hatte keinen Zweck, lange nach einem Schlüssel zu suchen, wenn der Einbrecher bereits im Haus war. Er nahm seine Büchse heraus, lud blitzschnell, blindlings und mit geübtem Griff fünf Patronen ins Magazin, sicherte das Gewehr und trat ans Fenster. Schaltete die Gartenbeleuchtung an.

Mittlerweile war es wieder totenstill. Keiner seiner Wölfe war zu sehen. Keiner gab Laut.

Aber auf der Wiese vor dem Haus, zwischen Pool und Grillplatz, saß ein Stachelschwein, vom Licht offensichtlich kaum irritiert. Es saß da, ganz ruhig, als könne es sich noch nicht entscheiden, in welche Richtung es sich aus dem Staub machen sollte.

Nevio kannte Stachelschweine. Die ungefähr einen Meter langen Nagetiere konnten Hunden oder auch Wölfen extrem gefährlich werden. Mit dem Klappern ihrer Stacheln provozierten sie ihre Feinde, und wenn sich diese auf sie stürzten, stellten sie ihre Stacheln auf und durchbohrten sie. Anschließend warfen sie die feststeckenden Stacheln ab. Die Angreifer blieben schwer verletzt zurück.

Nevio überlegte nicht lange. Er legte die Büchse an, entsicherte und schoss.

Das Stachelschwein war getroffen, streckte sich und warf im Tod alle Stacheln ab.

Nevio atmete tief durch. Er nahm das Gewehr mit, als er nach draußen ging, um nach seinen Wölfen zu sehen. Er musste das tote Tier entsorgen und vor allem herausfinden, wie das Stachelschwein aufs Grundstück gekommen war. Der Zaun war dicht und stand unter Strom. Da hatte ein Stachelschwein eigentlich keine Chance.

Er holte seinen Pick-up, der vor dem Haus stand, lud das tote Tier auf die Ladefläche, sammelte die Stacheln ein und fuhr mit dem Wagen bis zum Tor.

Und dort sah er das Desaster: Das Tor stand sperrangelweit offen. Wahrscheinlich war Remo abends im Mondlicht noch draußen herumspaziert und hatte es geöffnet. Es war zum Verrücktwerden, aber es hatte auch keinen Zweck, ihm irgendetwas zu sagen, er würde es nicht begreifen oder sofort wieder vergessen.

Nevio verschloss das Tor. Das tote Stachelschwein würde er morgen im Wald entsorgen. Er wusste, wo die Wildschweine lebten. In vierundzwanzig Stunden hatten sie es garantiert komplett gefressen.

Dann ging er langsam übers Grundstück. Rief die Wölfe nach und nach alle beim Namen, aber keiner kam und zeigte sich. Er stimmte Wolfsgeheul an, aber keiner antwortete. Sie waren verstört. Hatten Angst.

Nevios Land umfasste knapp zwanzig Hektar. Der stabile und stromgesicherte Zaun hatte eine Länge von fast zwei Kilometern. Die Teile des Grundstücks unmittelbar um die Villa herum waren gepflegt und wurden regelmäßig von Nevio gemäht und bewässert. Der gesamte Rest bestand aus Wald, wilden Wiesen, undurchdringlichem Gestrüpp, Weißdorngebüsch und meterhoher Erika. Prächtige Verstecke für Tiere. Dorthin hatten sich die Wölfe zurückgezogen, keine Chance, sie zu finden, wenn sie sich nicht selber zeigten.

Er musste den morgigen Tag abwarten.

Schweren Herzens ging er zurück ins Haus, hinauf in sein Zimmer, um wenigstens noch ein paar Stunden Schlaf zu bekommen.

Um Viertel nach sechs erwachte er erneut durch jämmerliches Jaulen vor dem Haus. Barfuß rannte er nach unten und riss die Haustür auf.

Vor ihm in den Oleanderbüschen saß Apollo, ein Häufchen Elend, und er sah aus wie der heilige Sebastian. Von oben bis unten mit Stacheln durchbohrt. Ein Stachel steckte in seinem linken Auge, einer in den Lefzen, einer im Hals, mehrere in Brust und Bauch, einige in den Läufen und Pfoten.

Nevio stockte der Atem, eine so erbärmlich zugerichtete Kreatur hatte er noch nie zu Gesicht bekommen.

Er lud den völlig apathischen Apollo, der sich alles gefallen ließ, in seinen Jeep, rief von unterwegs Rosanna an, dass sie bitte unbedingt und sofort kommen möge, es gäbe einen Notfall, und brauste nach Ambra.

Rosanna war schon da, als er am ambulatorio eintraf.

»Hilf mir, ich muss mein Tier operieren.«

Rosanna bereitete in Windeseile alles vor.

Nevio trug Apollo herein und legte ihn auf den Behandlungstisch.

»Oddio«, sagte Rosanna leise, »oddio, das ist ja ein Wolf!« Tränen schossen ihr in die Augen. »Ich kann es nicht glauben! Ein Wolf! Dottore, gehört der Ihnen?«

Nevio nickte. »Ja. Ich habe sieben. Und das ist Apollo. Ein Stachelschwein hat ihn heute Nacht attackiert. Du musst mir helfen, sein Leben zu retten!«

Rosanna assistierte ihrem Chef. Spürte heftige Liebe für dieses schöne Tier. Und sie war auch diejenige, die den abgebrochenen Stachelschweinstachel im Gaumen des Wolfs entdeckte und mit einer Pinzette beherzt herauszog.

Vier Stunden lang wurde der narkotisierte Apollo operiert, dann brachte Nevio ihn zurück ins Auto, umarmte Rosanna und fuhr hinauf nach Monte Benichi. Während Rosanna die Praxis in Ordnung brachte und nicht mehr aufhören konnte, an Apollo zu denken.

Und an den Dottore, diesen großartigen Mann, der in den Bergen mit sieben wundervollen Wölfen lebte.

40

Mittwoch, achtzehn Uhr. Ottavio war auf die Minute pünktlich. Und auch das ging ihr schon wieder auf die Nerven.

Elena hatte gekocht, ja, aber sich wenig Arbeit gemacht. Hatte ein paar gamberi in der Pfanne geschwenkt, Knoblauch, Gemüse-zwiebel, Porree, Öl und Petersilie dazu, vermischt mit Spaghetti – fertig.

Ottavio küsste sie auf den Mund, als er hereinkam, sie ließ es geschehen, wollte die Diskussion: »Was ist los?« nicht gleich am Anfang haben, sondern sich genau überlegen, was sie sagen und wie sie die Diskussion führen würde.

Er sah gut aus. Ausgeruht und frisch. Roch nach Prada. Er wusste, dass sie das liebte. Und er war beim Friseur gewesen.

Aber das half alles nicht.

Sie dachte an Vito. Ottavio hatte keine Chance mehr.

Sie kam sich vor wie ein Schwein.

»Du siehst gut aus!«, sagte er.

»Grazie! Du auch!«, erwiderte sie und lächelte.

Während sie die Spaghetti auftat, sagte keiner ein Wort.

Früher hatten sie sorglos und ohne nachzudenken über dies und das geredet, und erst als sie ins Bett sanken und sich küssten, hatten sie geschwiegen.

»Wie geht es dir?«, fragte sie, nur um irgendetwas zu sagen.

»Gut!«, sagte er und hob sein Glas. »Salute! Auf uns!«

Elena nickte und stieß mit ihm an. Er spürte es nicht. Er bekam es offensichtlich nicht mit.

Doch kurz darauf legte Ottavio seine Gabel beiseite und sah sie an. »Bitte, sag's mir«, flehte er. »Sag mir, warum du die Beerdigung deines Vaters so plötzlich verlassen hast.«

»Okay«, meinte sie, legte auch ihr Besteck aus der Hand und sah ihm offen ins Gesicht. »Dann will ich ehrlich sein. Es tut mir leid, Ottavio. Aber ich hab einen anderen Mann kennengelernt, und ich wollte zu ihm. Just in diesem Moment. Auch wenn mein Vater dort im Sarg lag. Ich dachte, der Lebende ist jetzt wichtiger als der Tote. Sorry. Und es kotzt mich an, dass das alle wissen wollen und sich darüber das Maul zerreißen. Es ist, wie es ist.«

Ottavio sagte gar nichts, sondern nahm die Gabel wieder auf und aß langsam die Spaghetti weiter.

»Verstehe«, meinte er leise nach einer Weile.

»Nein, ich glaube, du verstehst nichts!«, schoss Elena jetzt schärfer. »Dieser Mann ist mir wichtig. Sonst hätte ich mich auch nicht so verhalten und die ganze Welt vor den Kopf gestoßen. Es ist mir verdammt ernst, Ottavio, und darum möchte ich auch, dass du jetzt aufisst, wir uns noch einmal in den Arm nehmen und dann unsere Beziehung beenden. Ich liebe dich nicht mehr. Ich begehre dich nicht mehr.«

Ottavio starrte sie an, als hätte er kein Wort verstanden.

Sie lächelte.

»Das war's jetzt also?«, fragte Ottavio.

»Das war's«, sagte Elena. »Ich dachte, ich hätte mich deutlich ausgedrückt.«

»Lass uns noch einmal ins Bett gehen«, bettelte Ottavio. »Zum Abschied. Nur noch ein einziges Mal!«

Elena sah ihn völlig fassungslos an. »Das meinst du doch jetzt nicht ernst!«

Ottavio stopfte sich noch ein paar Spaghetti in den Mund und stand auf. »Muss es so enden?«, fragte er.

»Ja«, sagte sie, begleitete ihn noch bis zur Tür und schob ihn hinaus.

»Ciao«, sagte sie. »Bitte ruf mich nicht mehr an. Es ist alles in Ordnung, aber ich brauche meine Ruhe. Bitte, respektiere das.«

Ottavio stand in der Tür wie ein geprügelter Hund.

Und dann drehte er sich einfach um und ging davon.

Elena schloss die Tür und hoffte, ihn nie wiederzusehen.

41

Es war kurz vor neun. Wieder ein sonniger, warmer Tag. Elena schlüpfte in ihre Flip-Flops und sah nach der Post. Perfetto, der Briefträger war schon da gewesen. Die Zeitung, ein Brief von der Bank, Reklame und ein weiterer Brief, an ihre Adresse weiter-geleitet von der Agentur. Sie riss ihn sofort auf.

Gott, wie altmodisch! Keine SMS, keine WhatsApp, keine Mail, sondern ein handgeschriebener Brief im Umschlag und ein Flugticket.

Die Schrift war unglaublich akkurat, so wunderschön, als hätte der Absender jeden einzelnen Buchstaben sorgfältig gemalt.

Sehr verehrte gnädige Frau,

ich würde mich freuen, Sie am Freitag um sechzehn Uhr im Gritti Palace Hotel in Venedig, Campo Santa Maria del Giglio, zu treffen. Ein Flugticket Florenz–Venedig liegt bei. Setzen Sie sich auf die Terrasse des Gritti Palace, genießen Sie einen Drink und den wundervollen Blick auf den Canal Grande, und ich werde mich zu Ihnen setzen. Ich freue mich auf Sie!

Federico

Mit einem Füllfederhalter geschrieben.

Die Anfrage hörte sich reizvoll an.

Sie lief um den Pool. Dreimal, viermal, fünfmal. Bilder von Venedig tauchten auf, lustvolle Fantasien, sie spürte, wie ihr heiß wurde und sie vor Erregung zu zittern begann. Venedig war die Stadt der Liebe, der Kunst, der Musik ... Venedig war irreal, nicht von dieser Welt.

Die Zeit zwischen zwei Bestellungen war diesmal zwar ungewöhnlich kurz – aber egal: Wenn dieses Date auch nur einen Bruchteil dessen erfüllte, was sie sich erträumte, dann war sie im Paradies.

Sie ging in ihr Büro und googelte das Gritti Palace. Es war eine der besten und teuersten Adressen der Stadt.

Wahnsinn! Sie freute sich so unsagbar auf dieses Date, konnte es gar nicht erwarten und löschte Vito aus ihren Gedanken.

Am Abend rief sie Kaya an.

»Pronto?«, maulte Kaya ins Telefon.

»Ich wünsche dir auch einen wunderschönen guten Abend!«, flötete Elena. »Una bella serata! Wie geht es dir, Lieblingstochter?«

»Va benissimissimo!«, zischte Kaya. »Schon vergessen? Ich lerne und schreibe meine Semesterarbeit. Muss in einer Woche abgeben.«

»Glaubst du, du schaffst es nur dann, wenn du jetzt nicht fünf Minuten telefonierst?«

»So wie du denken viele, Mama.«

»Zwei Minuten!«

»Va bene. Was gibt's?«

»Dottor Milo Pallini in Siena hat mir mitgeteilt, dass morgen um dreizehn Uhr die Testamentseröffnung ist. Hast du kein Schreiben bekommen?«

»Doch, hab ich, ja.«

»Und? Kommst du?«

»Ja. Ich denk schon, aber ich weiß noch nicht genau.«

»Gut. Ich wollte dich nur dran erinnern. Du kannst kommen, du kannst es auch lassen. Aber vielleicht ist es ganz interessant, was die Zicke Carina einsackt und wie wir Blöden vom Fußvolk abgefrühstückt werden. Vielleicht bist du ja bei den Erben dabei, vielleicht auch nicht. Das weiß der Himmel.«

»Wenn ich kann, komme ich.«

»Benissimo. Und dann wollte ich dir sagen, dass ich am Wochenende weg bin. In Florenz. Hab ein fürchterliches Kulturbedürfnis und werde mein Handy ausstellen. Nur, falls du wieder die Pferde scheu machen willst.«

»Danke für die Info.«

»Gern geschehen.«

»Das hört sich alles irgendwie schon wieder ziemlich schräg an, Mama.«

»Wir sollten vielleicht mal in Ruhe zusammen essen gehen.«

»Sehr gern.«

»Wenn ich aus Florenz zurück bin, machen wir was aus, va bene?«

»D'accordo!«

»Na dann, bis morgen!«

»Un abbraccio, mamma, e un baccione!«

»Ciao bella.« Sie legte auf, vergaß Kaya, den Notar und all das Ungemach und freute sich auf Venedig.

42

Es war ein ruhiger Tag gewesen im ambulatorio des Flughafens Pisa, das Nevio zweimal die Woche neben dem in Ambra betrieb. Kopfschmerzen, Migräne, Übelkeit, ein paar Leute brauchten etwas gegen die Reisekrankheit. Nichts Aufregendes. Ein Kind war gegen eine Glasscheibe gelaufen, hatte eine Platzwunde am Kopf, und Nevio hatte sie mit drei Stichen genäht.

Er war allein im ambulatorio, denn wenn es keine großen Aufträge gab, assistierte ihm Lino nicht, sondern arbeitete im Krankenhaus. Mit diesem Kleinkram kam er allein zurecht.

Aber wenn es einen großen Auftrag gab, dann nahm sich Lino frei und stand ihm in allem zur Seite. Er assistierte ihm bei der OP, er verkleidete sich mit Leiter und Blaumann in einen Handwerker und richtete die Überwachungskameras so, dass die Eingangstür des ambulatorios nicht mehr im Bild war. Niemand konnte später nachverfolgen, wer es betreten oder verlassen hatte.

Nach getaner Arbeit drehte er die Überwachungskameras dann wieder präzise in die Position, die der Sicherheitsdienst des Flughafens gewünscht und eingerichtet hatte.

In diesem Moment hörte Nevio den vertrauten Ton seines Handys, der eine eingegangene Mail ankündigte.

Obwohl er bereits auf dem Sprung war, setzte er sich noch einmal hin und rief die Mail auf.

Er hatte eine Anfrage. Aus Mailand. Eine Frau, vierzig Jahre
alt, Blutgruppe A, fünfundsechzig Kilo schwer, brauchte dringend
eine Lunge. Hundertfünfzigtausend.

Herz und Lunge korrespondierten und arbeiteten eng zusammen. Wer eine Lunge brauchte, benötigte wahrscheinlich Herz
und Lunge. Er würde bei einer passenden Spenderperson sicher-
heitshalber beides entnehmen, den Preis auf zweihunderttausend
hochschrauben und mit Lino darüber reden.

Es war bestimmt machbar. Sie würden sich darum kümmern.

43

Elena stand bereits zehn Minuten vor eins vor der Kanzlei Pallini und sah sich um. Weder Carina noch Kaya waren in Sicht. Nun gut. Vielleicht waren sie schon oben, oder sie würden unmittelbar nach ihr eintrudeln. Falls Kaya überhaupt kommen würde.

Elena stieg langsam die Treppe hinauf. Das Treppenhaus war düster und wirkte verwahrlost, aber Elena wusste, dass es hier wie bei so vielen Immobilien in Siena war: Das Haus machte von außen und auch im Treppenhaus einen absolut abschreckenden und grusligen Eindruck – doch kaum betrat man die Wohnung oder das Büro, befand man sich in einem Palast.

Die Sekretärin begrüßte sie in dem überwältigenden Empfangsraum mit beeindruckenden Malereien an den Wänden und einem sensationellen Blick über die Altstadt von Siena kühl und knapp. »Buongiorno Signora, bitte nehmen Sie im Nebenzimmer einen Moment Platz, es ist noch niemand hier. Aber Dottore Pallini und die übrigen Beteiligten werden sicher gleich kommen.«

Elena setzte sich schweigend ins Wartezimmer. Die Fresken an den Wänden waren antik, das sah sie sofort. Unter jahrzehntelangem Putz höchstwahrscheinlich mühsam freigelegt und dann aufwendig restauriert. Musste ein Vermögen gekostet haben, aber war einzigartig.

Sie kam sich vor wie eine Idiotin. Hatte gehofft, vor der Testamentseröffnung mit Kaya noch ein paar Worte wechseln zu können, aber jetzt glänzte auch sie, genau wie die Zicke Carina, durch Abwesenheit.

Fünf Minuten später stürmte Carina in den Raum. Perfekt geschminkt und gestylt sah sie umwerfend aus und hätte selbst auf einem roten Teppich alle Blicke auf sich gezogen. Sie lächelte breit, als sie Elena mit angedeuteten Luftküssen begrüßte. »Meine Liebe! Wie schön, dich zu sehen! Ich hatte mir solche Sorgen gemacht, als du plötzlich bei der Beerdigung von Hajo verschwunden warst. Himmel! Ich war ganz irre vor Angst und Sorge. Aber augenscheinlich geht es dir ja gut. Oder?« Sie wartete eine Reaktion von Elena nicht ab, sondern redete sofort weiter. »Liebe, es war eine wundervolle Beerdigung und ein würdiges Fest! So wie es Hajo gefallen hätte! Es waren so wundervolle Menschen gekommen! All seine Freunde und alles, was Rang und Namen hatte. Und das hat mir wirklich Kraft gegeben, das Schreckliche zu überstehen. Nur du hast mir gefehlt, meine Liebe, und du hast so vielen gefehlt. Fast alle haben mich gefragt, was los ist und wo du bist.«

»Kannst du einfach nur mal kurz deine Schnauze halten?«, zischte Elena. »Ich möchte darüber nicht reden. Nicht hier und nicht jetzt. Und mit dir schon gar nicht.«

Carina verstummte augenblicklich und sank pikiert und schwer beleidigt auf einen Stuhl.

In diesem Moment schob sich Kaya in den Raum und sah Elena und Carina kurz an. »Hi!«, sagte sie und setzte sich. Ihre Haare waren fettig und straff aus dem Gesicht gebunden, und sie sah aus, als hätte sie in der Nacht keine drei Stunden geschlafen.

»Hi!«, erwiderte Elena. »Schön, dass du gekommen bist!«

»Na, mal sehn. Ich weiß nicht so recht.«

Carina grinste siegessicher, und Elena überlegte einen Moment, ob es nicht besser wäre, einfach wieder zu gehen.

Aber in diesem Moment trat die Kühle vom Empfang ein und verlangte die Ausweise. »Dottor Pallini ist soeben eingetroffen«, sagte sie. »Es geht gleich los.«

Mit den Ausweisen in der Hand verließ sie den Raum.

Dottor Pallini war ein desinteressierter, arroganter Schnösel, der den Eindruck machte, seine Zeit nur in dieser verdammten Kanzlei abzusitzen, um richtig Kohle zu machen, und der von seinen Klienten bitte nicht gestört werden wollte. Keine Zwischenfragen, keine Kommentare, bitte nur Unterschriften und fertig. Die Angestellten in seinem Büro hatten bereits alles geregelt, die Papiere vorbereitet, er zog die Nummer nur noch durch und konnte hoffentlich pünktlich um drei die Kanzlei verlassen.

Dottor Pallini war ein Kotzbrocken vom Feinsten, aber einer der angesehensten Notare der Stadt. Er hielt sein schützendes Händchen auch über den zweimal im Jahr in Siena stattfindenden Palio, das weltberühmte Pferderennen auf der Piazza del Campo.

Pallini hätte beim Juwelier goldene Uhren mitgehen lassen können, niemand hätte etwas gesagt. Und so bewegte er sich auch in der Stadt und erst recht in seiner Kanzlei.

Elena, Carina und Kaya saßen erwartungsvoll vor ihm.

»Buonasera Signore«, sagte Pallini gnädig und zwang sich zu dem Anflug eines Lächelns, »wir sind heute zusammengekommen, um den letzten Willen von Hans-Joachim Ludwig zu vernehmen. Und hiermit verlese ich nun sein Testament.« Er zog das Papier umständlich aus dem Umschlag und entfaltete die paar Seiten mit Mühe. »Ich, Hans-Joachim Ludwig, geboren am dreizehnten Oktober 1935 in Berlin, wohnhaft in San Gusmè, Casa Colleverde, verfüge, dass mein Anwesen Casa Colleverde an meine geliebte Frau Carina Ludwig geht. Sie möge es behalten, hegen und pflegen, weiter darin wohnen und glücklich sein. Ebenso gehen die dazu gehörenden Weinberge und Olivenhaine, insgesamt hundertdreiundfünfzig Hektar, an meine Frau Carina.«

Carina sah Elena und Kaya an und lächelte.

Niemand rührte sich.

Dottor Pallini machte eine bedeutungsschwere Pause. Dann sprach er weiter.

»Meine geliebte Tochter Elena erhält mein Barvermögen in Höhe von circa zweieinhalb Millionen Euro und meine Wohnung in Rom, in der wir jahrelang gelebt haben und die zurzeit vermietet ist.

Meine drei Oldtimer und meinen großen SUV erhält meine Enkelin Kaya. Ich weiß, dass sie ein großer Autofan ist.

Das wär's. Werdet glücklich mit dem, was ich Euch hinterlassen habe, und streitet Euch nicht.

Ich liebe Euch alle.

Hans Joachim Ludwig.«

Pallini klappte die Akte zu. »Ich lasse Ihnen das Testament schriftlich zukommen. Noch irgendwelche Fragen?«

»Ich werde es anfechten«, sagte Elena.

»Das können Sie gerne tun«, sagte Pallini gelangweilt.

»Sonst noch was?«

»Nein«, sagte Elena. »Ganz herzlichen Dank. Arrivederci.«

Sie stürmte hinaus.

Auf der Straße fragte Carina scheinheilig: »Aber Liebe, was hast du denn? Du bekommst zweieinhalb Millionen in bar und die Wohnung … Das sind zusammen mindestens vier oder fünf Millionen! Was willst du denn? Ich bekomme keinen Cent, sondern nur das Haus und die Weinberge, und die muss ich unterhalten! Das ist für mich ein riesiges Problem, und du kannst leben wie die Made im Speck!«

»Schönen Abend!«, zischte Elena. »Diese Diskussion werden wir vor Gericht austragen. Komm, Kaya, gehen wir noch einen trinken?«

Kaya nickte, und sie ließen Carina auf der Straße stehen.

44

»So. Und jetzt hör mir mal gut zu, Kaya. Ich bin Maklerin. Ich weiß genau, was was wert ist. Casa Colleverde, das Anwesen, dazu hundertdreiundfünfzig Hektar Wein und Oliven, das sind mindestens zwanzig Millionen. Wenn das mal reicht. Und ich werde abgespeist mit vier bis fünf Millionen und du mit vielleicht drei- bis vierhunderttausend.«

»Er hat dich auf das Pflichtteil gesetzt. Das ist heftig, das ist extrem gemein, aber das ist sein gutes Recht. Du bekommst ein Viertel. Das kommt ungefähr hin. Fünf Millionen für dich, zwanzig für Carina.«

»Nein, cara, da hast du dich verrechnet.« Elenas Gesicht glühte vor Zorn. »Du musst alles zusammenrechnen. Zwanzig Millionen Grundbesitz, fünf Millionen in bar, dann deine Oldtimer und noch andere Wertsachen, macht ungefähr 26 Millionen. Ich denke, das kommt hin. Davon ein Viertel wären sechseinhalb Millionen. Was ich bekomme, ist noch nicht einmal das Pflichtteil.«

Kaya sah ihre Mutter an und nahm ihre Hand. »Lass es, Mama. Wenn du dich jetzt zum Affen machst und Klagen anstrengst, dann wirst du kreuzunglücklich, es kommt nichts dabei raus, und die Zicke Carina triumphiert am Ende doch. Lass den Scheiß, nimm die Kohle und vergiss das Ganze.«

Elena war den Tränen nahe. »Mein Vater und ich, wir haben uns immer gut verstanden, es gab nie einen Streit, nichts. Ich hätte jederzeit alles für ihn getan. Wir hatten eine gute Zeit. Wofür bestraft er mich hier?«

»Komm, lass es.« Kaya nahm Elena in den Arm.

Elena schnaufte nur.

»Und dazu kommt«, fuhr Kaya fort, »dass du nicht am Hungertuch nagst, sondern ja selbst reichlich verdienst. Carina dagegen lebt von Luft und Liebe. Sie wird Casa Colleverde gar nicht unterhalten können, sondern höchstwahrscheinlich verkaufen müssen.«

»Ach Gott, die Arme! Mir kommen die Tränen! Was soll sie denn dann machen, wenn sie verkauft und mit zwanzig Millionen auf der Straße sitzt? Müssen wir dann für sie sammeln?«

»Nein, das müssen wir nicht«, schoss Kaya zurück. »Für sie nicht, aber für dich auch nicht!«

»Sie bekommt zwanzig Millionen und ich fünf! Nur darum geht es. Auf welcher Seite stehst du eigentlich? Nur was ich erhalte, kannst du erben. Das, was die Zicke Carina bekommt, ist für die Katz!«

Kaya schwieg.

Elena war fassungslos.

Ihr Vater hatte es wahrhaftig gewagt und dieser Schlampe sein ganzes Vermögen in den Rachen geschoben. Nur weil sie ein paar Jahre lang, als er schon ein alter Sack war, die Augen zu und die Beine breit gemacht hatte. Wie ekelhaft war das denn?

Gut. Er war ein mieser Vater gewesen, hatte nur durch ständige Abwesenheit geglänzt. War wie ein geliebter Luftgeist, immer irgendwie gegenwärtig, aber nie zu fassen. Da hatte sie wahrhaftig eine Entschädigung verdient, zumal sie das Familienerbe pflegen und hegen und in Ehren halten würde. Dazu war die Zicke Carina ja gar nicht in der Lage.

Nach dem Tod ihrer Mutter, als ihr Vater pensioniert war,

waren sie sich wieder nähergekommen und hatten eine wunderschöne, wirklich enge Beziehung aufgebaut. Lebten nah beieinander und sahen sich oft. Gingen zusammen essen, kochten gemeinsam und führten endlose Gespräche. Aber dann trat Carina in das Leben ihres Vaters. Und alles war vergessen? Seine Tochter stand plötzlich wieder auf dem Abstellgleis, und dann würgte er ihr nach seinem Tod noch dermaßen eine rein? Das traf sie bis ins Mark. Dass er die Zicke über seine Familie stellte. Dabei hatte er doch gewusst, wie sehr sie, seine Tochter, ihn liebte.

Niemals würde sie diese Schmach, diese Erniedrigung begreifen und verwinden.

Diese Verletzung würde nie heilen.

»So isses nun mal«, wiederholte Kaya.

Elena verfluchte den verdammten Pragmatismus ihrer Tochter. Was war denn bloß mit ihr los? Sie hatte ihr dieses Verhalten weder vererbt noch beigebracht und fühlte in diesem Moment, dass sie niemanden hatte, dem sie ihr Leid schildern und mit dem sie über diese Ungerechtigkeit reden konnte. Sie war ganz allein. Kaya kapierte gar nichts. Bei ihrer Hippie-Mentalität freute man sich offensichtlich schon über ein paar alte, verrostete Autos.

45

Er war immer noch im Haus seiner Großeltern.

Bei ihnen war alles okay, alles ruhig, er fühlte sich wohl und geborgen. Niemand wusste, dass er hier war, niemand konnte ihm etwas anhaben.

Denn Jonas war irre vor Angst und konnte nicht aufhören, an das Schreckliche zu denken.

Nach der Cola im Auto war er erst wieder zu sich gekommen, als ihm grelles Licht ins Gesicht schien. Er lag im Bett, in einem kahlen, fensterlosen Raum. Ein weiteres Bett, ein kleines Tischchen mit zwei Stühlen, sonst gab es nichts.

Er wusste nicht, wo er war, er wusste nicht, was passiert war, aber hatte entsetzliche Schmerzen. Konnte sich nicht bewegen. Hatte Durst. Fühlte sich so verloren und elend. Die Schmerzen machten ihm Angst. Er wollte aufstehen, aber es ging nicht. Er konnte noch nicht einmal den Oberkörper heben.

In seinem linken Arm steckte eine Nadel. Unaufhörlich tropfte irgendetwas in ihn hinein, und er wusste nicht, warum.

»Mama!«, schrie er. »Papa!«

Er horchte. Nichts passierte. Kein Laut. Kein Schritt. Es war beängstigend still.

»Maaaaaamaa!«, schrie er, so laut er konnte. »Paaaaaapaaa!«

Aber seine Schreie gingen ins Leere. Er lag in einem Bett,

hatte wahnsinnige Schmerzen, konnte sich nicht bewegen und war allein auf der Welt.

Er verstand gar nichts mehr. War zu jung, um auch nur eine leise Ahnung von dem zu haben, was hier vor sich ging.

Da waren keine Gedanken, nichts mehr. Nur noch Angst.

Er starrte an die weiße Decke, die weißen Wände. Es war stickig im Zimmer, er riss sich die Decke vom Körper und sah, dass er nackt war. Aber sein Körper war auf der Seite orange eingepinselt, es sah widerlich aus. Irgendwie dreckig. Genau dort tat es so höllisch weh. Er drehte sich langsam und vorsichtig, und dann entdeckte er, dass er auf der linken Seite verbunden und verklebt war. Darunter musste er irgendwie verletzt sein.

Jetzt konnte er seine Schmerzen orten. Aber er verstand immer noch nicht, was mit ihm passiert war. Hatte er einen Unfall gehabt?

Er zog die Decke wieder ein Stück über sich. Der Durst war unerträglich. An seinem Bett gab es keinen Nachttisch mit einer Flasche Wasser. Er wusste, dass in Krankenhäusern immer Nachttische waren. An jedem Bett. Er hatte so oft seine Oma besucht, wochenlang, bevor sie starb. Da hatten Blumen gestanden und eine Wasserflasche und ein bisschen Konfekt und ein Bild von ihm und Mama und Papa.

Und wieder musste Jonas weinen.

Wo war er? Was war mit ihm passiert? Wo waren Mama und Papa? Warum waren sie nicht hier?

Es vergingen Stunden oder Minuten – Jonas hatte jedes Zeitgefühl verloren –, bis der Mann hereinkam, der im Auto hinterm Steuer gesessen hatte. Er hatte sich ein Basecap tief in die Stirn gezogen. Aber darunter erkannte Jonas stechende, grellblaue Augen. Augen, die ihm Angst machten.

Der Mann brachte ihm ein Glas Wasser.

»Es tut so weh!«, sagte Jonas. »Es tut so furchtbar weh! Und wo sind Mama und Papa?«

Der Mann zuckte lediglich die Achseln und gab ihm eine Spritze.

Jonas spürte noch, dass die Schmerzen weniger wurden, dann schlief er ein.

46

Zwei Tage später konnte er ganz langsam und vorsichtig wieder aufstehen. Mittlerweile wusste er, dass er in keinem Krankenhaus war, sondern in irgendeinem Haus. Im Nirgendwo.

Er war nach wie vor allein und hatte keine Ahnung, was mit ihm passieren würde. Alles war fremd. Das Haus, das Zimmer, das Bett. Es gab nicht die geringste Kleinigkeit, an die er sich erinnern und an der er sich festhalten konnte, um zu wissen, dass er Jonas war und dass es die Hoffnung gab, irgendwann wieder in sein altes Leben zurückzukehren.

Es war alles ausgelöscht.

Er glaubte nicht mehr an sein altes Leben. Er wusste nicht mehr, wer er war. Hatte nur noch eine vage Erinnerung an seine Eltern, aber war sich nicht mehr sicher, ob die Erinnerung real oder doch nur ein Trugbild war. Er sehnte sich nach Mama und Papa, deren Bild von Tag zu Tag immer mehr verschwamm, und die Hoffnung, dass dies alles enden würde, wurde von Tag zu Tag geringer.

Aber dann hatte er diesen Traum: Hinter einem Zaun begann der Wald, der sich dicht und schwarz bis tief ins Tal erstreckte. Gegenüber auf dem Berg lag ein einsames Haus. Jonas stellte sich vor, dass dort Menschen wohnten, die vielleicht auch Kinder hatten. Ganz normale Menschen, zu denen er gehen könnte, wenn er hier jemals rauskommen sollte. Er sah, dass das Haus gegenüber nicht von Wald, sondern von grünen Wiesen umgeben war, und er glaubte, dort oben, genau gegenüber, wäre das Paradies. Nette Leute, die ihn willkommen heißen würden, wenn er angelaufen käme, die Frau würde ihn in den Arm nehmen und sofort zum Telefon gehen und seine Eltern anrufen. Und dann würden sie kommen und ihn holen. Und ihn wieder mitnehmen. In seine alte, wunderschöne Welt. Und alles wäre gut.

Er konnte nicht sagen, welcher Tag und ob es morgens, mittags oder abends gewesen war, er hatte jedes Zeitgefühl verloren, als sein Entführer ins Zimmer kam, seine Sachen aufs Bett warf und sagte: »Los, zieh dich an und komm mit!«

Jonas hatte panische Angst vor dem, was sie jetzt mit ihm vorhatten, aber er ignorierte seine Schmerzen, zog sich in Windeseile an und protestierte auch nicht, als man ihm eine Augenbinde anlegte.

»Wenn du sie abziehst oder versuchst darunter durchzugucken, dann geben wir dir eine Spritze, und dann schläfst du ein und wachst nie mehr auf. Ist das klar?«

Jonas nickte. Klappernd vor Angst. Der Mann mit den Grübchen war überhaupt nicht so freundlich, wie er aussah. Niemals würde er es wagen, heimlich zu gucken. Niemals.

Er ließ sich durchs Haus führen und ins Auto verfrachten. Jetzt wusste er immer noch nicht, welche Farbe es hatte.

Die Fahrt verlief wieder schweigend. Jonas' Herz raste vor Angst, weil er nicht wusste, wo sie ihn hinbrachten oder ob sie ihn vielleicht doch totmachen würden. Er weinte innerlich. Stumm und ohne Tränen. Hätte zu gern geguckt, wo er war, aber vollkommen eingeschüchtert behielt er die Augenbinde um.

Nach der schier endlos langen Fahrt hielt der Wagen. Jonas begann am ganzen Körper zu zittern.

»Pass auf!«, sagte der Kurzhaarige. »Wenn du immer geradeaus läufst, kommst du nach Ambra. Irgendjemand wird dich schon finden. Und vielleicht werden sie dich zu deinen Eltern zurückbringen. Aber eins musst du wissen: Wenn du deinen Eltern oder wem auch immer irgendetwas erzählst, was du erlebt oder gesehen hast, wenn du nur einen Ton sagst, dann holen wir dich und schneiden dir nicht nur deine Niere, sondern dein Herz aus dem Körper. Und dann bist du tot. Denn dein Herz könnten wir auch gut gebrauchen. Und dann holen wir auch das Herz von deiner Mama. Und von deinem Papa. Dann seid ihr alle tot. Ist dir das klar? Nur ein Ton von dir … Wir wissen, wo ihr wohnt und wie wir euch kriegen. Hast du das verstanden?«

Jonas nickte vollkommen eingeschüchtert.

Der Kurzhaarige öffnete die Autotür, nahm ihm die Augenbinde ab und sah ihn noch einmal mit unglaublich bösem Gesichtsausdruck an: »Hau ab. Und kein Wort. Okay?« Und er deutete auf Jonas' Herz.

Jonas nickte erneut. Er stieg aus dem Auto und stand vollkommen hilflos auf der Straße herum. Begriff überhaupt nicht, was hier gerade geschah.

»Hau ab!«, schrie der Mann und deutete in eine Richtung.

Jonas sprang los wie ein aufgescheuchtes Reh in Todesangst und stolperte so schnell, wie er in seinem geschwächten Zustand konnte, die Straße hinauf nach Ambra.

Der Wagen wendete und brauste davon.

Jonas konnte nicht aufhören, an all das zu denken, und kaum fassen, dass er wirklich wieder bei Mama und Papa war, bei Oma und Opa. Hier im Haus seiner Großeltern war alles sehr klein und eng, aber die Haustür war dick und schwer, die Fenster hatten Fensterläden, die Opa jeden Abend verschloss, und wenn Jonas und Oma und Opa nach oben gingen, schob Opa immer noch einen schweren eisernen Riegel vor die Tür, die unten an der Treppe zum oberen Stockwerk war. Kein Einbrecher konnte so zu ihnen nach oben kommen. Da musste er schon die Tür mit einer Axt zerschlagen, aber das würde man hören, und dann konnten Oma und Opa die Polizei rufen.

Jonas fühlte sich sicher im Dachgeschoss seiner Großeltern. Im Gegensatz zu dem Haus seiner Eltern, in dem es fast keine Wände gab. Da war alles aus Glas, jeder konnte hineingucken.

Jonas hatte panische Angst davor, wieder in diesem Glashaus wohnen zu müssen. Seine Eltern hatten es gekauft, als er noch ein Baby war, aber er hatte es noch nie gemocht. Jetzt fürchtete er, dass die beiden Männer ihn wieder holen könnten, denn in diesem gläsernen Horrorhaus gab es kein Versteck – selbst sein Zimmer hatte eine riesige Glasfront zum Garten.

Er hasste das Haus. Am liebsten wäre er immer bei seinen Großeltern geblieben.

Jonas zog sich die Bettdecke über den Kopf und jammerte und winselte wie ein kleiner Hund.

47

Neri hatte im Terrassenbereich des Hauses in einer Nische einen kleinen Fernseher aufgestellt und angeschlossen. Zuerst hatte sich Gabriella dagegen gewehrt, aber mittlerweile genoss sie es auch, abends auf der Terrasse noch die Nachrichten oder einen schönen Film sehen zu können.

An diesem Abend saß Neri draußen und sah auf RAI UNO eine Talkshow mit seinem Lieblingskomiker.

Er lachte schallend, als Gabriella mit einer Flasche Wasser und zwei Gläsern in der Hand herauskam.

Sie setzte sich, und Neri stöhnte innerlich auf. Wenn sie statt Wein Wasser auf den Tisch stellte, dann wollte sie nicht nur plaudern und in die Sterne gucken, sondern dann ging es um etwas Grundsätzliches. Und das war das Letzte, was er jetzt gebrauchen konnte.

Gabriella warf einen Blick auf den Bildschirm. »Ist das wichtig? Oder können wir uns ein bisschen unterhalten?«

»Wichtig nicht, aber saukomisch.«

»Bitte, Neri, ich will dich was fragen.«

Seufzend und voller Bedauern schaltete Neri den Ton weg. »Va bene. Was gibt's denn?«

»Donato«, begann Gabriella und strich ihm sanft über den Arm, »du willst dich doch über kurz oder lang pensionieren lassen ...«

»Ich weiß nicht. Ich hab mich noch nicht entschieden.«

»Na gut«, Gabriella lächelte, »aber in ein, zwei oder spätestens drei Jahren wird es doch so weit sein!«

»Wer weiß?« Neri hatte jetzt Spaß daran, Gabriella zu provozieren. »Vielleicht mache ich auch noch zwanzig Jahre weiter. Ambra braucht mich. Ich kann doch diese wunderschöne kleine Stadt nicht alleinlassen, wenn sie jedes Jahr von Touristen überschwemmt wird und in der ausufernden Kriminalität ertrinkt!«

Gabriella bekam eine Zornesfalte zwischen den Augen. »Neri, komm zu dir und erzähle jetzt nicht so einen Blödsinn. Seit Ewigkeiten redest du davon, dich pensionieren zu lassen, und vor Kurzem hast du es nur aufgeschoben, weil du die neu gedruckten Visitenkarten so schick fandest.« Sie tippte sich an die Stirn. »Aber all das, was hier in Ambra passiert, geht dir doch ungeheuer auf die Nerven, stimmt's? Oder möchtest du dich noch jahrelang damit beschäftigen, wenn kleinen Kindern von bösen Männern Nieren aus dem Körper geschnitten werden?«

Die Fröhlichkeit war dahin, und Neri spürte, dass sie ihm schon wieder, gleich am Anfang des Gesprächs, den Wind aus den Segeln genommen hatte.

»Nein, natürlich nicht«, stöhnte er. »Worauf willst du hinaus?«

»Guck mal, Donato«, zwitscherte Gabriella, »wenn du über kurz oder lang hier nichts mehr zu tun hast, nicht mehr Carabiniere bist, was willst du dann machen?«

»Dann sterbe ich«, flüsterte Neri und meinte es in diesem Moment ganz ernst.

»Blödsinn.« Gabriella lachte, goss sich und Neri ein Glas Wasser ein und küsste ihn auf die Wange. »Nein, aber das muss man sich schon mal überlegen. Du willst doch nicht nur hier auf der Terrasse oder im Zimmer sitzen und auf die Dorfstraße gucken, wo höchstens dreimal am Tag jemand vorbeikommt? Und ansonsten gehst du mit Dante Gassi und das war's?«

»Das wäre die Hölle!«

»Eben. Und darum sollten wir uns fürs Alter und für deine Zeit nach dem Job etwas Schönes suchen. Eine kleine Wohnung am Meer zum Beispiel. Wo wir auf den Strand gucken oder auf die Promenade. Wo wir spazieren und essen gehen können, Leute beobachten, die gelöst und locker sind, weil sie Urlaub haben, und was alle Italiener nur zwei Wochen im Jahr über Ferragosto genießen können – nämlich das Meer –, haben wir dann immer, wenn wir wollen! Wir sitzen am Strand und erleben den Sonnenuntergang! Kannst du mir sagen, wann wir den in Ambra zuletzt gesehen haben?«

Neri schüttelte stumm den Kopf.

»Natürlich nicht, carissimo, weil es nämlich nicht geht. Die Sonne geht hinterm Haus unter, da wo Omas Gerümpelschuppen steht, den wir immer noch nicht ausgeräumt und das ganze überflüssige Zeug weggeschmissen haben. Dahinter geht die Sonne unter, tesoro! Nein, richtig schöne Sonnenuntergänge gibt's nur am Meer. Und das jeden Abend!! Bei uns gibt's höchstens schöne *Sonnenaufgänge*, aber da sind wir noch nicht wach.«

»Sonnenuntergänge haben mich noch nie sonderlich interessiert«, raunte Neri.

»Kann sein.« Gabriella ließ sich nicht irremachen. »Aber stell dir vor: Wir sitzen Abend für Abend im Restaurant und spüren die warmen Sommernächte. Um uns herum herrscht nicht die Trostlosigkeit und die Vollnarkose von Ambra, sondern das quirlige Leben eines Badeorts am Mittelmeer. Wo es nie Nacht wird, wo der silbrige Mond über den Wellen leuchtet und immer und überall Musik herüberklingt. Neri, ich finde, wir haben uns so einen Lebensabend verdient!«

Neri war von dieser Rede vollkommen erschlagen und sah Gabriella fassungslos an. »Bist du jetzt vollkommen übergeschnappt?«

Gabriella lächelte. »Aber überhaupt nicht! Das ist normal! So genießen Rentner in Italien und überall das Leben! Das wäre die Belohnung für alles, was wir durchgemacht haben!«

»Sag mir, wo du das Dukatenscheißerchen versteckt hast, mit dem du das alles bezahlen willst!«

»Neri! Ich bitte dich! Wir haben ein bisschen was gespart und werden zur Not schon einen Kredit bekommen … Wie auch immer, Neri, in eine Immobilie zu investieren ist auf keinen Fall verkehrt!«

Neri verstand von all dem kein Wort, er hatte sich nie mit ihren Finanzen beschäftigt, aber er spürte, dass es in seinem Bauch warm wurde und zu kribbeln begann. Gabriella schaffte es doch wirklich immer, das Leben wieder spannend und interessant werden zu lassen.

Er schluckte. Überlegte. Wartete ab. Und dann sagte er: »Va bene. Dann lass uns doch mal ins Internet gucken, ob es etwas Passendes für uns gibt.«

Gabriella stürzte sich mit einem Schrei auf Neri, umarmte ihn und überschüttete ihn mit Küssen.

»Du bist der Größte!«, jubelte sie. »Mit dir macht das Leben Spaß. Und es wird immer, immer besser!«

Sie nahm ihn an der Hand und zog ihn von der Terrasse ins Wohnzimmer, um den Computer anzuschalten.

48

Es war dreizehn Uhr, als Cristina Nicoletti nach Hause kam. Sie hatte bereits fürs Abendessen eingekauft und noch ein wenig Zeit für sich. Der zehnjährige Loris würde in einer knappen Stunde aus der Schule kommen, die Kleinen, Armando und Rosa, würde sie um fünfzehn Uhr aus dem Kindergarten abholen. Im Herbst wurde Armando eingeschult, er freute sich unglaublich darauf, endlich »groß« und schon »fast erwachsen« zu sein.

Sie räumte die Einkäufe in den Kühlschrank und in die Speisekammer und sah aus dem Augenwinkel, dass der Anrufbeantworter blinkte.

Sie ging hin, drückte auf den rot blinkenden Knopf und hörte die Sprachnachricht: »Buonasera Signora Nicoletti, hier ist dottoressa Tovagli. Die Blutprobe, die Sie vor zwei Tagen abgegeben haben, ist leider auffällig. Das Labor hat sich bei mir gemeldet. Es kann sein, dass Sie eine Lungenembolie haben. Bitte begeben Sie sich unverzüglich ins Krankenhaus von Siena. Nehmen Sie das bitte ernst und fahren Sie *sofort* hin. Melden Sie sich in der Notaufnahme. Ich bin leider nicht mehr in der Praxis, habe Ihre Einweisung aber bereits direkt ans Krankenhaus gefaxt. Dort wird man weitere Untersuchungen einleiten. Ich bin erst morgen früh um acht wieder im ambulatorio zu erreichen, aber ich melde mich im Krankenhaus. Ich wünsche Ihnen alles Gute, Signora. Alles wird gut. Im Ospedale wird man Ihnen helfen.«

Klack. Die Nachricht war zu Ende.

Cristina sank auf einen Stuhl und begann zu hyperventilieren. Sie hatte das Gefühl, innerhalb der nächsten zehn Minuten zu sterben, wollte ihrem Mann und ihren Kindern eine Nachricht schreiben, bekam aber keinen Buchstaben aufs Papier, so sehr zitterten ihre Hände.

Also rief sie ihren Mann im Büro an, das war einfacher.

»Bitte, komm nach Hause, Fedele«, stotterte sie. »Nimm dir frei, ich muss jetzt sofort ins Krankenhaus. Verdacht auf Lungenembolie.« Sie fing an zu schluchzen. »Meine Ärztin hat mir aufs Band gesprochen. Oddio! Komm nach Hause, Loris hat bald Schulschluss, und du musst um fünfzehn Uhr Armando und Rosa abholen. Ich packe jetzt ein paar Sachen zusammen, weil ich nicht weiß, ob ich im Krankenhaus bleiben muss, und fahr los. Ich halte dich auf dem Laufenden.«

Fedele war fassungslos. »Das gibt es doch nicht! Wieso denn plötzlich so was?«

»Keine Ahnung, aber irgendein Blutwert hat das angezeigt. Du, ich muss los. Mein Handy bleibt an. Ich liebe euch!«

»Wir lieben dich auch!«

Cristina legte auf und packte weinend ihre Tasche fürs Krankenhaus.

Sie wollte noch einen Schluck Wasser trinken, aber ihre Hand zitterte so stark, dass sie alles verschüttete. Obwohl ihre Beine genauso zitterten, setzte sie sich ins Auto und fuhr los.

Vielleicht ist alles falscher Alarm, dachte sie während der Fahrt, aber es kann auch ernst sein, und ein Anflug von Todesangst erfasste sie. Noch wollte sie es nicht wirklich glauben, aber sie bekam eine Ahnung davon, wie es sein könnte, wenn es wirklich um alles oder nichts ging. Eine entsetzliche Angst kroch in ihr hoch.

In der Notaufnahme wurde sie sofort auf die Innere weitergeleitet. Ein schlechtes Zeichen, fand Cristina, normalerweise saß man dort stundenlang, außer, wenn es ans Leben ging.

Ihr wurde ganz schlecht. Sie wollte bitte ihre drei kleinen, traumhaften Kinder weiter aufwachsen sehen, sie wollte für sie kochen, sie in den Arm nehmen, ihnen abends vorlesen, mit ihnen ans Meer, in den Wald oder an einen See fahren – das alles bedeutete ihr so viel! Sie wollte keine Sekunde ihren Mann Fedele missen, den sie über alles liebte und mit dem sie sich noch weitere Kinder wünschte. Sie wollte weiterhin Nacht für Nacht in seinem Arm liegen und sich geschützt und geborgen fühlen mit der Gewissheit, dass das Leben in dieser Familie einfach großartig war.

Und das stand nun auf einmal alles auf dem Spiel.

Man stellte sie auf den Kopf. Machte eine erneute Blutuntersuchung, Lungenfunktionstests, ein EKG. Prüfte, was es zu prüfen gab. Es sah anscheinend nicht gut aus, denn der Oberarzt schlug Cristina vor, drei Tage im Krankenhaus zu bleiben, um alles abklären zu können. Cristina telefonierte mit Fedele. »Drei Tage«, sagte sie. »Schaffst du das?«

»Aber sicher. Mach dir keine Sorgen. Ich hab dich doch dabei beobachtet, wie du es gemacht hast!« Er lächelte ins Telefon.

»Gib allen dreien einen Kuss von mir!«

»Das mache ich.«

»Ich danke dir, Fedele.«

»Wofür? Wir sind ein Team!«

Cristina legte auf und war ganz glücklich. Zumindest zu Hause lief alles, und sie brauchte sich keine Sorgen zu machen.

Gegen einundzwanzig Uhr kam sie nach dem Untersuchungsmarathon endlich in ein Zweibettzimmer. Ihre Nachbarin hieß

Marianna, war mindestens fünfundachtzig und schnarchte unfassbar laut.

Nun gut, das würde sie ertragen.

Als sie ein nachgereichtes Abendbrot bekommen hatte und bis auf eine winzige Funzel die Lichter in den Zimmern und auf den Stationen gelöscht wurden, fragte sich Cristina, warum sie noch hier war. Offensichtlich hatte sie keine Embolie. Und diesen Abend hätte sie auch zu Hause erleben können. Mit Fedele und mit ihren Kindern. Sie vermisste sie alle so sehr, dass sie nur noch weinen konnte.

»Signora«, sagte eine leise, warme Stimme, »was ist denn los mit Ihnen? Ich bin Lino, Krankenpfleger hier, und wollte Ihnen gerade Ihre Tabletten bringen. Warum weinen Sie?«

»Ich vermisse meinen Mann und meine Kinder so sehr. Ich möchte zu Hause sein!«

»Das verstehe ich. Aber Sie sind doch nur zur Untersuchung hier?«

Cristina nickte.

»Na, dann ist das doch nicht so wild. Wenn die Doktoren jetzt nichts Schlimmes finden – und davon gehe ich aus«, er lächelte, beugte sich ein wenig über sie und strich ihr über die Wange, »sind Sie in drei Tagen wieder zu Hause und noch glücklicher als jemals zuvor, weil Sie all das, was Sie haben, danach erst richtig zu schätzen wissen.«

Sie sah ihn dankbar an und erwiderte sein Lächeln.

In der Nacht schlief sie schlecht, weil Mariannas Schnarchen sie wahnsinnig machte und weil ihr Fedele fehlte.

Um sechs erwachte das Krankenhaus zum Leben, sie bekam Frühstück und telefonierte mit Fedele. Zu Hause war alles in Ordnung. Ihr fiel ein Stein vom Herzen, und zum ersten Mal dachte sie, dass einige Tage Ruhe ohne Stress, ohne Hektik und ohne Termine vielleicht auch nicht schlecht waren.

Bei der Visite sagte der Oberarzt, sie würden noch einen Ultraschall von Herz und Lunge machen und ein CT mit Kontrastmittel. Und dann wüsste man mit Sicherheit, was den verdächtigen Blutwert derart erhöht hatte.

»Und wenn alles okay ist, dann kann ich ja vielleicht schon morgen früh nach Hause?«, fragte Cristina.

»Wir werden sehen«, meinte der Oberarzt unverbindlich und wandte sich Marianna zu.

Lino, der bei der Visite dabei gewesen war, zwinkerte ihr zu.

Im Laufe des Tages wurden bei Cristina eine Ultraschalluntersuchung und ein MRT gemacht, beides war unauffällig, und auch die Blutwerte hatten sich normalisiert.

»Bleiben Sie noch über Nacht zur Beobachtung hier«, sagte der Oberarzt, »und wenn nichts weiter ist, können Sie morgen Vormittag nach Hause.«

»Das ist wundervoll!«, sagte Cristina strahlend. »Grazie mille!«

Am Abend kam Lino wieder zu ihr ins Zimmer.

»Ich habe gehört, Sie werden morgen entlassen?«

»Ja!«, nickte Cristina. »Ich kann es gar nicht erwarten. Ich hab meinem Mann schon Bescheid gesagt.«

»Holt Sie jemand ab?«

»Nein. Das ist nicht möglich und auch nicht nötig. Mein Mann arbeitet bis siebzehn Uhr in der comune, mein Sohn kommt mittags allein aus der Schule, und die beiden Kleinen hole ich gegen fünfzehn Uhr vom Kindergarten ab. Das ist alles okay. Ich habe mein Auto vor der Tür, und ich bin ja auch nicht krank.«

»Sie müssen nicht zur Arbeit?«

»Nein. Bei aller Liebe. Mit drei Kindern habe ich echt nicht noch Zeit für einen Job.«

»Das verstehe ich.« Lino grinste. Er gab ihr die Hand. »Ich

freue mich, dass alles so gut ausgegangen ist. Passen Sie auf sich auf und alles Gute!«

Er verließ den Raum.

Was für ein netter Pfleger, dachte Cristina.

Lino ging in den Raum für die Krankenpfleger und Schwestern und nahm noch einmal Cristina Nicolettis Krankenakte in die Hand. Blutgruppe okay, Gewicht okay, Alter okay. Eine gerade vollkommen durchgecheckte gesunde Lunge. Herzultraschall auch unauffällig. Alles bestens.

Er konnte sich ein breites Grinsen nicht verkneifen und notierte sich ihre Adresse.

49

Es war ein märchenhafter, blendend schöner Tag. Der Himmel zeigte sich türkisblau, die grelle Sonne ließ die Kuppel der Basilica di San Marco funkeln, die heiße Luft flirrte in der Weite der Piazza.

Elena stand da und ließ das alles auf sich wirken. Sie trug einen fliederfarbenen Hosenanzug, der Wind wehte ihre Haare aus dem Gesicht, und der seidige Stoff kühlte ihre Haut. Sie fühlte sich so wohl wie noch nie, als wäre sie Gast in einem anderen Leben. Man konnte über die Agentur denken, was man wollte: Aber wäre sie sonst an diesem Freitag nach Venedig geflogen? Niemals.

Und jetzt war sie hier in dieser sensationellen, vielleicht geheimnisvollsten und kulturell schönsten Stadt der Welt und ging ihrem nächsten Abenteuer entgegen. Wer sie hierhergebeten hatte, war sicher kein Banause, sondern ein kunstinteressierter Mensch, der sich wahrscheinlich eine Inszenierung überlegt hatte. Sie konnte sich nicht vorstellen, mit diesem Federico für zwei Tage in einem Hotelzimmer zu verschwinden. Venedig war bei diesem Date die Dritte im Bunde und spielte sicher eine wichtige Rolle.

Und das fand sie faszinierend und aufregend zugleich.

Sie hatte noch Zeit, schlenderte über den Markusplatz. Ein Gefühl von Freiheit überkam sie. Sie hatte niemandem Bescheid gesagt. Konnte hier in Venedig tun und lassen, was sie wollte. Warum hatte sie dieses Gefühl nicht viel öfter?

Es war allein ihre Entscheidung. Sie bräuchte auch nicht ins Gritti zu gehen, bräuchte sich nicht zu erkennen geben, könnte in irgendein anderes Hotel einchecken und Venedig genießen. Sie würde Federico nie kennenlernen und er nicht sie. Sie würde nicht mit ihm ins Bett gehen, und vielleicht würde ihr die Agentur kündigen.

Aber sie musste es lernen, so weiterzumachen und ab und zu unangekündigt zu verschwinden. Um allein zu sein und nur das zu tun, was sie wollte.

Denn das war der tiefere Sinn der Agentur. Sie zwang sie dazu innezuhalten, ihren Alltag abrupt zu unterbrechen, nicht zu hinterfragen, keine Ausreden geltend zu machen und einfach auszubrechen. Für zwei Tage und zwei Nächte. Für ein Abenteuer. Vielleicht für ein ganz anderes Leben.

Elena war so glücklich. Sie hatte das Bedürfnis zu tanzen, aber tat es nicht, sondern stand immer noch still und hielt ihr Gesicht in die Sonne.

Und dachte an Kaya, an Ottavio, der keine Rolle mehr spielte, an ihren Vater, an Carina, an ihr Haus in Siena, an ihre Arbeit, an alles, was sie ausmachte. Und sie begriff, dass sie dies alles hier ohne Agentur nie erleben würde. Das war ihr wahres Leben, das Salz in der Suppe.

Va bene, dachte sie. Ja, es ist alles richtig. Wo bist du, Federico?

Und sie machte sich auf den Weg zum Gritti Palace, Campo Santa Maria del Giglio.

Am liebsten wäre sie gerannt.

50

Der Canal Grande schimmerte leicht blau wie zarter Chiffon und glitzerte im Sonnenlicht. Sie saß auf der Terrasse des Gritti Palace, trank einen Prosecco und betrachtete den Kanal durch ihr Glas. Er flirrte vor ihren Augen, machte sie ganz wirr und spiegelte ihren Seelenzustand. Leicht, beinah abhebend und davonschwebend, aber gleichzeitig so betörend, dass sie das Gefühl hatte, sich nie wieder von diesem Stuhl erheben zu können.

Venedig, meine Göttin, dachte sie. Vielleicht sollte ich mir hier eine Wohnung kaufen und Siena den Rücken kehren.

Aber dann dachte sie an ihren warmen, bläulich schimmernden Pool in der Nacht, in den sie eintauchen und alles vergessen konnte. Auf die Dauer würde Venedig dagegen verlieren. Denn diesen traumhaften Blick auf den Canal Grande hätte sie in einer gekauften Wohnung sicher nicht. Nicht wie hier im Gritti, der ersten Adresse der Stadt.

Sie schloss die Augen und verharrte ruhig. Genoss diesen wunderbaren Moment.

»Mi scusi, Signora!«, sagte eine tiefe Stimme, und ein Schatten fiel auf sie.

Sie fuhr erschrocken auf.

»Entschuldigen Sie, ich wollte Sie nicht erschrecken.«

»Schon gut.« Elena fuhr sich durch die Haare und lächelte.

»Es ist so wunderschön hier, und ich habe ein bisschen geträumt. Tut mir leid.«

»Kein Problem. Sie sahen bezaubernd dabei aus.«

Elena antwortete nicht.

»Laura?«, fragte er.

Sie nickte. »Federico?«

Er nickte ebenfalls und setzte sich.

Federico hatte eine klare, deutliche Aussprache und sprach ein gewähltes, dialektfreies Italienisch, das sie faszinierte. Im Grunde war es ihr egal, in welcher Sprache sie kommunizierte, sowohl Deutsch als auch Italienisch waren wie eine Muttersprache für sie, aber bei Federico ging sie sofort davon aus, einen sehr gebildeten Menschen vor sich zu haben.

»Sind Sie Venezianer?«

»Nein. Aber ich komme immer wieder gern hierher. Die Stadt zieht mich magisch an. Und viele meiner Freunde wohnen hier. Und Sie?«

»Ich wohne auch nicht in Venedig.« Das musste als Antwort eigentlich genügen.

Federico sah, dass ihr Prosecco bereits ausgetrunken war. »Wie wäre es mit einem weiteren Glas?«

»Sehr gern«, sagte sie und lächelte.

Sie betrachtete Federico. Er war nicht groß, sicher nicht über eins siebzig, eins fünfundsiebzig. Er hatte eine muskulöse Statur, lockiges, von Silberfäden durchzogenes dunkles Haar und braune Augen. Lachfältchen um die Mundwinkel und schöne, feingliedrige Hände. Er war nicht unbedingt ihr Typ, niemand, dem sie hinterhersehen würde, wenn er über die Piazza ging, aber durchaus sympathisch und vertrauenerweckend. Er war jemand, dem man bedenkenlos die Hundeleine in die Hand drückte und sagte: »Könnten Sie mal bitte kurz auf meinen Hund aufpassen, ich bin gleich zurück.«

Sie wusste, welches Spiel sie spielte, machte es sich immer und immer wieder bewusst. Es war ein Spiel mit dem Feuer. Sie konnte sich daran verbrennen oder darin umkommen. Es war ein Glücksspiel, russisches Roulette. Wenn sie dem Falschen begegnete und sich ihm bedingungslos auslieferte, konnte es vorbei sein. Die Gefahr, dass sie keinen Liebhaber traf, der halt nur eine Vorliebe für Außergewöhnliches oder Bizarres hatte, sondern dass sie in der Anonymität jemandem begegnete, der ihr Schreckliches antat, war nicht gering.

Aber Federico wirkte beruhigend auf sie. Sie vertraute ihm. Würde ihm angstfrei folgen.

Der Kellner kam mit zwei gefüllten und wunderbar beschlagenen Proseccogläsern.

»Salute!«, sagte Federico lächelnd. »Auf ein schönes Wochenende.«

»Salute!«, wiederholte Elena.

Sie stießen an und tranken. Dann stellte Federico sein Glas ab, fuhr mit der rechten Hand in seine Jacketttasche und holte ein Schmucketui heraus, das er ihr in die Hand legte.

Elena sah ihn an und öffnete es langsam.

Darin lag eine antike venezianische Goldmünze an einer zarten goldenen Kette. Eine Kostbarkeit.

»Für die schönste aller Frauen!«, sagte Federico leise.

Elena lächelte. »Mille grazie!« Sie legte die Kette um, und die Münze funkelte im Sonnenlicht auf ihrer Haut.

»Als hättest du nie etwas anderes getragen.«

Der Pakt war geschlossen, sie hatte akzeptiert, jetzt duzte er sie.

Sie war glücklich. Freute sich auf alles, was da kommen würde.

51

Es klingelte an der Tür.

Cristina saß am Schreibtisch, es war ihr erster Tag seit der Entlassung aus dem Krankenhaus, sie erledigte per Onlinebanking ein paar dringende Überweisungen und sah überrascht auf. Wer kam denn jetzt? Sie schloss eilig das Programm und ging zur Tür, die ein kleines Fenster hatte, sodass man sehen konnte, wer davor stand.

Es war Lino, der Pfleger aus dem Krankenhaus. Was wollte der denn hier?

Er lächelte.

Überrascht und auch ein bisschen verunsichert schloss sie die Tür auf. »Lino! Was treibt Sie denn hierher?«

»Ich habe heute frei und wollte mal sehen, wie es Ihnen geht.«

»Mir geht es gut. Sehr gut. Bitte, kommen Sie herein.« Sie führte ihn ins Wohnzimmer. »Setzen Sie sich doch. Möchten Sie etwas trinken?«

»Ein Wasser. Sehr gerne.«

Sie lief in die Küche. Das ist ja ein Ding, dachte sie, der Krankenpfleger kommt her zu mir, zu mir nach Hause. So etwas hatte sie ja noch nie erlebt. Hatte sie ihn so beeindruckt? Wollte er was von ihr?

Sie war zwar immer noch irritiert, aber irgendwie schmeichelte ihr auch die ganze Situation.

Mit zwei Gläsern Wasser kehrte sie ins Wohnzimmer zurück.

»Ich freue mich sehr«, begann sie, »aber es wundert mich auch. Wie kommt es, dass Sie mich besuchen?«

»Erstens wollte ich Sie gern wiedersehen«, sagte er charmant, und seine beiden Grübchen vertieften sich, »und zweitens hab ich mir Ihre Krankenakte noch einmal angesehen, und da stimmt etwas nicht. Der entscheidende Blutwert, der zeigt, ob es eine Verengung in Ihrem Gefäßsystem gibt oder nicht, ist nicht so zurückgegangen, wie es der Oberarzt behauptet hat, als er Sie entließ. Das machte mich stutzig. Das MRT war zwar okay, aber diese Diskrepanz müsste man meines Erachtens abklären. Nun gut, ich bin kein Arzt, aber lieber einmal zu viel nachfragen als zu wenig.«

Cristina war blass geworden. »Oddio«, sagte sie, und insgeheim fürchtete sie sich davor, dass die schreckliche Angst und Ungewissheit wieder losgehen könnten.

»Nun mal keine Panik«, meinte Lino beruhigend. »Haben Sie denn den Arztbrief da, den Sie bei Ihrer Entlassung bekommen haben? Könnte ich vielleicht einen Blick darauf werfen? Vielleicht ist hier irgendetwas falsch eingetragen, und die ganze Sache klärt sich sofort.«

»Aber klar, ich hol ihn, einen Moment bitte.« Sie lief hinaus in ihr kleines Büro am Ende des Flurs.

Daher sah sie nicht, wie Lino grinsend ein Fläschchen aus der Tasche zog, einige Tropfen daraus in ihr Wasser gab und sich wieder seelenruhig auf der Couch zurücklehnte.

Nur wenig später kam Cristina mit dem Arztbrief wieder.

»Hier, bitte. Gucken Sie mal.« Der Mann schien ja echt Ahnung zu haben.

Während er las, war sie so aufgeregt, dass sie ihr Glas in einem Zug leerte.

»Tja«, sagte Lino, »ich sehe, dass der fragliche Blutwert immer noch erhöht ist. Vielleicht hat der dottore das übersehen, aber das könnte natürlich ein Problem sein … Vielleicht sollten Sie doch noch mal ins Krankenhaus fahren, den Arztbrief mitnehmen und die Sache klären lassen. Fehler geschehen leider, shit happens.«

»Sie sind ein Engel«, sagte sie schleppend. »Ja, vielleicht sollte ich das tun. Sicher ist sicher.«

Sie versuchte aufzustehen, schwankte, konnte sich nicht halten und fiel zurück auf die Couch. »Oh, mein Gott!«, hauchte sie. »Mir ist so schlecht!«

Er kniete sich vor sie. »Vielleicht ein Zeichen, dass Sie doch nicht ganz in Ordnung sind. Kommen Sie, ich fahre Sie ins Krankenhaus, wir klären das ab, und heute Nachmittag sind Sie bestimmt wieder zu Hause!«

Cristina nickte ergeben. Sie wollte nur irgendwo ins Bett, ins Krankenhaus, wollte in Sicherheit sein. Sie war völlig fertig, völlig willenlos, sehnte sich nach Hilfe.

»Keine Sorge«, sagte Lino leise und mit warmer Stimme, »ich bringe Sie zum Auto. Alles wird gut.«

Cristina nickte und ließ sich aus dem Haus führen. War nicht mehr in der Lage, Fedele eine Nachricht zu hinterlassen. Saß in Linos Auto und schloss die Augen.

Es war ihr alles egal.

52

Eine gute Stunde später brachte Lino die Willenlose in sein Haus, wo Nevio schon auf ihn wartete.

Cristina legte sich bereitwillig auf die Liege. Und da sie nicht mehr wusste, wer und wo sie war, hatte sie auch keinen letzten Gedanken an ihren Mann und ihre Kinder.

Nevio war kein Unmensch und gab ihr eine starke Narkose.

Es war alles vorbereitet, und es geschah ja nicht zum ersten Mal. War beinah schon Routine.

Sie entnahmen Cristina Herz und Lunge. Es ging schnell, da sie auf das Leben der Spenderin keine Rücksicht zu nehmen brauchten.

Nur Minuten später landete der Hubschrauber des Käufers auf der großen Freifläche vor dem Haus, lud die Organe ein, bezahlte und startete in seine Privatklinik in Mailand.

Es lief alles reibungslos.

53

»Mama!«, brüllte Loris, als er aus der Schule kam. »Mama, wo bist du?«

Da kam keine Antwort.

Er blieb irritiert stehen.

»Mama«, flüsterte er.

Nichts.

Dann rannte er durch alle Räume und suchte sie.

Nichts.

Auch auf dem Küchentisch lag kein Zettel.

Er rief seinen Vater an.

»Mama ist nicht da!«, schrie er. »Sie ist weg!« Er schluchzte. »Papa, Mama ist weg, bitte komm!«

Fedele schluckte hörbar und atmete tief durch. »Keine Sorge, Loris, vielleicht ist sie nur kurz was besorgen, oder sie ist aufgehalten worden. Sie kommt sicher gleich. Warte eine halbe Stunde, und wenn sie bis dahin nicht wieder da ist, ruf mich an, und dann komme ich.«

»Okay, Papa«, sagte der kleine Junge total resigniert.

Auf die Minute eine halbe Stunde später rief er wieder an. Schreiend und weinend. »Mama ist nicht da!«

Fedele holte Armando und Rosa aus dem Kindergarten ab und fuhr nach Hause.

Loris war völlig aufgelöst, kriegte sich gar nicht mehr ein.

»Ganz ruhig«, sagte Fedele und nahm seine drei Kinder in den Arm, »ich rufe jetzt alle Krankenhäuser in der Umgebung an, und dann werden wir sie schon finden. Ganz bestimmt. Ihr werdet sehen, es hat alles einen ganz banalen Grund, und heute Abend ist sie wieder bei uns.«

Vor ihm standen drei kleine unglückliche Kinder mit verweinten Augen und versuchten, das zu glauben, was ihnen ihr Vater gerade sagte.

Drei Stunden später, als auch ihn die Verzweiflung und die Hoffnungslosigkeit packten, informierte Fedele die Carabinieri und gab eine Anzeige auf: Cristina Nicoletti spurlos verschwunden.

54

Federico hatte eine Gondel gemietet, und sie fuhren durch die Kanäle Venedigs wie ein verliebtes Paar. Das Boot glitt lautlos durchs Wasser, und der Gondoliere tat ihnen den Gefallen, nicht zu singen.

Elena hatte die Augen geschlossen, als würde sie schlafen, dabei war sie hellwach.

Federico berührte sie nicht. Er sah sie nur an. Sie spürte seinen Blick und öffnete die Augen, lächelte, sagte aber nichts.

Die Sonne versank hinter den erhabenen Palazzi der Stadt, und je dunkler es wurde, desto mehr Lichter gingen an. Zuerst in den Gassen, und das dunkle Wasser der Kanäle glitzerte im Schein der Laternen.

Wie schön, dachte Elena. Wie unglaublich schön.

Die Häuser schienen ärmlich, der Putz fiel von den Wänden, die Fassaden mit den prächtigen Figuren und Verzierungen bröckelten. Vom Wasser aus kroch der schwarze Schimmel die Wände der Häuser empor, die ehemals hochherrschaftlichen Bürgerhäuser und Palazzi wirkten schmutzig und ruinös.

Ja, wirklich, Venedig war eine sterbende Stadt, hatte jedoch einen morbiden Charme.

Aber plötzlich ging irgendwo ein Fenster auf, die Flügeltüren zum verwitterten Balkon öffneten sich weit, und für einen kurzen

Moment hatte man im Vorübergleiten auf dem Wasser den Einblick in eine andere Welt: einen Saal mit prächtigen Kronleuchtern aus Muranoglas, prunkvolle Gemälde an den Wänden, Kerzen überall, kunstvoll geschnitzte Holzdecken, leise Vivaldiklänge, die bis zum Wasser drangen und sich im Echo der Häuser verdichteten.

Und dann trat jemand auf den Balkon, atmete tief durch und schloss die Türen.

Der Traum war vorbei, die Musik erstarb, das Gesehene blieb als märchenhafte Illusion zurück.

Mittlerweile war es empfindlich kühl geworden, vom Wasser her zog Elena die Kälte durch die Glieder, sie fing leicht an zu zittern und war froh, als die Gondel vor einem Palazzo hielt und dort festmachte.

»Arrivati!«, murmelte der Gondoliere wortkarg und nickte nur, als ihm Federico Geld zusteckte.

Federico half Elena beim Aussteigen.

Der Gondoliere grüßte schweigend und fuhr davon.

Das kleine Steinplateau vor der Eingangstür war vielleicht acht Quadratmeter groß. »Da wären wir«, sagte Federico. »Komm herein. Sei willkommen. Es wird dir gefallen.«

Elena folgte ihm.

Schon die Diele mit dem verwitterten Marmorfußboden und der geschwungenen Treppe ins obere Stockwerk war gewaltig. In kleinen Nischen standen Kunstgegenstände, Statuen und Kostbarkeiten. Auch hier leuchteten ausschließlich Lüster aus Muranoglas.

Federico zog sie an der Hand die Treppe hinauf. »Es gibt in diesem Palazzo aus dem siebzehnten Jahrhundert drei Säle: einen zum Speisen, einen für Konferenzen und einen für geselliges Beisammensein«, erklärte er. »Außerdem mehrere Zimmer und Bäder. Eines davon ist deins für die nächsten beiden Nächte. Die

Küche ist im Keller, aber das Personal kommt nur herauf und bedient, wenn es gerufen wird. Wenn man will, ist man hier vollkommen ungestört. Ich zeige dir jetzt dein Zimmer.«

Der Palazzo war gewaltig. Überladen, voller Kunst und Kitsch und Pomp und Plüsch. Sie fühlte sich wie im Museum, wie in einer anderen Welt, so wohnte man doch nicht wirklich in der heutigen Zeit. Aber es faszinierte sie unendlich.

In ihrem Zimmer gab es ein riesiges Himmelbett mit einer samtenen, goldbestickten Überdecke, einen kleinen Schminktisch mit Spiegel, einen edlen Tisch mit zwei kleinen Sesseln und einen Austritt mit Blick auf den Kanal. Alles war goldverziert. Schminktisch und Sessel, der Stuck an den Wänden und die Rahmen der Gemälde. Auf dem Fußboden ein weicher, flauschiger, dunkelroter Teppich. Das Schönste am ganzen Zimmer, fand Elena. Er nahm einen in den Arm und machte ein Zuhause aus dem ganzen Prunk.

Dem Bett gegenüber war die Tür zum Bad. Auch darin war alles aus Marmor und golden verziert.

»Wem gehört dies alles?«, fragte Elena. »Dir?«

»Nein«, sagte Federico leise lächelnd, »aber das ist ja auch egal. In den nächsten beiden Nächten gehört es uns. Mal sehen, was wir daraus machen. Aber wir werden nicht allein sein. Du hast noch ein wenig Zeit. Ich werde in Ruhe meine Gäste begrüßen, ein Glas mit ihnen trinken und dich dann holen. Mach dich bis dahin ein wenig frisch.«

Er legte ihr eine kostbar verzierte venezianische Maske aufs Bett und ein leichtes, durchsichtiges Gewand. »Das solltest du tragen, wenn ich komme, um dich zu holen. Nichts anderes.«

»Va bene«, sagte sie und erschauerte.

55

Vom Fluss aus musste Rosanna durch eine dunkle Gasse, die so schmal war, dass zwei Menschen kaum aneinander vorbeikamen. Am finstersten Punkt in der Mitte der Gasse gingen rechts drei Stufen hoch zu einer schweren, hölzernen Tür, die sie mit einem riesigen, eisernen Schlüssel öffnen konnte. Eine schmale, steinerne Treppe führte hinauf in den dritten Stock. Dort wohnte sie. Sie hatte ihren Namen nicht an die Tür geschrieben. Es war nicht wichtig. Der Postbote warf ihre Sendungen in einen der Briefkästen am Anfang der dunklen Gasse.

Nur zwei Menschen wussten, wo sie wohnte. Ihre Mutter und Dottor Angioli, aber der war noch nie vorbeigekommen.

Es war überhaupt noch nie irgendjemand zu Besuch gekommen.

Sie öffnete die Tür zu ihrer kalten, unpersönlichen Bude, in der sie nicht wirklich wohnte, sondern eigentlich nur vegetierte.

In der Küche goss sie sich ein Glas Wasser ein, stürzte es in einem Zug hinunter, und dann begann sie zu packen. Wie eine Wilde. Hektisch, wüst und chaotisch stopfte sie ihre Habseligkeiten in wenige Kisten, als wäre sie auf der Flucht.

Doch es machte sie unsagbar glücklich, denn ihr trostloses Leben war dabei, sich zu verändern.

Alles würde gut werden.

Endlich.

Vor zwei Tagen hatte er sie aufgehalten, als sie gerade Feierabend machen und das ambulatorio verlassen wollte.

»Rosanna?«

»Ja?« Sie war augenblicklich flammend rot geworden. Er hatte sie sicher nicht aufgehalten, um sie zu bitten, den Boden zu wischen.

»Hast du noch ein bisschen Zeit, oder musst du gleich nach Hause?«

»Ich hab noch ein bisschen Zeit, dottore«, stotterte sie, und ihr wurde ganz schlecht bei dem glückseligen Gedanken, dass er vielleicht noch irgendetwas von ihr wollte, was nicht mit der Praxis zu tun hatte. »Ja, klar, hab ich Zeit! Für Sie doch immer!«, schoss sie noch unnötigerweise hinterher.

»Gut«, sagte er und lächelte. »Dann komm mal mit. Ich würde dir gerne etwas zeigen.«

Rosanna wurde schwindlig vor Aufregung, sie hatte das Gefühl, nicht mehr geradeaus laufen zu können.

»Wie kommst du jeden Tag ins ambulatorio?«, fragte Angioli.

»Zu Fuß, dottore, Sie wissen doch, ich wohne nicht weit, gleich an der Ambra, fünf Minuten von hier!«

»Ach ja. Stimmt. Entschuldige. Das hatte ich ganz vergessen.« Er lächelte, und sie schmolz dahin. »Hast du ein Auto?«

»Ja. Einen Cinquecento, der steht beim Kindergarten auf dem Parkplatz, ich benutze ihn nicht oft.«

»Sehr gut. Komm einfach mit mir mit, nachher fahre ich dich wieder nach Hause.«

Rosanna nickte. Sie folgte dem dottore zu seinem Wagen, der vor dem Büro des Geometers geparkt war, und stieg ein.

Sie zitterte am ganzen Körper.

Das war der aufregendste Moment ihres Lebens.

Dottor Angioli fuhr hinaus aus Ambra, Rosanna saß auf dem Beifahrersitz und wagte es kaum zu atmen. Ab und zu sah sie ihren

Chef von der Seite an, der ganz vergnügt wirkte und leise vor sich hin pfiff.

»Wohin fahren wir?«

»In mein Haus. Ich bin mit dir sehr zufrieden, Rosanna, und möchte dir einen zusätzlichen Job anbieten, der sehr lukrativ ist. Guck dir alles an, ob es dir gefällt.«

Rosanna nickte total beeindruckt. Sie fühlte sich geehrt. So sehr schätzte der Doktor sie und ihre Arbeit, das war ja nicht zu glauben. Ihr Herz klopfte vor Freude und Aufregung.

»Merk dir, wo wir langfahren«, sagte Angioli, »du musst den Weg ja bald allein finden. Ich biege jetzt ab nach Monte Benichi.«

»Va bene«, hauchte Rosanna. Sie kannte die Strecke.

Sie fuhren die kurvige Straße hoch bis Monte Benichi, und Rosanna fühlte sich wie im Paradies. Noch nie war ihr die Gegend so schön vorgekommen. Es war ihr egal, wo der dottore sie hinbrachte, was er von ihr wollte, es war ihr alles egal, sie war einfach nur glücklich.

Sie fuhren durch den kleinen Ort.

Eine alte Frau, die die Straße fegte, winkte dem dottore zu, und Rosanna winkte zurück.

»Lass das!«, zischte Angioli, und Rosanna setzte sich vor Schreck auf ihre Hand, damit ihr das nicht noch einmal passierte.

Am Madonnenschrein bogen sie rechts ab. Rosanna kannte die Abzweigung, aber sie war dort noch nie hinuntergefahren, sie wusste nicht, was sie erwartete.

Nach einer kurzen Fahrt bergab auf einer staubigen Schotterstraße hielt Rosannas Chef vor einem großen, hohen eisernen Tor, das er mit einer Fernbedienung öffnete.

56

Nevio fuhr bis vors Haus, stellte den Wagen ab, und Rosanna stieg aus. Sie ging ein paar Schritte und sah sich um. Das beeindruckende Grundstück, das nicht zu enden schien, raubte ihr den Atem. Die Villa erschien ihr gewaltig und imposant, sie war alt, im toskanischen Stil erbaut und wunderschön.

Sie hatte alles erwartet – aber nicht so etwas Fantastisches.

»Komm«, sagte Nevio. »Setz dich, bin gleich wieder da.«

Rosanna nahm in einem weichen Korbstuhl Platz, in dem sie fast versank, wodurch sie sich noch dicker fühlte als sonst. Sie sah auf den Pool, dessen kristallklares Wasser sich kräuselte, weil ein leichter Wind aufkam, und fühlte sich wie im Märchenland.

Nevio kam zurück, stellte zwei Gläser Orangensaft mit Eis auf den Tisch, setzte sich und sagte: »Hör zu, Rosanna. Du arbeitest jetzt schon eine ganze Weile bei mir im ambulatorio, und ich habe dich als absolut loyal, gehorsam und vertrauenswürdig kennengelernt. Du kannst hart arbeiten, bist verschwiegen und scheinst vor nichts und niemandem Angst zu haben. Ich weiß, dass du Tiere, vor allem Wölfe, liebst und mit ihnen prima zurechtkommst. Apollo geht es übrigens wieder viel besser. Er hat die fürchterliche Stachelschwein-Tortur gut überstanden und ist fast so fit wie zuvor. Er frisst ganz normal, und das hat er nur dir zu verdanken, weil du den Stachel in seinem Gaumen Gott sei Dank entdeckt hast.«

Rosanna war unglaublich stolz und gerührt, aber blickte zu Boden und sagte nichts.

»Du warst absolut großartig, und genau so jemanden brauche ich auch hier in Chiesina. Ich bin verdammt viel unterwegs, muss manchmal tagelang weg, bin im Ausland oder sonst wo, und ich muss sicher sein, dass hier alles läuft und in Ordnung ist. Mein Bruder kann sich um nichts kümmern, er benötigt selbst Hilfe.«

Rosanna hing atemlos an seinen Lippen. Das war mehr und besser, als sie jemals erhofft hatte.

»Wenn du hier für mich arbeitest, dann wird deine erste Aufgabe sein, dich um die Wölfe zu kümmern. Das bedeutet, sie zu füttern, zu streicheln, sie aus dem Zwinger zu holen, mit ihnen zu spielen und natürlich zu kontrollieren, ob der Zaun dicht ist und die Elektrik funktioniert. Es wird am Anfang wirklich schwierig werden, denn du bist für sie fremd und ein Eindringling in ihrem Revier. Vergiss nie, dass es Raubtiere sind, und zwar ein ganzes Rudel, sieben Stück. Ich weiß, was ich da von dir verlange, Rosanna, aber ich könnte mir niemand anderen vorstellen, der so eine enorme Aufgabe bewältigen und so eine Herausforderung in den Griff bekommen kann. Du musst es irgendwie schaffen, ihr Vertrauen zu gewinnen, musst in ihr Rudel aufgenommen werden.«

»Ich liebe Wölfe«, hauchte Rosanna.

»Ich weiß. Und das ist schon mal die beste Voraussetzung dafür, dass sie irgendwann deine Freunde werden.«

Rosanna nickte. Dieses Chiesina war für sie jetzt bereits der Himmel auf Erden.

»Des Weiteren müsstest du dich um meinen jüngeren Bruder kümmern. Er ist nicht ganz richtig im Kopf, redet kaum und ist vollkommen hilflos. Du musst einkaufen und für ihn kochen. Er braucht geregelte Mahlzeiten. Wenn du ihm nichts hinstellst, isst er nichts. Er vergisst es einfach. Manchmal fängt er an zu schreien, wenn er Hunger hat. Falls ich das hören sollte, würde ich sauer werden. Verstehst du das?«

»Certo.«

»Gut. Er wirkt furchteinflößend, dabei ist er ein ganz Sanfter. Kann keiner Fliege was zuleide tun. Du musst keine Angst vor ihm haben.«

Rosanna nickte.

»Das Problem ist, dass er kein Temperaturempfinden hat. Er spürt weder Wärme noch Kälte. Manchmal zwinge ich ihn dazu, sich eine Decke überzulegen, wenn er im Winter bei Minusgraden nackt auf der Terrasse sitzt und die Schneeflocken zählt, die auf seinem Arm landen. Dennoch war er nie krank. Ich kann mich nicht erinnern, dass er jemals eine Erkältung gehabt hätte. Also, sorge für Remo. Er ist den Wölfen tief verbunden, vielleicht ist dies der Schlüssel zu eurer Verbindung: Remo – die Wölfe – und du.«

Rosanna nickte glücklich.

»Ansonsten freue ich mich natürlich, wenn du hier in Haus und Garten ein wenig für Ordnung sorgst, falls es deine Zeit erlaubt, aber das muss nicht sein. Ich bin da nicht pingelig.«

Ich werde alles für ihn tun, dachte Rosanna, alles, alles, alles. Ich werde rund um die Uhr arbeiten, und er wird sich wundern, wie blitzblank das Haus und wie toll der Garten in Schuss ist. Und irgendwann wird er begreifen, wie sehr er mich braucht!

»Ich zahle dir das Doppelte von dem, was du jetzt verdienst«, fuhr Nevio fort, »und ich biete dir an, hier zu wohnen. Ich habe im hinteren Trakt zwei Gästezimmer mit eigenem Bad, dort könntest du einziehen. Freie Kost und Logis. Du kannst deine Wohnung in Ambra behalten oder aufgeben – ganz wie du willst. Oder du probierst alles erst einmal einen Monat lang aus.«

»Da brauche ich gar nicht lange zu überlegen, ich würde den Job gerne machen und auch hier wohnen«, sagte Rosanna sofort.

Nevio lächelte. »Das freut mich. Drei Bedingungen habe ich allerdings.«

Rosanna sah ihn fragend an, konnte sich aber nicht vorstellen, dass es auch nur eine Bedingung gäbe, die sie schockieren würde.

»Erstens. Wie schon gesagt, erwarte ich von dir absoluten Gehorsam. Tu, was ich dir sage, hinterfrage es nicht und diskutiere nicht. Sonst musst du gehen. Und zwar sofort. Dieser Job hat keine Kündigungsfristen.«

Rosanna nickte.

»Zweitens. Ich verlange absolute Loyalität. Wenn du hier arbeiten willst, musst du dich mit mir, meinem Leben und meinen Anweisungen vollkommen identifizieren. Und sie vor aller Welt verteidigen. Auch wenn es dir gegen den Strich gehen sollte.

Und drittens will ich absolute Verschwiegenheit. Nichts von dem Leben in Chiesina dringt nach außen. Va bene? Du redest mit niemandem darüber, was hier passiert und was du erlebst. Kein Wort über meinen Bruder, über die Wölfe, über dieses Haus oder sonst irgendetwas. Und auch alles, über das wir uns unterhalten, bleibt unter uns. Niemand in Ambra oder sonst wo erfährt von dir ein Sterbenswörtchen über deine Arbeit und dieses Leben hier. Ist das klar?«

Rosanna richtete sich auf und saß plötzlich trotz des weich gepolsterten Korbstuhls ganz gerade. »Aber selbstverständlich. Ich habe außer meiner Mutter sowieso keinen Menschen auf der Welt, mit dem ich rede. Und auch ihr werde ich nichts erzählen. Ich werde schweigen. Versprochen.«

»Benissimo, dann haben wir uns ja verstanden.« Nevio lächelte erneut. »Siehst du, Rosanna, es ist so einfach wie perfekt. Wenn du dich an die Regeln hältst, biete ich dir ein sorgenfreies, wunderschönes Leben, und dafür ermöglichst du mir ein bisschen Freiheit, weil du dich um Remo und die Wölfe kümmerst. Eine Win-win-Situation.«

Er stand auf. »Ich verzichte darauf, dies alles, was wir besprochen haben, aufzuschreiben. Wir wissen beide, worum es geht, der Handschlag genügt, um den Vertrag zu besiegeln.«

Er hielt ihr die Hand hin, und Rosanna schlug ein. Am liebsten hätte sie ihn umarmt, aber das wagte sie nicht.

MASKEN

57

Sie hatte ein Bad genommen, sich sorgfältig eingecremt und parfümiert, hatte das durchsichtige schwarze Gewand, das mehr ein Hauch als ein Gewand war, übergeworfen und besah sich im Spiegel. Im Grunde war sie nackt. Nur ein wenig wie mit Weichzeichner verfremdet.

Sie nahm die Maske in die Hand und betrachtete sie genau. Eine schwarze Colombina-Maske mit glitzernden Steinen und Perlen besetzt, an der linken Schläfe verschweißt mit schwarzen, leichten Federn wie die einer Federboa, sich allein durch einen Atemzug in der Luft bewegend. Das konnten Worte nicht besser erklären: Das war Venedig, Karneval, Rausch, Ausnahmezustand. Sie hatte es nie geschafft, im Februar herzukommen, jetzt gab es dieses erotische Fest nur für sie allein.

Sie legte die Maske an. War sich so fremd und fremd auch für jeden anderen. Una signora incognita.

Als Federico kam, war es bereits dunkel, fast Nacht, und sie war bereit. Er nahm sie an der Hand und führte sie aus ihrem Zimmer durch drei lange Flure in einen Spiegelsaal. Das Schöne an dieser Augenmaske war, dass sie alles sah, aber dennoch niemand ihr wahres Gesicht erkennen konnte.

Federico blieb wenige Meter hinter der offenen Tür stehen. An einer festlich gedeckten Tafel saßen drei Herren, elegant und teuer gekleidet. Die Unterhaltung erstarb. Sie starrten sie an, ein leises Raunen schwebte durch den riesigen Raum.

Sie lächelte.

Und dann führte Federico sie wie eine mittelalterliche Königin an erhobener Hand einmal durch den Saal. An der den hohen Fenstern gegenüberliegenden Wand registrierte sie goldene Ketten und Schlösser und fragte sich, ob die vielleicht für sie gedacht waren, und die Lust schoss durch ihren Körper.

Aber jetzt genoss sie es erst einmal, im Mittelpunkt zu stehen und voller Begierde begutachtet zu werden, sie spürte das Atmen und leise Stöhnen der Männer, sie war die Göttin.

Und endlich, sie sehnte sich jetzt danach, fixierte Federico sie wahrhaftig mit den goldenen Ketten und Schlössern an der Wand, und sie sah sich hundert- und tausendfach in den Spiegeln links und rechts und an der Decke, Hunderte Kerzen brannten, und ihr Bild reflektierte in warmem Licht von allen Seiten.

Der erste kam. Zaghaft, zögerlich, dann der nächste. Sie fühlte sich wie ein fremdartiges Wesen, das man nicht kennt und dem man sich langsam und vorsichtig nähert. Als läge sie unter dem Mikroskop. Sie wand sich unter den Berührungen der Männer, die ihren Körper erkundeten und ertasteten, und das sich überall spiegelnde, flackernde Kerzenlicht war das genaue Abbild ihrer explodierenden Lust, die sie kaum noch beherrschen konnte.

Sie quälten sie, indem sie sie nicht erlösten, sie zuckte orgiastisch in ihrer Lust, und als sie kurz davor war zu schreien, hielt ihr Federico den Mund zu.

Sie hing schlaff und bereits erschöpft in ihren Ketten.

Und schließlich öffnete Federico die Schlösser, befreite sie und legte sie auf eine breite, prächtige Liege, die sie bisher noch gar nicht bewusst wahrgenommen hatte, da sie sich hinter einem Paravent befand.

Einer nach dem anderen kam und legte sich auf sie. Mal sanft, mal drängend, mal heftig. Sie erlebte es wie einen Rausch, ihre

Lust löste sich in einem orgiastischen Inferno, es war ein Fest der Sinne, sie ließ sich treiben, flog davon, klinkte sich aus und kam irgendwann in ihrem Zimmer wieder zur Besinnung.

Restlos glücklich und zufrieden.

Venedig, dachte sie nur, bevor sie einschlief, Venezia, amore mio.

Als Federico sich schließlich zu ihr legte und sie in den Arm nahm, war die Nacht fast um.

»Lass mich, bitte«, flüsterte sie und war eingeschlafen, bevor er die Decke über sie beide ziehen konnte.

58

Der nächste Morgen war strahlend schön. Federico war verschwunden, es störte sie nicht, sie genoss es, allein zu sein. Sie streckte sich, das Bettzeug war federleicht und wunderbar weich, und sie sah auf die Uhr. Halb zwölf. Oddio, der Vormittag war fast um. Sie wünschte sich, noch eine halbe Stunde liegen bleiben zu können und dieses perfekte Bett zu genießen, als fast wie auf Stichwort das Telefon in ihrem Zimmer klingelte.

Sie räusperte sich den Schlaf aus der Stimme und hob ab. »Pronto?«, fragte sie leise.

»Amore«, flüsterte Federico ebenfalls. »Wie geht es dir? Hast du gut geschlafen?«

»Sehr gut. Grazie.«

»Was hältst du davon, wenn wir gemeinsam frühstücken?«

»Das stelle ich mir himmlisch vor.«

»Na dann – in einer halben Stunde im Salon?«

»Va bene.«

Federico legte auf.

Während sie unter der Dusche stand, dachte sie, dass Federico ein feiner Kerl war. Höflich, nett, zuvorkommend, bemüht, ihr jeden Wunsch von den Lippen abzulesen. Gut, seine Wünsche waren ziemlich pervers, aber vielleicht waren das gar nicht seine eigenen, sondern die seiner Geschäftspartner, denen er einen

Gefallen tun wollte. Es war ihr egal. Das gehörte zum Spiel dazu. Sie wollte die Motivationen ihrer Besteller gar nicht wissen, solange es ihr selbst gefiel und ihre Lust beflügelte. Sie war frei. Niemand hatte sie hierhergeprügelt, und sie tat nur das, was ihr Spaß machte.

Elena war bester Laune, als sie sich eine helle Leinenhose und ein T-Shirt anzog und ein wenig schminkte. Was für ein herrlicher Tag. Sie freute sich auf jede Minute und vor allem auf den Abend und die Nacht. Was auch immer da auf sie zukommen würde.

Federico führte sie vom Salon auf die Terrasse, und unter einem weit ausladenden Sonnenschirm nahmen sie Platz.

Er sah sie an. »Wie geht es dir?«

»Gut!« Sie lächelte. »Sehr gut. Es ist alles wunderschön und alles in Ordnung. Und ich bin dankbar, dass ich heute Morgen so lange schlafen konnte.«

»Was darf ich dir bringen lassen?«

»Einen latte macchiato und einen Obstsalat, bitte.«

Er gab einer Angestellten, die dezent im Hintergrund wartete, ein Zeichen. Sie kam sofort, und er bestellte für Elena und für sich.

»Venedig ist traumhaft«, sagte Elena. »Ich könnte mich daran gewöhnen.«

»Du bist hier jederzeit willkommen! Lass uns ein dauerhaftes Arrangement daraus machen, und wir treffen uns einmal im Monat. Was hältst du davon?«, fragte er leise.

Sie sah ihn an. Vollkommen perplex. »Das meinst du doch jetzt nicht ernst, oder?«

»Doch. Das meine ich sehr ernst.«

Elena schwieg und fixierte die saubere, gestärkte Tischdecke, darauf die scheinbar sorglos hingeworfenen, aber wahrscheinlich genau abgezählten und platzierten Rosenblätter.

»Ich möchte mich nicht festlegen, Federico, ich fühle mich nicht wohl in einem festen Arrangement.«

»Du willst nur ab und zu ausbrechen?«

»Genau so ist es.«

Er sah sie an. Und in seinem Blick lag eine Spur von Traurigkeit.

»Vielleicht hättest du mich nicht buchen dürfen. Soll ich gehen? Ich kriege ohne Probleme heute Abend einen Flug«, fragte sie.

Federico wurde plötzlich ganz hektisch. »Nein, nein, nein, bloß nicht, für heute Abend ist schon alles arrangiert, es wird ein Fest.«

Elena beugte sich zu ihm und sah ihm ganz tief in die Augen. »Ein Fest auch für dich?«

Er antwortete nicht sofort. Dann sagte er lächelnd: »Aber natürlich, cara, una festa anche per me. Ich hole dich, wenn es so weit ist.«

Er stand auf und entfernte sich. Ging bewusst aufrecht, vielleicht ein bisschen zu schnell.

Sie schloss die Augen und hielt ihr Gesicht in die Sonne.

Das Leben war großartig!

59

Sie schlief noch einmal zwei Stunden, badete ausgiebig, wusch sich die Haare, cremte sich ein und benutzte ihr Lieblingsparfüm, das sie selbst schon gar nicht mehr roch, aber das jedem positiv auffiel, der in ihre Nähe kam. Es war ein Duft, der offensichtlich fast alle Menschen magisch anzog.

Wunderbar. Nie hatte sie so eine Ruhe und so viel Zeit für sich. Federico würde sie erst holen, wenn es dunkel war.

Er hatte ihr wie gestern ein durchsichtiges Gewand gebracht, diesmal knallrot, ein Hauch von Seide und Tüll, vorn geschlitzt. Nur am Hals von einer glitzernden Spange zusammengehalten.

Sie setzte sich auf den Balkon. Genoss den leichten kühlen Abendwind und sah den Booten nach, die langsam vorüberfuhren. Außer Federico ahnte niemand auf dieser Welt, was ihr heute Nacht noch bevorstand. Es würde wunderbar werden, das wusste sie ganz sicher.

Venedig war so unglaublich, herausgefallen aus der profanen Welt, sie sehnte sich nach dieser Stadt mit all ihren Sinnen und überlegte, ob sie eventuell morgen nicht nach Hause fliegen, sondern vielleicht noch ein paar Tage im Gritti anhängen sollte, als Federico an ihre Tür klopfte.

Es ging los. Ihr Herz begann zu rasen.

Sie setzte die Maske auf und öffnete die Tür.

Federico führte sie wieder in den Spiegelsaal.

Aber er war leer.

Im Raum nur eine riesige runde Tafel, festlich eingedeckt und geschmückt mit Kerzen und Blumen, bis auf die Mitte des Tisches. Dort lag nur das Tischtuch aus makellos weißem Damast.

»Leg dich da hin«, sagte Federico. »Es wird gleich angerichtet.«

Elena ahnte, was kommen würde, und sah Federico an.

Er lächelte. »Vertrau mir. Es wird ein Fest. Ungewohnt, aber wunderschön.«

Elena ließ ihr Gewand fallen, stieg auf den Tisch und legte sich hin.

Dann öffnete Federico die Tür, und fünf Männer kamen herein.

Sie aßen von ihrem Körper. Kratzten mit Gabeln, Löffeln und Messern auf ihr herum, sanft, beinahe zärtlich, niemand verletzte sie. Sie lachten, sie ließen es sich schmecken, sie legten ihre empfindliche Haut frei, gerötet von Zwiebeln, Knoblauch und Chili. Sie schlürften die Soße aus ihrem Bauchnabel, lutschten die Weintrauben aus ihren Haaren, nahmen den Schinken von ihren Schenkeln, besprühten sie mit Champagner, küssten ihr den Weinschaum von den Lippen und panierten sie mit Parmesan, den sie dann genüsslich aufleckten. Sie wand sich, es kitzelte hier und da, aber es entzückte sie. Sie dachte an *Das große Fressen*, das sie irgendwann einmal gesehen hatte, Marcello Mastroianni und Michel Piccoli tauchten vor ihrem geistigen Auge auf, aber dies alles hier fand sie so viel schöner, ästhetischer, orgiastischer und phänomenaler als diesen Skandalfilm damals.

Sie war das Geschenk, die Gottesgabe, die Krone der Schöpfung, das Buffet.

Zum Schluss bestrichen sie sie mit flüssiger Schokolade. Es brannte, die Schokolade war anfangs heiß, dann gewöhnte sie sich daran. Schließlich schloss sie die Augen und gab sich hin. Nun wurde nicht mehr gepflückt und geerntet, sondern geschleckt. Schöner als jede noch so sanfte und intensive Berührung.

Elena war glücklich. Alles, was dann noch kam, gehörte dazu. Es war ein orgiastisches Fest mit Fremden. Sie merkte sich kein einziges Gesicht.

Als sie Stunden später im Bett lag, kam Federico zu ihr und nahm sie in die Arme. Und sie dachte, dass es wohl nur wenige Menschen auf der Welt gab, die dies oder Ähnliches erleben durften.

60

Remo saß seit einer halben Stunde vor ihr und blickte sie an.

Rosanna konnte es kaum ertragen, ihn ständig nackt zu sehen, es war ihr unangenehm, es widerte sie an. Sie bohrte mit ihrer Fußspitze verlegen im Sand, flog mit ihren Augen von links nach rechts und von oben nach unten, war unglaublich nervös, aber sagte schließlich: »Ich liebe Tiere, Remo. Ganz egal. Alle. Ich schwör's dir. Aber vor allem liebe ich Wölfe. Solange ich denken kann. Und ihr habt hier Wölfe. Ich fasse es nicht. Verstehst du, Remo? Es ist einfach unglaublich, dass ich hier sein kann.«

Remo nickte stumm.

»Die Wölfe sollen mich kennenlernen, mich mögen, mich akzeptieren. Kannst du mir dabei helfen, Remo? Denn Nevio will, dass ich mich um sie kümmere.«

Remo nickte. Immer noch stumm.

»Was soll ich machen?«

»Da, da, da. Wie Remo.« Er trommelte mit den Fäusten auf seine Brust und deutete neben sich auf den Boden.

Rosanna starrte ihn entsetzt an. »Ich soll mich zu dir auf die Wiese legen?« Remo zuckte die Achseln und nickte.

»Als Futter sozusagen?«

Remo grinste und schüttelte den Kopf. Dann ging er zu ihr und schnupperte an ihrem Hals.

Rosanna wusste nicht, wie ihr geschah.

Er sah sie an und lachte laut.

Dann lief er zum Zwinger und öffnete ihn.

Die Wölfe rannten und stürmten sofort hinaus und durch die Gegend, begrüßten Remo, sprangen an ihm hoch und beachteten Rosanna, die sich ängstlich in den Korbsessel drückte, überhaupt nicht.

Remo tobte mit ihnen herum, Rosanna konnte kaum hinsehen, so fürchterlich fand sie es, wie dieser nackte Mann mit den Wölfen tanzte.

Schließlich legte er sich ins Gras, winkte sie zu sich und gestikulierte wild. Bis Rosanna begriff. Er wollte, dass auch sie sich auszog.

Sie hatte zwar arge Bedenken, aber in diesem Moment war ihr alles egal. Sie zog sich aus, versuchte sich nicht zu schämen und nicht darauf zu achten, wo Remo hinguckte, und legte sich schließlich ebenso splitterfasernackt neben ihn auf den Rasen.

Remo nahm ihre Hand.

Langsam näherten sich die Wölfe. Irgendetwas war anders als sonst. Da war eine fremde Person. Sie wussten nicht, was das zu bedeuten hatte.

Zentimeter für Zentimeter kamen sie näher.

Rosanna hatte die Augen geschlossen und bewegte sich nicht.

Und allmählich überwanden die Wölfe ihre Scheu und legten sich neben Remo und Rosanna. Schnauften. Grunzten. Und schnupperten an ihr.

Rosanna riss die Augen auf und hätte den Himmel umarmen können.

Sie setzte sich auf und begann die struppigen Tiere zu streicheln. Alle beobachteten sie, und nach und nach fasste einer nach dem anderen Vertrauen. Sie schmiegten sich an sie oder legten sich auf den Rücken und ließen sich den Bauch kraulen.

»Die sind ja total zahm! Und so sanft wie kleine, verschmuste Schoßhunde!«

Remo nickte und grinste. »Wissen nicht, wissen nicht, wissen nicht.«

»Was wissen sie nicht?«

»Wölfe!«

»Sie wissen nicht, dass sie Wölfe sind?«

»Ja, ja, ja, ja, ja. Nix gesagt.«

»Ihr habt ihnen nicht gesagt, dass sie Wölfe sind?«

»Ja, ja, ja! Nein, nein, nein!« Remo fing an zu lachen. Immer mehr, immer lauter, er lachte sich in einen Rausch, rollte sich durchs Gras und brüllte immer wieder: »Nix gesagt! Nix gesagt!«

Als sich Remo einigermaßen beruhigt hatte, setzte er sich mit hochrotem Kopf zu Rosanna, die dabei war, sich wieder anzuziehen.

»Erzähl mir was über die Wölfe, Remo. Sag mir, wie sie alle heißen. Zeig mir, wer wer ist und woran du sie erkennst. Ich möchte sie unterscheiden, ansprechen und rufen können.«

Remo zeigte mit dem Finger auf einzelne Tiere, versuchte zu artikulieren und schüttelte schließlich hilflos den Kopf.

»Was ist? Kannst du mir ihre Namen nicht sagen?«

Noch vehementeres Kopfschütteln.

»Va bene. Ist ja auch nicht so wahnsinnig wichtig.«

Apollo hatte sie sofort erkannt. Das Fell war an der Stelle, wo sie ihm eine Infusion gesetzt hatte, immer noch nicht richtig nachgewachsen. Er war zwar jetzt auf einem Auge blind, aber das merkte man ihm nicht an. Er bewegte sich vollkommen sicher und war der Erste gewesen, der zu ihr kam und ihre Hand geleckt hatte, als sie sie ausstreckte. Vielleicht erinnerte er sich an sie.

»Wann werden die Wölfe gefüttert?«

»Abend.«

»Wann?«

Remo sah in die Richtung der untergehenden Sonne, kniff die Augen zusammen und riss den Daumen hoch.

»Heißt das jetzt?«, fragte Rosanna.

Remo nickte und stand auf.

»Va bene. Dann zeig mir, wo das Futter ist.«

Remo ging los, und Rosanna folgte ihm ins Magazin.

61

Am nächsten Abend war Elena wieder zurück. Sie bemerkte erfreut, dass das Haus gelüftet und geputzt war, ihr Bett frisch bezogen, die Handtücher ausgetauscht, der Mülleimer geleert. Pina besaß einen Schlüssel und sorgte einmal in der Woche dafür, dass alles immer tipptopp in Ordnung war. Selbst wenn Elena zu Hause war, bewegte Pina sich leise und unauffällig, arbeitete immer dort, wo sich Elena gerade nicht aufhielt, sodass sie Elena nie auf die Nerven ging. Das hatte bisher noch keine Putzfrau geschafft. Seit sechs Jahren war Pina Elenas gute Fee.

Auf dem Anrufbeantworter waren einige Nachrichten von ihrem Büro, nichts Wichtiges, morgen früh wäre sie ohnehin dort und würde sich um alles kümmern und alles regeln.

Den Wedekinds hatte sie eine Frist gesetzt. Bis kommenden Freitag müssten sie sich entscheiden, ob sie nun kaufen wollten oder nicht, denn sie hätte noch weitere Interessenten. Was auch stimmte. Es hatten sich noch drei Paare wegen Montaperti gemeldet, und da sie von den Wedekinds immer noch nichts, aber auch gar nichts gehört hatte, was irgendwie kein Stil war, ging sie davon aus, das wunderschöne Haus innerhalb der nächsten zwei Wochen an jemand anderen zu verkaufen.

Kaya hatte nicht angerufen. Va bene. Auch keine Nachricht von Ottavio oder Carina. Benissimo. So sollte es ja auch sein.

Seit dem gemeinsamen Frühstück heute Morgen mit Federico hatte sie nichts mehr gegessen.

Sie ging in die Küche, öffnete den Kühlschrank und hielt überrascht inne. Pina war wirklich ein Schatz! Sie hatte sogar ein paar Kleinigkeiten eingekauft: prosciutto, ein Stück pecorino, einen mozzarella und Tomaten. Dazu lag ein halbes Ciabatta im Brotfach. Ein perfektes Abendessen.

Elena trug alles auf einem Tablett nach draußen, öffnete einen leichten Weißwein und setzte sich unter den Oleander am Pool, der fast so groß war wie ein Baum, einen glatten Stamm und eine dichte Krone voller Blüten hatte.

Sie dachte an Venedig, an das Wasser des Canal Grande, das im Licht der untergehenden Sonne orange-silbern glitzerte. Sie dachte an Federico, den Spiegelsaal, die Feste und an all das, was geschehen war. Sie konnte es nicht glauben. Es war eine andere Welt gewesen, die ihr jetzt vollkommen unwirklich erschien, als hätte sie die Tage und Nächte dort, als hätte sie all das nur geträumt.

Es fiel ihr schwer zu verstehen, wie lange sie tatsächlich weg gewesen war, es kam ihr wie Wochen, wie eine Ewigkeit vor. Als hätte sie eine lange Reise hinter sich, dabei hatte ihre Erholung ausschließlich darin bestanden, sich aus dem Alltag vollständig hinauszukatapultieren.

Niemals werde ich es Kaya erzählen können, dachte sie, sie wird es nicht verstehen. Und schlimmer noch: Sie wird mich hassen und verurteilen. Niemals hätte ich mir in meinen miesesten Fantasien vorstellen können, dass du so eine billige Nutte bist, Mama. Das würde sie vielleicht nicht sagen, aber unterschwellig ständig denken. Immer, wenn sie sich sahen, bei jedem Schluck Kaffee, bei jedem Spaziergang über die Piazza del Campo, bei jedem Telefonat wäre der Gedanke dabei.

Nein, Kaya durfte es niemals erfahren.

Niemand durfte es jemals erfahren.

Sie begriff in diesem Moment, dass die umfassendste und zerstörendste Einsamkeit darin bestand, mit niemandem das, was man erlebte, teilen zu können. Sie hatte Menschen zum Reden, Lachen, Weinen, Essen und Trinken, zum Arbeiten und eventuell auch fürs Bett – aber niemanden, dem sie das Existenziellste, das Geheimste, das, was sie wirklich umtrieb, erzählen konnte.

Und darum stand sie jetzt auf, suchte den Zettel, den sie noch in ihrer Handtasche hatte, und rief den einzigen Menschen an, der über alles Bescheid wusste.

Vito.

Die Nummer stimmte.

62

»Pronto?«

»Vito?«

In der Leitung war es still.

»Vito, ich bin es. Laura. Eigentlich Elena.« Sie hörte das scharfe Zischen seines Atems.

»Come stai? Ist etwas passiert?«

»Nein. Alles gut. Aber ich würde dich gern sehen. Mit dir reden. Können wir uns treffen? Bitte!«

»Wann?«

»Wann du willst.«

»Jetzt?«

»Benissimo!« Sie gab ihm ihre Adresse und legte auf.

Andrea de Luca stand einen Moment still. Alles hatte er erwartet, das nicht. Sie, die den weiteren Kontakt so vehement abgelehnt hatte, rief plötzlich an. Wollte ihn sehen, sprechen, wollte vielleicht wer weiß noch was.

Ein Lächeln huschte über sein Gesicht. Va bene. Er war bereit.

De Luca wohnte allein. In einem weitläufigen Sieneser Palazzo, den er sich mit zwei weiteren Parteien teilte. Er hatte für sich zwölf Zimmer, drei Bäder und einen langen Balkon mit Blick auf die Piazza del Mercato, der die Wohnung im obersten Stock in allen Himmelsrichtungen umschloss und zu jeder Tageszeit Sonne hatte.

Seit einiger Zeit war er in Frührente. Davor war er jahrelang Präsident der ältesten Bank Italiens gewesen und jeden Morgen bei jedem Wetter zu Fuß zur Arbeit spaziert, während seine Kollegen in schwarzen Limousinen vorfuhren. Auf dem Weg trank er bei Maurizio im Vorübergehen einen Espresso und verneigte sich vor dem Schrein der Madonna di Provenzano, um dann erst das geliebte Bankgebäude zu betreten. Tagtäglich war ihm die erhabene Schönheit seines weitläufigen Büros bewusst, das wie aus der Zeit gefallen schien und wie der Saal eines Museums anmutete.

Dies war jetzt alles vorbei, nun stieg er nur noch ein- bis zweimal die Woche hinauf auf die Torre del Mangia, der Bürgermeister war sein Freund, sie teilten die Schlüssel und die Leidenschaft für den Blick über die Stadt.

De Luca hatte sich darauf gefreut, nicht mehr arbeiten zu müssen und Zeit zu haben für sich, für Freunde, Reisen und Kultur … Doch jetzt sehnte er sich nach seinem Beruf, seiner Position, nach dem Gebrauchtwerden. Die Bank war die drittgrößte Italiens, er war mit ihr verschmolzen und vermisste es, Entscheidungen treffen zu können. Die Bank war sein Leben gewesen, und das war jetzt weggebrochen. Außerdem war die Bank mittlerweile in Schieflage geraten, und er konnte nicht mehr eingreifen, konnte nicht helfen, das brachte ihn fast um den Verstand.

Es nützte nichts mehr, morgens einen Spaziergang zu machen und bei Maurizio einen Espresso zu trinken, weil er keine Aufgabe mehr hatte, weil er nicht mehr auf dem Weg, sondern eigentlich immer auf dem Rückweg war. Eine Drehung um hundertachtzig Grad, und er ging wieder nach Hause, in seine weitläufige, prunkvolle Zwölf-Zimmer-Wohnung, in die Franca, seine Tochter, immer seltener zu Besuch kam, weil ihre Mutter, eine Anästhesistin, sie mit allen Mitteln von ihm fernhielt.

Andrea de Luca vermisste seine Tochter, und er vermisste sein altes, vergangenes Leben. Er hatte noch keinen Plan für ein neues.

Aber durch die Agentur hatte er Laura kennengelernt, die ihm wie eine Göttin, wie ein Geschenk des Himmels erschienen war.

Er konnte sich an keine Sekunde erinnern, in der er nicht an sie gedacht hatte.

Und jetzt rief sie wahrhaftig an.

Er sah in den Spiegel, um sich in Erinnerung zu rufen, wer er war, wenn er gleich dieser Göttin gegenübertreten würde, rief ein Taxi und ging aus dem Haus.

Der bleiche Mond hing über Siena, mit einem zarten Schleier, der seine Konturen verwischte.

63

Sie sahen sich an, als könnten sie es nicht glauben. Als hätten sie sich seit zehn Jahren nicht gesehen.

Dann umarmte Elena ihn. »Komm rein – Andrea. So heißt du ja eigentlich. Wie ungewohnt«, sagte sie lächelnd.

»Elena«, antwortete er betont und folgte ihr ins Innere. Was für ein faszinierendes Haus, was für ein beeindruckender Garten. Ein ganz anderes Leben als in seiner pompösen städtischen Wohnung. Und das mitten in der Stadt. Unglaublich. Da hatte diese eigenwillige Frau etwas schier Unmögliches erschaffen. Ein Naturparadies in einer Stadt, die nicht aus Beton, aber aus altem Stein bestand. Da gab es keinen Baum, kein Unkraut, das sich durchs Pflaster bohrte. Und sie hatte hier im Zentrum von Siena einen tropischen Garten. Unfassbar!

Er sah sie an. »Ich weiß nicht, was ich sagen soll, es ist ein Traum! Aber das bist du! Das ist das, was ich mir vorgestellt habe, als ich dir das erste Mal begegnet bin!«

Elena lächelte. »Was möchtest du trinken?«

»Einen Chianti?«

»Va bene.« Sie holte eine ihrer besten Flaschen und zwei Gläser und schenkte ein. Hob ihr Glas. »Ich bin froh, dass du endlich hier bist. Ich hab dich wirklich vermisst.«

»Du hast etwas erlebt, was dich aus der Bahn geworfen hat.«

»Vielleicht.«

»Was?«

»Ich war in Venedig.«

»Es war ein rauschendes Fest, nehme ich an.«

Sie nickte.

»Wie viele?«

»Drei. Dann fünf.«

»Und jetzt willst du mit mir darüber reden?«

Elena schüttelte den Kopf und lehnte ihr Gesicht an seine Schulter. Und hatte das Gefühl, gleich weinen zu müssen.

Andrea hielt sie ganz fest und streichelte ihren Rücken.

»Und es war schön?«

»Sehr.«

»Wo ist dann das Problem?«

»Ich will es erzählen. Einem Menschen. Einem Freund. Und nur du weißt, wie es läuft.«

Sie hat also nicht mich angerufen, dachte Andrea enttäuscht, sondern einen, der die Agentur kennt und sie trösten oder ihr helfen kann, das Erlebte zu verarbeiten.

»Ich lebe wie du in einer Parallelwelt«, sagte Elena leise, »wir lieben das, was wir tun, aber wir sind so unendlich einsam, weil wir mit niemandem darüber reden können.«

Andrea küsste sie. Und dann erzählte sie von dem venezianischen Rausch, von dem unglublichen Erlebnis und von ihrer Einsamkeit. Dass sie keinen Plan hatte für die Zukunft.

Als sie schwieg, sagte Andrea gar nichts, sondern nahm sie nur in den Arm.

Um halb sechs wachte sie auf und sah den Mann neben sich, mit dem sie keinen Sex gehabt, sondern noch die halbe Nacht geredet hatte, der sie umarmt, gestreichelt und in den Schlaf gewiegt hatte, der auch in Zukunft kein Liebhaber sein würde – das hatte sie jetzt begriffen –, sondern ein Freund.

Sie war restlos glücklich. Seine Telefonnummer würde sie mit goldenem Nagellack auf ihren Spiegel malen, damit sie sie immer parat hatte, wenn sie ihr Gesicht sah und vor lauter Traurigkeit die Welt nicht mehr verstand.

64

Rosanna hatte ihre winzige Wohnung in Ambra gekündigt und mithilfe eines kleinen Umzugsunternehmens aus Arezzo ihre Möbel nach Chiesina transportieren lassen. Es war nicht viel. Ein Bett, ein Kleiderschrank, eine kleine Kommode, zwei Regale, ein paar Lampen und wenige Kisten mit ihren Habseligkeiten.

Die zwei Zimmer, die sie in Chiesina bezog, waren für sie die Welt und das Paradies zugleich: Ihr eigenes Reich in einem traumhaften Haus mit einem fantastischen Blick über die Hügel der Toskana, nur einen Steinwurf von ihren geliebten Wölfen und dem Mann entfernt, den sie verehrte und nach dem sie sich verzehrte. Es gab keinen schöneren Ort der Welt, und sie wusste, dass sie alles, wirklich alles tun würde, um diesen Status, dieses Leben hier nicht zu verlieren.

Sie hatten in Umbrien gewohnt. In Monte Santa Maria Tiberina, in einer kleinen Wohnung im ersten Stock. Mutter Monica, Vater Emilio und Tochter Rosanna. Ein Schlafzimmer für alle drei und ein Wohnzimmer, das gehütet wurde wie ein Schatz und nur zu Weihnachten, zu Ostern und zu Geburtstagen betreten wurde.

Die Familie saß normalerweise in der Küche zum Essen und zum Fernsehen. Das Wohnzimmer war tabu, ein Raum, den man sich eben gönnte, für Ausnahmen, für Feiertage, weil man etwas Besseres sein wollte. Man hatte ein Zimmer, das man nicht brauchte, man hatte es geschafft.

Jeden Morgen um sieben fuhr der Vater los. Mit seinem Lieferwagen, in dem er Messer, Sägen, Gummistiefel, Bolzenschussgeräte, Handschuhe und Plastikwannen aufbewahrte. Fuhr von Ort zu Ort, um Tiere zu schlachten. Ziegen, Schafe, Schweine, Rinder und Pferde. Nur Geflügel erledigten die Bauern meist selbst.

Er sah die Kälber mit den dunklen Augen und dem vertrauensvollen Blick nicht an, sondern setzte das Bolzenschussgerät an und – bumm. Das Tier fiel betäubt um, und er konnte es völlig in Ruhe und entspannt töten und zerlegen.

Schwieriger waren die kleinen Lämmer. Keine zwei Monate alt, so jung, so lebensfroh, sie sprangen durch die Gegend.

Es fiel ihm nicht leicht, sie zu greifen und zu töten, während sie nach ihren Müttern schrien, und er sah auch keinen rechten Sinn darin. Ihr Fleisch schmeckte sicher nicht schlechter, wenn man sie noch drei weitere Monate leben ließ.

Das waren die Momente, wo er seinen Beruf verfluchte.

Ein paar Mal im Monat hatte Rosannas Mutter Monica Migräne. Dann lag sie wimmernd mit nassen Waschlappen auf der Stirn im Bett und flehte ihren Mann an, Rosanna zur Schule zu bringen oder – wenn sie keine Schule hatte – mitzunehmen.

Und so kam es immer häufiger vor, dass Rosanna beim Schlachten dabei war. In der Schule war sie keine Leuchte, aber bei der Arbeit ihres Vaters fühlte sie sich wohl. Das Schlachten störte sie nicht. Sie verstand, dass die Tiere sterben mussten, um zu salami, prosciutto oder salsicce verarbeitet zu werden. Das sah sie vollkommen cool und pragmatisch. Und vergoss keine Träne, wenn ein Kälbchen dem Tode geweiht mit den Vorderläufen einknickte, zu Boden stürzte, wenn seine Augen brachen und es starb, bevor sein junges Leben so richtig begonnen hatte. Tiere wurden geschlachtet, Bäume gefällt und Blumen gepflückt. Das war eben so. Nichts Tierisches oder Menschliches war ihr fremd. Kein Exkrement, keine Körperflüssigkeit, kein Geruch.

Und als ihre Oma starb, ihre geliebte nonna, da erklärte ihr der Vater, dass es normal und an der Zeit gewesen sei. Die nonna war schon alt. Sehr alt. Das sei der Lauf der Welt.

Rosanna nickte, vergoss keine Träne, als sie beerdigt wurde, und sah das Blut der nonna im Geiste genauso die Rinne im Stall hinablaufen wie das Blut der kleinen Kälber, die für den Sonntagsbraten geopfert wurden.

Liebend gern trank sie das warme Blut der geschlachteten Kälber, und es schmeckte ihr besser als Milch. Am liebsten hätte sie das Blut jeden Morgen in ihr Müsli gerührt.

Mittlerweile hatte sie einen guten Kontakt zu den Wölfen. Sie fütterte sie bewusst so oft wie möglich, sie kraulte sie, legte sich zu ihnen. Sie spielte, rannte und tobte mit ihnen, warf Bälle und animierte sie, mit ihr im Pool zu schwimmen.

Das jedoch tat nur Apollo. Wenn sie sich im Wasser auf den Rücken legte und treiben ließ, sprang er hinein und »rettete« sie, indem er sanft ihren Arm in die Schnauze nahm ohne zuzubeißen und sie zurück zur Treppe schleppte.

Apollo war ihr spezieller Freund. Sie träumte davon, mit ihm eine Weltreise zu machen. Apollo und sie. Irgendwohin. Das Mädchen und der Wolf gegen den Rest der Welt.

Sie hörte etwas. Stand auf und sah aus dem Fenster. Da stand Remo und wedelte mit den Armen. Sie wusste nicht, was er wollte, aber sie gab ihren Plan auf, die letzte Kiste auszupacken, und lief hinaus. Nahm ihn in den Arm und fragte: »Was ist?«

»Liebe«, sagte er.

Er wollte gestreichelt werden. Am ganzen Körper. Überall.

Sie seufzte.

65

Gabriella hatte wie mittlerweile fast jeden Abend ihre Compu-
terbrille auf, mit der sie Neri ganz fremd vorkam, klickte sich
durch die Immobilienangebote und las ihm laut vor, was ihr interessant erschien.

Neri saß wie immer auf der Couch, kraulte Dantes Kopf, der
auf seinem Schoß lag, und wartete darauf, dass er den Fernseher
endlich wieder laut stellen konnte, aber noch war kein Ende ihres
Vortrags in Sicht. Hoffentlich fanden sie bald eine geeignete Wohnung am Meer, die Suche begann ihn zu nerven.

»Hier. Das ist jetzt Elba«, sagte Gabriella mit ungebrochenem
Enthusiasmus. »Zweizimmerwohnung, Küche, Bad, Balkon, sie-
benundachtzig Quadratmeter, zweihundertsiebzigtausend Euro.«

»Madonna!«, sagte Neri. »Und? Goldene Wasserhähne? Meerblick?«

»Von Meerblick steht da nichts. Nur, der Strand ist fußläufig
erreichbar.«

»Super. Du musst zwischen den Zeilen lesen, Gabriella. Wenn
da der Meerblick nicht ausdrücklich erwähnt ist, dann gibt es
auch keinen. Und wenn der Strand fußläufig erreichbar ist, dann
kann es bedeuten, dass du eine halbe Stunde stramm marschierst
und entsprechend wochenlang das Meer nicht siehst, weil es dir
zu beschwerlich ist, da hinzulaufen. Und ich dachte, du wolltest

mit einem Vin Santo in der Hand die Sonnenuntergänge bewundern? Bei dieser Immobilie sind dir bestimmt siebenundzwanzig Gerümpelschuppen im Weg. Schlimmer als hier.«

»Neri, hör auf, du bist so schrecklich negativ, das macht mich ganz krank und überhaupt keinen Spaß!«

»Im Gegenteil! Ich bin extrem positiv, ich hör nur genau zu und sag dir, was Sache ist, damit wir nicht auf irgend so einen Makler-Lumpenhund hereinfallen.«

»Schön, dass du keine Vorurteile hast.«

»Berufskrankheit, amore. Scusami, aber es ist doch wahr. Man darf nichts glauben, was da steht. Außerdem will ich nicht nach Elba. Auf gar keinen Fall!«

Gabriella setzte ihre Brille ab und sah ihn an. »Warum das denn plötzlich nicht?«

»Erinnerst du dich, dass ich mal eine Urlaubsvertretung auf Elba gemacht hab? Vor vielen Jahren?«

»Natürlich erinnere ich mich.« Es gab ihr einen Stich. Neri hatte damals auf der Insel eine Geliebte gehabt, es war eine schlimme Zeit gewesen.

»Als ich mit der Fähre rübergefahren bin, war das Wetter nicht so prickelnd, und ich bin so fürchterlich seekrank geworden, Gabriella, erinnerst du dich?«

»Dunkel«, meinte Gabriella kühl.

»Es war die Hölle. Mir ging es so schlecht, ich wollte nur noch sterben. Und darum kannst du Elba knicken, Gabriella.«

»Und das fällt dir erst jetzt ein?«

»Ja. Keine Ahnung warum, aber jetzt erinnere ich mich wieder dran. Und ich spüre sogar, wie mir nur bei dem Gedanken daran hier und jetzt übel wird!« Er beugte sich vor, als müsse er sich übergeben.

»Weißt du eigentlich, wie schwierig du bist, Neri?«, fragte Gabriella und war ziemlich genervt. »Aber gut. Gucken wir mal, was es sonst noch so gibt.«

Sie suchte weiter.

»Hier! Hundertdreißig Quadratmeter im centro storico von Montepulciano, 2004 restauriert, Panoramablick, Küche, Bad, Magazin, dreihundertzweiundzwanzigtausend Euro. Hört sich doch verdammt gut an, oder?«

Neri seufzte. »Erstens ist mir der Preis für eine verdammte Ferienwohnung zu hoch. Mit all den Nebenkosten sind wir bei dreihundertsechzigtausend. Du spinnst doch, Gabriella! Ich gehe in Rente und nicht ins Schlaraffenland! Meine Rente ist weniger als das, was ich verdient hab. Außerdem keine Feiertags-, Sonntags- oder Nachtzuschläge mehr ...«

»Die du nie bekommen hast, weil du immer brav Dienst nach Vorschrift gemacht hast ...«

»Himmeldonnerwetter noch mal, ja, aber ich hätte sie bekommen können. Es gibt die Möglichkeit, wenn man sonn- und feiertags und nachts durchs Gebüsch robbt und Kinderschänder sucht. Aber ich wollte nur sagen, dass unsere Einnahmen begrenzt sind, principessa. Ich will keine Kredite mehr aufnehmen, ich will keine finanziellen Sorgen mehr, sondern nur noch meine Ruhe haben. Va bene?«

»Va bene!« Aber Gabriella war hartnäckig. »Die Wohnung ist dennoch super, Neri, du hast ja die Fotos noch nicht gesehen. Schick und urig zugleich. Gefällt mir.«

Neri stand seufzend auf und sah sich die Bilder am Computer an.

»Gabriella«, sagte er, »Sonne meines Herzens, ich bitte dich, du musst so ein Exposé mit den vielen bunten Bildern auch in allen Konsequenzen durchdenken. Da ist ein schöner, warmer Sommerabend. Du willst den Sonnenuntergang und das Meer sehen. Ich auch. Und? Was ist? Haben wir eine Terrasse? Nein. Einen Balkon? Nein. Einen Meerblick? Nein, weil das Meer noch anderthalb Autostunden entfernt ist. Wir sitzen mitten im Ort, vor dem Kamin, wie im Winter. Vergiss es, Gabriella, und such mir was Vernünftiges.«

»Ho capito«, sagte Gabriella zerknirscht. »Du hast ja recht. Die Räume waren nur so schön.«

»Die Räume sind hier auch schön«, meinte Neri, grinste und legte seine Füße auf den Couchtisch, obwohl er wusste, dass Gabriella das nicht mochte.

Aber sie sagte nichts, sondern suchte weitere Immobilien.

Neri schaltete den Ton des Fernsehers wieder an, beide schwiegen.

»Madonnina!«, rief Gabriella. »Ein Turm in Montalcino! Das ist ja der Hammer! Da brauchst du nur das Fenster aufzumachen, und sie führen direkt vor dir in deinem Hof Nabucco auf. Ich fasse es nicht!«

»Willst du, dass vor deinem Fenster gesungen wird, wenn du ins Bett gehen willst?«

»Ja!«

»Ach so!« Neri schüttelte den Kopf. »Montalcino ist wie Montepulciano mitten in der Toskana, amore, da kommt der Rotwein direkt aus dem Wasserhahn. Mir recht. Aber was hat das mit Sonnenuntergängen am Meer zu tun?«

»Das weiß ich auch nicht. Ich krieg hier halt gerade die ganzen Toskana-Angebote, die ich gar nicht haben wollte, Madonna, stop, ascolta, weißt du, wer hier diese Turmimmobilie in Montalcino anbietet?«

»Nein. Bin ich Hellseher?«

»Elena Ludwig!«

»Sagt mir nichts.«

»Neri, ich bitte dich. Das war ungefähr vor zwanzig Jahren, wir waren in Rom, du hast in Trastevere gearbeitet und hattest schon damals haufenweise mit Touristen zu tun … Gianni war fünfzehn und knatterte mit seiner Vespa durch die Gegend, wir hatten Oma im Haus, kamen nur mit Müh und Not über die Runden, und ich versuchte, was dazuzuverdienen, und ging putzen. Bei einer jungen Signora, Elena, Tochter des deutschen Diplomaten.

Erinnerst du dich jetzt? Sie und ihr Mann hatten eine Wohnung in der römischen Altstadt, nicht weit von uns. Und sie hatten eine kleine Tochter. Elena Ludwig! Ich drehe durch, Neri, sie ist jetzt Immobilienmaklerin! Wir sollten sie fragen, ob sie was für uns hat. Wir erklären ihr, was wir wollen, und dann soll sie uns Angebote machen. Jedenfalls müssen wir dann nicht mehr stundenlang im Internet suchen und vielleicht zig Termine vereinbaren, die alle nichts bringen. Das ist ja nervig.«

»Meinetwegen«, meinte Neri. »Ich erinnere mich nicht, aber wenn du meinst, dass du die Signora kennst, dann mach einen Termin, und dann gucken wir mal.«

Gabriella war ganz enthusiastisch. Erstens hatte sie Lust, Elena, die damals so Mitte zwanzig gewesen war, wiederzusehen, und zweitens glaubte sie ganz sicher, dass Elena eine geeignete Immobilie für sie und Neri finden würde.

66

»Gabriella! Ich kann es kaum glauben! Komm, lass dich umarmen!«
Elena drückte Gabriella voller Freude fest an sich. »Ich freu mich
ja so, dich zu sehen! Madonnina! Wie lange ist es her, dass ihr aus
Rom weggegangen seid? Zwanzig Jahre?«

Gabriella nickte, noch völlig benommen von dem überaus
herzlichen Empfang in Elenas prächtigem Büro.

»Gut siehst du aus, meine Liebe!«, redete Elena weiter, »die
lange Zeit ist ja beinah spurlos an dir vorübergegangen! Offensichtlich bekommt dir das Landleben viel besser als die Groß-
stadt!«

»Ja, es gefällt mir auch gut in Ambra. Aber du, Elena, hast dich
unglaublich verändert! Du bist ja noch schöner geworden!«

»Ach, Gabriella, das ist lieb, dass du das sagst, das tut mir gut.«

»Wie geht's Kaya? Sie war ja damals noch so eine süße kleine
Maus, als wir fortzogen ...«

»Sehr gut. Sie studiert hier in Siena. Und Gianni?«

»Er ist Carabiniere in Florenz.« Beide Frauen lachten, denn
beiden ging im selben Moment durch den Kopf: Wir haben unsere Kinder gut großgekriegt. Alles bestens.

»Komm, nimm bitte Platz. Was möchtest du trinken? Acqua,
prosecco, espresso ...?«

»Einen espresso, sehr gerne.«

Elena drückte auf ihrer Telefonanlage eine Taste. »Due caffè, per favore!« Dann setzte sie sich Gabriella gegenüber in einen Sessel.

Gabriella sah sich demonstrativ im großen, hellen, hypermodernen Büro um. »Es ist wirklich toll hier! Complimenti! In diesem Palazzo erwartet man Perserteppiche, seidene Tapeten und Samtvorhänge, aber nicht diese klaren, modernen Strukturen! Sehr beeindruckend.«

»Ja. Ich arbeite gern mit Gegensätzen.«

»Großartig. Wie viele Angestellte hast du hier?«

»Vier. Zwei für den Außendienst, eine Architektin für den Kontakt zur comune, den Geometern und für Extrawünsche der Kunden. Sie sagt ihnen, was machbar ist und was nicht. Und dann noch eine Kollegin am Empfang, die das Telefon bedient. Ich sorge dafür, dass alles funktioniert, und kümmere mich vor allem um die lukrativen Millionenobjekte, damit da nichts schiefläuft.«

»Oh!« Schlagartig sah Gabriella ihre Felle davonschwimmen.

»Wieso ›Oh!‹?«

»Ich bin ja ehrlich gestanden nicht nur gekommen, um dich wiederzusehen, Elena, sondern auch wegen einer Immobilie.«

Elena lächelte. »Schieß los. Worum geht es? Grundsätzlich bist du bei mir schon an der richtigen Adresse, denn ich verkaufe ja keine Miederwaren, sondern Häuser, Grundstücke, und letztes Jahr war sogar eine Insel dabei. Aber erzähl!«

Gabriella überlegte, wie sie anfangen sollte. »Also, mein Mann wird sich bald pensionieren lassen, was ich großartig finde, denn ich dachte schon, er arbeitet noch ewig weiter.«

»Benissimo.«

»Das finde ich auch. Aber ein bisschen gruselig ist die Vorstellung schon, dass er den ganzen Tag auf dem Sofa liegt und nicht weiß, was er machen soll. Und da hab ich gedacht – weil das auch schon lange ein Traum von mir ist –, wir sollten uns vielleicht eine kleine Wohnung kaufen. Irgendwo am Meer. Wo wir jederzeit hinfahren können. Und da sitzen wir dann auf dem Balkon, gucken aufs Wasser, beobachten die Leute auf der Strandpromenade und genießen die Sonnenuntergänge. Das wäre eine echte Belohnung nach einem arbeitsreichen Leben.«

Elena sah ihre frühere Freundin lange an. Dann presste sie die Lippen zusammen, zog die Augenbrauen hoch und sagte nur »Oddio!«

»Würdest du uns denn helfen, was zu finden?«

Elena lehnte sich zurück. »Eigentlich mache ich das nicht, das heißt, ich kümmere mich normalerweise nicht um tiefpreisige Immobilien, aber für dich würde ich das tun. Schließlich hatten wir ja mal richtig guten Kontakt. Und ich weiß noch, ich war extrem traurig, als ihr weggezogen seid.«

Jetzt ging Gabriella zu ihr und umarmte sie. Danach setzte sie sich wieder.

»Was habt ihr für ein Budget?«, fragte Elena.

»Zweihundert- bis dreihunderttausend. Maximal. Da müssten wir zwar einen Kredit aufnehmen, aber den kriegen wir. Neri hat gute Beziehungen zur Bank. Der Direktor ist ihm noch was schuldig.«

»Verstehe. Aber die Preise sind in den letzten zwei Jahren geradezu explodiert! Euer Budget ist quasi niente!«

»Wir brauchen auch nicht viel. Ein Zimmer, Küche, Bad, Balkon. Das ist alles. Im Internet haben wir was in der Richtung gefunden, sogar mit zwei Zimmern: knapp neunzig Quadratmeter, zweihundertsiebzigtausend.«

»Tja, das gibt's. Aber in der siebzehnten Reihe. Balkon nach Norden mit Blick auf die Mülltonnen. Und dafür müsst ihr nicht ans Meer.«

»Oddio. Haben wir überhaupt eine Chance?«

»Ich kann es dir nicht sagen, aber ich versuche mein Bestes. Ich kümmere mich drum, das verspreche ich dir! Und falls ich was finden sollte, dann kommt ihr mal zu mir zum Abendessen. Ganz privat. Und dann besprechen wir alles. Wie in alten Zeiten.«

»Oh, Elena, das ist großartig! Ich danke dir!« Gabriella schrieb noch ihre Adresse, ihre Telefon- und Handynummer auf und sagte: »Wollen wir vielleicht noch irgendwo etwas essen gehen?«

»Das würde ich wahnsinnig gerne«, sagte Elena mit einem bedauernden Lächeln, »aber das ist leider vollkommen unmöglich. Ich habe noch Termine und einen Haufen Arbeit. Tausend Dinge, die ich heute noch erledigen muss. Scusami.«

»Verstehe ich doch.« Gabriella umarmte Elena. »War schön, dich wiederzusehen.«

Als sie hinausging, war Elena bereits wieder in ihre Unterlagen vertieft.

67

Sergio Scala war ein massiger Mann, bestimmt eins neunzig groß und mit einem gewaltigen Bauch, den er wie eine Drohgebärde vor sich hertrug. Seine Erscheinung beeindruckte und signalisierte, wir diskutieren nicht lange, es gibt gleich eins auf die Zwölf. Dabei war Sergio sanft wie ein Lamm und konnte keiner Fliege etwas zuleide tun. Neri hatte ihn vor einiger Zeit durch Zufall bei einer Weinverkostung im Chianti kennengelernt. Als sie miteinander ins Gespräch kamen und feststellten, dass sie beide Carabinieri waren, hatten sie auf der hölzernen Festzeltkombination vor dem Verkaufsraum unter einem Nussbaum Platz genommen, gemeinsam eine gute Flasche Riserva geleert und sich gegenseitige Amtshilfe versprochen, sollte mal Not am Mann sein.

Und diesen Sergio rief Neri an diesem Morgen an.

Dienstlich. Aber er duzte ihn dennoch.

»Sergio! Buongiorno! Hier ist Donato! Donato Neri, maresciallo aus Ambra. Erinnerst du dich? Wir haben uns mal in Villa la Selva getroffen!«

»Ja, ja, ja!«, brüllte Sergio. »Aber sicher! Ich erinnere mich! Wie geht es dir?«

»Gut, sehr gut! Ich wollte …«

Neri kam nicht zu Wort. Sergio unterbrach ihn sofort in seinem Überschwang und meinte: »Was sagst du? Heute Nachmittag?

Siebzehn Uhr? Villa la Selva? Gönnen wir uns ein Fläschchen Riserva?«

»Abgemacht«, sagte Neri. »Um siebzehn Uhr. Bis dann!«, und legte auf. Es hatte ja keinen Zweck. Er würde ganz in Ruhe beim Wein mit Sergio reden. Das war vielleicht auch besser als jetzt hier am Telefon, wenn Sergio vielleicht gar nicht richtig bei der Sache war.

Sergio saß schon da und winkte, als Neri angefahren kam. Am selben Platz wie bei ihrem ersten Treffen, in der Mitte der schmalen Bank, damit sie durch sein gewaltiges Gewicht nicht kippte. Er stand vorsichtig auf, als Neri an den Tisch trat.

»Buonasera Donato! Ich freu mich. Wie schön, dass wir uns mal wieder treffen! Ich habe den Wein schon bestellt. Wie geht's dir?«

Neri setzte sich und grinste. »Gut. Alles prima. Wahrscheinlich gehe ich bald in Rente.«

Sergio starrte ihn mit großen Augen an. »Du lieber Himmel, und dann?«

»Dann zähle ich für die Naturschutzbehörde die Vögel in meinem Garten oder ich lerne stricken und gehe endlich mal auf den Karneval in Venedig. Keine Ahnung, was passiert.«

Der Wein kam. Die beiden Carabinieri prosteten sich zu.

»Ich hatte keine Lust, mit dir im Büro zu telefonieren. Das Büro hat tausend Ohren, und du hast ja nicht ohne Grund angerufen. Also schieß los. Was wolltest du?«, fragte Sergio.

»Ich hab mich daran erinnert, dass bei euch in Greve vor ungefähr einem Jahr ein kleines Mädchen auf einem Dorffest verschwunden ist. Ich glaube, es ist nie wieder aufgetaucht. Und die Leiche auch nicht.«

»Stimmt. Leider Gottes. Das Mädchen bleibt verschwunden. Ich kann mir auch nicht vorstellen, dass sie noch lebt. Und wir haben nach wie vor nichts. Keine Spur, keinen Zeugen, keinen Hinweis, keine Leiche, kein Bekennerschreiben, keinen Erpressungsversuch, absolut gar nichts. Das Mädchen ist weg, als hätte es sie nie gegeben und ihre Eltern hätten sie sich bloß eingebildet. Noch nicht einmal einen Verdacht haben wir. Keine Ahnung, ob es sich um eine Entführung handelt, einen Totschlag oder einen Mord. Es ist zum Heulen!«

»So einen Fall gab es ja jetzt vor Kurzem auch bei uns, aber der kleine Junge ist lebend wieder aufgetaucht, allerdings mit einer Niere weniger.«

»Ich weiß. Was für ein unverschämtes Glück habt ihr da gehabt!«

»Das sag ich dir! Ich hatte schon die ganz große Suchmaschinerie laufen, und dann steht der kleine Kerl plötzlich vor mir. Unglaublich! Ich konnte es kaum fassen.«

»Das kann ich mir vorstellen. Aber weißt du, woran ich die ganze Zeit denken muss, Donato?«

»Nein. Woran?«

»Nehmen wir mal an, dass es nicht der böse schwarze Mann ist, der über Dorffeste schleicht und wahllos kleine Kinder wegfängt ... Vielleicht geht es diesen Verbrechern eher immer um Organe. Vorstellbar wäre es. Und das Schlimme ist ...«

»Na?« Donato schenkte ihnen beiden Wein nach.

»Das Schlimme ist, es gibt ja nicht nur Nieren, Donato, sondern auch andere begehrte Organe.«

»Was meinst du jetzt?«

»Na, die kleine Mia. Bei uns in Greve. Die nie wieder aufgetaucht ist. Weder tot noch lebendig. Was ist, wenn es in ihrem Fall eben nicht um eine Niere ging?«

»Sondern?«

»Um ihr Herz zum Beispiel. Dann geht es nur noch darum, die Leiche so zu entsorgen, dass sie nicht gefunden wird. Und das haben die ja wohl geschafft. Bisher jedenfalls.«

Neri stöhnte. »Aber warum passiert das alles hier bei uns auf dem Land? Warum nicht in Florenz, Mailand oder Rom?«

»Weil es auf dem Dorf so einfach ist. Weil sich hier alle sicher fühlen, kaum einer groß auf die Kinder aufpasst, die überall herumspringen. Es kann ja nichts passieren, denkt man. Und wenn jemand an der Tür klingelt, dann bestimmt nur ein Freund. Auf dem Land sind alle vertrauensselig, in der Stadt misstrauisch. Das ist so. Und wenn diese Verbrecher ihr Opfer, wen auch immer, in ihre Gewalt gebracht haben, dann bringen sie es in eine Stadt, wo ein Flugplatz ist. Entnehmen das Organ, und ab geht es mit dem nächsten Flieger dahin, wo es gebraucht wird. So einfach ist das.«

»Vielleicht hast du recht. Aber wo fangen wir an?«, fragte Neri.

»Ich weiß es nicht. Diese Organmafia, wenn es sich wirklich darum handeln sollte, ist perfekt organisiert. Dagegen sind wir machtlos. Ich hab hier die weinenden Eltern auf der Polizeistation, die gar nicht mehr nach Hause wollen, und bin hilflos. Bei einem normalen Mord kann ich ermitteln. Da habe ich eine Leiche, Spuren, ein persönliches Motiv, was weiß ich. Aber hier habe ich nichts. Sondern nur irgendeinen dottore, der in einem Hinterstübchen operiert, die Organe verschickt und sich eine goldene Nase verdient. Dem die Kinder und die Eltern vollkommen schnurz sind. Wenn dieses Arschloch nicht irgendeinen eklatanten Fehler macht, kriegen wir ihn nie.«

»Aber jemand, der mit einem Organ in der Kühltasche in den Flieger steigt, fällt doch auf!«

»Schon, aber ich schwöre dir, dass er einen Haufen gefälschter Papiere dabeihat. Alle erforderlichen Unterlagen. Die Organisation lässt sich in dieser Richtung nicht lumpen. Da ist alles wasserdicht. Und der Typ mit der Kühltasche ist nur ein kleiner, harmloser Bote, der die Tasche von A nach B trägt und keine Ahnung hat, was überhaupt los ist. Er glaubt, in einem wichtigen, ehrenwerten Geschäft mitzuarbeiten und Kindern das Leben zu retten. Die maßgeblichen Strippenzieher kennt er gar nicht. Er gibt am Bestimmungsort die Kühltasche ab, kassiert sein Geld und weiß von nichts. Den brauchen wir nicht festzunehmen.«

»Aber den, zu dem er das Organ bringt!«

»Auch nicht unbedingt. Nein. Derjenige hat ein sterbenskrankes Kind, und nun wird ihm mitgeteilt, dass es ein Organ gibt. Von einem Unfallopfer. Alles dokumentiert. Gefälscht natürlich.«

»Verstehe«, murmelte Neri. »Wir müssen den finden, der die Kinder wegfängt und die Organe entnimmt. Und die Organisation, die die Papiere fälscht und kassiert.«

»Genau.«

»Und das ist so gut wie unmöglich, weil wir nichts, aber auch gar nichts wissen.«

»Genau.«

Sergio schenkte erneut die Gläser voll und prostete Neri zu. »Wollen wir uns denn an einem so herrlichen Abend wirklich nur darüber unterhalten?«, fragte er.

»Eigentlich schon«, sagte Neri, »denn wir haben wahrscheinlich gar keine Ahnung, wie viele Fälle dieser Art es in Italien jedes Jahr gibt. Es müssen auch nicht immer Kinder sein. Es könnte ja auch Männer oder Frauen betreffen. Vermisstenfälle. Wie sie täglich zu den Akten gelegt werden. Weil man denkt: Der wollte vielleicht nur von der Familie abhauen, oder die ist zu ihren Verwandten nach Amerika ausgewandert. Dabei haben die Verbrecher ihnen vielleicht die Herzen rausgeschnitten. Ist das nicht grauenhaft? Sergio, je mehr ich darüber nachdenke, desto übler wird mir!«

»Tja. Du hast völlig recht.«

»Es bringt wirklich nichts«, sagte Neri resigniert. »Wir kommen nicht weiter, und da hilft uns auch die Flasche Wein nicht.«

Er ertrug einfach diese Hilf- und Sinnlosigkeit nicht mehr. Die Kriminalität überrollte ihn, und er konnte nichts dagegen tun.

Da war es besser, in Rente zu gehen und von all dem nichts mehr zu sehen und zu hören. Und wenn, dann waren andere in der Verantwortung.

Er wollte nachts wieder schlafen können.

68

Elena war schon ungewöhnlich früh im Büro, bereits um halb acht, die Kollegen würden erst gegen neun, halb zehn eintrudeln.

Was ihr in der Nacht als undurchschaubares und beängstigendes Chaos erschienen war, strukturierte sich jetzt im Licht der immer noch blassen, aber warmen Morgensonne erstaunlich einfach und war durchaus zu bewältigen.

Sie arbeitete schnell und konzentriert, sichtete alle Unterlagen der Villa auf Ischia, für die sie einen Interessenten hatte. Ein tolles Objekt. Oberhalb von Forio, mit grandiosem Meerblick, drei riesigen Terrassen, einem atemberaubenden Pool und einer steinernen Treppe zum eigenen Privatstrand. Üppiger Garten, achtzehn Zimmer, sechs Bäder, fünf Schlafzimmer, sechshundert Quadratmeter, zehntausend Quadratmeter Grundstück zu einem läppischen Preis von sieben Komma neun Millionen.

Elena hatte kommenden Mittwoch einen Besichtigungstermin und wollte bereits am Sonntag nach Neapel fliegen, um rechtzeitig auf Ischia zu sein und die Besichtigung am Montag und Dienstag vorzubereiten. Vielleicht musste sie noch Helfer und Handwerker organisieren, um irgendetwas zu putzen, zu mähen oder zu reparieren. Voraussichtlich würde sie erst Freitag wieder zurückkommen, denn für Besichtigungen dieser Art ließ sie sich immer Zeit. Es gab nichts Schlimmeres als eine abgehetzte

Maklerin, die wirkte, als würde sie auf glühenden Kohlen sitzen, um den nächstmöglichen Flieger noch zu erreichen. Nein. Elena hatte Zeit. Wenn der Kunde am nächsten Tag die Besichtigung noch einmal wiederholen wollte, dann war das kein Problem. Im Gegenteil. Es zeugte von wirklichem Interesse. Und wenn sie ihn am Abend in ein vorzügliches Restaurant einladen durfte, umso besser.

Elena wappnete sich in jeder Hinsicht. Sie hatte dem Kunden eine Mappe mit allen Informationen, Beschreibungen, Grundrissen und zweiundfünfzig Fotos zusammengestellt, die sie unter anderem mithilfe einer gemieteten Drohne hatte machen lassen. Sie brachten die Schönheit des einmaligen Grundstücks und der traumhaften Villa erst richtig zum Ausdruck.

Um halb zehn kam Dario.

Elena begrüßte ihn, wartete ab, bis er sich einen Kaffee geholt hatte, und ging dann zu ihm ins Büro.

»Buongiorno Dario«, begann sie und lächelte freundlich, während er ebenfalls eine Begrüßung murmelte, »ascolta, ich suche für sehr liebe Freunde, die aber leider nicht besonders flüssig sind, eine kleine, feine Wohnung am Meer. Irgendwo an der Küste. Hauptsache Balkon oder Terrasse mit Meerblick. Alles andere ist relativ egal. Zweihundert- bis dreihunderttausend. Ich weiß, das ist ein schwieriges, beinah unmögliches Unterfangen, aber könntest du eventuell mal unsere Korrespondenzmakler kontaktieren, ob sie was auf der Pfanne haben? Sie werden sich zwar wundern, aber das ist egal. Es würde mich riesig freuen, wenn wir was finden.«

»Ich werd mal sehen, was ich tun kann.«

»Lieb von dir, Dario. Übrigens fliege ich am Sonntag nach Ischia, wegen der Villa in Forio. Könntest du mir einen Flug nach Neapel und dann eine Fähre buchen?«

»Na klar.«

»Ich danke dir.«

Sie verließ sein Büro und war sehr gespannt. Dario war ihr fähigster Mitarbeiter und machte normalerweise das Unmögliche möglich.

69

»Na?«, fragte Kaya. »Erzähl. Wie war Florenz?«

Elena hatte Wort gehalten und Kaya wie versprochen zum Abendessen eingeladen, nachdem sie von ihrem »Florenz-Wochenende«, bei dem sie wie angekündigt ihr Handy ausgeschaltet hatte, zurückgekehrt war.

»Florenz war super! Ich war – wie immer – in den Uffizien, denn ich glaube, ich könnte solange ich lebe pro Jahr zwanzigmal dorthingehen und würde immer wieder etwas Neues entdecken. Ich wandle da stundenlang durch die Säle wie ein staunendes Kind und habe das Gefühl, alles zum ersten Mal zu sehen. Vielleicht räumen die auch pausenlos um, ich weiß es nicht, aber es ist immer wieder toll.«

»Dazu hättest du nicht ein ganzes Wochenende hinfahren müssen, das lässt sich auch an einem Tag erledigen«, bemerkte Kaya knapp.

»Ja, das stimmt, aber ich will nicht zwischen Siena und Florenz nur hin und her hetzen. Ich will mein Hotel genießen, ein paar schöne Restaurants, durch die Straßen schlendern, bummeln ... Und ich hatte fest vor, mir auf dem Ponte Vecchio eine Uhr zu kaufen, war in jedem Geschäft, aber ich habe keine gefunden. Stell dir so was vor! Da gab es keine einzige Uhr, die mir sofort ins Auge sprang und schrie: ›Kauf mich!‹«

Kaya grinste. »Das ist wirklich relativ unvorstellbar.«

»Ich habe übrigens polletti im Ofen. Ist dir das recht?«

»Polletti? Küken? Hühnerbabyleichen?«

»Nein, ich glaube, es könnten auch quaglie sein, erwachsene Wachteln, mein Schatz. Aber klein und mager.«

»Super! Wir haben übrigens was zu feiern, Mama! Ich bin fertig! Hab meine Semesterarbeit gestern abgegeben und jetzt jede Zeit der Welt. Darum wirst du mich heute auch nicht so schnell los!«

Elena hob überrascht den Kopf. »Das ist ja großartig! Kaya, ich gratuliere und bin so stolz auf dich!«

»Erst mal abwarten, ob das Ganze auch was taugt!«

»Aber klar! Du hast so intensiv dafür gearbeitet. Das müsste ja mit dem Teufel zugehen. Ich hole jetzt die Wachteln, und nach dem Essen trinken wir gemütlich zur Feier des Tages am Pool einen Prosecco? Va bene?«

»Benissimo! Das machen wir!«

Nach dem Essen – die Wachteln waren hervorragend gewesen, kross und zart in einer leichten, schaumigen Weißweinsoße mit knusprigem Baguette und einem frischen Salat – lagen sie nebeneinander am Pool und prosteten sich zu.

»Auf dich und dein Studium!«

»Auf uns!«

Beide schwiegen und sahen aufs Wasser, die Sonne war vor Kurzem untergegangen, es wurde allmählich dunkel, Pool- und Gartenbeleuchtung schalteten sich ein. Ein unglaublicher Friede lag über den tropischen Gewächsen, das Aufatmen der Natur, sich in der Kühle des Abends entspannen zu können, war förmlich zu spüren.

»Warst du allein in Florenz?«, fragte Kaya völlig unvermittelt.

»Ja. Wieso?«

Kaya hakte nach. »Na, du bist doch nicht immer allein, wenn du so plötzlich irgendwohin entschwindest?«

»Nein, das bin ich nicht.«

»Was sagt Ottavio dazu?«

»Ottavio gibt es in meinem Leben nicht mehr. Ich hab ihn zum Teufel gejagt, das weißt du doch.«

Elena lächelte, Kaya nicht.

»Mein Gott, Mama, wenn du wüsstest, wie sehr mir deine Geheimniskrämerei auf die Nerven geht! Es ist zum Kotzen!«

»Das ist dann aber dein Problem, meine Liebe, nicht meins. Ich kann doch nichts dafür, wenn dich deine eigenen Gedanken auf die Palme bringen! Nur weil deine Mutter dir nicht über jede Minute ihres Lebens Rechenschaft ablegt?«

»Darum geht es doch gar nicht, Mama. Es ist einfach ein beschissener Wesenszug von dir, dass du nie offen und ehrlich sein kannst. Das war schon so, als ich noch ein Kind war. Wenn du mir was erzählt hast, kam immer noch dazu: Aber erzähl das dem und dem nicht, das dürfen die nicht wissen. Ich musste alles, was in unserer Familie passierte, geheim halten. Wenn ich dich fragte, was war denn in dem Paket, das dir Papa zum Geburtstag geschenkt hat, hast du gesagt, das musst du doch nicht wissen. Wenn das Telefon klingelte und du rangegangen bist und ich dich gefragt hab, wer es war, sagtest du, das geht dich nichts an. Anstatt mir zu sagen, das war mein Kollege XY. Du hast aus allem, aus jeder noch so winzigen Banalität ein Geheimnis gemacht. Und außerdem hast du gelogen wie gedruckt. Wenn du den Mund aufgemacht hast, kam eine Lüge raus.«

Elena sah ihre Tochter fassungslos an. »Ich hab dich zum Essen eingeladen und wollte mit dir einen schönen Abend verbringen. Aber ich habe keine Lust, mich beschimpfen zu lassen.«

»Das ist kein Beschimpfen, Mama. Ich will dir nur mal sagen, wie es ist. Ich glaube, du merkst es schon gar nicht mehr, dass du nur noch lügst. Es ist dir einfach in Fleisch und Blut übergegangen.«

Elena stand auf und ging langsam um den Pool herum. »Ja,

vielleicht hast du recht. Und das ist – wie du ja wohl meinst – schon wieder eine Lüge. Va bene.«

Kaya hatte Lust, sie anzuspringen und in den Pool zu stoßen. Es gab einfach kein Gespräch und keinen Streit, den sie nicht zu ihren Gunsten verdrehte.

Als sich Elena wieder auf ihre Liege setzte, sagte Kaya ruhig: »Na los. Sag mir die Wahrheit. Du warst gar nicht in Florenz! Das ist wieder so ein typisches Märchen meiner Mutter. Was willst du auch in Florenz? Da warst du schon hundertmal! Denkst du, ich kaufe dir ab, dass du schon wieder voller Entzücken durch die Uffizien geschlendert bist? Ich bitte dich!«

Elena schwieg.

»Sag mir doch einfach ein einziges Mal die Wahrheit!«

»Gut. Ich war nicht in Florenz.«

»Wo dann?«

»In Venedig.«

Kaya lachte laut auf. »Und was wolltest du da? Zusammen mit zwei Millionen Touristen die Ratten der Lüfte auf dem Markusplatz füttern?«

»Nein. Ich hatte ein Date. Aber mit wem, geht dich nichts an.«

»Und warum in Venedig und nicht hier? Da könnt ihr euch ja auch in Dubai oder in der Antarktis treffen!«

»Das kann durchaus passieren. Vielleicht fliege ich das nächste Mal auf die Lofoten, um mich mit irgendjemand zu treffen. Ich bin da vollkommen flexibel. Aber dieser Jemand, mit dem ich mich letztes Wochenende getroffen habe, wohnt nun mal in Venedig. So was soll es geben.«

»Ah ja. Und wie hast du ihn kennengelernt? War er gerade mal zufällig in Siena, um seine alte Mutter zu besuchen, und du bist ihm auf der Piazza del Campo über die Füße gefallen?«

»So ungefähr.«

»Ich glaub dir kein Wort.«

»Das kann ich nicht ändern.«

Kaya stand von ihrer Liege auf, kniete sich neben ihre Mutter und nahm ihre Hand. »Sag mal, können wir beide, nur du und ich, nur wir zwei beide, nicht einfach mal aufhören, uns gegenseitig was vorzumachen und vorzulügen? Können wir beide nicht einfach Frieden schließen und mit offenen Karten spielen? Wäre das so schlimm?«

»Ja«, sagte Elena knapp. »Ja, das wäre es. Denn es gibt Dinge in meinem Leben, da möchte ich dich nun mal nicht teilhaben lassen. Diese Dinge gehören mir. Das sind meine Geheimnisse. Das hab ich dir aber schon mal gesagt, und das musst du endlich akzeptieren. Auch wenn's schwerfällt.«

Kaya war vollkommen fassungslos. Klar, ihre Mutter hatte es ihr schon mal gesagt, vielleicht hatte sie es da noch nicht glauben oder begreifen wollen, aber diesmal war es drastisch und unmissverständlich.

»Das hört sich ja an, als wärst du Mitglied in einem mafiösen Drogenkartell, das Menschenhandel betreibt, Kinder schlachtet, Frauen zur Prostitution zwingt, Pornofilme mit Minderjährigen dreht, die Großmächte ausspioniert, Unternehmen hackt und mit Cyberkriminalität in großem Stil beschäftigt ist?«

Elena grinste. »Du bist nahe dran. Was hab ich doch für eine kluge Tochter.«

»Es kotzt mich an, Mama.«

»Trink deinen Prosecco, wir haben was zu feiern!«

»Okay«, sagte Kaya und hob ihr Glas. »Feiern wir!« Sie spürte, dass die Diskussion keinen Sinn hatte und immer wieder ins Leere oder in einen Streit führte. »Übrigens hat sich Carina bei mir gemeldet. Ziemlich entnervt. Sie erreicht dich nicht übers Handy und braucht dringend wegen des Erbes noch ein paar Unterschriften von dir.«

»Dann wird sie sich gedulden müssen, bis mein Handy wieder eingeschaltet ist. Es gibt noch einige wenige Menschen auf der Welt, die ihr Handy ab und zu ausschalten. Ansonsten kann sie sich Montag bis Freitag zwischen neun und achtzehn Uhr in meinem Büro melden und bei meinen Kollegen eine Nachricht hinterlassen. Ich rufe dann zurück. Du siehst – es ist alles geregelt, und die Zicke kann sich abregen. Wenn nicht die ganze Menschheit nach ihrer Pfeife tanzt, dreht sie durch.«

Kaya nickte und überlegte, dass sie vielleicht ihre Strategie ändern und ihre Mutter viel öfter überraschen sollte. Unvermittelt auftauchen. Einfach vor der Tür stehen. »Hallo, Mama, hast du einen Kaffee für mich?«

Ihre Mutter liebte keine Überraschungen, das wusste sie, aber sie war die einzige Tochter. Und warum sollte sie nicht einfach ohne Voranmeldung auftauchen?

»Ich fliege übrigens von Sonntag bis Freitag nach Ischia. Geschäftlich. Es geht um eine Villa. Läppische sieben Komma neun Millionen. Da muss ich mich drum kümmern und versuchen, den potenziellen Käufer um den Finger zu wickeln.«

»Warum denn so lange? Für eine einzige Besichtigung?«

»Ich brauche noch Zeit, um die Villa herzurichten, und vielleicht zieht sich auch die Besichtigung über zwei Tage. Das passiert oft.«

»Und das soll ich dir glauben?«

»Du sollst es nicht, aber du kannst es. Oder lass es bleiben. Aber wenn du willst, kannst du auch mitkommen und dich auf Ischia an den Strand legen, während ich arbeite. Ich kann meinem Büro sagen, sie sollen mir zwei Flüge und ein Doppelzimmer buchen. Kein Problem.«

»Nein, lass mal, ich glaube dir. Wenn du es mir so unter die Nase reibst, muss was Wahres dran sein. Aber erzähl mir von Ottavio!«, wechselte sie das Thema. »Ich finde es ja großartig, dass du diese trübe Tasse endlich in die Wüste geschickt hast … Aber was war denn der Grund? Ich hab mich immer gewundert, wie du so eine Schlaftablette so lange ertragen konntest.«

Elena lachte. »In der Not frisst der Teufel Fliegen.«

»Erzähl's mir! Oder ist das auch ein Geheimnis?«

»Nein, das ist überhaupt kein Geheimnis.« Elena wirkte direkt gelöst und entspannt. »Der arme Kerl. Er wusste überhaupt nicht, wie ihm geschah.«

Und dann erzählte sie das Wenige, was es von ihrem letzten gemeinsamen Abend zu erzählen gab.

70

»Wie fühlst du dich hier, Rosanna?«

»Sehr, sehr gut! Es ist das schönste Zuhause, das ich je hatte.«

»Das freut mich, Rosanna.« Nevio drückte ihre Hand, Rosanna schoss die Röte ins Gesicht, und sie glaubte, auf der Stelle ohnmächtig zu werden, aber ihr Chef schien es nicht zu bemerken. »Und sonst so?«

»Alles prima. Wirklich, ich bin ganz glücklich.«

»Ich habe das Gefühl, Remo kommt gut mit dir aus und mag dich wirklich. Er ist ja regelrecht aufgeblüht, seit du da bist, und wenn er dich sieht, strahlt er wie ein Honigkuchenpferd.«

Rosanna grinste. »Ich mag ihn auch und komme wirklich gut mit ihm klar. Er will allerdings ständig gestreichelt werden. Aber dann ist er zutraulich und macht alles, was man ihm sagt.«

»Ist das für dich ein Problem?«

»Nein, überhaupt nicht. Streicheln kann doch kein Problem sein?« Sie sah Nevio in die Augen, aber der wandte sich ab.

»Und wie läuft es mit den Wölfen?«

»Bestens, dottore, es ist traumhaft. Sie kennen mich jetzt, sie kommen, wenn ich sie rufe, sie spielen mit mir, sie lassen sich streicheln, ich füttere sie … Es ist wie mit Remo.«

In dem Moment, als sie dies sagte, fragte sie sich, ob sie zu weit gegangen war, aber Nevio lächelte.

»Das freut mich, Rosanna. Ich habe vollstes Vertrauen zu dir und bin wirklich froh, dass du hier bist.«

Rosanna blickte zu Boden und hatte das Gefühl, gleich umzufallen, weil sie keine Luft mehr bekam.

Im nächsten Moment sagte Nevio: »Bitte, komm mit, ich möchte dir etwas zeigen und dich um etwas bitten.«

Und schlagartig war Rosanna hellwach und folgte ihrem Chef.

Die Villa war hufeisenförmig gebaut. Der große Wohnbereich lag mit Blick auf Terrasse und Pool, die im Süden fast den ganzen Tag Sonne hatten, im Ostflügel waren unten Küche und Hauswirtschaftsraum untergebracht, im Westflügel Nevios Arbeitszimmer und Bibliothek.

Im oberen Stock hatten Nevio und Remo ihre Schlafzimmer und Bäder mit Blick auf den Pool, Rosanna wohnte im Ostflügel. Nur im Westflügel war sie noch nie gewesen. Der war für sie bisher tabu, den hatte ihr Nevio nie gezeigt.

Heute nahm er sie jedoch mit hinauf und öffnete die Tür zu einem Flur, in dem es drei Räume gab.

Rosanna wagte es kaum zu atmen. Sie spürte, dass es ein enormer Vertrauensbeweis war, dass Nevio ihr einen Bereich seiner privaten Villa zeigte, den wohl kein Gast je zu Gesicht bekam.

Er schloss die hinterste Tür auf, die letzte im westlichen Trakt.

Das Zimmer war weiß gestrichen, ansonsten kahl. Darin standen zwei Krankenhausbetten, ein Raumteiler, Überwachungsmonitore und eine gleißende Neonröhre an der Decke ... Wie aus einem Krankenhaus herauskopiert und in diese Villa gesetzt.

Im vorderen Bett lag ein kleiner Junge. Schlafend. Blass. Er atmete schwer. Seine Hände, die auf der Bettdecke lagen, zuckten nervös hin und her und verknoteten sich im Schlaf ineinander. Blonde Haare klebten schweißnass an seinem Kopf.

»Oddio, wer ist das denn?«, fragte Rosanna. »Ich hab ihn noch nie gesehen, ich hab auch nicht gemerkt, dass er gebracht worden ist. Wie kann das denn sein?«

»Über die Außentreppe zum westlichen Flügel kann man hier hinauflaufen. Die müsstest du gesehen haben. Und wenn wir nicht durchs ganze Haus poltern wollen, sondern von außen kommen, hörst du in deinen Zimmern wahrscheinlich nichts.«

Rosanna nickte.

»Komm, er schläft, und wir sollten ihn nicht stören.« Nevio ging aus dem Raum, und Rosanna folgte ihm.

»Das ist Silvio«, flüsterte Nevio im Flur, obwohl es unnötig war, »ein kleiner Junge, ein Straßenkind aus Rom. Er ist getrampt, ich hab ihn mitgenommen und festgestellt, dass er sehr krank war und es ihm sehr schlecht ging. Eine weitere Woche auf der Straße hätte er nicht überlebt. Wir mussten ihm eine kranke Niere entfernen. Ich denke, die OP ist gut verlaufen, aber du solltest dich um ihn kümmern, Rosanna. Wenn es geht, rund um die Uhr, bis er über den Berg ist. Ich habe dir eine Liste der Medikamente hingelegt, die er bekommt. Und auch der Mittel, die du ihm durch den Tropf gibst. Er braucht Flüssigkeit, und bitte versuche ihn zu füttern. Sei für ihn da, wenn er etwas braucht. Vielleicht bekommt er auch Angst, oder er weint … Tröste ihn, soweit es geht. Meines Wissens hat er keine Eltern, und er war schwer dehydriert, es kann sein, dass er halluziniert und sehr viel dummes Zeug erzählt, wenn er aufwachen sollte. Dem brauchst du keine Beachtung zu schenken, aber wenn es schwerwiegende Probleme geben sollte, dann ruf mich an, dann komme ich sofort. Ist das okay für dich?«

»Aber natürlich. Ich werde gut auf ihn aufpassen.«

»Wenn alles gut geht und keine weiteren Komplikationen auftreten, können wir ihn vielleicht so in vier oder fünf Tagen in ein Heim bringen, va bene?«

»Keine Sorge, dottore, ich hab alles im Griff.«

»Danke, Rosanna. Und noch einmal: Alles, was hier passiert, bleibt unter uns!«

»Certo, dottore.«

Nevio schwieg und sah sie an. Dann nahm er sie in den Arm. »Du bist eine ganz wundervolle Frau, Rosanna«, flüsterte er und drückte ihr einen Kuss auf den Scheitel.

Rosanna sank dahin. Er liebte sie. Oder er würde sie lieben, so wie sie ihn jetzt schon liebte. Sie waren sich so ähnlich, so nah, waren füreinander bestimmt. Irgendwann würde es passieren.

Ihr Herz klopfte vor Freude, als sie das Krankenzimmer des kleinen Silvio betrat, sich zu ihm setzte und ihm sanft über die schweißnasse Stirn strich.

Hier konnte sie noch mehr beweisen, dass sie für den dottore eine unverzichtbare Kraft war. Noch mehr als bei Remo oder den Wölfen.

71

»Wir haben zu viel getrunken, Andrea«, flüsterte sie und schmiegte sich an ihn, »ich weiß auch nicht mehr, wieso und warum, und vor allem weiß ich nicht mehr, wieso und warum wir im Bett gelandet sind, aber es ist alles gut und richtig so und toll und wunderschön ...«

Elena hatte Andrea vor ihrem Flug nach Ischia unbedingt noch einmal sehen wollen, schließlich würde sie fast eine Woche weg sein. Sie waren fantastisch essen gegangen und hatten den Abend dann in ihrem tropischen Garten und im Bett ausklingen lassen.

Er lachte leise.

»Jetzt hast du mir dein halbes Leben erzählt, amore, und ich hab Angst, dass ich morgen früh aufwache und nichts mehr davon weiß. Dass alles weg ist. Ich stehe im Bad, sehe in den Spiegel, fühle mich großartig, bin einfach nur glücklich und weiß nicht mehr, was du mir gesagt hast. Kennst du das?«

»Nein.«

»Oh, mein Gott.«

»Wenn es so ist, dann ruf mich an. Dann komme ich und erzähle dir noch mal mein Leben. Immer und immer wieder. Und du erzählst mir deins. Immer und immer wieder. Bis wir alles voneinander wissen.«

»Bis keiner von uns beiden mehr nach Hause geht. Bis wir nur noch da sind, wo wir sind.«

Andrea versuchte in seinem umnebelten, aber restlos glücklichen Hirn zu verstehen, was sie da eben gesagt hatte und gemeint haben könnte. Hatte sie unbewusst formuliert, dass sie irgendwann zusammen wohnen und ein gemeinsames Leben führen würden?

Nein. Das konnte er nicht glauben. Sie war betrunken.

Aber er würde nicht aufhören, davon zu träumen.

»Du warst Präsident der Banca della Soundso …«

»Ja. Aber das ist nicht wichtig. Vergiss es. Ich bin es ja nicht mehr.«

»Certo. Du bist es nicht mehr, aber du warst es. Und irgendwo im Grunde deiner Seele wirst du immer irgendwie ein presidente sein.«

»Nein. Das ist vorbei.«

»Und ich bin deine First Lady!«

Sie lachte, und er küsste sie. Die ganze Zeit hatte er befürchtet, dass sie ihn nur als Freund sah, nur als Freund brauchte, aber jetzt begann er, auf eine gemeinsame Zukunft zu hoffen.

Mit seinem Finger zeichnete er sanft die Konturen ihres Gesichtes nach, sie schloss die Augen.

»Bitte, bleib bei mir!«, flüsterte sie und schlief ein.

Er zog die Bettdecke über ihre Schulter und sah sie an, bis auch er müde wurde.

Was für ein Glück, dachte er. Was für ein unverschämtes Glück.

72

Er war müde. So unendlich müde. Es war ein erschreckendes Gefühl zu spüren, dass man von Tag zu Tag weniger Kraft hatte. Die beiden relativ großen Trolleys, die er hinter sich herzog, wurden auch täglich schwerer, waren ihm nur noch eine Last. Er schleppte bewusst keine Tüten, Taschen oder Rucksäcke mit sich herum, um nicht sofort als Obdachloser aufzufallen, wenn er zum Beispiel in einem Flughafengebäude übernachtete. Die Trolleys tarnten ihn als Reisenden, obwohl das allmählich auch eine Illusion war, so verwahrlost, wie er mittlerweile aussah.

Im Moment waren seine Klamotten durchnässt, aus seinen fettigen Haaren tropfte das Wasser, seine Turnschuhe quietschten. Wenn sie trockneten, würden sie stinken.

Vor einer Stunde war ein heftiger Sommerregen niedergegangen, der Himmel hatte nur zehn Minuten seine Schleusen geöffnet, aber es reichte, um nicht nur ihn, sondern auch den Wald, wo er übernachtet hatte, und die ganze Umgebung vollkommen unter Wasser zu setzen. Im Grunde hätte er all seine Sachen ausziehen, auswringen und zum Trocknen in die heiße Sonne legen müssen, die jetzt wieder brannte, als wäre nichts geschehen. Aber er wollte sich und seine Klamotten ohnehin waschen gehen.

Die Erde dampfte, als er sich auf den Weg zum Flughafen machte. Heute Nacht würde er dort bleiben.

Vasco Gialli lebte seit nunmehr fast fünfzehn Jahren auf der Straße. In seinem Leben war alles schiefgelaufen, was auch nur schieflaufen konnte. Er war der Pechvogel, der Unglücksrabe des Jahrhunderts, es hatte einfach nicht sein sollen, dass auch er irgendwann einmal seinen Frieden fand. Und sei es auch nur in einer winzigen Wohnung mit einer winzigen Küche und einem winzigen Bad. Mehr wollte er ja gar nicht. Aber selbst dies war ihm nicht vergönnt.

Vasco hustete seit Wochen zum Gotterbarmen, bei jedem Anfall war es, als kotzte er seine Lunge aus, er rang danach noch minutenlang nach Luft, hatte das Gefühl zu ersticken und brauchte dann dringend Alkohol. Wenn er eine halbe Flasche Weinbrand getrunken hatte, entspannte sich sein Körper, die Atemnot und der Hustenreiz hörten auf, es ging ihm wieder gut. Der Weinbrand war seine Medizin, er brauchte ihn zum Leben wie die Luft zum Atmen, aber Alkohol war schwer zu beschaffen. So etwas verschrieb keine Krankenkasse.

Ganz abgesehen davon, dass er sowieso keinen Krankenversicherungsschutz mehr hatte. In den letzten fünfzehn Jahren war er zweimal in einer mobilen Arztpraxis gewesen, die sich umsonst um Obdachlose kümmerte. Einmal, weil er am ganzen Körper einen juckenden Ausschlag hatte und fast verrückt wurde, ein anderes Mal, weil er unerträglichen und nicht zu stoppenden Durchfall hatte und nicht mehr wusste, was er machen sollte.

Beide Male hatte man ihm gut helfen können. Aber jetzt plagte ihn dieser fürchterliche Husten. Wahrscheinlich nichts Schlimmes, er brauchte einfach nur ein Medikament. Ein Antibiotikum oder eine Dröhnung Cortison, und alles wäre wieder gut.

Er hatte die vergangene Nacht am Waldrand in der Nähe von Pisa übernachtet, hatte seinen Schlafsack im weichen Moos zwischen Pinien ausgebreitet und war erst durch den Platzregen aufgeschreckt worden.

Manchmal dachte er an Palmira, seine Frau, mit der er immer noch verheiratet war, obwohl er sie schon Jahre nicht mehr gesprochen, geschweige denn gesehen hatte. Er wusste gar nicht mehr, wo sie wohnte, wie es ihr ging. Ob sie überhaupt noch lebte.

Heutzutage starb man schnell und völlig unerwartet.

Es hatte wahrhaftig mal glückliche Zeiten gegeben, was er allmählich selbst kaum noch glauben konnte. Er hatte einen Job als Sanitär- und Heizungsinstallateur gehabt, Palmira arbeitete in einem Altenheim. Kinder hatten sie keine, es klappte einfach nicht, sollte wohl nicht sein.

Aber dann hatte er seinen Job verloren, sie hatte ihn rausgeschmissen. Die Mietwohnung lief auf ihren Namen. Von heute auf morgen saß er auf der Straße und brauchte ein ganzes Jahr, um sich an diese fürchterliche Situation zu gewöhnen. Und dann war es zum Dauerzustand geworden.

Vasco war total am Ende, als er am Flughafen ankam. Er setzte sich vor der großen Eingangstür in die Sonne und versuchte, erst einmal tief durchzuatmen. Die meisten Reisenden waren Urlauber, die zurück in die Heimat fliegen mussten und dementsprechend schlechte Laune hatten, weil die Ferien zu Ende waren. Er hingegen konnte und durfte hierbleiben. Vasco liebte seine Heimat, seine Toskana, es war nur schwierig, sich über Wasser zu halten.

In einem Papierkorb fand er ein panino, das noch nicht einmal zur Hälfte gegessen und dann weggeschmissen worden war. Vielleicht von einem Kind, das es nicht geschafft hatte.

Ein Fest. Er aß es mit Genuss und fühlte sich anschließend wesentlich besser und kräftiger.

Als sich seine Kleider beinah trocken anfühlten und es ihm in der Sonne zu heiß wurde, betrat er das Flughafengebäude.

Als Erstes ging er auf die Toilette und peilte die Lage. Im Waschraum war es noch viel zu voll. Seine Reinigungsaktion würde er wohl frühestens heute Abend erledigen können.

73

Bereits als sie aufwachte, waren die Stiche im Kopf unerträglich. Sie kannte das, hatte es aber lange nicht mehr erlebt. Der letzte Absturz war bestimmt zehn oder fünfzehn Jahre her.

Sie schloss die Augen, fühlte sich so schlecht, so erbärmlich, ihr Körper war steif und kalt, ihr Kopf ein einziger stechender und dröhnender Schmerz. Oh Himmel, was sollte sie bloß tun? Sie musste nach Pisa, zum Flughafen, um vierzehn Uhr ging ihr Flieger, sie musste nach Neapel, es ging um ein beinahe Acht-Millionen-Objekt, sie durfte jetzt nicht schlappmachen!

Andrea lag neben ihr und schlief fest. Der Mann tat ihr nicht gut! Warum – zum Teufel – hatten sie so viel getrunken? Das war so gar nicht ihre Art. Sie konnte sich nicht erinnern, wann sie das letzte Mal morgens nicht topfit gewesen war.

Und dann gerade heute!

Sie überlegte, warum er da war. Und dann fiel es ihr wieder ein. Der Abend mit Kaya hatte ihr in den Knochen gesessen. Warum war es gerade mit ihrer Tochter so verdammt kompliziert? Sie liebte diese schöne junge Frau mehr als alles auf der Welt, die fast genauso aussah wie sie selbst mit Anfang zwanzig. Sie hatte das Gefühl, alles verstehen zu können, was in ihr vorging, weil sie es ja selbst alles so oder in ähnlicher Form erlebt hatte. Wenn sie durch die Stadt schlenderte, fühlte sie eine tiefe

Sympathie für junge Frauen, die ihr begegneten, weil sie Kaya so ähnlich waren.

Und dann saßen sie sich gegenüber, und es funktionierte nicht. Es kam immer wieder zu dem Punkt, an dem sie Kaya zum Mond schießen wollte.

Es war zum Verzweifeln. Kaya war der wichtigste Mensch in ihrem Leben, wenn sie sie verlor, hatte sie niemanden mehr. Vielleicht hatte sie deswegen Andrea angerufen und gesagt: »Bitte komm! Schnell! Ich bin so allein.«

Und er war gekommen.

Wenn die Familie schlappmachte, waren Freunde immer noch die Dübel, die das Selbstbildnis fest in der Wand verankerten und ihm Stabilität gaben.

Aber er war in dieser Nacht nicht nur Freund gewesen, sondern Geliebter. Es war eben so passiert.

Und nun schlief er den Schlaf des Gerechten, und sie verfluchte den gestrigen Abend, die Nacht, weil ihr Kopf explodierte … Obwohl es verdammt schön gewesen war. Sie hatte sich behütet gefühlt. Ohne Angst. Musste nicht mehr kämpfen.

Langsam versuchte sie sich aufzurichten. Die Stiche wurden stärker. Oh Himmel, dachte sie, ich muss kotzen. Sie ließ sich auf den Boden fallen, robbte ins Bad und hielt ihren Kopf über die Kloschüssel. Ekelte sich zu Tode, fühlte sich wie eine völlig Verlorene, eine Asoziale, die in der Gosse gelandet war, und hoffte gleichzeitig, dass es ihr gleich besser gehen würde, wenn das Essen und der gesamte Alkohol der letzten Nacht aus ihr herausgeschwemmt waren.

Aber nachdem sie sich erbrochen hatte, war ihr zwar nicht mehr so schwindlig, aber sie fühlte sich noch elender.

Und ihr Blick in den Spiegel brachte die totale Ernüchterung. Eine bleiche, kranke Frau, mit tiefen schwarzen Ringen unter den Augen und dicken, offenen Poren über der Nase sah sie an.

Kein Make-up der Welt würde das wieder hinkriegen.

Zum Glück traf sie den Kunden auf Ischia erst Mittwoch. Vielleicht ging es ihr dann besser, und sie sah wieder aus wie ein Mensch. Jetzt musste sie erst einmal überleben und es trotz ihrer stechenden Schläfen, ihrem dröhnenden Kopf und ihrer Kreislaufprobleme bis zum Flieger schaffen.

Sie ging unter die Dusche. Hoffte, irgendwie wieder zu sich zu kommen. Vielleicht löste das warme Wasser den Krampf in ihrem Kopf und ließ alle Gifte hinausfließen. Wenn sie doch nur wieder klar denken und aufrecht gehen könnte, dann wäre alles gut.

Als sie aus der Dusche trat, war sie wacklig und unsicher, überlegte sich jeden Schritt und setzte ihn mit Bedacht, sie schwankte, hielt sich an der Duschwand fest, griff nach dem Handtuch, ließ es aber fallen, und als sie sich danach bückte, schoss ihr ein Stich durch den Kopf, der sie fast umwarf.

Das funktionierte so nicht. Sie musste ins Bett. Brauchte Tabletten.

Mit Mühe zog sie sich ihren Bademantel an und ging langsam in den Flur. Tastete sich wie eine Blinde die Wände entlang, um nicht umzufallen. In der Küche waren vielleicht Tabletten. Im großen Schubladenschrank ganz unten.

Langsam, wie in Trance, betrat sie die Küche, jede schnelle Bewegung vermeidend, die einen irren Schmerz im Kopf, einen Schwindel oder einen totalen Knockout verursachen könnte.

Sie durchwühlte die Schublade und wunderte sich nicht, dass sie kein einziges Ibuprofen fand. Das letzte Mal hatte sie eines genommen, als sie sich vor zwanzig Jahren den Knöchel gebrochen hatte. Sie hatte normalerweise mit Schmerzen nichts zu tun und war auch kein Migränetyp. Sie war immer klar, immer fit, immer hellwach. Deswegen hatte ihr Kaya ja auch den Migräneanfall nicht abgekauft.

Und dann heute so was.

Hilflos stand sie da und überlegte, ob sie einen Kaffee kochen sollte, aber allein der Gedanke an das bittere, heiße Getränk verursachte ihr Brechreiz. Hatte sie überhaupt auf irgendetwas Appetit? Ja, doch. Auf eine Scheibe Parmaschinken. Dick und salzig.

Sie wunderte sich, dass sie überhaupt ein Lächeln zustande brachte.

»Bitte, hilf mir!«, sagte sie im Schlafzimmer zu Andrea, der davon erwachte. »Ich komme nicht klar. Mein Kopf explodiert. Ich habe keine Medikamente im Haus. Und ich muss es zum Flieger schaffen.«

Andrea rollte sich auf den Rücken, stemmte sich im Bett ein wenig hoch und fragte halb sitzend mit noch geschlossenen Augen: »Was ist los?«

»Du musst mir helfen, Andrea. Ich bin krank. Mein Kopf explodiert. Hab keine Tabletten im Haus. Und ich muss zum Flieger.«

Andrea zögerte keine weitere Sekunde, seufzte nicht, atmete nicht noch ein letztes Mal tief durch, versuchte nicht, den kostbaren Moment unter der Decke noch einen Augenblick festzuhalten, er stellte auch keine Fragen, sondern schwang sich aus dem Bett, konnte erstaunlicherweise sicher und aufrecht stehen und meinte: »Fünf Minuten. Dann kümmere ich mich um alles.«

Er verschwand im Bad.

Wunderbar, dachte Elena, setzte sich aufs Bett und kippte einfach um. Fiel ins Kissen. Nur ein paar Minuten die Augen schließen. Schließlich war Andrea schuld an dem ganzen Desaster, aber er würde es richten.

74

Andrea hatte irgendwo, wo auch immer, ein paar Aspirin-Spru-
deltabletten gefunden und ihr in einem Glas Wasser aufgelöst,
er hatte ihr einen Toast mit Schinken gemacht und ihre Sachen
zusammengepackt.

»Wo hast du dein Ticket?«

»In meiner Handtasche.«

»Sicher?«

»Sicher. In der Handtasche sind mein Ticket, meine Brieftasche
mit Geld, Karten und Papieren, mein Handy, meine Brille und mein
E-Reader. Und Krimskrams. Ich hab nichts rausgenommen.«

»Okay. Nimm ein paar Bissen. Dann geht es dir besser.«

»Oh, mein Gott!«

»Wenigstens ein bisschen! Bitte!«

»Mir ist so übel!«

»Bitte. Nur zweimal abbeißen. Das hilft dir bestimmt.«

Elena ekelte sich zu Tode, biss aber ab, kaute lange, als würde
sie gleich alles wieder auf den Teller spucken.

»Schluck es!«, sagte er. »Das schaffst du. Das ist gar nicht so
schlimm.«

Und Elena schluckte. Oddio, sie war wirklich sterbenskrank.

»Was haben wir getan, dass es mir so schlecht geht?«, presste
sie langsam und unter größter Anstrengung heraus.

»Nichts. Wir haben zwei Flaschen Prosecco getrunken. In fünf Stunden. Das ist nichts, was einen umhaut.«

»Was ist los mit mir?«

»Ich weiß es nicht. Versuch wenigstens den halben Toast zu essen, dann fahre ich dich zum Flughafen.«

Elena nahm die Toastscheibe in die Hand und drehte sie hin und her, machte aber nicht die geringsten Anstalten, noch einmal abzubeißen. »Das brauchst du nicht.«

»Doch, ich fahr dich hin. Ganz klar. Ich setz dich in keine Taxe und in keine Bahn. Und in dein eigenes Auto schon gar nicht.«

Elena wehrte sich nicht länger. Sie stand schwankend auf und sah Andrea an. »Hab ich alles dabei?«

»Ich hoffe, dass ich alles eingepackt hab, was du brauchst.«

Elena winkte ab. Es war ihr egal. Schließlich kam es nicht darauf an, wie sie aussah, sondern ob die Immobilie Eindruck machte.

»Verlier nicht die Aktentasche mit den Dokumenten«, meinte Andrea und nahm sie in den Arm. »Ich weiß nicht, was mit dir los ist, Liebste, aber an gestern kann es nicht liegen. Vielleicht hast du einen leichten Infekt. Der Abend war wunderschön, und wir haben nun wirklich nicht so viel getrunken, dass es dich dermaßen umhauen würde.«

»Vielleicht ist im Moment alles zu heftig«, stöhnte Elena. »Ich sollte mal eine Weile abtauchen.«

»Ja, das wäre sicher gut«, meinte er, obwohl er das Gegenteil dachte. Er wollte, dass Elena für ihn verlässlich da war, telefonisch und per WhatsApp ständig zu erreichen, und mindestens dreimal in der Woche in seinen Armen und in seinem Bett. Wenn sie sich eine Auszeit nahm, kam sie vielleicht nie zurück.

Er sah sie an. Sie war blass und ungeschminkt, ihre sonst leicht gewellten Haare hingen strähnig herab, und ihre Augen flackerten im SOS-Modus.

»Heute Abend bist du im Hotel, da kannst du dich erholen, dann hast du zwei Tage, und Mittwoch früh bist du für die Besichtigung topfit und wirst den potenziellen Käufer nur so um den Finger wickeln.«

Elena nickte und glaubte ihm kein Wort.

75

»Geht es Ihnen nicht gut?«, fragte eine warme Stimme. »Ihr Husten hört sich schlimm an! Ich glaube, Sie haben eine Bronchitis.«

Vasco schreckte auf. Er saß in einem weichen, bequemen Flughafensessel, ein Luxus, den er nur ganz selten genießen konnte, und war ein wenig eingenickt. Offensichtlich hatte er sogar im Schlaf gehustet.

»Nein, nein.« Vasco erhob sich mühsam. »Ich glaube, das ist mein Heuschnupfen. Immer im Sommer. Er schlägt mir auf die Lunge.« Vasco sah sich den Fremden an. Er hatte raspelkurze dunkle Haare und zwei tiefe freundliche Grübchen in den Wangen, als würde er ständig irgendwie lächeln. »Es geht schon.«

Der Fremde fasste ihm an die Stirn. »Aber Sie sind ja ganz heiß! Ich fürchte, Sie haben Fieber.«

Vasco grinste verlegen. »Bei den Temperaturen ist das ja auch kein Wunder.« Gott, was war das für ein netter Mensch, der sich um einen Wildfremden sorgte. So etwas gab es heutzutage kaum noch auf der Welt.

»Wollen Sie heute noch fliegen?«

Vasco schüttelte den Kopf.

»Was möchten Sie dann?«

»Ich wollte mich nur ein wenig ausruhen und den vielen blühenden Gräsern da draußen entkommen.«

»Sie haben also keinen Zeitdruck?«

»Nein.«

»Sind Sie mit dem Auto hier?«

»Nein. Ich habe kein Auto.«

»Soll ich für Sie Ihre Familie anrufen, damit jemand kommt und Sie abholt?«

»Nein«, antwortete Vasco dumpf. »Ich habe keine Familie. Ich lebe auf der Straße.«

»Oh!« Der Fremde verstummte. Dann sagte er: »Wissen Sie, dort hinten, hinter dem Geschäft mit den Süßwaren, gibt es ein ambulatorio. Ich kenne den dottore sehr gut. Er kümmert sich um alle, die hier im Flughafen gesundheitliche Probleme haben. Und er hat ein Herz für Obdachlose.« Lino unterdrückte einen Lacher, denn er wurde sich selbst des Wahnsinns dieses Satzes bewusst, nachdem er ihn ausgesprochen hatte. »Er kann Ihnen bestimmt helfen und ein wirksames Medikament geben, und dann wird es Ihnen schlagartig besser gehen.«

Vasco überlegte einen Moment. Aber dann stand er auf. Das war die Gelegenheit überhaupt! Ein dottore, der ihm unentgeltlich half! Diesen Fremden, der ihn hier im Flughafen angesprochen hatte, hatte der Himmel geschickt!

Er nahm seine Trolleys und trottete hinter Lino her ins ambulatorio.

76

Sie fuhren fast zwei Stunden bis Pisa und redeten kaum. Elena kämpfte gegen ihre Übelkeit an, und Andrea konzentrierte sich auf den Verkehr und strich ihr nur ab und zu liebevoll übers Knie.

»Sag mal, warum fliegst du eigentlich von Pisa und nicht von Florenz?«

»Weil der Flug von Pisa nur dreieinhalb Stunden dauert. Von Florenz aus hatten sie so kurzfristig neun, zwölf, bis zu achtzehn Stunden mit tausend Stopps im Angebot! Die spinnen doch! Da kann ich ja laufen!«

Andrea lachte. »Verstehe. Bitte, schick mir rechtzeitig eine SMS oder eine WhatsApp, dann hole ich dich wieder ab. Wann wird das ungefähr sein?«

Elena konzentrierte sich. »Oh Mann, was ist heute?«

»Sonntag.«

»Ich komme wahrscheinlich Freitag zurück, aber weiß es noch nicht genau. Ich melde mich bei dir.«

»Va bene.«

Elena sah ihn an. Sein Profil. Seine Ohren, die jetzt im Alter schon ein wenig gewachsen waren, seinen gepflegten Bart, seine markante Nase, seine warmen, dunklen Augen, seinen schönen Mund. Er schien allzeit bereit. Wollte auf jeden Fall für sie da sein. War komplett auf sie fokussiert. Gab es etwas Schöneres?

Sie hoffte, ihn nicht enttäuschen zu müssen.

Als sie auf den Flugplatz Pisa zurollten, der so eng und winzig wirkte wie der Hauptbahnhof einer Kleinstadt, sagte sie: »Hier findest du nirgends einen Parkplatz. Vergiss es. Halt irgendwo an, ich springe raus und gehe allein rein. Du kannst zurückfahren.«

Andrea, der sah, dass sie recht hatte, fragte: »Schaffst du das?«

»Natürlich.«

»Geht es dir wieder einigermaßen?«

»Aber sicher!«

Er parkte in zweiter Spur, hob ihren Trolley aus dem Kofferraum und küsste sie. »Und ich muss mir keine Sorgen machen?«

»Aber nein!« Sie bemühte sich um ein Lächeln.

»Na dann, bis Freitag! Pass auf dich auf und viel Erfolg!«

Sie umarmte ihn kurz, nahm ihren Trolley, ihre Handtasche und ihre Aktenmappe mit den Papieren und ging davon. Bemühte sich um einen aufrechten Gang, obwohl sie sich am liebsten aufs Pflaster gelegt hätte, um zu schlafen und nie wieder aufzustehen. Einmal winkte sie noch, bis sie sah, dass Andrea davonfuhr.

Es war noch genug Zeit. Unschlüssig stand sie in der Halle. Am Schalter standen nur drei Personen. Sie stellte sich an und checkte ein. Dann ging sie nach rechts, folgte den Hinweisen zu den Toiletten. Quetschte sich mit Hand- und Aktentasche in die winzige Kabine, das Klo war nicht sauber, mehr als gewöhnungsbedürftig, und es gelang ihr in der Enge nicht, nichts zu berühren, worauf sie sonst eigentlich trainiert war.

Wieder draußen war sie schweißgebadet, wusch sich übertrieben gründlich die Hände und begriff, dass Flugplatztoiletten wie diese der Grund waren, warum sie so ungern flog. Sie wischte sich die Hände an ihrer Jeans trocken, weil es kein Papier gab, und vermied den Blick auf ihr ungeschminktes Spiegelbild.

Als sie wieder draußen in der Halle war, konnte sie kaum noch stehen. Alles drehte sich. Die Anzeigetafeln verschwammen vor ihren Augen. Sie hatte das Gefühl, jeden Moment ohnmächtig zu werden.

Ich muss zu einem Arzt, dachte sie, eine kleine Krankenstation gibt es doch in jedem Flughafen, er muss mir eine Spritze geben, muss meinen Kreislauf wieder in Schwung bringen, sonst schaffe ich es nicht in den Flieger.

Langsam stolperte sie vorwärts, guckte sich um. Restaurant, Imbiss, Lederwarengeschäft, Buch- und Zeitungsladen, Klamotten, Parfümerie, Spirituosen. Alles da. Nur kein Arzt. Keine farmacia. Sie bog um die Ecke, noch einmal Klamotten, dann ein Handyladen, ein Schmuckgeschäft. Edle Süßigkeiten.

Bevor du hier verreckst, kannst du dir wenigstens Schokolade kaufen, dachte sie noch, als sie am Ende des Ganges das rote Kreuz sah. Darüber den unauffälligen Hinweis: ambulatorio.

Elena jubilierte innerlich. Eine Kreislaufspritze, eine Migränetablette, irgendetwas, dann würde sie wieder fit sein und den Flug und auch die Weiterreise auf der Fähre meistern.

77

»Sie kriegen jetzt von mir eine Cortisonspritze. Die ist im All-
gemeinen gut verträglich, hoch dosiert, dafür mit Depotwirkung.
In den nächsten drei bis vier Monaten werden Sie mit Ihrer
Lunge keine Probleme mehr haben. Und danach können Sie gern
wieder zu mir kommen, dann wiederholen wir das Ganze.«

»Grazie, dottore«, nuschelte Vasco.

Und während seine Sinne schwanden, ahnte er, dass er sterben
und nie mehr aufwachen würde. Dies war sein Ende. Er wusste
nicht warum, aber er begriff klar und deutlich, dass er keine
Chance mehr hatte. Der dottore hatte ihm etwas anderes, aber
keine Cortisonspritze gegeben.

Palmira, mein Engel, dachte er noch, wenn du willst, sehen wir
uns im Himmel und fangen noch einmal ganz von vorne an. Ich
liebe dich immer noch.

Und dann fiel er in tiefe, undurchdringliche Dunkelheit und
hörte auf zu atmen.

78

Die Tür zum ambulatorio war offen, und im Warteraum saß niemand. Es gab auch keinen Empfangstresen mit einem Menschen, bei dem man sich anmelden konnte.

Sie stand völlig verloren in dem leeren Raum und sah sich um. Auf ihr »Buongiorno« gab es keine Reaktion.

Elena setzte sich hin. An den Wänden hingen wenig originelle Fotos von Florenz, Siena und Pisa. Oddio, da wären ja Schwäne, Enten und Gänse erbaulicher gewesen als diese trüben Stadtansichten, die auf jeder Ansichtskarte schöner wirkten.

Was war hier los? Wieso war das ambulatorio offen und nicht abgeschlossen, wenn hier offensichtlich keine Menschenseele war?

Ihr leises Rufen war so schwach, dass sie offensichtlich niemand hören konnte. Aber für mehr fühlte sie sich zu elend. Eine Glastür führte wohl in einen hinteren Trakt des ambulatorios. Sie wartete noch zwei Minuten, dann fasste sie sich ein Herz, öffnete die Tür und betrat einen schmalen Flur.

Dort war es dunkel. Sie fand den Lichtschalter nicht sofort, tastete sich die Wand entlang, bis sich ihre Augen langsam an die Dunkelheit gewöhnten. Von dem Flur gingen vier Türen ab. An einer stand »privato«, an der nächsten »personale«, an der dritten »ingresso vietato« und an der vierten »bagno«.

Obwohl hier anscheinend niemand war, klopfte sie dennoch leise und öffnete dann vorsichtig die Tür mit der Aufschrift »privato«. Darin ein Sofa, ein kleiner, leerer, unbenutzter Schreibtisch und ein Regal mit medizinischen Büchern.

Elena schloss die Tür wieder. Im Personalraum gab es eine kleine Teeküche, einen runden Tisch und drei Stühle. Einen Zweiflammenherd und eine winzige Spüle. Zwei Oberschränke, wahrscheinlich mit ein wenig Geschirr, Teetöpfen, Tellern und Besteck.

Da sie sich gänzlich allein und unbeobachtet fühlte, öffnete sie nun den Raum, an dem »Eintritt verboten« stand. Sie hatte eine verschlossene Tür erwartet, aber auch diese ließ sich öffnen.

Sie befand sich mitten in einem Operationssaal. Gleißend helles Licht, ein Behandlungstisch, an dem ein Chirurg und ein OP-Assistent standen.

Auf dem OP-Tisch lag ein Mensch, wahrscheinlich ein Mann, aber genau konnte sie das auf die Schnelle nicht sehen, jedenfalls ein Erwachsener, dessen Brustkorb geöffnet war. Der Chirurg hatte eine blutige Masse in der Hand. Was es war, konnte sie nicht erkennen. Ein Herz? Eine Niere? Eine Leber? Oder ein Tumor?

Ihr Blick und der Blick des Chirurgen mit dem blutigen Haufen in der Hand trafen sich. Sie war vollkommen verstört, konnte sein Gesicht nicht erkennen, da er eine OP-Maske und eine Haube trug, aber er starrte sie an. Mit hellblauen, beinah grauen Augen und stechend dunklen Pupillen. Augen wie die eines Huskys.

»Raus!«, schrie der Assistent. »Raus!«

Und in diesem Moment begriff Elena instinktiv, dass sie hier absolut im falschen Moment am falschen Ort war.

Oh Gott. Eine OP, eine blutige Masse in der Hand des Arztes.

Und dann sie in Reiseklamotten ohne jede Schutzkleidung, mit all den Bazillen, die sie an sich hatte und überall hinterließ, nur weil sie einen Raum geöffnet hatte, an dem Eintritt verboten stand. Sie fühlte sich wie auf frischer Tat ertappt, drehte sich um und stürzte hinaus. Rannte zu ihrem Abflugterminal und stellte sich an, um ihr Handgepäck durchleuchten zu lassen und auf ihren Abflug zu warten.

Ihr Herz hämmerte wild, aber ihr Kopf war wieder klar.

Zehn Minuten später saß sie in der Abflughalle und sah auf das Flugfeld, wo sie bald ein Bus zu ihrem Flieger bringen würde.

Das alles, was sie eben gesehen hatte, erschien ihr auf einmal so eigenartig absurd, wie ein böser, merkwürdiger Traum.

Ein OP-Raum in einem kleinen Flughafen-ambulatorio, wo normalerweise nur Tabletten gegen Reisekrankheit oder Kopfschmerzen verteilt wurden, wo Menschen mit Kreislaufproblemen wieder in Schwung gebracht, wo Knie verpflastert oder umgeknickte Knöchel bandagiert wurden?

Es war alles so unwirklich, so schräg. Und die Tür offen, sodass jeder – so wie sie – in diesen geschützten, sterilen Raum hineinplatzen konnte? Keine rote Lampe über der Tür, keine Warnung, dass eine OP im Gange war und man sich fernhalten sollte?

Als wären da zwei Welten miteinander verbunden und ineinander verschmolzen, die absolut nicht zusammengehörten.

Oder hatte sie wirklich so verdammt hohes Fieber und das alles nur geträumt? Sie hatte das Gefühl, etwas gesehen zu haben, was sie absolut nicht sehen durfte.

Das war ein fürchterlicher Gedanke.

79

»Bist du wahnsinnig?«, zischte Nevio. »Wie – zum Teufel – konnte das geschehen? Wieso war die Tür offen?«

»Weiß der Geier! Ich hab den Typ reingefahren, du hast hinter mir die Tür zugemacht, da geh ich doch davon aus, dass du auch abschließt, verdammt!«

»Aber du bist noch mal rausgegangen und hast die Handschuhe geholt!«

»Ich bin überhaupt nicht rausgegangen! Du hast die Handschuhe gesucht, und ich hab sie in dem Schrank unter dem Fenster aus der untersten Schublade geholt. Dass ich noch mal rausgegangen bin, hast du geträumt. Es tut mir leid, aber du hast selbst vergessen abzuschließen!«

»Das alles hat nur wenige Minuten gedauert. Und genau in dieser kurzen Zeitspanne ist diese Frau hier reinmarschiert?«

»Offensichtlich. Das ist halt verfluchtes Pech. Komm, lass uns schnell einpacken, ich muss in fünf Minuten beim Flieger sein. Es ist nichts passiert. Die gute Frau wird keinen von uns erkennen oder wiedererkennen. Wir hatten Masken und Hauben auf.«

Sie packten das Herz des Mannes in Eis gebettet in die Kühltasche mit einem auffälligen roten Kreuz darauf, und Lino sagte im Weggehen nur noch: »Mach dich nicht verrückt, es ist nichts passiert.«

Nevio deckte die Leiche des Mannes mit einem Laken ab. Lino hatte ihm erzählt, dass der Tote ein Obdachloser war. Einsam und allein, ohne Familie, ganz auf sich gestellt. Niemand würde ihn vermissen. Das waren die Besten! Und jetzt war das so schiefgelaufen.

Er sah auf die Uhr. Wo blieb denn Massimo bloß, zum Teufel!

Nevio war in seinen Grundfesten erschüttert. Er hasste es, auch nur ein ganz klein wenig die Kontrolle zu verlieren. Zum ersten Mal hatte es einen Zwischenfall gegeben, das war bisher noch nie passiert. Er hatte sich immer so sicher gefühlt, alles lief perfekt, da gab es keine Irritationen, keine Befürchtungen und keine schlaflosen Nächte. Und nun auf einmal war alles anders. Die Nervosität nahm ihm den Atem. Er stand kurz vor der Explosion, und wo – verflucht noch mal – blieb dieser verdammte Massimo?

Als er spürte, wie ihm sein eigenes, immer heißer werdendes Blut in den Kopf stieg, sodass er glaubte, sein Schädel müsse platzen, wenn er jetzt nicht alles um sich herum zertrümmerte, betrat Massimo das ambulatorio. Wie immer bestens gelaunt und voller Energie. Sein Gesicht war sommers wie winters gebräunt, wodurch seine hellen blauen Augen umso mehr leuchteten und jeden sofort faszinierten.

»Tutto bene?«, fragte er grinsend.

»Tutto bene«, knurrte Nevio.

Massimo hatte einen Müllsack dabei, legte zusammen mit Nevio vollkommen cool und emotionslos den Leichnam hinein und stülpte einen weißen Leinensack darüber. Dann fuhr er ihn in einem viereckigen Wäschebehälter ungestört durch einen schmalen Flur zum Hinterausgang und in den Hof, von dem aus die Geschäfte im Flughafen beliefert wurden. Er lud die Leiche in seinen Lieferwagen, holte schnell noch die zwei heruntergekommenen Trolleys des Obdachlosen aus dem ambulatorio und fuhr davon. Nach Grosseto. Dort hatte er einen Freund, der die Leichen in einem Krematorium beseitigte.

Das Gepäck durchsuchte Massimo vorher akribisch nach Geld oder Wertgegenständen und verbrannte dann die Habseligkeiten zusammen mit dem Toten.

Unbrennbare Teile der Koffer oder sonstige Gegenstände fischte er aus der Asche und warf sie in den Fluss.

Es war für Massimo und seinen Freund ein lukratives Geschäft. Niemand erfuhr davon. Und die Leichen wurden nie gefunden.

80

Als Elena festgeschnallt auf ihrem Sitz saß und der Flieger abhob, spürte sie, wie sie sich entspannte. Sie fühlte sich noch ein wenig schwach und wacklig, aber ihr Kopf arbeitete wieder ohne zu schmerzen, spätestens morgen würde sie zu ihrer alten Form zurückfinden und am Mittwoch dann wortgewaltig erklären können, warum diese Villa auf Ischia der schönste Ort der Welt war.

Endlich lag der Flieger ruhig in der Luft, und sie hörte sich bei der Stewardess ein bisschen holprig einen Piccolo bestellen. Oh nein, dachte sie, nicht schon wieder Alkohol. Aber dann erinnerte sie sich daran, dass man einen Kater am besten mit Alkohol bekämpfte.

Sie hatte also gar keine Spritze gebraucht, um ihren Kreislauf wieder in Schwung zu bringen, sondern nur einen heftigen Adrenalinschub, als sie plötzlich in diesem merkwürdigen OP stand und alle Anwesenden genauso fassungslos waren wie sie.

Sie konnte sich nach wie vor keinen Reim darauf machen, und je mehr sie darüber nachdachte, umso eigentümlicher kam ihr das Ganze vor. Operierten sie in einem Hinterzimmer im Flughafen von Pisa irgendwelchen Leuten einen Tumor aus dem Bauch? Bitte? Das war doch nicht normal.

Aber was war es dann?

So viel sie auch überlegte – sie verstand es nicht.

Der Prosecco kam. Elena trank einen Schluck und hatte das Gefühl, schon dieser eine Schluck wärmte und entspannte sie zugleich.

Sie schloss die Augen. Es war alles gut. Unfassbar, dass sie so einen wunderbaren Mann wie Andrea gefunden hatte. Sie war auf dem Weg nach Neapel, nach Ischia zu einem spannenden geschäftlichen Treffen, egal, wie es ausging, sie liebte ihren Beruf, ihr Leben, ihre Situation, all die Menschen, die mit ihr zu tun hatten.

Es war alles in Ordnung. Sie schloss die Augen und schlief ein.

Das heftige, abrupte Bremsen der Maschine riss sie aus ihren Träumen. Sie hatte tatsächlich den ganzen Flug verschlafen, rieb ihr Gesicht, um wach zu werden, und überlegte, dass sie wahrhaftig seit dreißig Jahren nicht mehr ungeschminkt aus dem Haus gegangen war. Jeden Morgen nach dem Duschen schminkte sie sich, um für alle Eventualitäten gewappnet zu sein. Und jetzt flog sie ungeschminkt nach Neapel, nach Ischia, zu einem der wichtigsten Termine ihrer Karriere und hatte noch nicht einmal einen Klecks Make-up auf ihrer empfindlichen, geröteten Haut?

Das musste sie ja wirklich umgehauen haben, gestern Nacht oder heute Morgen.

Als sie sich zwischen all den drängelnden und ungeduldigen Touristen, zwischen Tüten und Taschen und Jacken und Rucksäcken aus dem engen Flugzeug kämpfte, fühlte sie sich großartig. Sie strich sich keine Strähne mehr aus der Stirn und überlegte nicht mehr, ob es besser wäre, die Haare mit der Sonnenbrille aus dem Gesicht zu schieben oder nicht. Es war ihr egal, ob ihr Lidschatten oder ihre Wimperntusche beim Schlafen verschmiert waren, weil sie keine trug. Sie musste nicht auf der Toilette verschwinden und ihr Make-up richten, bevor das Gepäck auf dem Band durchlief. Sie war clean, blass und frei. Man würde vielleicht nicht mit ihr flirten, aber sie konnte sich selbst in Ruhe lassen und ihren eigenen Frieden genießen. Was für eine köstliche neue Erfahrung.

Der Wind, der ihr auf der Fähre nach Ischia ins Gesicht blies, war warm und sanft. Die einzige Art von Wind, die sie mochte und ertragen konnte. Jeder schneidende, eiskalte Wind dagegen machte sie wütend und ließ sie verzweifeln. Sie konnte sich gegen ihn nicht wehren, nur fliehen. Er war ein Feind.

Elena war vollkommen klar, was sie für ein verdammtes Glück hatte, in Ischia ein paar wundervolle Tage zu verbringen, um eine Immobilie zu verkaufen, die ihr eventuell einen hohen sechsstelligen Betrag ins Portemonnaie spülen würde. Das war nicht normal. Sie befand sich auf der Sonnenseite des Lebens und hatte keine Ahnung, warum.

Aber es war ihr bewusst, und sie war unendlich dankbar dafür.

81

Das Hotel auf Ischia war ein Traum. Elena hatte bei einem Barbecue im Garten ein Stück Rinderfilet mit Salat gegessen und fühlte sich wieder wohl.

Sie ging hinunter zum Strand. Vielleicht zwei Tage noch, dann war Vollmond, aber auch jetzt beleuchtete der bleiche kräftige Mond das Meer und ließ die zarten, gekräuselten Schaumkronen weiß und gespenstisch über der schwarzen Weite des Meeres glitzern.

Sie war vollkommen durcheinander. Versuchte ihre Gedanken zu sortieren, dachte mehr an den vergangenen Tag als an den Mittwochvormittag, an dem ihre wichtige Besichtigung stattfand.

Ein kleines ambulatorio im Flughafen. Zwischen Lederwaren, Handyladen, Schmuckgeschäft und edlen Süßigkeiten. Ausgestorben, verlassen. Kein Mensch. Und darin wurde operiert? Ein Chirurg, ein OP-Assistent. Ein Mann mit offenem Brustkorb. Keine Angehörigen, niemand? Keiner, der im Warteraum bangte und hoffte und betete? Der Patient ganz allein und von aller Welt verlassen mit offenem Brustkorb? Was war das denn?

Je länger sie darüber nachdachte, umso übler wurde ihr. Die Angst krampfte sich um ihr Herz wie eine eiskalte Hand. Was um Gottes willen war denn da geschehen, was hatte sie gesehen und sicher gar nicht sehen dürfen? Die Stimme, die »Raus!« geschrien hatte, klang ihr immer noch im Ohr.

Was war da los? Sollte sie die Carabinieri rufen?

Aber die würden sie nur für verrückt erklären.

Vielleicht war sie ja auch verrückt. Ihr war an diesem Morgen so schlecht gewesen wie noch nie in ihrem Leben. Wahrscheinlich hatte sie Halluzinationen gehabt, hatte sich alles nur eingebildet.

Vielleicht sollte sie aufhören, daran zu denken.

Das gab es nicht, dass in europäischen Flughäfen Menschen aufgeschnitten wurden, und nirgends waren irgendwo Angehörige in Sicht. Das war Blödsinn. Sie hatte geträumt.

Elena zog ihre Schuhe aus, nahm sie in die Hand und genoss, während sie den Strand entlangging, den Sand unter ihren nackten Füßen.

Was für eine herrliche Nacht.

Sie würde Andrea eine WhatsApp schicken, dass alles, wirklich alles in Ordnung war. Sie war irgendwie einen Tag lang nicht ganz bei sich, war out of order gewesen.

In ihrem Hotelzimmer setzte sie sich noch eine Weile auf den Balkon und genoss den Blick aufs Meer. »Ich sehne mich nach dir«, schrieb sie ihm. »Ich brauche dich, und ich freu mich auf dich.« Und sie schickte die Nachricht ab, obwohl sie nicht sicher war, ob sie das wirklich so meinte, wie es da stand.

Man würde ja sehen.

Abwarten.

Die Zeit klärte alles.

82

Als der Mietwagen der gehobenen Klasse vor der Villa hielt, sprang ein kleiner, gedrungener Italiener mit Halbglatze und buschigen Augenbrauen heraus. Er brüllte »allora« und stürmte auf das Haus zu, wo ihn Elena vor der Eingangstür empfing.

»Buongiorno Signor Bianchi. Piacere!«

»Buongiorno Signora!« Er verbeugte sich tief. Offenbar ein Herr der alten Schule.

Elena hatte sich sorgfältig zurechtgemacht, sah umwerfend aus, fühlte sich fabelhaft und konnte sich gar nicht mehr vorstellen, dass es ihr vor einigen Tagen noch so schlecht gegangen war.

Bianchi war neugierig auf die Villa, aber auch ungeduldig und ungehalten. Er tobte durch die exquisiten Zimmer, registrierte so ganz nebenbei die sechs luxuriösen Bäder, bemerkte kaum die fantastisch ausgestatteten zwei Küchen …

Nur auf den Terrassen hielt er inne. Die Villa war ein Architektenhaus mit kunstvoll und unübersichtlich auf drei Etagen aufgeteilten Räumen, und man hatte von jedem Zimmer, von jedem Bad, von jeder Terrasse einen sensationellen Blick über den Golf von Neapel. Die Terrassen waren so groß, dass man zig Liegestühle aufstellen und wilde Feste für hundert Personen feiern konnte.

Doch das war vielleicht gar nicht das, was Signor Bianchi wollte. Der Mann schwieg, während er treppauf, treppab durchs Haus rannte, stellte keine einzige Frage. Nur ab und zu ließ er ein leises »Hm« vernehmen. Das war alles.

Elena war sehr irritiert. Normalerweise zeigten sich Immobilienkunden dieser Preisklasse sehr mitteilungsbedürftig. Sie redeten über ihren anstrengenden Job und die schlecht laufenden Geschäfte, sie sprachen von ihrer Familie und erzählten unaufgefordert von ihren Plänen und Träumen. Über das, was sie mit dem Haus vorhatten, sollten sie es denn kaufen.

Aber Bianchi schwieg. Elena erfuhr nicht mal, ob er eine Frau hatte oder nicht. Wollte er etwa allein in diese riesige, pompöse, luxuriöse Villa einziehen, abends allein mit einem Glas Wein in der Hand auf einer der Terrassen stehen und beobachten, wie die Sonne im Tyrrhenischen Meer versank? Wollte er im klaren, blauen Wasser des fünfundzwanzig Meter langen Pools morgens allein seine Bahnen ziehen? Oder die dreißig Stufen hinabsteigen zu dem hauseigenen Steg, von dem aus er, und nur er, ins Meer gleiten und hinausschwimmen konnte?

Elena war dieser Mann ein Rätsel. Aber sie ließ ihn weiter durchs Haus stürmen und wartete ab.

Er fragte nicht nach Strom, Gas, Wasser und Verbrauch, sah nicht in den Technikraum des Pools, erkundigte sich nicht nach der Handhabung, es ging ihn offensichtlich alles nichts an. Sieben Komma neun Millionen, und er interessierte sich für nichts?

So einen merkwürdigen Kunden hatte Elena noch nie erlebt.

Mittlerweile lief sie ihm auch nicht mehr hinterher, er fragte ja sowieso nicht, sondern saß auf der obersten Terrasse und genoss diesen atemberaubenden Blick aufs tiefblaue Meer mit den winzigen, vorgelagerten Inseln. Du hättest eigentlich mitkommen sollen, Andrea, dachte sie, ich glaube, so einen sensationellen Blick hast auch du in deinem Leben noch nie gesehen!

Nach zwei Stunden war Bianchi fertig. Er trat neben Elena, die am Geländer der Terrasse stand und sich noch einmal vergegenwärtigte, was diese Villa doch für eine architektonische Meisterleistung war. Verwinkelte Zimmer auf unterschiedlichen Etagen, durch Rundbögen miteinander verbunden, man fühlte sich wie in einem griechischen Dorf. Aber dann betrat man wieder einen Raum, saalähnlich, der einen innehalten und tief durchatmen ließ, so gewaltig, so schön und so einzigartig war diese Komposition.

»Signora«, sagte er leise, und seine Stimme hatte einen tiefen, warmen Klang, »ich glaube, ich habe jetzt alles gesehen. Ich werde das Haus kaufen. Machen Sie mir einen Termin mit einem Notar in Neapel?«

»Aber selbstverständlich«, stotterte Elena vollkommen über-rumpelt. Mit so einer eindeutigen, schnellen Entscheidung hatte sie niemals gerechnet. Normalerweise zogen sich die Verhandlun-gen über ein solch hochpreisiges Objekt Wochen und Monate hin.

»Ich denke, in der zweiten Septemberhälfte könnte ein Termin klappen. Da sind – wie ich weiß – auch die Eigentümer in Italien.«

»Sehr schön. Das passt mir gut.« Er lächelte und sah übers Meer. Sehr lange, und Elena störte ihn nicht durch irgendeine Frage. Der kleine, runde Mann wirkte völlig glücklich und mit sich im Reinen, und schließlich sagte er: »Bestellen Sie den Eigen-tümern, dass sie nichts mehr zu richten brauchen. Sie müssen nichts streichen, sie müssen noch nicht einmal fegen oder die ohnehin sauberen Toiletten putzen. Sie sollen mitnehmen, was sie brauchen. Vielleicht haben sie noch Verwendung für den rie-sigen Messing-Vintage-Herd in der großen Küche. Dann sollen sie ihn holen. Auch wenn man Herde einem Haus eigentlich nicht entreißen darf. Aber in diesem Fall ist es mir egal, denn ich werde das Haus komplett entkernen und nach einem völlig anderen Konzept umbauen.«

Elena blieb vor Schreck fast das Herz stehen. Sie hatte das Gefühl, nicht richtig gehört zu haben.

»Ja, ich habe eine hervorragende Architektin an der Hand und werde das Haus grundlegend verändern. Klar, schlicht, minima-listisch und – wenn Sie so wollen – modern. Ich hoffe nicht, dass mir die Behörde da zu viele Steine in den Weg legt, zumal ich ja am Grundriss nichts ändere.«

»Das kann ich mir nicht vorstellen«, meinte Elena schnell. »Und wenn, kann ich Ihnen gerne helfen. Ich kenne die Mitarbeiter in dieser comune ziemlich gut.« Das stimmte zwar nicht, war aber in diesem Moment egal.

Signor Bianchi wirkte richtig gelöst und entspannt, beinah freudig erregt. »Ja, wie gesagt, ich werde alles verändern. Im Grunde kaufe ich hier nur diesen sensationellen Ort. Diesen Blick. Aufs Meer, auf die Weite, die Sonne, die Unendlichkeit. Vielleicht kann ich es noch ein paar Jahre lang genießen. Und dann habe ich gelebt.«

Elena schwieg beeindruckt.

»Vielleicht sagen Sie den Eigentümern lieber nicht, was ich vorhabe, denn es tut wahrscheinlich zu weh. Und ich möchte nicht, dass sie einen Rückzieher machen. Ich will diesen Ort, ich will ihn kaufen. Koste es, was es wolle!«

Elena konnte nicht mehr denken. Eine halbe Million für sie, zweihundertfünfzigtausend von Bianchi und die gleiche Summe von den Eigentümern. Weil dieser Mann auf Ischia bis ans Ende seiner Tage aufs Meer schauen wollte. Das war einfach nicht zu fassen.

»Darf ich Sie heute Abend zum Essen einladen?«, fragte Elena. »Ich kenne hier auf Ischia ein vorzügliches Restaurant.«

Bianchi winkte dankend ab. »Sehr lieb, wirklich, aber ich möchte nicht. Der Trubel in einem Restaurant wäre mir jetzt zu viel. Vielleicht trinken wir ein Glas Wein zusammen, wenn wir beim Notar unterschrieben haben, das können wir ja mal ins Auge fassen. Aber heute bitte nicht.«

»Va bene.« Es war ihr sehr recht. Die Aussicht, diesen Abend ganz für sich zu haben, war mehr als verlockend.

Vor dem Tor verabschiedeten sie sich. »Ich melde mich, sowie ich einen Notartermin habe, Signor Bianchi.«

»Perfetto. Ich danke Ihnen, Signora.« Er verbeugte sich erneut, deutete einen Handkuss an, stieg in seinen Mietwagen und fuhr davon.

Wahrscheinlich kauft er sich im Ort eine Pizza zum Mitnehmen, dachte Elena.

Bei diesem Mann war alles möglich.

83

Es wurde immer heißer. Der Sommer schien zu explodieren, das ganze Land hing unter einer glühenden Glocke. Kein Wind wehte, kein Lüftchen regte sich. Tagsüber waren die Straßen wie ausgestorben, kaum noch jemand wagte sich bei der sengenden Hitze und brennenden Sonne aus dem Haus. Die Schwüle nahm einem die Luft zum Atmen, man fühlte sich, als würde man sich durch einen dicken heißen Brei kämpfen und wäre kurz vor dem Ersticken.

Remo schwamm stundenlang im Pool wie eine Meeresschildkröte, die ab und zu an der Wasseroberfläche nach Luft schnappt, sich aber ansonsten kaum bewegt.

Nur noch selten setzte er sich zu Rosanna und den Wölfen auf das verdorrte und braun gewordene Gras, es war ihm wohl zu heiß.

Eines Abends – die Sonne versank gerade leuchtend orange hinter den bewaldeten Hügeln – kam er zu ihr, lächelte, nahm ihre Hand und sagte: »Remo will Katze.«

»Wieso willst du denn eine Katze? Du hast doch schon sieben tolle Wölfe!«

Remo nickte wüst mit dem Kopf. »Will, will, will!«

»Erklär's mir, Remo. Wenn ich's verstehe, rede ich mit deinem Bruder.«

Remo schüttelte den Kopf. »Kann nich'.«

»Na klar kannst du's! Versuch's!«

Remo sah Rosanna verzweifelt und tieftraurig an. Er überlegte, schob sich auf dem Stuhl hin und her, ballte die Fäuste und presste schließlich erneut »Kann nich'!« heraus.

»Doch, natürlich. Remo, du kennst alle Wörter. Du kannst sprechen. Nevio hat mir erzählt, dass du früher gesprochen hast, du hast es in einer Fördereinrichtung gelernt. Du willst nur nicht, oder du traust dich nicht.«

Remo nickte heftig.

»Okay. Du traust dich also nicht. Aber das ist Blödsinn, Remo. Wir wissen doch, wie du bist, und wir mögen dich genau so. Und wenn du uns jetzt sagst, was los ist oder was du willst, dann sind wir – also dein Bruder und ich – total glücklich. Und dir geht's auch besser, weil wir deine Wünsche nicht mehr erraten müssen. Wir kapieren, was du willst, und können dir helfen. Verstehst du das?«

Remo nickte.

»Also los. Trau dich und erzähl mir ganz genau, warum du eine Katze haben willst.«

Remo druckste und überlegte, und schließlich schrie er: »Liebhaben!«

Rosanna grinste. »Komm, Remo, beruhige dich. Atme mal ganz tief ein und wieder aus. Mach es mir nach: ein … und aus … ein … und aus … So ist es gut. Du willst also eine Katze zum Liebhaben?«

Remo nickte.

»Du musst nicht immer nur nicken. Sag einfach: Ja, genau, das will ich. Eine Katze zum Liebhaben.«

»Eine Katze … zum Liebhaben«, nuschelte Remo stockend.

Rosanna explodierte geradezu. »Das war echt großartig, Remo! Du bist toll!« Sie küsste ihn mehrmals auf beide Wangen.

Remo strahlte.

Rosanna wurde wieder ruhig und versuchte, das Gespräch fortzusetzen. »Aber Remo! Die Wölfe werden die Katze fressen!«

Remo schüttelte wieder heftig den Kopf.

»Warum nicht, Remo? Erklär's mir. Warum tun die Wölfe der Katze nichts?«

»Katze … Baum … Fertig.«

»Das hab ich jetzt nicht verstanden.«

»Oh, oh, oh!«, brüllte Remo und sprang in der Gegend herum. »Oh, oh, oh!«

»Atmen, Remo! Erst atmen, dann reden!«

Er beruhigte und konzentrierte sich, versuchte es ganz langsam erneut: »Katze Baum … Wölfe nich' Baum. Katze Remo lieb.«

Rosanna lächelte. »Du hast jetzt schon in den paar Minuten unglaubliche Fortschritte gemacht, Remo. Das ist super. Du wolltest also sagen: Die Katze ist schnell auf einem Baum, die Wölfe kommen nicht hinterher. Ihr kann nichts passieren. Oder die Katze ist bei dir, und du passt auf sie auf. Richtig?«

Remo nickte, strahlte übers ganze Gesicht und wiederholte: »Katze bei Remo, Remo passt auf.«

Rosanna war einen Moment sprachlos. »Das war so toll, Remo, ich fasse es nicht. Du kannst es, ich wusste es. Wenn du dich traust, kannst du alles!« Sie umarmte ihn noch einmal. »Wir werden das jetzt jeden Tag üben, okay?«

»Ja, ja, ja.« Rosanna ahnte, dass es Remo vor allem um die Umarmungen und Küsse ging und weniger um die Sprachfortschritte. Aber das war egal. Sie würde mit Zärtlichkeiten nicht knauserig sein, denn es ging ihr unheimlich auf die Nerven, dass sie immer erraten musste, was er wollte.

»Ich werde bei Gelegenheit mal mit Nevio sprechen«, sagte sie. »Mal sehen, was er darüber denkt, eine Katze anzuschaffen. Und wenn du so weitermachst, dann kannst du das bald auch selbst sagen!«

»Ja, ja, ja!«, schrie Remo und ruderte mit der Faust in der Luft herum, als würde er ein Lasso schwingen.

Nevio sah aus dem Fenster. Da unten sprach Rosanna mit Remo. Unglaublich. Er sah selbst aus der Entfernung, was die beiden für eine innige Beziehung und für einen Spaß miteinander hatten. Rosanna hatte einfach zu allen einen Draht. Zu den Wölfen, zu seinem irren kleinen Bruder und irgendwie sogar zu ihm selbst. Er verstand nicht so recht, was mit ihr los war, aber offensichtlich hatte er sie gefunden, weil sie hier in seine Welt passte. Er konnte sie sich nicht mehr wegdenken, und wenn er sie da so sitzen sah, dick und unförmig, mit der zu engen Bluse, dem von der Hitze geröteten Gesicht, den im Nacken zusammengefassten ungepflegten Haaren … Dann machte ihn das glücklich. Sonst müsste nämlich *er* da sitzen, sich Remos Gestammel anhören und ihm den schwabbeligen Bauch kraulen. Und das konnte er nicht mehr. Von Tag zu Tag immer weniger.

Er hatte noch ein wenig Zeit, trank ein paar Schlucke eiskaltes Wasser und schaltete den Fernseher ein. Auf RAI UNO liefen Nachrichten, und sie berichteten erneut über verschwundene Menschen in der Toskana und über Jonas Wengler, der mit einer Niere weniger aufgefunden worden war, und sie spekulierten über die Mafia, die den Organhandel ja schon lange für sich entdeckt hatte, aber nun anscheinend immer sichtbarer und dreister agierte.

Nicht schon wieder, stöhnte er innerlich und schaltete den Fernseher aus. Er musste dringend mit Lino reden, sie würden vorsichtiger vorgehen müssen. Und vielleicht wäre es sogar das Beste, nach der Panne im Flughafen das ambulatorio in Pisa ganz aufzugeben.

Es gab eine Menge zu klären. Denn auch mit Rosanna, die hervorragende Arbeit leistete, wurde es auf die Dauer zu gefährlich. Noch war sie eine unwissende Beteiligte, aber das würde nicht ewig so bleiben. Den kleinen Silvio, dem sie eine Niere entnommen hatten, hatte sie fantastisch gesund gepflegt, und als er wieder zu Kräften kam, seine Lebensgeister zurückkehrten und sich Rosanna und Silvio anfreundeten, kam Lino auf die Idee, dem kleinen Straßenjungen, nach dem kein Hahn krähte und um den keine Familie bangte, auch noch das Herz zu nehmen.

Da ein Hotelier aus Kapstadt für seinen Sohn auf ein Herz wartete und bei Silvio alles passte, hatten sie es getan. Er hatte nichts gespürt, hatte nicht gemerkt, wie er diese Welt, die er noch gar nicht richtig kennengelernt hatte, schon wieder verließ.

Nevio hatte Rosanna für einige Arbeiten ins ambulatorio nach Ambra geschickt, bevor der Hubschrauber kam, um das Herz abzuholen, und bevor Massimo mit der Leiche davonfuhr.

Als Rosanna am Abend nach Silvio fragte, hatte er freudig lächelnd erzählt, Verwandte hätten den überglücklichen Jungen abgeholt.

Rosanna hatte es zwar geglaubt, war aber traurig gewesen, dass sie sich nicht von ihrem kleinen Freund verabschieden konnte.

Diesmal hatte es geklappt, aber auf Dauer würde es so nicht funktionieren. Er konnte Rosanna nicht ewig etwas vormachen, er musste sich etwas anderes überlegen.

84

»Elena ist am Apparat«, rief Gabriella durchs Haus, »hörst du mich, Neri?«

»Ja!«

»Können wir nächste Woche Dienstag um elf in Cecina sein? Sie will uns eine Immobilie zeigen!«

Neri kam ins Wohnzimmer, wo Gabriella telefonierte. »Wie stellst du dir das vor?«, fragte er wenig begeistert. »Noch hab ich hier einen Job!«

»Ich weiß. Aber kannst du dir nicht mal einen Tag freinehmen? Du bist doch der Chef!«

Neri zögerte. Gabriella hatte völlig recht. Er war der capo, seit Menschengedenken hatte er sich keinen Tag mehr freigenommen. Warum eigentlich nicht? Eine Auszeit erweiterte den Horizont. Vielleicht bekam er dann einen ganz neuen Blick auf die Dinge, die er klären musste.

»Gut. Ich werde mit Cesare sprechen und es organisieren. Das krieg ich hin.«

»Aber klar, Elena. Gar kein Problem«, sagte Gabriella ins Telefon. Sie notierte eine Adresse.

»Benissimo. Ich freu mich!« Elena legte auf.

»Ich hab es dir doch gesagt«, meinte Gabriella begeistert, »Elena ist die Größte, sie macht das Unmögliche möglich und hat auch für uns eine Immobilie gefunden. Ich bin wirklich gespannt!«

Neri konnte Gabriellas Euphorie nicht teilen, obwohl er sich bemühte, öfter positiv zu denken und nicht immer schwarzzusehen. Aber er konnte sich beim besten Willen nicht vorstellen, dass diese Immobilie am Meer nicht nur ein Traum, sondern auch noch erschwinglich sein würde.

Neri hatte Cesare dazu verdonnert, jedes Gespräch und jedes Telefonat ausführlich zu dokumentieren, noch einmal die Akte Jonas sorgfältig durchzulesen, ob ihm noch irgendetwas auffiel oder bemerkenswert erschien, und einen Bericht darüber zu schreiben, mit wem er in Ambra nach Jonas' Verschwinden geredet hatte. Wen genau er interviewt und wer wann wo was gesehen oder nicht gesehen hatte. Das war für diesen einen Tag genug, fand Neri.

Er selbst hatte Cesare gesagt, er müsse nach Cecina, um dort einen Kollegen zu sprechen, mit dem er vor Jahren schon mal zusammengearbeitet und der wichtige Insiderinformationen zum Thema Organhandel hatte.

Neri war zufrieden. Wahrscheinlich würde Cesare angestrengter und genauer arbeiten, als wenn Neri im Büro saß. Er ging davon aus, dass sich Cesare profilieren wollte und es genoss, wenn er in der Carabinieri-Station ganz allein schalten und walten konnte.

Gabriella hatte darauf bestanden, bereits um acht Uhr früh loszufahren, man wusste ja nie, was noch alles dazwischenkam, und sie wollte Elena auf gar keinen Fall warten lassen oder vor den Kopf stoßen.

Dante war von dem veränderten Morgenritual vollkommen irritiert. Er dachte nicht daran, wie üblich einen Haufen zu legen, als Neri mit ihm nach draußen ging, sondern strebte nach Hause. Irgendetwas war anders als sonst, und er wollte unbedingt dabei sein.

Neri wurde irre und verfrachtete ihn nach zwei schnellen Espressi, die er mit Gabriella in der Küche im Stehen einnahm, unverrichteter Dinge im Kofferraum, der durch ein Gitter vom Fahrgastraum getrennt war und wo Dante gemütlich Platz hatte. Neri war davon überzeugt, dass der Hund irgendwann platzen würde. Das war einer der wenigen Momente, wo er wünschte, sich keinen neuen Hund angeschafft zu haben, aber diese waren selten. Im Grunde wollte er Dante keine Sekunde mehr missen.

Um Viertel nach acht waren sie auf dem Weg zum Meer. Richtung Cecina.

»Ist es nicht wunderbar?«, fragte Gabriella während der Fahrt. »Ist nicht allein schon die Besichtigung ein Abenteuer an sich? Der Aufbruch in ein ganz neues Leben? Eine Zäsur in unserem Alltag?«

»Um was für ein Haus geht es denn?«

»Keine Ahnung. Ich hab kein Exposé gesehen, aber Elena wird uns sicher keinen Schrott anbieten. Und wenn sie uns schon nach Cecina bestellt, wird es sicher toll sein.«

Neri brummte nur.

Neri hatte das Seitenfenster geöffnet und ließ sich den heftigen Fahrtwind, der ihm Tränen in die Augen drückte, um die Nase wehen. Er streichelte Gabriellas Bein. Vielleicht gab es ja doch ein Leben nach der Arbeit. Auf jeden Fall war es spannend, wer er sein würde, wenn er nicht mehr Carabiniere war. Wenn er keine Berichte mehr nach Rom schreiben, Cesare nicht mehr scheuchen, seine Zeit nicht mehr im Büro absitzen, den Lackaffen Silvano Corsi nicht mehr treffen und sich keine fürchterlichen Sorgen mehr um verschwundene Kinder machen musste. Vielleicht war die Abwesenheit von all dem sein eigenes, kleines privates Paradies. Und eine Wohnung irgendwo an der toskanischen Küste würde dies nur vervollkommnen. Da hatte Gabriella völlig recht.

85

Das Haus, das Elena ihnen zeigte, war eine kleine Hütte am Hang. Ziemlich heruntergekommen, mit einem vollkommen verwilderten Garten. Eine Außentreppe, ein kleiner Portico, im ersten Stock ein Zimmer, Küche, Bad. Darunter ein Abstellraum, vollkommen zugemüllt.

Eine alte Frau hatte in dem Haus gewohnt und war darin gestorben. Sie hatte bestimmt seit fünfzig Jahren nichts mehr repariert oder renoviert. Überall Linoleumfußboden, ein Herd, der mit Kohle beheizt wurde, eine Spüle aus Großmutters Zeiten und ein Küchentisch mit versiffter Plastikdecke, an dem man das Gemüse schnitt und sich zum Essen setzte.

Das Bad war ähnlich heruntergekommen, eine alte Emaille-Wanne, ein verkalktes Klo, ein kleines Waschbecken neben dem Fenster, darüber ein verrotteter, alter Spiegelschrank.

Im Zimmer ein runder Tisch, vier Stühle und in der Ecke dem Fenster gegenüber ein altes Bett.

Dieses kleine Häuschen ließ die Neris schlagartig verstummen.

Sie standen da und sahen Elena an, als hätte sie nicht alle Tassen im Schrank.

Elena lächelte. »Keine Panik«, sagte sie, »diese Immobilie ist auf den ersten Blick ziemlich abschreckend, ich weiß, aber dafür habt ihr einen fantastischen Blick aufs Meer!«

Sie traten auf die kleine Terrasse, und Elena ließ den beiden Zeit, einfach nur in die Ferne zu gucken.

Irgendwann griff Neri Gabriellas Hand.

»Was soll das denn kosten?«, fragte er zaghaft.

»Nun«, meinte Elena, »das sind fünfunddreißig Quadratmeter, ein Zimmer, Küche, Bad, zuzüglich Terrasse, das Ganze für hundertdreißigtausend Euro. Ihr müsst natürlich ein bisschen was reinstecken und die Hütte auf Vordermann bringen, aber es ist ein traumhafter Platz! Und ihr habt ein kleines Nest, das ihr zu eurem machen könnt. Irgendwann wird es ein Schmuckstück sein.«

Gabriella und Neri sahen sich an.

»Neri«, sagte Gabriella und schmiegte sich an ihn, »du, da brauchen wir kaum was zu finanzieren … Und der Blick! Hast du überhaupt schon richtig hingeguckt?«

Neri nickte und schwieg. Und versuchte sich einen Teil seines Lebens hier auf dieser Terrasse vorzustellen. In einer kleinen Hütte über dem Meer. Sonnenuntergang inklusive. Nicht die hügelige Welt der Wälder und Weinberge in der Toskana, die er kannte, sondern die Meerwelt, die er bisher nur in Kurzurlauben erlebt hatte. Wenn sie ins Auto stiegen, waren sie in fünf Minuten am Strand, bei den Restaurants, den Cafés, mitten in der Touristenhochburg. Aber oben, in ihrer arg renovierungsbedürftigen Hütte, hatten sie ihre Ruhe.

Und er sah in die strahlenden, flehenden Augen seiner Frau, grinste und meinte auf einmal, ohne weiter zu überlegen: »Warum nicht? Ich kann mich an den Gedanken gewöhnen, ab und zu hier zu sein, wenn ich in Ambra nicht mehr gebraucht werde.«

Gabriella umarmte ihn, und er empfand eine Spur von Glück.

Elena lächelte und meinte nach einer Weile: »Ihr könnt es euch ja noch in Ruhe überlegen.«

»Nein«, sagte Gabriella.

»Nein«, sagte auch Neri.

86

Elena saß Neri und Gabriella in Cecina in einem Restaurant gegenüber und schob ihre Sonnenbrille hoch, um den beiden besser in die Augen sehen zu können. »Mein Gott, das ist jetzt kein Pullover, den man mal eben auf dem Markt besorgt, das ist eine Immobilie, und die kauft man ja nicht alle Tage, sondern meist nur einmal im Leben. Und darum sollte man sich das gut überlegen. Wenn man sich allerdings in eine Immobilie verliebt und plötzlich das Gefühl hat, dass man stirbt, wenn man sie nicht bekommt, dann sollte man zuschlagen. Im Grunde ist es keine Rechenaufgabe – obwohl es so aussieht –, sondern eine Gefühlskiste. Schlaft drüber. Redet drüber. Und dann sagt mir Bescheid.«

Neri und Gabriella hingen an Elenas Lippen und schwiegen.

»Das sage ich allen meinen Kunden. Auch denen, die eine Zehn-Millionen-Villa kaufen wollen. Wenn sie nicht verliebt sind, hat es keinen Zweck. Und wenn da irgendwo im Hinterkopf auch nur noch so ein leichter Zweifel ist oder ein Warnsignal oder eine kleine Angstbremse – dann hat es auch keinen Zweck. Die Zehn-Millionen-Typen gehen das gleiche Risiko ein wie ihr. Klar, sie haben mehr auf dem Konto. Aber die Angst oder die große Entscheidung, ob Ja oder Nein, ist im Grunde dieselbe.«

Gabriella nickte.

»Vor einer Woche war ich auf Ischia. Da hatte ich einen Interessenten für eine knapp Acht-Millionen-Villa. Der rannte schweigend zwei Stunden durchs Haus, treppauf, treppab, ohne auch nur eine einzige Frage zu stellen, und dann kam er an und sagte: Okay, ich kaufe die Villa. Tja. So etwas gibt's auch. Ich erzähle euch das jetzt nicht, um Druck zu machen, ihr habt alle Zeit der Welt für eure Entscheidung, aber dieser Typ wollte einfach unbedingt den Blick aufs Meer.«

»Ho capito, va bene, ich will das Haus. Ich sterbe, wenn ich es nicht kriege.«

Neri rieb sich die Stirn. Dann grinste er. »Was hab ich für eine Wahl? Meine Frau stirbt, wenn sie das Haus nicht bekommt, also nehmen wir es. Das ist doch gar keine Frage. Und ich bin glücklich, wenn sie glücklich ist. Denn wenn sie stirbt, sterbe ich auch.«

»Wärst du auch glücklich mit dem Häuschen ohne mich?«

»Nein. Denn dann müsste ich ja allein auf der Terrasse sitzen und aufs Meer schauen, und das würde ich nicht tun.«

»Va bene«, sagte Elena, »dann werde ich alles in die Wege leiten. Aber wie gesagt, ihr könnt es euch noch überlegen. Es ist erst vorbei, wenn ihr beim Notar unterschrieben habt.«

Neri und Gabriella nickten gleichzeitig und lächelten sich zu.

»Ich finde, wir sollten darauf einen Champagner trinken«, meinte Elena und bestellte, ohne eine Antwort abzuwarten. »Ich finde, ihr habt alles richtig gemacht. Ihr müsst euer Geld für eure Träume ausgeben und nicht auf dem Konto liegen lassen. Sonst ist es schneller weg, als ihr denkt.«

»Erzähl von dir!«, sagte Gabriella. »Du bist ja richtig dick im Geschäft.«

»Nun ja, ich kann nicht klagen, ich vertrete lukrative Objekte und bin viel in der Welt unterwegs. Das gefällt mir, ich bin wirklich zufrieden. Aber auf der Reise nach Ischia ist mir was passiert, das hab ich nicht kapiert und das muss ich euch erzählen. Möchte mal wissen, was du, Donato, als Carabiniere, darüber denkst.«

»Erzähl!«

»Also, ich musste wegen dieser großen Villa nach Neapel, war im Flughafen von Pisa, und es ging mir echt nicht gut. Mir war schwindlig, unglaublich übel, so was hab ich eigentlich nie, aber mein Kreislauf machte richtig schlapp. Ich dachte, ich krieg das mit dem Flieger nicht geregelt, und hab einen Arzt gesucht, der mir eine Kreislaufspritze geben kann, damit ich wieder auf die Füße komme. Und Pisa hat ja ein medizinisches ambulatorio. Ich hab's auch gefunden, bin rein, hatte nicht mehr viel Zeit, war aber keiner da, ich hab gerufen, nichts, hab in die Räume geguckt, und ich dachte, ich seh nicht richtig: In einem wurde operiert! Könnt ihr euch so was vorstellen? Da wurde echt operiert! In so einem kleinen piefigen ambulatorio! Auf dem Tisch lag ein Mensch, ich glaube ein Mann, und der Chirurg hatte irgendetwas in der Hand. Ein Herz, eine Leber, eine Niere? Keine Ahnung. Vielleicht auch einen Tumor? Es war alles voller Blut, ich hab nichts erkannt, jedenfalls schrie plötzlich irgendjemand ›Raus!‹, und ich bin abgehauen. Ohne Spritze, ohne irgendwas. Bin rein in den Flieger und hab einen Prosecco bestellt, und dann ging's mir besser.« Sie lachte. »Kann mir mal einer erklären, was da los war?«

Neri und Gabriella sahen sich an.

»Das ist wirklich ungewöhnlich«, bemerkte Neri leise. »Wer war da alles im Raum?«

»Nur zwei Personen. Der Chirurg und ein Assistent. Die Atmosphäre war irgendwie angespannt, vielleicht waren sie in Eile oder nervös, weil ich einfach so und aus Versehen hereingeplatzt war. Keine Ahnung. Ich hab jedenfalls gesehen, dass ich wegkam, ich musste ja auch zum Flieger.«

»Ich kann es nicht glauben«, meinte Neri, »das klingt für mich völlig absurd.«

»Kann es nicht sein, dass sie bei irgendjemand nur eine stark blutende Wunde versorgt haben?«, fragte Gabriella.

Elena dachte einen Moment nach. »Nein, ich glaube nicht, der

Brustkorb der Person war offen, und der Chirurg hatte wirklich einen blutverschmierten Klumpen in der Hand, aber vielleicht hab ich mich auch getäuscht? Ich hab seitdem unentwegt drüber nachgedacht. In der Erinnerung erscheint mir jetzt auch alles so fremd, so unmöglich. Und ich war krank, mir ging es so schlecht wie noch nie in meinem Leben … Also ich weiß es nicht. Egal. Kommt, lasst uns über etwas anderes reden!«

Neri war nachdenklich geworden. »Ich finde das alles schon äußerst merkwürdig«, sagte er. »Ich glaube, ich werde mal hinfahren und mir das ambulatorio ansehen.«

Als der Champagner kam, hoben sie ihre Gläser und stießen an. »Auf die Immobilie hier in Cecina!«, sagte Gabriella.

»Auf euch und unser Wiedersehen!«, ergänzte Elena.

»Auf die Zukunft!« Neri freute sich darauf, aber er hatte irgendwie auch ein ungutes Gefühl.

87

Als Neri am nächsten Morgen wieder im Büro war, hatte er das Gefühl, drei Wochen verreist gewesen und unglaublich erholt zu sein.

»Nun, wie war's? Was gibt es Neues?«, fragte er Cesare gut gelaunt. »Hast du die Stellung gehalten, alles erledigt, alles im Griff?«

»Jawohl!«, meinte Cesare, und er stand beinah stramm. »Es war nichts los, aber ich habe ungeheuer viel gearbeitet. Hier der Bericht über meine Befragungen nach Jonas' Verschwinden in Ambra.« Er legte einen Stapel Papier auf den Tisch, den Neri durchblätterte.

»Du lieber Himmel, das sind ja fünfundzwanzig Seiten, wie hast du das denn so schnell hinbekommen?«

»Meine Freundin hat meine Notizen für mich abgetippt«, sagte Cesare und blickte zu Boden. »Ich bin da nicht so schnell.«

Alle Achtung, dachte Neri.

»Und hier ist das Protokoll der Anrufe, die gekommen sind. Es waren nicht viele und nichts Wichtiges. Die Putzfrau kommt morgen nicht, sie ist krank. Marcello hat gemeint, wenn Sie noch Steine brauchen, können Sie sich gerne welche holen. Er hat seinen Weg fertig gebaut und weiß sowieso nicht, wohin mit den Dingern. Die Wenglers haben sich gemeldet. Jonas geht es einigermaßen, aber er hat immer noch hin und wieder Angstattacken.

Tatsächlich lebt er nach wie vor bei den Großeltern, wo er sich anscheinend wohler fühlt. Und sie wüssten gern, ob man in den Ermittlungen schon weitergekommen ist. Ihr Sohn Gianni bittet um Rückruf. Und dann hatte sich noch einer verwählt.«

»Benissimo«, sagte Neri. »Du hast den Laden im Griff. Ich sollte öfter wegfahren.«

»Und wie ist es Ihnen ergangen, maresciallo? Haben Sie wichtige neue Informationen erhalten?«

Neri war auf dem falschen Bein erwischt und vollkommen irritiert. »Wie? Was für Informationen?«

»Na, Sie waren doch in Cecina, weil sich da ein Kollege auskennt und Insiderwissen hat. Über Organhandel und so?«

Neri verfluchte innerlich, dass er nicht mehr so schnell denken konnte wie früher und jetzt nicht so spontan wusste, was er sagen sollte. »Ach so, ja, der«, stotterte er, »ja, das war sehr interessant, was er zu sagen hatte. Der Organhandel ist ein riesiges Problem, Cesare. Tendenz steigend. Wir müssen uns da auf was gefasst machen.«

Cesare nickte.

»Hier ist ja dann so weit alles klar, dann lass uns nach Pisa zum Flughafen fahren. Ich möchte mir dort das ambulatorio mal ansehen.«

»Jetzt?«, fragte Cesare fassungslos.

»Warum nicht? Der Tag ist ja noch lang. Schick deiner Freundin eine WhatsApp, dass du heute eventuell etwas später nach Hause kommst, und dann ab!«

»Aber warum wollen Sie denn dieses ambulatorio sehen?«

»Das erklär ich dir während der Fahrt. Und nun komm!«

88

Zwanzig Minuten später waren sie auf der Autostrada in Richtung Florenz, um dann über Pistoia weiterzufahren in Richtung Pisa. Es war eine ziemliche Ochsentour von mindestens zwei Stunden.

Neri saß schlecht gelaunt am Steuer, denn stundenlang mit Cesare in einer vorsintflutlichen Carabinieri-Karre auf engstem Raum eingepfercht zu sein, war nicht gerade ein Vergnügen.

Er erzählte Cesare, was Elena dort gesehen oder zu sehen geglaubt hatte.

»Und darum will ich dieses verdammte ambulatorio selbst in Augenschein nehmen«, grummelte Neri. »Guck doch mal kurz im Handy, was da über das ambulatorio steht!«

Cesare seufzte leise, daddelte eine Weile mit seinem Handy herum und las dann: »Also. Es befindet sich im östlichen Trakt des Flughafens, zwischen den Bereichen B und C. Es hat vier Räume, zweiundsiebzig Quadratmeter, Eigentümer ist die Stadt Pisa, verpachtet seit 2019 an dottor Nevio Angioli, chirurgo und internista.«

»Der? Ja, den kenn ich!«

»Ach ja?«

»Er hat auch ein ambulatorio in Ambra. Und wohnt in Monte Benichi.«

»Tutto bene. Und warum fahren wir jetzt dorthin?«

»Um zu sehen, ob alles in Ordnung ist. Warum die da operieren. Das ist doch nicht normal! Aber lass uns darüber reden, wenn wir das ambulatorio gesehen haben, va bene?«

»D'accordo.«

In den kommenden Minuten schwieg Cesare, und Neri sah, dass er nicht mehr aus dem Fenster sah, sondern eingeschlafen war.

89

Endlich in Pisa angekommen, kurvte Neri in der Gegend herum, wendete zweimal, fluchte leise und parkte dann auf Parkdeck drei.

Cesare wachte auf, streckte seine Knochen und sah ihn fassungslos an. »Wir sind dienstlich hier, maresciallo, Sie können direkt vor dem Haupteingang stehen bleiben, da kann uns keiner was.«

»Ach ja?«, sagte Neri und zog eine Augenbraue hoch, was ihm nur in außergewöhnlichen Momenten gelang. »Aber wir sind hier in Pisa nicht zuständig, Cesare. Schon vergessen? Wir gucken uns nur mal um. Und da können wir nicht parken, als wären wir der Polizeipräsident von Pisa persönlich.«

Cesare schwieg und folgte Neri in die Empfangshalle.

»Dann wäre es vielleicht besser gewesen, wir wären in Zivil erschienen«, flüsterte er.

»Ja, vielleicht wäre das besser gewesen«, gab Neri zu. »Aber jetzt ist es zu spät. Machen wir das Beste draus.«

Sie liefen durch das gesamte Flughafengebäude, bis sie schließlich im Bereich C das Schild mit der Aufschrift »ambulatorio« entdeckten, das aber nicht beleuchtet war.

Auch das ambulatorio wirkte dunkel, und die Tür war abgeschlossen. Am Fenster keine Hinweise auf die Öffnungszeiten.

»Und deswegen sind wir nun hierhergefahren?«, stöhnte Cesare.

»Himmel, ja!«, explodierte Neri. »So ist das nun mal in diesem Job. Es gibt auch Rückschläge. Und bei der Ermittlungsarbeit ganz besonders.«

Cesare verdrehte die Augen und schwieg.

»Komm!«, sagte Neri, lief zielgerichtet auf einen Fahrstuhl zu und fuhr zur Flughafenverwaltung in den ersten Stock.

Dort wurden Cesare und er in drei verschiedene Büros verwiesen, bis sie endlich einem freundlichen, beleibten Herrn gegenüberstanden, einem gewissen Enzo Pasquini, der hinter seinem Schreibtisch sitzen blieb, ihnen aber lange und heftig die Hand schüttelte.

»Maresciallo, was kann ich für Sie tun?«, flötete er freudig erregt, als wäre das Gespräch mit einem maresciallo der Carabinieri das Beste, was ihm in diesem Leben passieren konnte.

»Es geht um das ambulatorio hier am Flughafen. Warum ist es geschlossen?«

»Tja, das ist sehr schade, aber Dottor Angioli, der es gepachtet hatte, hat zum Ersten des kommenden Monats gekündigt und seine Tätigkeit bereits aufgegeben. Und nun suchen wir einen neuen Flughafenarzt.«

»Wie lange war Dottor Angioli hier Pächter?«

»Oh, da muss ich nachsehen, aber vier oder fünf Jahre bestimmt.«

»Und was war der Grund für seine Kündigung?«

»Arbeitsüberlastung. Er hat außerdem ein ambulatorio in Ambra eröffnet und bekam das wohl zeitlich nicht mehr geregelt. Die Arbeit wuchs ihm über den Kopf.« Er zuckte die Achseln. »Ist ja nachvollziehbar. Ich hoffe, wir finden möglichst schnell einen Ersatz!«

»Sagen Sie, könnte ich das ambulatorio vielleicht einmal sehen?«

»Sicher, aber warum denn?«

»Ich habe gerade eine Idee. Ich kenne da einen dottore, der vielleicht genau so eine Aufgabe sucht. Einen, der als Flughafenarzt vielleicht wie geschaffen wäre … Ich möchte ihm gern die Räumlichkeiten beschreiben, und dazu müsste ich sie einmal kurz sehen.«

»Aber natürlich. Bitte, kommen Sie.«

Pasquini erhob sich schwerfällig und schleppte sich aus dem Büro.

Neri und Cesare folgten schweigend.

Neri sah sich im ambulatorio aufmerksam um. Wenn man eintrat, war man sofort im Wartezimmer.

Pasquini zeigte ihnen bereitwillig die Räume, die aussahen wie in einer normalen Hausarztpraxis, in der man Rezepte ausstellte, Spritzen gab oder hin und wieder eine Wunde verband. Alles ganz normal.

Selbst in dem Raum, an dem »Eintritt verboten« stand und in den Elena hineingegangen war, standen nur ein Schreibtisch, eine normale Behandlungsliege, ein Schrank mit Medikamenten. Mehr nicht.

Dies war wahrhaftig kein Ort, an dem operiert werden konnte. Dazu waren keine Gerätschaften und medizinischen Apparate vorhanden.

Und die vorsintflutliche Funzel an der Decke half noch nicht einmal dabei, eine Zecke aus der Haut eines Kindes zu drehen.

Das ambulatorio sah aus, als ob es die letzten dreißig Jahre nicht verändert worden war, und Neri konnte es kaum glauben. Elena war eine taffe, moderne Frau, die mit beiden Beinen im Leben stand und beruflich ungeheuer erfolgreich war. Was hatte sie hier gesehen?

Vielleicht war sie wirklich krank und von Sinnen gewesen.

»Grazie, Signor Pasquini«, sagte Neri, »das ist ein wirklich schönes ambulatorio. Ich werde dem dottore, der sich dafür interessieren könnte, davon erzählen. Er wird sich bei Ihnen melden.«

»Das wäre schön. Mille grazie, maresciallo.«

Sie nickten sich gegenseitig noch einmal kurz zu, und dann gingen Neri und Cesare zum Parkdeck drei.

»Es gibt keinen Interessenten für das ambulatorio?«, fragte Cesare.

»Natürlich nicht.« Neri grinste. »Aber wir haben alles gesehen. Kannst du dir vorstellen, dass in diesen Räumen ein Mensch operiert worden ist?«

»Überhaupt nicht.«

»Ich auch nicht. Und insofern sind wir vielleicht schon ein klein wenig schlauer. Die Signora Ludwig war offensichtlich sehr, sehr krank an dem Tag, als sie nach Ischia geflogen ist. Sie hat da eine Menge fantasiert und durcheinandergebracht.«

»Und nun?«

»Nichts nun. Alles in Ordnung. Aber ich denke, ich sollte doch einmal Signor Angioli in Monte Benichi einen Besuch abstatten.«

90

Elena hielt triumphierend eine Flasche Champagner in die Höhe, als Andrea die Tür öffnete.

»Du hast es?«

»Ja. Ich hab's geschafft. Die Villa ist verkauft!«

»Wahnsinn! Komm herein!«

Zum ersten Mal betrat Elena Andreas Wohnung und sah sich aufmerksam um.

»Ich kann dir gar nicht sagen, wie sehr ich mich freue! Komm!«

Er führte sie ins Wohnzimmer. Ein großer Raum, wie man ihn in einem Palazzo erwartete, mit teuren, seidenen Tapeten, handgeknüpften Teppichen und antiken Möbeln. Er wirkte trotz seiner Größe sehr gemütlich und machte den Eindruck, als wären die letzten hundert Jahre scheinbar spurlos an ihm vorübergegangen.

»Oh, wie schön hast du es hier!«, sagte Elena, als sie sich setzte.

»Wollen wir gleich die Flasche öffnen?«, fragte Andrea.

»Warum nicht? Sie ist gut gekühlt, und ich habe mich bemüht, sie auf dem Transport nicht zu schütteln. Dennoch solltest du beim Öffnen nicht unbedingt auf den Lüster zielen.« Dass es sich um einen echten, extrem schönen venezianischen Lüster aus Muranoglas handelte, hatte Elena sofort gesehen, und Andrea grinste.

»Keine Sorge.«

Als sie sich wenig später zuprosteten, sagte Andrea: »Erzähl. Wie ist es gelaufen? Wie ist es dir ergangen? Ich will jede Kleinigkeit wissen. Denn noch kurz vor dem Abflug ging es dir ja extrem schlecht.«

Elena erzählte detailliert. Von ihrem Erlebnis im Flughafen von Pisa und dann von der Besichtigung der Immobilie. Und sie hatte das Gefühl, dass ihr noch nie jemand so aufmerksam zugehört hatte.

Als sie geendet hatte, meinte Andrea: »Ich habe nicht nur eine wunderschöne, sondern auch eine erfolgreiche und schwerreiche Frau kennengelernt. Das ist ja nicht zu fassen! Complimenti! Das hast du hervorragend gemanagt. Aber was soll diese Sache im ambulatorio? Was denkst du, was da los war?«

»Ich weiß es nicht«, sagte Elena leise, »und das Komische ist: Ich will es auch gar nicht wissen, sondern lieber vergessen. Ich habe das Gefühl, es würde mir nicht guttun, dem tiefer auf den Grund zu gehen. Ich hab das an die Polizei weitergegeben, und alles andere ist mir egal. Ich will da gar nicht mehr dran denken.«

»Das verstehe ich. Und du hast vollkommen recht.« Er stand auf und nahm ihre Hand. »Komm, ich möchte dir meine Wohnung zeigen. Die Küche, das Bad, das Schlafzimmer. Und alles, was dazugehört. Und hinterher fahren wir in den Chianti. Ungefähr zwanzig Minuten von hier. In das beste Restaurant, das die Toskana zu bieten hat.«

»Und du glaubst im Ernst, dass ich es noch nicht kenne?«

»Ja. Davon gehe ich aus.« Andrea grinste. »Denn es gehört einem Freund, und der hat es erst vor einem Monat eröffnet. Aber du wirst begeistert sein, da bin ich ganz sicher!«

Andrea hatte nicht zu viel versprochen. Das Restaurant war nicht gut oder besser als andere – es war perfekt. Hoch über den Hügeln des Chianti lag es eingebettet zwischen Weinbergen auf

einem kleinen Plateau, umgeben von Eichenwald. Von der großen Terrasse und dem Speisesaal war der Blick über die Toskana
atemberaubend, etwas Derartiges hatte selbst Elena noch nicht
gesehen. Das ehemalige castelletto war liebe- und mühevoll restauriert worden, mit viel Gefühl für jedes noch so kleine und vielleicht unwichtig erscheinende Detail. Dieser Ort war wahrhaftig
ein Gedicht. Unübertroffen wahrscheinlich, man konnte nur
hoffen, dass den Besitzern bewusst war, welchen Schatz sie da in
ihren Händen hielten.

Die Sonne versank glutrot im hügeligen Land. Andrea und
Elena saßen an einem Zweiertisch im Saal, nicht im Freien. Andrea hatte es sich so gewünscht, denn er mochte es nicht, wenn
langsam die Kühle durch die Kleider kroch, Mücken kamen und
der Wind den roten Wein im Glas zum Schwingen brachte. Er
wünschte sich die Beständigkeit der Situation, er wollte sich ausschließlich auf Elena konzentrieren und sich nicht von den sich
stetig verändernden äußeren Gegebenheiten ablenken lassen.

Elena hatte dafür Verständnis. Es ging ihr ähnlich. Sommerabende in der Toskana klangen zwei Stunden lang oft windig, kühl
und unwirtlich aus, bis sich die Atmosphäre wieder beruhigte
und man die stille, warme Nacht genießen konnte.

Die Vorspeise war köstlich gewesen, der Rotwein wohltem-
periert.

Andrea hielt Elenas Hand und sah sie an. »Du lieber Himmel,
ich hätte nicht gedacht, dass mir das in meinem Leben noch einmal passiert – aber ich liebe dich, Elena.«

Elena drückte seine Hand und lächelte. »Andrea, mach es uns
doch nicht so schwer. Ich liebe dich auch. Auf eine Art, die ich
bisher noch nicht kannte. Es beruhigt mich. Es macht mich stark
und glücklich. Aber was soll das werden?«

»Ich will einfach nur leben«, sagte Andrea leise. »So wie hier
und heute. Einfach nur den Tag kommen lassen und nicht allein
sein. Glücklich sein.«

Elena nickte und sah ihn an. »Va bene.«

Der Hauptgang kam, und sie begannen zu essen. Schwiegen. Es war so einfach und doch so kompliziert. Keiner wusste, was er sagen sollte.

Als Elena aufgegessen, das Besteck auf den Teller gelegt und sich mit der Serviette den Mund abgetupft hatte, sagte sie leise: »Andrea, ich habe ein neues Date. Ende nächster Woche. Von Freitag bis Sonntag.«

Er sah zu Boden und hörte auf zu atmen. »Und du willst hingehen?«, fragte er, ohne sie anzusehen.

»Ja. Ich denke schon.«

Andrea überlegte lange. Dann fragte er: »Warum tust du das? Jetzt, wo wir uns gefunden haben?«

»Ich bin noch nicht alt, Andrea. Noch steht mir die Welt offen. Und ich liebe das Abenteuer.«

Er nickte. Schwieg und nickte. Immer wieder. »Verstehe«, sagte er und stand auf. »Bitte, entschuldige mich.«

Es dauerte lange, bis Andrea endlich wiederkam. Sie hatte schon befürchtet, er wäre weggefahren.

»Lass uns gehen«, sagte er nur.

Er bezahlte, und sie verließen das Restaurant.

Schwiegen während der ganzen Fahrt.

Elena fühlte sich elendig.

Ihr Herz brannte. Vielleicht hatte sie ihn verloren.

Als er vor ihrem Haus hielt, schaltete er den Motor aus und sah sie an.

»Bitte entschuldige«, sagte sie, »vielleicht hätte ich es dir gar nicht sagen sollen. Aber ich wollte ganz ehrlich mit dir sein.«

Andrea schluckte und sah zu Boden.

Sie nahm seine Hand und führte sie an ihre Lippen. »Ich liebe dich, Andrea, aber es kommt so überraschend für mich, ich hätte niemals mehr mit so etwas gerechnet. Darum kann ich damit noch nicht umgehen, und ich bin noch nicht bereit, der Agentur zu kündigen. Unsere Beziehung ist noch zu frisch. Verstehst du das?«

»Du könntest einfach absagen.«

Sie schwiegen und sahen sich an.

»Ich hätte es dir wirklich nicht sagen sollen«, meinte sie leise.

»Doch. Schon gut. Vielleicht ist es besser, wenn ich es weiß. Wo trefft ihr euch?«

»Auf der Isola Maggiore im Lago Trasimeno.«

»Ich halte es nicht aus«, sagte er.

»Es tut mir so leid.«

»Bitte, komm mit zu mir. Bitte!«

»Va bene.«

Er fuhr los.

Als sie in Andreas Arm lag und seine Tränen auf ihren Wangen spürte, flüsterte sie: »Ich werde auf mich aufpassen, ganz bestimmt. Und vielleicht ist es ja auch das letzte Mal. Auf jeden Fall werde ich zu dir zurückkommen. Das verspreche ich dir.«

Andrea drückte sie ganz fest an sich.

Er hatte Angst. Unbeschreibliche, unvorstellbare Angst, sie zu verlieren.

DAS DATE

91

Er hatte online auf der Webseite der Agentur gesucht. Hatte Gesichter hinauf und herunter gescrollt, sie sagten ihm alle nichts, und je länger er das tat, umso uninteressanter und austauschbarer wurden die Gesichter.

Er lehnte sich zurück und schloss die Augen. Spürte, dass er dringend eine Abwechslung, etwas ganz anderes brauchte. Schon ewig hatte er keine Frau mehr im Arm gehalten und fühlte sich wie ein alter, vertrockneter Baum, den seit zwei Jahren kein Tropfen Regenwasser mehr erreicht hatte und der nun langsam begann, seine spröde und rissig gewordenen Zweige zu neigen.

Das war kein Zustand. Und da er niemand war, der sich in Kneipen, Restaurants oder Museen herumtrieb und Frauen einlud oder ansprach, da er nie in der Stadt herumlungerte, um einen Kontakt zu provozieren, da er im Theater in der Pause nicht mit einem Glas Sekt herumstand und über das Stück diskutierte, sondern eigentlich immer nur allein und für sich war, hatte er keine Wahl. Er musste auf die Agentur zurückgreifen und eine Frau für ein Wochenende bestellen. Er wusste, dass es richtig viel Geld kostete, so ein Wochenende leistete man sich nicht eben mal so nebenbei, wenn man nicht Milliardär war und einem das Geld aus den Ohren herauskam. Frauen als auch Männer in der Agentur genügten höchsten Ansprüchen und hatten einfach Stil, und er war auch noch nie enttäuscht worden. Dazu kam, dass er verlangen konnte, was ihm in den Sinn kam. Sie musste spuren, er hatte die Macht. Und das war ganz nach seinem Geschmack.

Also suchte er weiter.

Aber er wollte diesmal wirklich keine aus Dubai, Rom oder Berlin, die er vom Flughafen abholen musste. Vor zwei Jahren hatte er schon einmal sechs Stunden am Gate gewartet, bis eine abgemagerte Französin mit schwarzen Ringen unter den Augen völlig erschöpft auf ihn zugestolpert kam und zu nichts mehr zu gebrauchen war.

Das hatte alles keinen Zweck.

Er gab in der Suchmaschine der Agentur Firenze – Siena – Arezzo ein, das berühmte toskanische Dreieck, das Touristenherzen höherschlagen ließ, und bekam zehn Treffer. Alles Frauen, die in seiner Nähe, in einer maximalen Entfernung von hundert Kilometern, lebten.

Eine schmale, mondäne fiel ihm sofort ins Auge. In einem leichten Sommerkleid, die Haare streng zurückgekämmt, stark geschminkt, mit dichten falschen Wimpern. Aber es stand ihr, fand er. Sah gut aus. Sie hatte irgendetwas, sie gefiel ihm. Nicht jung, nicht alt. Irgendetwas dazwischen. Interessant. Laura. Nummer 2803. Nun ja, warum nicht? Es kam auf einen Versuch an. Wenn sie ihm in natura nicht gefiel, konnte er sich immer noch umdrehen und gehen. Sie kannte ihn nicht und würde es gar nicht merken.

Er hatte sie bestellt. Auf die Isola Maggiore im Lago Trasimeno. In die Kirche del Buon Gesù, da es Frauen beruhigte, wenn er sich mit ihnen in Gotteshäusern traf. Dort fühlten sie sich sicher.

Ein spöttisches Lächeln huschte über sein Gesicht.

Am nächsten Wochenende würde er sie treffen.

Nevio war gespannt.

92

An der Kirchentür klebte ein großes Schild: »Heute findet wegen personeller Schwierigkeiten keine Abendandacht statt. Es tut uns leid, bitte nutzen Sie die Kirche zum Gebet.«

Die Kirche war leer, sie saß allein in der ersten Reihe und wartete. Zart, zerbrechlich, schön. Alterslos.

Langsam ging er auf sie zu.

»Buonasera«, sagte er leise. »Signora Laura?«

Sie nickte.

»Piacere.« Sie gaben sich die Hand.

Was für eine interessante Frau, dachte er, nicht mehr jung, noch nicht verblüht ... warum nicht? Sie trug einen seidenen hummerfarbenen Hosenanzug, und ihr Haar war zurückgesteckt wie auf dem Foto der Agentur. Selbst hier in der Kirche hatte sie eine Sonnenbrille auf.

»Wie sieht's aus? Darf ich Sie zu einem Kaffee einladen?«

»Sie dürfen!«, sagte sie und stand auf. Nahm ihre Tasche und wand sich aus der Kirchenbank.

Für ihr Alter ist sie nicht übel, dachte er und folgte ihr aus der Kirche.

»Laura!«, rief er, als sie über den Vorplatz ging, und sie blieb stehen und sah ihn an.

Er legte ihr sanft eine goldene Kette um den Hals.

»Va bene«, sagte sie und lächelte. Was für ein Bild von einem Mann, dachte sie.

Er faszinierte sie. War ein ganz anderes Kaliber als Andrea oder auch Federico aus Venedig.

Im Café waren sie schweigsam, tauschten ein paar Nettigkeiten und höfliche Floskeln aus, aber keiner stellte dem andern eine direkte, persönliche Frage.

Im Grunde war es genau so, wie es sein sollte.

Wenig später fuhren sie zurück aufs Festland, aßen in einem vorzüglichen Restaurant und übernachteten dann in einem Fünf-Sterne-Hotel mit einem traumhaften Blick auf den See.

Er, der sich Giancarlo nannte, war ein großartiger Liebhaber, stürmisch, leidenschaftlich, teilweise sogar brutal. Aber sie mochte und akzeptierte das. Als er ihre Beine spreizte und sie leicht schlug, explodierte ihre Lust geradezu.

Die Nacht war ein Erlebnis, sie ließ sich vollkommen fallen, war glücklich. Andrea, dachte sie, bitte, das kannst du mir nicht nehmen. Wenn du mich halten willst, dann lass mir diese Auszeiten.

Er wachte vor ihr auf und ging hinaus auf die Terrasse, rauchte eine Zigarette und sah über den See. Was für ein schöner Platz. Es passte alles. All die Probleme, die ihn belasteten, waren zumindest kurz vergessen, er fühlte sich wie in einem anderen Leben.

Da kam Laura auf die Terrasse. Im Bademantel, blass und noch völlig ungeschminkt. Ohne Make-up und falsche Wimpern. Mit offenen Haaren, die ihr wirr bis auf die Schultern fielen.

Sie lächelte. Setzte sich neben ihn.

Und er erstarrte.

In diesem Moment begriff er. Seine Haut brannte. Er hatte das Gefühl, sein Kopf stünde in Flammen, denn plötzlich erinnerte er sich, wo er sie gesehen hatte.

Er erkannte sie.

Wusste jetzt, wer sie war.

93

Ihr Kopf dröhnte. Der Schmerz zog sich hinter ihren Ohren direkt in die Schläfen und dann weiter bis in die Stirn. Auch ihr Nacken schmerzte, sie musste sich in der Nacht verdreht haben. Aber was war los mit ihrem Kopf? Das Letzte, an das sie sich erinnerte, war, dass sie mit Giancarlo in einem wunderschönen Hotel gewesen war. Ein herrlicher Blick über den See, warme Luft, so zart und sanft wie Seide. Er hatte sie angelächelt, sie hatte sich zu ihm auf den Balkon gesetzt, und da, genau an diesem Punkt, hörte ihre Erinnerung auf.

Sie fühlte sich todkrank, hatte das Gefühl, sich übergeben zu müssen, konnte sich kaum bewegen, ihr Kopf war kurz davor zu explodieren, so wie an dem Tag, als sie ab Pisa fliegen musste.

Verdammt. Hatte sie jetzt ständig alkoholbedingte Abstürze und jedes Mal den totalen Filmriss?

Das wäre eine Katastrophe.

Sie öffnete die Augen, die unaufhörlich tränten, und wollte die nassen Tropfen mit ihrem Unterarm wegwischen, aber da gab es einen Ruck, einen Stopp, einen Schmerz, und erst dann merkte sie, dass es nicht ging, da sie angekettet war. Der Arm, auf dem sie gelegen hatte, war mit einer Handschelle ans Bett gefesselt, und sie konnte ihn nur wenige Zentimeter bewegen.

In ihrem Kopf drehte sich alles.

Um sie herum war tiefschwarze Nacht. Sie konnte den Raum, in dem sie sich befand, nicht erkennen.

Sie wusste nicht, wo sie war.

Sie wusste nicht, was passiert war.

Sie wusste nicht, was passieren würde.

Das war der absolute Albtraum, der Horror schlechthin.

Tief in ihrem Unterbewusstsein und in ihren schrecklichsten Träumen hatte sie geahnt, dass so etwas mal passieren könnte. Ein Club wie der, in dem sie sich prostituierte, war ein Abenteuer und somit höchst gefährlich. Sie hatte es immer befürchtet, aber das war teilweise auch der Kick an der Sache gewesen.

Sie hoffte inständig, dass Giancarlo nur ein perverses Spiel mit ihr trieb, aber sie konnte es nicht wirklich glauben, denn sie hatte nichts mitbekommen. Wahrscheinlich hatte er ihr Drogen, K.-o.-Tropfen oder Ähnliches ins Wasser gekippt, hatte sie gefügig und willenlos gemacht und ihre Erinnerung ausgelöscht.

Und nun erlebte sie offensichtlich das Unfassbare. Das Schlimmste überhaupt.

Sie rückte ganz weit an das Kopfteil des Bettes, um sich wenigstens ein bisschen aufrichten zu können.

Es gab kein Fenster. So viel war klar. Nur eine Entlüftungsanlage ratterte leise.

Offensichtlich will er mich nicht ersticken lassen. Jedenfalls nicht sofort, dachte sie, aber es fühlte sich nicht an wie ein Trost.

Normalerweise hatte Elena immer eine Idee, einen Plan, fand immer einen Ausweg, wusste sich immer irgendwie zu helfen, aber jetzt hier, gefesselt auf diesem Bett in absoluter Dunkelheit, war sie vollkommen hilflos.

Und sie begann zu beten. Bat flehentlich darum, diesen Albtraum irgendwie zu überleben und ihm entfliehen zu können. Sehnte sich zurück nach Siena, in ihr ruhiges, verschwiegenes Haus im Herzen der Stadt, in ihren warmen Pool, ihren tropischen Garten, in ihr weiches Bett.

Da sie nicht wusste, wo sie war, hatte sie auch keine Ahnung, wie sie der Hölle entkommen könnte. Aber sie betete darum. So intensiv, wie sie noch nie gebetet hatte, denn vielleicht hatte Gott, der Allwissende, eine Idee.

Waren zwei, vier oder acht Stunden vergangen, seit sie hier lag und die Angst vor dem, was passieren würde, sie fast um den Verstand brachte? Sie hatte keine Ahnung, hatte jegliches Zeitgefühl verloren. Ihre Blase drückte, sodass sie mittlerweile fast ausschließlich nur noch an ihren schrecklichen Harndrang dachte. Sie wollte auf keinen Fall ihre Matratze vollpinkeln, damit sie nicht in den nächsten Stunden in der Nässe liegen musste. Niemand wusste, wann das hier ein Ende hatte.

Sie drehte sich und ließ sich langsam aus dem Bett gleiten. War übervorsichtig, damit die Handschelle beim Drehen nicht ihre Pulsader aufritzte. Sie war äußerst eng.

Elena sank auf den Boden, zog sich mit der ungefesselten Hand die Hosen hinunter und ließ es einfach laufen.

Ihr gesamter Körper entspannte sich, und laut seufzend fiel sie anschließend vornüber aufs Bett.

Dann zog sie sich wieder hinauf auf die Matratze. Sie brauchte dringend Wasser. Nur so könnte sie vielleicht noch ein paar Tage überleben.

Sie hörte es schon an den herannahenden Schritten, an dem Klappern der Schlüssel und an dem Aufschwingen der schweren Eisentür, dass er kam. Flackernd und mit einem Pling sprang eine Neonröhre an, und sie musste blinzeln, bevor sie ein wenig mehr von dem erkennen konnte, das sie umgab: Ein kahler Raum ohne Fenster, zwei Betten, ein Paravent, ein Tisch mit zwei Stühlen, zwei Gestelle für einen Tropf.

Es wirkte wie ein normales Krankenzimmer.

Jetzt sah sie auch, dass ihr Bett und das gegenüberliegende

verstellbare Krankenbetten waren, deren Rückenteile man hinauf und hinunter fahren und an deren Seite man Katheterbeutel einhängen konnte.

Giancarlo stand in der Tür. In der Hand hatte er ihre Handtasche, die locker an seinem Handgelenk baumelte. Er lächelte und ließ sie demonstrativ fallen.

Sie sah ihn an. Versuchte irgendeine Emotion in seinen Augen zu lesen, versuchte zu erahnen, was er vorhatte, wollte verstehen, warum auf einmal alles so anders war, so komplett aus dem Ruder zu laufen schien.

»Was soll das?«, fragte sie leise.

»Das weiß ich auch noch nicht«, antwortete er. Seine Stimme klang beinah sanft, aber es konnte auch absolutes Desinteresse sein. Ganz sicher hatte er einen Plan, aber er wollte offenbar nichts erklären.

»Wir beide waren in einem traumhaften Hotel, hatten eine wundervolle Nacht, warum können wir das nicht noch einmal wiederholen? Warum hast du mich hierhergebracht? Wo bin ich hier? Was willst du von mir, verdammt?«

»Das hab ich dir doch schon gesagt. Ich weiß es selbst noch nicht so genau.« Er sah sie an, kam langsam näher, beugte sich zu ihr herunter und küsste sie.

Sie drehte abrupt den Kopf weg.

Er lachte leise. »Irgendwie riecht es hier unangenehm.« Er sah sich um und entdeckte den nassen Fleck auf dem Fußboden.

»Armes Mädchen«, meinte er und strich ihr über die Wange, »habe ich doch glatt vergessen, dir einen Eimer hinzustellen. Das tut mir leid. Aber weißt du was? Ich werde bei Amazon eine portable Campingtoilette bestellen, die gibt's schon für plus/minus hundert Euro. Kein Drama. Dann hast du es in Zukunft etwas komfortabler.«

»Was heißt in Zukunft?«

Er zuckte nur die Achseln.

»Mach mich los, Giancarlo! Bitte! Schließ diese verdammte Handschelle auf! Mein Handgelenk tut mir weh, mir tut alles weh, weil ich mich nicht bewegen kann.«

»Immer mit der Ruhe, Signora. Ich werde dir eine Flasche Wasser besorgen und ein panino zum Abendessen. Was hättest du denn gern? Wurst oder Käse?«

»Egal.«

Er nickte kaum merklich.

»Gib mir meine Tasche! Bitte!«

»Ach ja! Deine Tasche! Die hätte ich jetzt fast vergessen.«

Er ging zur Tür, wo er sie fallen gelassen hatte, nahm sie und kippte sie in der Mitte des Zimmers aus. »Holla, holla! Madonnina, eine elegante Signora, und dann so ein Sammelsurium!« Er lachte laut auf und setzte sich im Schneidersitz auf den Boden.

Elena tobte auf ihrem Bett. Sie konnte es nicht ertragen, dass er ihre privatesten Dinge durchforstete.

Stück für Stück nahm er in die Hand. »Deine Brieftasche, sehr schön, aber viel zu schwer, du hast viel zu viel Kleingeld dabei.« Er schüttete das Kleingeld auf einen kleinen Haufen. »Und dann siebenhundertfünfundzwanzig Euro in Scheinen …«, er sah überrascht auf, »hast du im Zeitalter der Kartenzahlung immer so viel Bargeld dabei? Was ist denn los mit dir?«

Sie reagierte nicht.

»Zwei Kreditkarten, drei normale Bankkarten, na, die PIN-Nummern wirst du mir noch verraten, da bin ich mir ganz sicher, dann eine vom Automobilclub, von einem Modehaus, noch mehr Schnickschnack, deine carta d'identità, dein Führerschein, Krankenkasse … Alles bestens. Wer ist denn die kleine süße Maus?« Er hielt ein Foto hoch.

Elena reagierte nicht.

»Nun gut. Gucken wir mal, krieg ich schon raus. Deine Tochter wahrscheinlich. Sieht dir ja auch ziemlich ähnlich, was? Hast du eine Tochter?«

Elena antwortete nicht.

»Va bene. Und hier? Der Kerl? Ist das dein Jetziger oder dein Verflossener? Ist er der Vater deiner Tochter?«

Elena antwortete nicht.

»Non importa. Er ist in unserem kleinen Spiel hier nicht wichtig. Deine Brieftasche ist ja ansonsten recht überschaubar. Noch zwei Kassenbons vom Supermarkt, einer von der Apotheke ... Allora, schaun wir mal, was sonst noch so in deiner Tasche zu finden ist. Eine zusammengefaltete Einkaufstasche, um Plastik zu sparen, das ist wirklich super von dir, ein Notizblock, Taschentücher, Kugelschreiber, Lippenstift, ein Handyauflader, zwei Lesebrillen.« Er sah sie an. »Ich denke, die brauchst du nicht mehr.« Und er zerbrach sie und warf die Reste gegen die Wand. »Jetzt kommt das Interessanteste. Dein Handy.« Er nahm es in die Hand und schaltete es an. »Ach, wie dumm, es ist gesperrt. Na, kein Problem.« Er stand auf und ging zu ihr. Instinktiv und blitzartig drehte sie ihr Gesicht zur Seite, was jedoch sinnlos war. Er packte ihre ungefesselte Hand, drückte sie neben ihren Kopf aufs Bett, sodass sie ihn wohl oder übel ansehen musste, und hielt ihr das Handy vors Gesicht. Über Face ID entsperrte es sich sofort. Er grinste. »Super. Ich bin so gespannt auf deine Tochter! Sie war auf dem alten Bild so eine süße kleine Maus, wie alt ist sie jetzt?«

»Ich habe keine Tochter. Die süße kleine Maus ist meine Nichte, und sie lebt in den USA.«

»Ja, sicher. Und ich bin der Kaiser von China.«

Die Apps auf dem Handy ließen sich mühelos öffnen. »Ach klasse, dass du dein Handy nur über Face ID und nicht mit weiteren Passwörtern gesichert hast, das erspart uns einige hässliche Szenen ...« Er scrollte rauf und runter, klickte sich durch die Programme.

»Ich sehe mir gerade deine Chats bei WhatsApp an ...

Ich hab heute ne Menge geschafft, geh jetzt in die Falle. Buonanotte, hab dich lieb. Wir telefonieren morgen. Kaya

Schlaf gut, mein Liebes. Träum was Schönes! Bis morgen!
Gott, ist das süß. Mutter und Tochter. Ein Herz und eine Seele.«
Er hielt einen Moment inne, sah unentwegt aufs Handy, vergrößerte etwas und wiegte den Kopf nachdenklich hin und her.
»Also, das Bild deiner Tochter bei WhatsApp ist entzückend!«
Er sah Elena an und dann wieder auf das Bild. »Mamma mia!
Das ist ja nicht zu glauben, wie ähnlich ihr euch seht. Das bist du,
nur zwanzig Jahre jünger und knackiger und unverbrauchter. Du
bist eine schöne Frau, aber hier und da hängt ja doch schon das
eine oder andere … Aber deine Tochter ist ein Traum und noch
tausendmal reizvoller! Ich hätte große Lust, sie kennenzulernen
und aus unserer trauten Zweisamkeit eine wunderbare Dreieinigkeit zu machen. Was hältst du davon?«

Elena stöhnte und reagierte nicht. Sie wusste, dass es ohnehin
keinen Zweck hatte.

»Moment, ich guck mal in den Kontakten nach ihrer Adresse!«
Er wurde fündig und grinste. »Perfekt. Ich werde mich mit ihr
in Verbindung setzen und sie zu uns einladen. Dann sind wir
nicht mehr so allein.«

»Lass meine Tochter aus dem Spiel, du Arsch! Sie hat hier mit
dieser ganzen Sache nichts zu tun. Das geht nur dich und mich
etwas an! Hast du mich bei der Agentur bestellt, um mich umzubringen?«

»Nein, Süße, sicher nicht. Ich bin doch kein Unmensch. Ich
hab dich bestellt, weil bei mir irgendwas gesummt hat, als ich
dein Bild gesehen habe. Ich hatte das Gefühl, wir sind Seelenverwandte und werden viel Spaß miteinander haben.«

Sie versuchte, ganz ruhig zu bleiben. »Giancarlo, bitte. Wir hatten eine wunderschöne Nacht. Warum machen wir nicht da weiter,
wo wir aufgehört haben? Was soll das hier alles?«

Nevio lächelte. »Ich weiß es auch noch nicht so genau. Vielleicht werde ich einfach nur deine Tochter lieber vögeln als dich.«
Er schnalzte mit der Zunge. »Frischfleisch. Oh Mann, ich hab

richtig Lust darauf und kann es gar nicht erwarten. Meine schöne Elena in jung! Ein Traum! Warum soll ich mich mit der Mutter abgeben, wenn ich sie als junge Schönheit haben kann?«

Er scrollte weiter durch den Chatverlauf. »Oh, oh, oh, hier gibt es ja auch ganz andere Töne! Gar nicht mehr so herzlich …« Er schien sich sehr zu amüsieren, als er vorlas: »Wo bist du, verdammt?« Er sah Elena an. »Was ist das denn? Da ist deine Tochter aber ganz schön fuchtig und sauer auf dich! Na ja, Mutter und Tochter sind oft wie Hund und Katze. Oder täusche ich mich? Aber ich denke, wenn wir drei zusammen Spiele spielen, wird das aufregender sein, als wenn wir beide allein sind. Ich habe da nämlich schon ein paar Ideen. Schöne Spiele, da könnt ihr euch als Team beweisen …« Er grinste breit. »Ja, doch. Je länger ich darüber nachdenke, umso mehr Lust habe ich darauf, dass deine Tochter zu uns stößt. Und ihr beide habt doch sicher kein Problem damit, euch ein Zimmer zu teilen?«

Elena sah ihn hasserfüllt an. »Komm, mach mich los. Schließ die Handschelle auf, und wir vergessen alles, was gewesen ist, und haben richtig dreckigen Sex. Hast du da Lust drauf? Gib mir mein Handy wieder, ich bleibe noch ein paar Tage bei dir, und wir drehen total durch. Wir treiben es so wüst, wie du es noch nie erlebt hast. Was hältst du davon?«

»Nichts. Gar nichts. Seit ich deine Tochter gesehen habe, interessierst du mich nicht mehr. Und ich schwör dir, ich werde dich fertigmachen, so wie du mich fertiggemacht hast. Das wirst du mir büßen.«

»Ich versteh nicht …«

»Nein, natürlich verstehst du nichts. Frauen wie du verstehen nie was! Aber das wirst du schon noch. Das verspreche ich dir. Ich kann es nun mal nicht ausstehen, wenn man mir mein Leben kaputtmacht. Da bin ich nachtragend.«

»Bitte, erklär's mir! Was hab ich falsch gemacht? Was hab ich dir kaputtgemacht?«

Er sah sie hasserfüllt an. »Da wir noch viel Zeit miteinander verbringen werden, wirst du schon noch dahinterkommen. Jetzt muss ich mich erst einmal in Ruhe deinem Handy widmen und sehen, was ich da noch so alles entdecken kann. Und du wirst brav hierbleiben und die Schnauze halten. Aber ich bin ja kein Unmensch.«

Er verließ den Raum und kam kurz darauf mit einem Eimer und zwei Wasserflaschen wieder. Danach holte er noch einen weiteren Eimer mit frischem Wasser und ein panino. »Mit dem Wasser kannst du dich waschen, der andere Eimer ist deine Toilette«, sagte er.

Dann ging er zu ihr. »Leg dich hin!«, befahl er.

Sie schüttelte den Kopf.

»Ich denke, du willst die Handschelle loswerden?«

Elena nickte und legte sich hin.

Er schloss die Handschelle auf und deutete an die Decke. In jeder der vier Ecken war eine Kamera installiert. »Nur zu deiner Information: Ich sehe alles, was du tust. Du hast keine Chance. Akzeptiere es einfach, und dann kriegen wir beide auch kein Problem.«

Er grinste breit. »Buonanotte«, sagte er und verließ den Raum.

Elena begriff nicht, was los war. Der Raum, in dem sie gefangen war, war trostloser und schlimmer als jede Gefängniszelle. Er war wie ein Sarg unter der Erde. Ohne Licht und ohne Luft. Sie fühlte sich wie tot.

Sie aß das panino. Trank das Wasser und dachte an Kaya. Hoffte, dass er nur geblufft hatte.

Plötzlich ging wieder das Licht aus.

Sie saß erneut im Dunkeln, und die Angst überfiel sie blitzartig, wie der Sprung ins eiskalte Wasser, der einem den Atem nimmt.

94

Da war ein winziger Laut. Wie ein Schaben. Etwas Kratzendes, das sie in ihre Träume einbaute. Dann war es wieder still.

Kurz darauf ein Schlag. Oder ein dumpfes Krachen. Es kam vom Balkon und war auf alle Fälle nicht normal.

Im Schlafzimmer war es stockfinster, sie hielt den Atem an. Horchte und starrte in die Dunkelheit. Ihr Herz raste.

Sie konnte nichts hören und nichts sehen. Alles war still.

Nein, da war nichts, sagte sie sich schließlich. Alles in Ordnung, was sollte auch sein. Schlaf weiter. Morgen hast du zwei Vorlesungen, da musst du ausgeruht sein.

Sie streckte sich, schlang die Bettdecke um ihre Beine, atmete mit einem sanften, wohligen Seufzen aus und schlief wieder ein.

Als sie der grelle Strahl einer Taschenlampe direkt ins Gesicht traf, schreckte sie aus all ihren Träumen und war dem Herzstillstand nahe.

Vor ihrem Bett stand ein Mann. Vollkommen schwarz gekleidet. Vermummt. Mit einem Messer in der Hand.

Sie versuchte zu schreien. Aber da kam kein Laut. Und dann wollte sie kämpfen, sich wehren, versuchen zu fliehen, aber sie lag wie festgeschraubt in ihrem Bett, unfähig, sich zu bewegen. War vollkommen hilflos. Gelähmt und ausgeliefert. In kompletter Schockstarre.

Sie hatte nur noch die eine Chance, dass dies alles ein ganz böser Traum war. Der schlimmste, den sie je geträumt hatte.

Aber es war kein Traum.

Er riss ihr die Bettdecke weg.

Sie schrie auf. Hatte nur ein kurzes Nachthemd an und fühlte sich schutzlos und nackt.

Ihr Bett war wunderschön, aber das mit Blumen und Weinlaub verzierte schwarze Stahlgitter wurde ihr jetzt zum Verhängnis.

Er packte ihre Hände und Füße und fesselte sie mit Kabelbindern an die äußeren Streben. Nun konnte sie sich endgültig nicht mehr rühren.

Noch nie in ihrem Leben war sie so hilflos gewesen.

Sie konnte sich nicht bewegen, konnte nicht kämpfen, ihr ganzer Körper zitterte, wie ein stiller Hilferuf. Mein Körper und ich, wir beide sind in einer Scheißsituation. Vielleicht in der schlimmsten überhaupt.

Plötzlich hielt ihr der Vermummte ein Glas hin. Er riss ihren Kopf hoch. »Trink das!«, zischte er, und sie hatte keine andere Wahl. Sie würgte und schluckte etwas, das nach gar nichts schmeckte. Dann verklebte er ihren Mund mit Klebeband, sodass sie nichts mehr sagen konnte. Luft bekam sie nur noch durch die Nase, sie musste aufpassen, nicht zu weinen.

Er riss ihr das Nachthemd hoch und vergewaltigte die vollkommen Wehrlose in der absoluten Stille ihres dunklen Schlafzimmers. Ohne ein Wort.

Noch nie in ihrem Leben hatte sie eine derartige Angst verspürt. Todesangst. Sie konnte es nicht fassen, dass ihr Herz dies aushielt und überhaupt noch schlug.

Er lag auf ihr. Schwer. Stank nach einem süßlichen Parfüm. Ihr wurde übel, und sie musste sich konzentrieren, um sich nicht zu übergeben.

Höllische Schmerzen brachten sie fast um den Verstand. Ihr Unterleib stand in Flammen.

Bitte, lass mich leben, war der einzige Gedanke, den sie hatte und der in ihrem Kopf wie in einer Endlosschleife kreiste.

Sie riss die Augen auf und sah ihn an. Versuchte trotz seiner Vermummung etwas zu erkennen. Er hatte merkwürdig helle Augen hinter seinem Sehschlitz, wahrscheinlich blau. Kurze Wimpern.

Sie ließ geschehen, was er ihr antat, ertrug die Schmerzen. Aber sie konnte nicht länger verhindern, dass sie weinte. Die Tränen strömten über ihr Gesicht, er schien es noch nicht einmal zu bemerken. Es interessierte ihn nicht.

Er wird mich töten, schoss es ihr noch einmal durch den Kopf. Sie schrie innerlich in Panik, bäumte sich in ihren Fesseln auf, doch er presste sie sofort wieder in die Matratze zurück.

Als er fertig war, erhob er sich und zog sich die Hose zu.

Vielleicht geht er jetzt, dachte sie. Bitte verschwinde einfach. Und dann spürte sie, wie plötzlich alles ganz dumpf und schwer wurde, wie sie langsam in Dunkelheit versank. Zuerst wehrte sie sich noch mit aller Kraft dagegen, versuchte wach zu bleiben, versuchte zu beobachten, was er tat, versuchte herauszufinden, ob er ging … Aber sie schaffte es nicht. Dämmerte langsam weg. Ihr Körper erschlaffte, und ihr Geist begann sich auszublenden.

In diesem Moment huschte ihre Katze Mimi zur Balkontür herein.

Der Vermummte war durch die plötzliche Bewegung im Raum irritiert, sein Blick folgte dem Tier, das in der Küche verschwand. Ein Grinsen ging durch sein Gesicht, das sie sogar trotz seiner Vermummung wahrnahm.

Und er drehte sich um und folgte Mimi in die Küche.

Nur Sekunden später kam er wieder. Hielt Mimi am Nacken hoch. Grinste immer noch. Zog ein Messer aus dem Gürtel.

Mimi schrie wie ein kleines Kind in Todesangst. Als wüsste sie, was ihr bevorstand.

Er präsentierte es wie einen Zaubertrick, hielt ihr die Katze am Nackenfell direkt vors Gesicht und schnitt dem schreienden Tier die Kehle durch. Doch sie war schon lange nicht mehr erreichbar.

Mimis Kopf klappte nach hinten, das Blut schoss aus dem Hals und ergoss sich über ihren Körper.

Keine Stunde später stieß er die völlig Willenlose, die nichts von dem begriff, was mit ihr geschah, zu ihrer Mutter in den dunklen Raum. Schloss ab.

Er hatte das ambulatorio in Pisa aufgeben müssen, aber er würde bestimmt seinen lukrativen Organhandel nicht völlig an den Nagel hängen wegen dieser Schlampe. Jetzt hatte er auch die Tochter, dann konnten sie beide bezahlen. Herzen ließen sich sensationell gut verkaufen!

Jedenfalls würde er sie nicht mehr gehen lassen.

Nie mehr.

95

Elena hatte gehört, dass die Tür geöffnet und wieder zugeschlagen wurde. Niemand hatte etwas gesagt, aber sie hatte außerdem das Gefühl gehabt, dass etwas auf den Boden gefallen war. Und dann vernahm sie ein stoßweises Atmen und ein leises Stöhnen.

Als sie sicher war, dass die Tür geschlossen blieb, fragte sie leise: »Ist da jemand? Hallo?«

Die Antwort klang wie ein Jammern.

»Hallo?«, flüsterte Elena erneut und kroch vorsichtig durch den Raum. Tastete mit den Händen den Boden ab, bevor sie sich weiter vorwärtsbewegte. »Hallo? Wo bist du?«

»Hier!«, sagte eine zittrige Stimme.

»Kaya!«, schrie Elena. »Kaya, bist du das?«

»Ja!«

»Wo?«

»Ich weiß nicht.«

Ein paar Meter nur noch, dann schloss Elena ihre Tochter in die Arme.

»Wo bin ich, Mama?«

»Ich weiß es nicht.«

»Wieso bist du hier? Und warum bin ich hier?«

Elena schwieg.

»Was soll das? Was passiert mit uns?«

»Ich habe keine Ahnung. Wer hat dich gebracht, Kaya?«

Mit Mühe versuchte Kaya sich zu erinnern. »War in der Uni. Dann zu Hause. Hab mit Luigi telefoniert. Dann bin ich ins Bett und hab gepennt. Und da war plötzlich ein Mann. Schwarze Klamotten. Vermummt. Ich musste was trinken, und dann weiß ich nichts mehr.«

»Oddio! Was hat er mit dir gemacht? Was hat er dir angetan?«

»Ich weiß es nicht.« Sie fasste sich in den Schritt. »Es tut so weh.«

»Hat er dich vergewaltigt?«

»Wahrscheinlich. Aber ich weiß es nicht. Ich weiß nichts mehr.«

Elena strich ihrer Tochter über Haare, Gesicht und Brust. »Kaya, deine Haare, dein ganzer Oberkörper sind verkrustet und klebrig! Ist das Blut? Wo kommt das her?«

»Im Ernst?«

»Ja!«

»Aber mir tut hier nichts weh!« Kaya fasste sich an den Kopf, an den Hals, überall hin, aber es schien alles in Ordnung. »Ich bin okay. Keine Ahnung, wo das Blut herkommt.«

Elena nahm Kaya in den Arm und drückte sie fest an sich.

Beide weinten stumm.

»Es ist ein schlimmer Traum, Mama, komm, lass uns aufwachen!«

»Nein, es ist kein Albtraum, Kaya, es ist real, und es ist verdammt ernst. Wir sitzen in der Falle. Und wir brauchen ein Wunder, um diesen ganzen Wahnsinn zu überleben.«

96

»Komm zu mir«, flüsterte Elena. »Komm, leg dich in meinen Arm, wir werden das alles irgendwie überstehen, ich weiß nicht wie, aber wir werden es schaffen.«

Kaya schmiegte sich wortlos an ihre Mutter, genoss die Wärme ihrer Umarmung und weinte leise.

Irgendwann ging plötzlich das Licht an. Elena und Kaya hatten tatsächlich eine Weile geschlafen, obwohl es ihnen in ihrer Situation unvorstellbar schien, und jetzt rieben sie sich überrascht die Augen und fragten sich, was das zu bedeuten hatte.

»Oh, mein Gott, Kaya, wie siehst du aus!«, schrie Elena, als sie ihre Tochter sah. Ihr Gesicht, ihr Haar, ihre Kleidung, alles war voller Blut. Vertrocknet und verkrustet.

Kaya hatte im Dunkeln einiges abgekratzt, aber sie wirkte wie aus einem Horrorfilm, was ihr gar nicht bewusst war.

Elena wusch ihr zumindest das Gesicht mit einem Zipfel ihres T-Shirts und einem Rest aus der Wasserflasche, die Giancarlo ihr gelassen hatte.

»Ich will nicht sterben, Mama, ich hab noch so viel vor.«

»Ich weiß, Liebes. Ich auch nicht.«

Einige Stunden später sprang die Tür auf. Giancarlo kam, brachte ihnen wortlos belegte Panini und Wasser und stellte ihnen einen neuen Eimer mit Deckel hin. Den benutzten nahm er mit und verließ den Raum ohne ein Wort.

»Kennst du diesen Mistkerl eigentlich?«

»Nein.«

»Aber warum hat er dich gefangen? Und mich dann auch noch? Er muss doch einen Plan haben? Das ist ja kein Zufall!«

»Vielleicht doch? Er ist offensichtlich ein Sadist und hat eine gesucht, die er quälen kann. Und dann hat er zum Spaß auch noch die Tochter dazugeholt. Ich war einfach nur zum falschen Zeitpunkt am falschen Ort.«

»Wo?«

Elena schwieg.

»Ich will das jetzt wissen!«

»Auf der Isola Maggiore im Lago Trasimeno.«

»Was zum Teufel hattest du denn da verloren?«

»Ich hab einen Tag Urlaub gemacht. Einen kleinen Ausflug. Ausspannen, erholen, mal auf andere Gedanken kommen.«

Kaya lachte kurz und spöttisch auf. »Das kannst du meiner Großmutter erzählen. Hör auf mit dem Scheiß. Was wolltest du da?«

Elena schwieg. Vor diesem Gespräch hatte sie sich immer gefürchtet, aber hier, in dieser Situation, war es wohl nicht zu vermeiden.

»Hat das wieder was mit deinem geheimen Sexleben zu tun? Das, was du auch deiner Tochter nicht erzählen kannst und nicht erzählen würdest?«

Elena nickte.

»Und das hier, diese verdammte beschissene Situation, ist jetzt das Ergebnis?«

»Wahrscheinlich.«

»Ich werde wahnsinnig!«

»Ich auch. Das kannst du mir glauben.«

»Also los. Spuck's aus. Erzähl es mir. Ich will alles wissen! Alles! Wir sitzen in einem Boot. Das heißt: Wir stehen beide bis zum Hals in der Scheiße. Durch deine blöden, geheimen Geschichten. Und wenn wir auch nur eine geringe Chance haben sollten, hier jemals wieder lebend rauszukommen, musst du mir alles erzählen.«

Elena konnte kaum schlucken, geschweige denn sprechen, so elend war ihr. Jetzt war sie an dem Punkt, den sie am meisten gefürchtet hatte. Sie hatte hoch gepokert – und würde alles verlieren: ihre Tochter, Andrea, ihren Beruf, vielleicht sogar ihr und Kayas Leben. Sie hatte es vergeigt.

Es war schwer, dies einzugestehen, selbst wenn es nun auch nicht mehr darauf ankam. Es war plötzlich alles so banal. Wenn es um Leben und Tod ging, brauchte man sich nicht mehr zu schämen.

Aber es ging um Schuld. Und es war ihre Schuld. Nur ihre. Sie allein hatte alles zu verantworten. Und wenn ihr Kaya das zu Recht vorwarf, war der Tod noch schwerer zu verkraften.

»Va bene«, sagte sie, »ich erzähl's dir, ich werde versuchen dir alles zu erklären, wie es dazu gekommen ist, was ich tue und warum. Ich hoffe, du wirst mich einigermaßen verstehen können, ach Kaya, es tut mir so unendlich leid …«

In diesem Moment öffnete sich die Tür, und Giancarlo kam herein.

Und Elena spürte, dass der Moment vorüber war. Der Moment, an dem sie vielleicht hätte reden können. Und sie war erleichtert und verzweifelt zugleich.

»Wie geht es den Damen?«, fragte er.

»Wie lange willst du uns hier noch festhalten? Was willst du überhaupt von uns?«

»Deswegen bin ich gekommen, ihr Lieben. Um euch das zu erklären.«

»Ich bin gespannt.« Elena glaubte, noch nie einen Menschen so gehasst zu haben wie Giancarlo in diesem Moment. Sie überlegte, sich auf ihn zu stürzen, registrierte aber noch rechtzeitig, dass er ein Messer am Gürtel trug.

»Setzt euch! Du da und du dort. Jede auf ihrem Bett. Und keine Zicken, bitte, sonst werde ich ungemütlich und sehr, sehr böse.«

Elena und Kaya setzten sich, er stand im Raum und lächelte.

»So, ihr Lieben, ich brauche jetzt von euch beiden einen Blutstropfen, das ist ja nicht so furchtbar schlimm. Aus dem Zeige- oder aus dem Mittelfinger. Ganz wie ihr wollt. Tut nicht weh.«

»Warum?«

»Weil ich es sage und weil ich Wissenschaftler bin. Das muss euch reichen. Und wenn ihr keinen Stress wollt, dann macht ihr jetzt hier keine Zicken!«

Elena und Kaya schwiegen und hielten bereitwillig ihre Finger hin.

Nevio entnahm ihnen einige Tropfen Blut, verteilte sie auf Plastikteststreifen mit vier vorgestanzten Feldern und stellte diese dann zur Seite.

»Ich bin kein Monster, ich bin Wissenschaftler, Mediziner und leidenschaftlicher Chirurg. Ich erforsche nicht nur die Physis, sondern auch die Psyche des Menschen, und die Konstellation, die sich mir hier durch Zufall mit euch beiden bietet, ist sensationell: Mutter und Tochter in einer extremen, existenziell bedrohlichen Situation. Mutter-Tochter-Beziehungen sind oft nicht einfach, Extremsituationen auch nicht, beides zusammen ist hochinteressant.

Ich möchte sehen, wie ihr euch verhaltet. Ich werde, wenn es möglich ist und das Experiment lange genug dauert und genügend hergibt, meine Doktorarbeit darüber schreiben.

Darum werde ich euch Aufgaben stellen, die ich dann auswerte. Ist das okay?«

Keine der beiden Frauen reagierte.

Er grinste. »Ich interpretiere das als Zustimmung. Wir beginnen mit einer ganz einfachen Aufgabe, und zwar folgender: Ich werde einer von euch beiden – mit Lokalanästhesie natürlich, wie gesagt, ich bin kein Unmensch – den kleinen Finger der rechten Hand amputieren. Es wird nicht so wahnsinnig schlimm sein, nur ein wenig Wundschmerz natürlich, aber der Finger ist unwiederbringlich verloren. Man braucht ihn nicht so häufig, ich hätte auch mit dem Daumen beginnen können, das ist wesentlich schlimmer, aber wir wollen uns ja noch steigern. Denn dieses Experiment dauert und wird sich eventuell mit dem Entfernen unterschiedlichster Gliedmaßen, Körperteile oder Organe in die Länge ziehen. Ich hoffe, ihr habt in der nächsten Zeit keine wichtigen Termine.«

»Waaasss?«, schrie Elena, und Kaya stöhnte leise.

»Gut. Aber der Punkt ist, dass ihr beide jetzt genügend Zeit habt, zu entscheiden, wem ich den Finger abschneiden soll. Der Mama oder dem Töchterlein. Lasst es euch durch den Kopf gehen. Diskutiert darüber. Ich weiß noch nicht wann, aber demnächst werde ich wiederkommen, und dann könnt ihr mir eure Entscheidung mitteilen, und so wie ihr es wollt, wird es gemacht. Ist das nicht fair?«

Elena und Kaya waren fassungslos und sagten keinen Ton.

Er warf einen Blick auf die Ergebnisse der Bluttests. Ein Strahlen ging über sein Gesicht. »Sehr, sehr schön, Mädels, besser könnte es gar nicht sein.« Sein Grinsen hörte gar nicht mehr auf. »Also, überlegt es euch genau, und – mal sehen – wenn ich gute Laune habe, bringe ich euch vielleicht davor sogar noch eine kleine Henkersmahlzeit. Bis dahin, ihr Lieben!«

Er winkte kurz, indem er nur die Finger wie bei einer Lockerungsübung bewegte, und verließ das Zimmer.

Elena und Kaya sahen sich an.

»Meinst du, er meint es ernst?«

Elena nickte. »Ich bin sicher, er meint es verdammt ernst.«

97

In der Nacht und am Morgen hatte es geregnet, es war zwar immer noch drückend und schwül, aber nicht mehr so heiß wie am Tag zuvor.

Remo hatte im Pool gebadet und setzte sich jetzt zu den Wölfen in den Zwinger, dessen Tür offen stand. Er kroch in eine der kleinen Hütten, in denen die Wölfe nachts schliefen, und legte sich hinein.

Apollo kam und schnupperte, war einen Moment irritiert, aber dann kroch auch er hinein, legte sich zu Remo und schlief zusammen mit ihm ein.

Rosanna beobachtete dies fassungslos. Sie sah, dass Remo im Schlaf seinen dicken, schweren Arm um Apollo legte, und der Wolf ließ es geschehen. War nicht aus der Ruhe zu bringen, obwohl Remo ihn mit seinem Arm dominierte. Eigentlich konnte dies kein Raubtier ertragen.

Allmählich wurde Rosanna klar, dass Remo eine ganz besondere Beziehung zu den Wölfen hatte und sie zu ihm. Es war magisch, einfach unerklärlich. Er war eben ein durch und durch positives, friedliebendes Wesen, das sich offensichtlich mit allen Kreaturen verstand, und alle spürten, wie wohlgesinnt er ihnen war.

Rosanna war fest davon überzeugt, dass es zurzeit auf dieser Welt keinen glücklicheren Menschen gab als Remo.

Als sie mittags gemeinsam auf der Terrasse saßen und Remo einen seiner geliebten Milchshakes trank, sagte Rosanna: »Ich glaube, die Wölfe werden dir niemals etwas tun. Oder hast du manchmal Angst vor ihnen?«

Remo starrte sie überrascht an. »Nein, nein, nein! Nie!« Er schüttelte seinen Kopf so wild, dass seine Unterlippe hin und her schlackerte.

»Nicht immer die gleichen wenigen Worte als Antwort, Remo. Davon warst du doch schon weg. Also sag mir richtig, warum du keine Angst vor den Wölfen hast.«

»Remo lieb, Wölfe lieb, wir Freunde … Für immer!«

»Das verstehe ich. Aber irgendwann, wenn sie Hunger haben, sehen sie dich vielleicht als Beute?«

Und wieder schüttelte Remo den Kopf. »Nein! Ich geb Futter! Sie glücklich. Warum mich fressen?«

Es war einfach großartig, wie Remo mittlerweile seine Gedanken formulieren konnte. Ihr Training, das eigentlich nur darin bestand, dass sie ihn ständig darauf hinwies, es zu wagen, mehr zu erzählen und ein paar Minuten zu üben, hatte offensichtlich eine Menge gebracht. Und was Remo gesagt hatte, leuchtete Rosanna ein. Das Wichtigste war also, die Wölfe regelmäßig und pünktlich zu füttern. Remo tat es sporadisch, sie hingegen gewissenhaft.

Remo griff ihre Hand. »Streicheln!«, sagte er. »Bitte, bitte, bitte!«

Rosanna seufzte kaum hörbar und begann über seine weichen Arme zu streichen, ab und zu kitzelte sie ihn leicht mit den Fingernägeln, und Remo zuckte und kicherte leise. Es schien ihm zu gefallen.

Sie fuhr ihm über die mädchenhafte Brust, ließ ihre Hand auf seinem feisten, prallen Bauch kreisen, aber hütete sich davor, tiefer zu gehen. Sie knetete seine Schultern, umfing seinen schwammigen Hals, seine Wangen, seine Ohren und drückte sie.

Remo gab mit geschlossenen Augen grunzende und schnurrende Geräusche von sich. Sie küsste ihn auf die Stirn. Und dann knetete sie seine dicken Oberschenkel und seine strammen Waden.

Beinah stürmisch und wie aus heiterem Himmel zog er sie plötzlich auf seinen Schoß und umarmte sie. So fest, dass sie kaum Luft bekam.

»Liebe!«, stöhnte er.

»Es ist gut, Remo, lass mich los, ich krieg keine Luft, aber ja, ich liebe dich auch!«

Remo ließ sie los, sah sie an, begann zu lachen, aber dann weinte er.

»Remo liebt Rosanna!«, presste er schließlich hervor, und sie erwiderte: »Und Rosanna liebt Remo!«

Beide lagen sich in den Armen. Minutenlang.

Rosanna ließ sich fallen. War ebenso glücklich wie Remo, hoffte jedoch, dass Nevio diese Umarmung nicht von einem der Fenster aus beobachtet hatte.

98

Wenig später schnarchten die Wölfe in der Mittagshitze im schattigen Zwinger, und Remo langweilte sich. Nevio war immer noch im ambulatorio, Rosanna hielt in ihrem Zimmer Siesta, er war allein.

Nevio hatte ihm gesagt, dass er sich das mit der Katze mal durch den Kopf gehen lassen würde, vielleicht wäre das gar keine schlechte Idee.

Seitdem war Remo ganz verrückt vor Freude. Jeden Tag, wenn Nevio nach Hause kam, hoffte er, dass er ein Kätzchen dabeihatte, und wie er seinen Bruder kannte, würde er ihn bestimmt überraschen.

Denn Remo liebte Überraschungen, auch wenn er sie schon vorher kannte oder zumindest erahnte. Ein Kätzchen wäre der Traum vom Glück, ein kleines, warmes Wesen mit weichem Fell, das sich in seine Armbeuge kuschelte, nachts zu ihm unter die Decke kroch und schnurrte, wenn er es streichelte.

Als er einen Wagen hörte, richtete er sich von seinem schattigen Plätzchen auf der Wiese auf. Nevio war es nicht, aber die Post kam.

Remo rannte zum Tor. Freute sich so, dass jemand seine Langeweile durchbrach, dass er vergnügt vor dem Tor hin und her hampelte und unentwegt »Ui, ui« und »schönes Wetter heute« rief.

Renato, der Postbote, sprang aus dem Auto und drückte die Post Remo durch das Tor in die Hand.

»Und, und, und?«, zwitscherte Remo. »Alles gut?«

Renato grinste nur, nickte und wollte weiter, aber Remo hielt ihn auf. »Hier prima! Liebe Frau, liebe Frau, Remo glücklich und Bruder tüchtig!« Er nickte heftig. »Guter Mann! Du guter Mann. Aber Nevio besser!« Er machte ein ernstes Gesicht, um das, was er sagte, zu unterstreichen. »Bruder dottore. Ambulatorio!« Über das letzte Wort stolperte er leicht.

Renato nickte und lächelte. »Im ambulatorio, ich weiß.«

In diesem Moment kam Nevio angefahren, hielt hinter Renato und sprang aus dem Auto.

Remo zeigte begeistert auf ihn: »Bruder kann alles! Operieren! Wölfe, Menschen, operieren! Herz rein, Herz raus, Herz rein, Herz raus.«

Nevio erstarrte.

»Hallo, Renato«, sagte er schließlich, um einen ruhigen Tonfall bemüht. »Hast du was Besonderes für uns?«

»Nein, nur die Zeitung und ein paar Briefe. Hab ich schon Remo gegeben.«

»Gib sie in Zukunft lieber mir«, sagte Nevio, zog Renato am Ärmel leicht zur Seite und senkte die Stimme. »Remo versteckt sie sonst, er ist nicht ganz richtig im Kopf. Im Moment ist es besonders schwierig mit ihm. Er erzählt lauter Blödsinn.«

»Verstehe«, sagte Renato. »Alles klar. Dann zieh ich mal weiter, ciao.« Er drehte sich noch mal kurz um. »Ciao, Remo!«

Nevio versuchte zu lächeln, obwohl ihm übel war.

Als Renato außer Sichtweite war, fauchte er Remo an. »Sag mal, was sollte denn das? Bist du völlig verrückt geworden, hier so einen Scheiß zu erzählen? Erst hast du jahrelang geschwiegen, und jetzt redest du solchen Schwachsinn?« Nevios Augen funkelten böse.

»Wieso?« Remo guckte ganz unschuldig. »Wieso? Stimmt doch! Herz raus, Herz rein, das ist fein!«

Nevio platzte fast vor Wut. Er beugte sich vor und kam Remos Gesicht gefährlich nahe. »Wenn ich noch einmal mitbekomme, dass du irgendjemandem irgendwas von uns hier erzählst, von dir und mir, von Rosanna, dem Haus und sonst wem, dann mache ich dich fertig. Hast du das verstanden? Dann mach ich dir dein Leben zur Hölle, das schwör ich dir!«

Damit ließ er den völlig verstörten Remo zurück, und in dessen Gesichtszügen spiegelte sich keine Lebensfreude mehr, sondern tiefe Traurigkeit.

99

Elena lag bewegungslos auf ihrem Bett und rührte sich nicht.

»Wie spät ist es?«, fragte Kaya in die Stille.

»Mitten in der Nacht.«

»Schläfst du schon?«

»Fast.«

»Aber du kannst doch jetzt nicht schlafen! Mama, bitte! Lass uns darüber reden!«

»Worüber?« Elena seufzte, strich sich die Haare aus dem Gesicht und setzte sich auf. Zum Glück brannte die Neonröhre an der Decke, und sie sah ihre Tochter, die zusammengekauert auf ihrem Bett saß und ihre Knie mit den Armen umschlungen hielt.

»Du hast selbst gesagt, er ist ein Typ, der Ernst macht. Und er will, dass wir entscheiden, wem er einen Finger abschneidet. Er kann jederzeit wiederkommen. Und was machen wir dann?«

»Tja ... Was, wenn wir uns nicht entscheiden? Wenn wir uns auf dieses primitive, miese Spiel nicht einlassen?«

»Dann nimmt er dich oder mich oder uns beide. Wahrscheinlich uns beide. Und darum wäre es doch besser, wir entscheiden uns.«

»Kannst du das?«

»Nein.«

»Na also. Dann lassen wir das. Er will doch nur, dass wir uns streiten und gegenseitig zerfleischen. Und da mache ich nicht mit. Wenn er das nächste Mal kommt, werden wir uns auf ihn stürzen und versuchen, ihn zu überwältigen. Zwei gegen einen. Das müsste doch zu machen sein.«

Kaya lachte kurz auf. »Damit rechnet er. Da ist er gewappnet. Und er trägt ein Messer am Gürtel. Vergiss es. Das schaffen wir nicht.«

»Schön, dass du immer so positiv denkst.«

»Mama, hör auf mit deinem Scheißsarkasmus! Was willst du denn? Dass er auf uns einsticht? Und wir hier mit Stichverletzungen rumliegen? Meinst du, das hilft uns weiter?«

Elena sackte in sich zusammen. »Nein. Wahrscheinlich nicht. Du hast vollkommen recht.«

»Wir haben nichts, und er hat ein Messer. Das wäre also geklärt. Aber was machen wir mit seinem Ultimatum?«

Lange war es still.

Dann meinte Elena: »Ich bin schuld. Ich hab dich in diese Situation gebracht. Soll er meinen Finger haben. Es gibt Schlimmeres.«

»Erzähl es mir. Bitte! Das letzte Mal sind wir unterbrochen worden. Und erst, wenn ich weiß, was Sache ist, kann ich dein Angebot akzeptieren oder nicht.«

Elena willigte ein. Es war ihr egal. Darauf kam es nicht mehr an. Vielleicht war jetzt der richtige Moment. Sollte ihre Tochter sie doch hassen. Der Tod, der ihnen drohte, war schlimmer.

Sie begann erst zögerlich, erzählte dann aber alles, war schonungslos ehrlich und fühlte sich, als würde sie sich vor ihrer Tochter komplett entblößen. Aber in ihrer Situation war die Scham vorbei, es ging nur noch ums Überleben und um Hilfe.

Als sie alles gesagt hatte, was es zu sagen gab, ging Kaya zu ihr und nahm sie in den Arm.

»Endlich verstehe ich dich«, sagte sie.

Elena weinte. »Ich habe die Agentur, diese Abenteuer, diese

Ausflüge, das ganze verbotene und geheime Leben geliebt. Dafür bin ich jeden Tag aufgestanden. Es hat mich glücklich gemacht. Verstehst du das?«

»So'n bisschen!«

»Warum musste es so enden?«

»Weil du an dieses Arschloch geraten bist. Was ich aber nicht verstehe: Ihr hattet eine geile Nacht miteinander. So weit, so gut. Aber warum ist danach die Stimmung gekippt? Warum hat er dich hierher verschleppt? Warum hasst er dich plötzlich? Und warum hat er mich dazugeholt?«

»Ich weiß es nicht. Ich weiß es wirklich nicht.« Elena war mittlerweile vollkommen kraftlos, müde und kaputt. Sie wusste auf all diese Fragen keine Antwort mehr. Kaya alles zu erzählen hatte ihre ganze Energie gekostet. Sie konnte jetzt nicht mehr denken.

»Und wenn er morgen wiederkommt?«

»Dann sagen wir ihm, dass er meinen Finger haben kann. Ich habe auf dem Vulkan getanzt, mit dem Feuer gespielt und hab verloren. Das war Teil des Risikos.«

Kaya brach in Tränen aus. »Mama, das ertrage ich nicht!«

»Ich fürchte, du musst noch viel mehr ertragen, meine Süße, denn das Spiel hat gerade erst begonnen. Er wird nicht aufhören! Wir werden wahrscheinlich noch öfter Entscheidungen treffen müssen. Und dann geht es nicht mehr nur um einen kleinen Finger.« Elena rollte sich auf ihrem Bett zusammen und schloss die Augen. »Buonanotte, Töchterlein! Versuche in der Nacht nicht daran zu denken, damit du schlafen kannst!«

»Gute Nacht, Mama. Ich hab dich lieb.«

»Ich weiß.«

Dann war es still. Sie schliefen und fürchteten sich vor dem nächsten Tag.

100

Neri waren der dottore und sein verwaistes ambulatorio in Pisa nicht mehr aus dem Kopf gegangen, der überfällige Besuch bei Nevio Angioli lag ihm unheimlich auf der Seele.

An diesem Tag war er ohnehin auf dem Weg von Monte Benichi nach Ambra, und als er an dem Madonnenschrein vorüberkam, bot sich die Gelegenheit. Er bremste kurz entschlossen, fuhr ein Stück zurück und nahm dann den Abzweig nach Chiesina. Es war Mittagszeit, das ambulatorio in Ambra hatte geschlossen, und immerhin bestand eine gewisse Chance, dass dottor Angioli zu Hause anzutreffen war.

Er hielt vor dem Anwesen und stieg aus. Das Grundstück war komplett mit starken Doppelstabmatten in zwei Metern Höhe eingezäunt.

Am Tor drückte Neri auf eine Klingel. Zwei Überwachungskameras waren auf ihn gerichtet, und Neri bemühte sich, ein freundlich entspanntes Gesicht zu machen.

»Pronto? Chi è?«, fragte eine Stimme.

»Maresciallo Neri hier, dottore, wir haben uns neulich im ambulatorio kennengelernt, und ich war gerade in der Gegend. Darf ich einen Moment hereinkommen?«

Ohne ein weiteres Wort summte es, und das Tor schwang auf.

Neri sah sich um. Da weit und breit nirgends ein Mensch zu sehen war, ging er auf den Pool zu.

Plötzlich ertönte wütendes und aggressives Gebell, das Neri regelrecht zusammenzucken ließ. Aber da keine wild gewordene Meute auf ihn zuschoss, ging er weiter und langsam um den Pool herum. Was für traumhaft hellblaues Wasser und was für ein schöner Blick ins Tal und hinüber nach Monte Benichi. Wahrhaft ein göttliches Plätzchen, das der dottore wahrscheinlich für einen Appel und ein Ei erworben hatte. Aus der verrotteten Villa, die beinah eine Ruine war, hatte er ein Anwesen gemacht, das mehrere Millionen wert war. Bemerkenswert.

In diesem Moment sah er den Arzt mit lockerem Gang auf sich zukommen, der jetzt in Jeans und T-Shirt ganz anders wirkte als im weißen Kittel.

Dottor Angioli lächelte und streckte ihm bereits die Hand aus, als er noch drei Meter entfernt war.

»Maresciallo!«, rief er. »Wie schön, dass Sie Ihre Drohung wahr gemacht haben und wirklich einmal auf einen kurzen Besuch vorbeigekommen sind! Was macht denn Ihre Hand?«

»Viel besser. Sie ist gut verheilt. Sie haben mir sehr geholfen.«

»Das freut mich aber. Bitte, setzen Sie sich!« Angioli deutete auf die Sitzgarnitur am Rand des Pools. »Was darf ich Ihnen anbieten? Ein Wasser? Einen Espresso? Oder einen vino rosso? Womit kann ich Ihnen einen Freude machen?«

»Mit einem Espresso und einem Glas Wasser.«

»Warum denn so bescheiden, maresciallo?«

»Ich bin im Dienst.« Sein Ton fiel kühler aus, als Neri beabsichtigt hatte, und augenblicklich tat es ihm leid. Er hatte nicht vor, schon zu Beginn des Gesprächs alle Türen zuzuschlagen.

Er ärgerte sich, denn er sah, wie Angioli seiner Angestellten ein Zeichen gab, die Bestellung auszuführen, sich dann zurücklehnte, die Arme verschränkte und dichtmachte.

»Was gibt es, maresciallo?«

»Nichts!«, sagte Neri. »Ich bin wirklich nur mal so vorbeigekommen. Entschuldigen Sie vielmals, ich wollte nicht unhöflich sein, aber tagsüber bin ich halt im Dienst, und darum darf ich mir keinen Alkohol erlauben.« Neri beugte sich vor. »Sagen Sie, wie kommt es, dass Sie die Genehmigung bekommen haben, die Villa nicht nur instand zu setzen, sondern hier insgesamt so ein gewaltiges Anwesen daraus zu machen?«

»Ich habe alte Aufzeichnungen gefunden, dass hier im siebzehnten und achtzehnten Jahrhundert ein herrschaftliches Haus und eine Ansammlung von Gebäuden standen. Sogar eine kleine Kapelle. Darum heißt dieses Anwesen auch Chiesina. Diese Aufzeichnungen präsentierte ich der comune, und sie genehmigten mir daraufhin die von mir geplanten Gebäude, die, wenn man sie mit dem früheren Häuserensemble vergleicht, eher bescheiden sind.«

»Ach, das freut mich. Aber dies hier alles aufzubauen hat auch einiges gekostet, vermute ich mal.«

»Sicher. Aber ich habe geerbt, maresciallo. Mein Vater war ein sehr vermögender Unternehmer in Rom und ist vor einigen Jahren viel zu früh verstorben. Und ich wollte das Geld nicht ungenutzt auf dem Konto liegen lassen. Wie wir wissen, wird es dort immer weniger.«

»Das war eine gute Entscheidung.«

Rosanna brachte die Getränke.

Als sie wieder gegangen war, bemerkte Neri: »Ich sehe, Ihre Sprechstundenhilfe, die meine Hand jeden Tag verbunden hat, hilft Ihnen auch privat?«

»Ja. Sie ist eine Seele. Ich bin so dankbar, dass sie so viel Zeit für mich erübrigt. Heutzutage findet man ja kaum noch jemanden, der einem im Haus hilft.«

»Haben Sie Hunde?«, fragte Neri. »Als ich kam, habe ich fürchterliches Gebell und Geheule gehört.«

»Nein. Das sind keine Hunde, sondern Wölfe. Zahme Wölfe. Meine Lieblingstiere. Ich halte sie seit einigen Jahren, komme bestens mit ihnen zurecht, und sie bewachen dieses Anwesen. Einbrecher werden es sich genau überlegen, ob sie mich nachts besuchen, wenn die Wölfe frei herumlaufen. Tagsüber sind sie im Zwinger. Es sei denn, ich lasse sie raus.«

Neri fand, es klang wie eine Drohung. »Wie viele Wölfe haben Sie?«

»Sieben.«

»Du lieber Himmel.« Neri schwieg beeindruckt. »Sagen Sie, dottore, Sie haben auch noch ein ambulatorio in Pisa? Im aeroporto?«

»Nicht mehr. Wieso?«

Neri wusste nicht, ob er sich täuschte, aber er hatte das Gefühl, dass die freundliche, verbindliche Art des Arztes wie weggeblasen war und er zusehends versteinerte. »Ach, nur so. Ich habe davon gehört. Ist das nicht ein bisschen viel? Ein ambulatorio in Ambra und eins in Pisa? Denn Pisa ist ja nun nicht mal eben um die Ecke?«

»Ja, das war auch genau der Grund, warum ich es aufgegeben habe«, antwortete Nevio. »Heutzutage muss man zwar auf vielen Hochzeiten tanzen, um über die Runden zu kommen, aber das war alles ein bisschen zu zeitaufwendig.«

»Verstehe. Denn Ambra–Pisa, das sind schon jedes Mal zwei Stunden.«

»Sie sagen es.«

»Haben Sie in Pisa eigentlich auch Operationen durchgeführt?«

»Wie kommen Sie denn darauf?«

»Na, weil Sie Chirurg sind!«

»Nein, völlig unmöglich. Dafür war das ambulatorio nicht ausgestattet, und dazu fehlte mir auch das Personal. Und was mache ich dann mit einer operierten Person? Ich kann sie ja nicht nach Hause schicken oder in den Urlaub fliegen lassen! Nein – das ist völlig absurd. Wie kommen Sie nur darauf?«

Sichtlich genervt stand Nevio auf. »Kann ich Ihnen noch irgendeine Freude machen, maresciallo? Ansonsten würde ich mich gern verabschieden, denn ich bekomme heute Abend Gäste und muss noch einiges vorbereiten.«

»Einen kleinen Moment bitte noch, dottore, ich hab da doch noch eine Frage.«

In diesem Moment tobte ein nackter, dicker Mann aus dem Haus, kam auf die Terrasse und ließ sich in einen Stuhl fallen. »Ui, ui, ui!«, rief er breit grinsend.

»Remo«, meinte Nevio, »wie du siehst, haben wir einen Gast. Das ist maresciallo Neri, Carabiniere aus Ambra. Bitte geh ins Haus, wir führen gerade ein wichtiges Gespräch!«

»Ui, ui, ui!«, brüllte Remo strahlend, »piacere, piacere, piacere! Läuft gut! Piacere! Bruder super! Mal hier, mal da, mal rein, mal raus, viel Geld, super!«

»Es reicht, Remo. Los, geh jetzt!«

Remo dachte gar nicht daran, blieb dick und bräsig sitzen und schrie begeistert: »Mal rein, mal raus, Herz rein, Herz raus in diesem Haus! Super!«

Nevio sprang auf, griff ihn am Arm und versuchte ihn hochzuziehen. »Komm jetzt! Ab!«

Aber Remo kämpfte darum, sitzen bleiben zu können, schließlich biss er Nevio in die Hand, die ihn immer noch gepackt hielt und hochzuzerren versuchte.

Nevio unterdrückte einen Schrei, und dann packte er Remo am Ohr, verdrehte es und zog ihn aus dem Stuhl.

Remo schrie wie am Spieß.

In diesem Moment erschien Rosanna in der Terrassentür. Sie stürzte auf die beiden zu, schlang ihren Arm um Remo und führte ihn sanft zurück ins Haus.

Remo wehrte sich jetzt nicht mehr.

Die Tür schloss sich hinter den beiden.

Neri hatte dem Ganzen fassungslos zugesehen und überlegt,

ob er eingreifen sollte oder nicht, aber dann entschied er sich dafür, sich lieber aus dieser Familienstreitigkeit herauszuhalten.

»Mein Bruder hatte in seiner frühen Kindheit einen schweren Unfall«, erklärte Nevio, »und hat dabei völlig den Verstand verloren. Er weiß nicht, was er tut, er weiß nicht, was er sagt, er versteht die Welt einfach nicht mehr. Wenn er den Mund aufmacht, redet er dummes, zusammenhangloses Zeug, und fünf Minuten später weiß er nichts mehr davon. Ich kann mich nur unentwegt für ihn entschuldigen und jeden bitten, das, was er so redet, nicht ernst zu nehmen. Ich pflege ihn nun schon seit Jahrzehnten, kümmere mich um ihn, sorge für ihn. Er ist ein lieber Mensch, aber unsagbar anstrengend. Szenen wie diese sind leider keine Seltenheit.«

Neri stand auf. »Ich finde es bewundernswert, was Sie alles für Ihren Bruder tun. Und wie gut, dass Sie mit dieser jungen Frau jetzt auch noch eine Hilfe haben.«

»Ja, dafür danke ich auch jeden Tag dem Himmel.«

Neri nickte und reichte Nevio die Hand. »Buonasera dottore!«

»Arrivederci, maresciallo!«

Neri lächelte höflich und ging.

Das Tor öffnete sich wie durch Geisterhand, als er darauf zuschritt.

101

Das ganze Wochenende hatte Andrea an Elena gedacht und sich gequält. Womit er auch beschäftigt war, ob er sich anzog, die Zähne putzte, ob er seinen Morgenspaziergang machte, sich eine Kleinigkeit zum Mittagessen zubereitete – sie war in seinen Gedanken, und er litt bei der Vorstellung, was sie vielleicht gerade tat.

Sonntagabend beruhigte sich seine Psyche, ihr Date mit dem Fremden war vorüber, vielleicht hatte er das letzte Mal diese Qual überstanden, jetzt musste sie zurück sein.

Aber sie rief nicht an.

Das konnte er noch verstehen. Sie befand sich vermutlich im Rausch der positiven oder negativen Ereignisse, musste erst einmal nach Hause kommen, abschalten, sich wieder in ihrem Alltag zurechtfinden und sich irgendwann wieder an ihn erinnern.

Vielleicht würden sie morgen telefonieren.

Er konnte es nicht erwarten. War ganz krank vor Sehnsucht.

Aber er hörte auch den ganzen Montag nichts von ihr.

Mittlerweile beschlich ihn das fiese Gefühl, dass sie ihn zu den Akten gelegt hatte und sich vielleicht nie mehr melden würde.

Am Dienstag hielt er es nicht mehr aus und rief sie an.

Schickte Nachrichten.

Nichts. Sie ging nicht ans Telefon, antwortete auf keine SMS und keine WhatsApp.

Vielleicht war es ein Fehler gewesen. Vielleicht ging es ihr auf die Nerven, wenn er sie ständig zu kontaktieren versuchte. Eine Frau wie Elena war frei wie ein Vogel, ließ sich nicht einsperren, und darum musste er es lassen. Musste schweigen. Sich zurückziehen. Ihr Zeit geben. Und warten.

Vielleicht würde sie sich von selbst wieder melden.

Vielleicht auch nicht.

Am Abend machte er einen langen Spaziergang durch Siena. Ging an ihrem Haus vorbei. Sah kein Licht.

Bestimmt eine Viertelstunde rang er mit sich, ob er klingeln sollte oder nicht. Ihm brach der Schweiß aus, er war völlig fertig, wollte um Gottes willen keinen Fehler machen, wusste aber auch nicht, was richtig oder falsch war.

Schließlich klingelte er. In seinem Kopf war absolute Leere, es geschah einfach aus einem unüberlegten Impuls heraus, er erschrak beinah über sich selbst.

Aber es gab keine Reaktion.

Enttäuscht wandte er sich ab, lief weiter durch die Stadt, aß eine Bruschetta in einer kleinen Trattoria, trank ein Viertel Wein, ging langsam durch die mit gelblich warmem Licht beleuchteten Gassen, setzte sich schließlich auf den Campo. Zwischen all die jungen Leute, die Studenten, die Verliebten und die Touristen.

Er musste begreifen, dass er sie verloren hatte und sie nicht zurückkommen würde. Sie hatte jemand anderen kennengelernt. Sie würde bei diesem Jemand bleiben oder weiter umherschwirren wie ein Schmetterling von einer betörenden Blüte zur nächsten.

Da hatte er keine Chance, er konnte einer Frau wie ihr nichts bieten. Er musste sie aus seinem Kopf löschen, um nicht kaputtzugehen. Aber er würde auch nie wieder auf die Agentur zurückgreifen.

Dieses Kapitel seines Lebens war vorbei.

102

Jedes Mal, wenn er die Tür öffnete, wurden sie verrückt vor Angst. Hielten sich an den Händen und wagten kaum zu atmen. Erwarteten das Schlimmste. Vielleicht ging es ihm längst nicht mehr um einen kleinen Finger, sondern um die ganze Hand. Vielleicht war er ihrer auch überdrüssig …

Aber jedes Mal hatte er nur schweigend Wasser und Lebensmittel gebracht, hatte nicht mit ihnen geredet und nicht nach ihrer Entscheidung gefragt. Er benahm sich wie ein desinteressierter Kellner, der das Essen reinschob und den Eimer wegschaffte.

Aber an diesem Morgen war alles anders.

»Ladys«, sagte er viel zu laut, als er in den Raum kam, und seine Stimme klang schrill, »wie habt ihr euch entschieden? Es geht los. Wer kommt mit?«

Elena schwang sich verschlafen vom Bett. »Ich.«

»Oh!« Nevio tat überrascht. »Die Mama opfert sich? Na, mir soll's recht sein.«

Kaya stürzte auf ihre Mutter zu, nahm sie in den Arm, drückte sie fest an sich und küsste sie. »Komm wieder, Mama«, flüsterte sie. »Bitte, komm wieder!«

Elena nickte nur und lächelte ihr aufmunternd zu.

»Das ist ja ganz herzallerliebst, was ihr hier veranstaltet«, sagte Nevio spöttisch, fesselte Elenas Handgelenke mit Kabelbindern und verband ihr die Augen. »Komm, meine Göttin, die Reise ins Ungewisse und des Dramas erster Akt haben begonnen.«

Er zog sie aus dem Raum, und sie folgte ohne Widerstand.

Kaya schmiss sich aufs Bett und trommelte verzweifelt auf ihre Matratze ein, bis sie nicht mehr konnte.

Als Elena Stunden später zu ihrer Tochter in ihr gemeinsames Gefängnis zurückkehrte, hatte sie einen dicken Verband um ihre Hand, war mit Schmerzmitteln zugedröhnt und spürte fast nichts. Dass ihr ein Finger fehlte, würde sie wahrscheinlich erst richtig begreifen, wenn der dicke Verband ab und an der Stelle, wo der kleine Finger gewesen, nichts mehr war.

103

Sie war wie eine Nachtwächterin, hatte ihr Leben lang schon immer nächtliche Rundgänge gemacht. Beinah präzise gegen drei Uhr morgens wachte Rosanna auf und war voller Unruhe. Ihre Gedanken überschlugen sich, unterschiedliche Ängste aller Art kamen hoch, sie dachte an Feuer, Einbruch, Mord, an den Ausbruch der Wölfe, ihre Fantasie erfand immer schrecklichere Szenarien, bis sie schließlich aufstand. Wie jede Nacht. Das hatte sie schon als Kind im Haus ihrer Eltern getan, hatte im Wohnzimmer die Zeitung ihres Vaters zusammengelegt, nachgesehen, ob auch der Stecker des Fernsehers herausgezogen war, damit nicht der Blitz einschlug, hatte in der Küche den Herd kontrolliert, den Hund gestreichelt und war ums Haus marschiert. Ein kleines Mädchen auf Kontrollgang. Jede Nacht. Bei jedem Wetter. Sie probierte jede Tür, ob sie auch richtig abgeschlossen war, vergewisserte sich, dass ihr Portemonnaie auf dem Nachttisch lag, und erst wenn sie alles, wirklich alles nicht nur einmal, sondern mehrmals gecheckt hatte, ging sie wieder ins Bett.

Und konnte endlich entspannt einschlafen, ohne sich weitere Horrorszenarien ausmalen zu müssen.

Diese Angewohnheit hatte sich verselbstständigt. Es gab keine Nacht, in der sie durchschlafen konnte, es gab keine Nacht mehr ohne Kontrollgang.

In Ambra war ihre Wohnung winzig gewesen, aber da wanderte sie am Fluss auf und ab, bis sich ihre Gedanken und Ängste gelegt und beruhigt hatten.

Doch Chiesina war ein hochkompliziertes Haus. Riesig und unübersichtlich. Sie brauchte jede Nacht anderthalb Stunden für ihre Kontrolle.

Niemand wusste, dass sie gegen drei Uhr früh durch die Räume und auch durch den Garten schlich, weder Remo noch Nevio hatten es je bemerkt.

Seit der Stachelschweinattacke, die Apollo fast das Leben gekostet hatte, schliefen die Wölfe nachts im Zwinger und nicht mehr im Wäldchen oder irgendwo auf dem Grundstück. Nevio wollte es so. Und daher ging Rosanna auch jede Nacht am Zwinger vorbei und flüsterte den Tieren ein paar beruhigende Worte zu. Die Wölfe kannten das schon, schnurrten leise im Schlaf, öffneten höchstens ein Auge, mehr nicht.

Sie schlich durchs Haus. Durch Küche und Hauswirtschaftsraum, dann durch das Wohnzimmer, das man schon als Saal bezeichnen konnte, und das daran anschließende Büro von Nevio und die Bibliothek. Gästetoilette, Garten, Terrasse und Pool – auch draußen war alles in Ordnung. Dann ging sie über die Galerie nach oben, wo Remos und Nevios Schlafzimmer und zwei Bäder lagen und ihr kleiner Trakt, in dem sie wohnte. Schließlich gelangte sie ans Ende ihrer Tour, an die Tür zum Westflügel, den sie nur in der Zeit betreten hatte, als sie den kleinen Silvio gepflegt hatte. Plötzlich hielt sie überrascht und beinah erschrocken inne. Die Tür stand offen! Aber warum? Um diese Zeit?

Vorsichtig trat sie in den dahinterliegenden Flur und schritt ihn langsam ab.

Und dann erstarrte sie vor Schreck. Aus dem hintersten Raum, dem Krankenzimmer, drangen Weinen, unterdrückte Schreie und das Stöhnen eines Mannes. Offensichtlich war der Raum schallgedämpft, das war ihr früher nie aufgefallen. Aber dadurch nahm sie all die Geräusche nur sehr verhalten und leise wahr, wie durch Watte. Und auch nur, weil sie fast direkt vor der Tür stand.

Sie war völlig entgeistert, unfähig sich zu bewegen und versuchte zu verstehen, was in diesem Zimmer gerade vor sich ging. Wer war da überhaupt?

Plötzlich herrschte Stille.

Rosanna stand immer noch wie paralysiert und rührte sich nicht.

Irgendwann sprang die Tür auf, und Nevio kam heraus. Im letzten Moment schaffte es Rosanna, sich in einen dunklen Türsturz zu drücken. Er sah sie nicht. Grunzend nestelte er an seiner Hose herum, ging den Flur entlang und verschwand im Treppenhaus.

Ihr Herz explodierte fast, so aufgeregt war sie, denn allmählich dämmerte ihr, was sie gehört hatte. Nevio hatte eine Frau vergewaltigt, die geschrien hatte. Denn die Schreie, die sie gehört hatte, waren keine der Lust, sondern der Angst, der Panik und des Schmerzes gewesen.

Sie zitterte. Konnte sich kaum bewegen, war nicht in der Lage zu laufen. Stand klappernd im dunklen Flur, bis sie wieder einigermaßen zu sich kam.

Sie war Zeugin eines Albtraums geworden.

Nach zehn Minuten wagte sie es, sich zurück in ihr Zimmer zu schleichen.

Was war da los gewesen? Wer lebte da jetzt in diesem verschlossenen Zimmer?

Sie würde den Teufel tun und den dottore danach fragen, aber sie würde intensiv horchen und es weiter beobachten.

104

Luigi verstand die Welt nicht mehr. Er hatte versucht, Kaya anzurufen – nichts. Auch auf seine WhatsApps und SMS antwortete sie nicht.

Er überlegte lange. Wollte nicht den Zorn der Donnergöttin abbekommen, wenn er unangemeldet in ihre Wohnung platzte und sie vielleicht einfach nur mal ihre Ruhe haben wollte.

Aber er hatte einen Schlüssel, und mittlerweile machte er sich ernsthafte Sorgen.

Irgendwann hielt er es nicht mehr aus und fuhr zu ihr.

Warum hat man denn einen Schlüssel?, fragte er sich. Für den Ernstfall. Va bene. Dies war der Ernstfall.

Er klingelte an ihrer Wohnungstür Sturm, wartete lange, rief immer wieder, und dann endlich schloss er auf.

Luigi setzte nur einen Schritt in die Wohnung, fühlte sich wie ein Eindringling und wie ein Fremder. Ein stechender, ekelerregender Geruch drang ihm entgegen und waberte durch die gesamte Wohnung. Luigi würgte und zog sich das T-Shirt über die Nase. Es stank nach Tod und Verwesung, und Luigi wurde übel vor Angst. Langsam ging er durch die Wohnung, darauf gefasst, jederzeit Kayas Leiche zu finden oder über sie zu stolpern.

In der Küche stand noch schmutziges Frühstücksgeschirr und ein halb volles Glas Rotwein, ein paar Krümel lagen auf dem Tisch.

Sie hatte offensichtlich gefrühstückt, war dann den ganzen Tag unterwegs gewesen und erst abends nach Hause gekommen.

Das Bad war leer, ihre benutzten Handtücher hingen über der Heizung, auch im Wohnzimmer war sie nicht. Aber in dem Moment sah er es: Die Balkontür war eindeutig aufgebrochen worden und stand jetzt offen.

Luigi schlug das Herz bis zum Hals, ihm war schwindlig vor Angst, als er die Schlafzimmertür öffnete, denn der Verwesungsgestank wurde immer stärker.

Im ersten Moment bemerkte er nur das viele Blut auf dem Bett, das Herz blieb ihm fast stehen, er konnte gar nicht hingucken, sah vor seinem inneren Auge Kaya mit durchgeschnittener Kehle in ihrem Blut, und die schrecklichen Bilder seiner Fantasie flimmerten durch seine Gedanken, bis er sich zwang, genau hinzuschauen: Da lag gar nicht Kaya auf dem Bett, sondern Mimi mit durchgeschnittener Kehle. Sie war offensichtlich schon einige Zeit tot, und ihr in Verwesung begriffener Körper stank bestialisch.

»Mimi!«, hauchte er, und die Tränen traten ihm in die Augen.

Er sah sich panisch um, konnte Kaya aber nicht entdecken. Sie war nicht da. Dann war sie auch nicht tot. Hoffentlich. Aber wo war sie denn? Was war passiert?

Irgendjemand war hier in diese Wohnung eingedrungen und hatte Mimi getötet. Und Kaya entführt.

Das war alles, was er sich vorstellen konnte, und das brachte ihn fast um den Verstand.

Langsam wie in Zeitlupe ging er zurück ins Wohnzimmer und setzte sich. Versuchte immer wieder zu verstehen, was hier geschehen war und wo sie sein könnte.

Sein Körper zitterte und bebte, er wollte aufstehen, um sich in der Küche etwas zu trinken zu holen, aber ihm versagten die Beine. Er fiel zurück aufs Sofa, bekam seine zuckenden Bewegungen nicht unter Kontrolle.

Und erst da wurde ihm klar, dass er weinte.

105

Für Luigi war es ein schwerer Gang, und sein Herz klopfte ihm bis zum Hals, als er an der Carabinieri-Station klingelte.

»Pronto?«, tönte eine tiefe Stimme durch die Sprechanlage. »Chi è?«

»Mein Name ist Luigi Orlando, ich möchte eine Vermisstenanzeige aufgeben.«

Es schnarrte, und die Tür öffnete sich.

Luigi trat ein. Wohl war ihm nicht, aber er hatte ja keine andere Wahl.

Außer ihm war kein anderer Bürger anwesend, nur im hinteren Zimmer saß ein dicker Mann, dessen Fleischmassen links und rechts über den Stuhl quollen und der sich mühsam erhob, als Luigi eintrat. Sein Lächeln war warm und überaus liebenswert.

»Bitte setzen Sie sich. Mein Name ist maresciallo Stefano Baldi. Was kann ich für Sie tun?«

»Meine Freundin Kaya Ludwig ist verschwunden. Seit Tagen erreiche ich sie nicht mehr. Ich war in ihrer Wohnung, die Balkontür ist aufgebrochen worden, ihrer Katze hat irgendjemand die Kehle durchgeschnitten, von meiner Freundin keine Spur. Ich bin ganz krank vor Angst.«

Der maresciallo sah ihn mit weit aufgerissenen Augen an.

»Oddio, das kann ich verstehen. Ich brauche jetzt erst einmal alle Daten. Wie heißt Ihre Freundin noch mal?«

»Kaya Ludwig.«

»Geboren?«

»Am 17. März 2001 in Rom.«

»Wann hatten Sie das letzte Mal Kontakt zu ihr?«

»Wir waren am Samstag spazieren, haben dann in Siena in einer Bar gesessen, und am Abend waren wir bei mir und haben zusammen gekocht. Es war alles wunderschön.«

»Und heute ist Donnerstag.«

»Ja, genau. Heute ist Donnerstag, und ich habe seitdem nichts mehr von ihr gehört. Auf meine Anrufe reagiert sie nicht, meine SMS und WhatsApps beantwortet sie nicht. Und was ich in ihrer Wohnung gefunden habe, habe ich Ihnen ja schon gesagt.«

»Haben Sie eine carta d'identità?«

»Certo.« Luigi reichte dem Carabiniere seinen Ausweis, und Stefano Baldi schrieb alles ab, was er brauchte.

»Va bene. Ich schicke ein paar Kollegen der Spurensicherung in die Wohnung, bitte betreten Sie sie nicht mehr. Dann werden wir die Ermittlungen aufnehmen. Haben Sie irgendeine Ahnung, ein Gefühl, einen Verdacht, was passiert sein könnte?«

»Nein. Nicht im Geringsten. Ich verstehe das Ganze überhaupt nicht.«

»Wissen Sie, ob in der Wohnung etwas fehlt?«

»Nein, das kann ich nicht beurteilen, ich kenne den Inhalt von Kayas Schränken und Schubladen nicht, wir wohnen ja nicht zusammen. Aber durchwühlt war meiner Ansicht nach nichts. Das heißt, die Wohnung war nicht verwüstet.«

»Gut. Gehen Sie nach Hause, versuchen Sie, sich nicht allzu viele Sorgen zu machen, obwohl ich weiß, dass das schwer bis unmöglich ist, und halten Sie sich zur Verfügung. Bitte geben Sie mir noch Ihre Telefonnummer, den Schlüssel von der Wohnung Ihrer Freundin, und wir melden uns, sowie wir irgendetwas hören oder wissen. Und Sie melden sich bitte auch unverzüglich, wenn Sie irgendetwas von Ihrer Freundin erfahren.«

Luigi nickte, schrieb seinen Namen und seine Kontaktdaten auf einen Zettel, legte den Schlüssel auf den Tisch und stand auf. »Das mache ich, klar.« Er schüttelte dem maresciallo die Hand, und die Tränen standen ihm in den Augen. »Grazie. Mille grazie.«

Er wandte sich ab und ging zur Tür. Drehte sich noch einmal um und sagte noch einmal leise: »Grazie.«

106

Er war betrunken. Torkelte leicht, wenn er aufstand, und hatte Mühe, durchs Zimmer zu gehen, ohne sich an den Möbeln festzuhalten. Im ganzen verfluchten Haus war es still. Als wären alle tot.

Er war kurz davor, sich zu übergeben, der Chianti, den er den ganzen Tag über in sich hineingeschüttet hatte, stand ihm schon bis zum Scheitel. Was war das doch für ein Scheißtag gewesen. Die beiden Weiber machten einen auf Harmonie, was ihm ungeheuer auf die Nerven ging. Er hatte sich auf richtig deftige Zickenkriege gefreut, aber die beiden waren ja so sanft und lahm wie Schafe unter Vollnarkose.

Und wenn diese Bescheuerte nicht in sein ambulatorio geplatzt wäre, dann hätte er es noch heute. Es war alles so einfach gewesen. Der kleine OP, dann flog oder transportierte Lino die Organe zum Bestellungsort, und Massimo holte die Leichen ab. Manche Verstümmelten pflegten sie hier auf Chiesina oder bei Lino gesund. Und im besten Fall konnten die dann gleich noch ein zweites Mal »spenden«. Alles war perfekt. Funktionierte fabelhaft. Und dann kam da diese blöde Kuh!

Es kotzte ihn alles an. Es war alles komplizierter geworden. Und gefährlicher. Und dann fing Remo auch noch an zu quatschen. Dieser fette, kahlköpfige Vollidiot.

Sein Hass raubte Nevio fast den Atem.

Er sah aus dem Fenster. Die Nacht war schwarz, unzählige Sterne funkelten am Himmel, der halbe Mond leuchtete. Noch war er zu schwach, um das ganze Tal zu erhellen.

Nevio überlegte, ob er auch heute Nacht wieder die kleine Schlampe vergewaltigen oder ob er es endlich einmal dieser drögen Rosanna besorgen sollte. Denn er wusste, dass sie seit ewigen Zeiten nach nichts anderem lechzte. Aber dann hatte er zu beidem keine Lust.

Heute nicht. Nevio war nicht gut drauf. Er wollte etwas anderes.

Darum setzte er sich an den Schreibtisch, rieb sich die Hände und schaltete den Computer an. Aktivierte den besonderen Browser, den er vor einiger Zeit installiert hatte, und ging ins Darknet. Fürs Onlinebanking und seine gesamte Bürokratie hatte er einen anderen Computer, hier, mit diesem Laptop konnte nicht viel passieren, auch wenn sie ihn hackten.

Hier war er auf digitalen Wegen unterwegs, die sich wie dunkle Gassen anfühlten, wo aus jeder Mauernische der Angreifer springen konnte. Er war sichtbar, schutzlos. Und er bewegte sich auf illegalem Terrain.

Aber es war ihm egal.

Er surfte durch die Gegend. Drogengeschäfte, illegale Waffenkäufe, Auftragskiller … Das interessierte ihn alles nicht. Ihm ging es um Frauen in Snuff-Videos, Kinderpornos, Tierquälereien. Alles ziemlich extrem, aber heute reizte ihn irgendwie auch dies alles nicht. Heute war er grundsätzlich gelangweilt, wenn da jemandem ein Ohr abgeschnitten worden wäre, hätte er nur gegähnt.

Aber bei einer Sache blieb er hängen. Man konnte mitspielen, sich einschalten, Geld bieten, um das Ende zu bestimmen.

Da saßen drei Tiere und sahen in die Kamera. Leicht irritiert, aber doch brav. Abwartend, was mit ihnen geschah. Ein Katzenbaby, ein Hundewelpe und ein kleines Kaninchen.

Zwei schlanke Frauenbeine in Schuhen mit extrem hohen Stilettos bewegten sich zwischen den Tieren.

Die Tiere guckten, schnüffelten, spielten oder legten sich hin und streckten sich wohlig.

Die Frage, die den Nutzern gestellt wurde, lautete: Welches Tier sollte vor laufender Kamera durch die Stilettos zerquetscht und getötet werden?

Wer die höchste Summe bot, konnte bestimmen.

Nevio wartete bis zum bitteren Ende und sah fasziniert zu, wie die kleine Katze von einem zur Musik tänzelnden Schuh qualvoll durchbohrt wurde.

Und er kam auf eine grandiose Idee!

107

Am Nachmittag stattete er Elena und Kaya einen Besuch ab.

»Wie geht es denn den beiden Damen?«, fragte er lächelnd.

Sie saßen auf ihren Betten, und keine der beiden antwortete.

»Habt ihr eure zehntausend Worte heute schon verbraucht?«, fragte er weiter, aber beide schwiegen beharrlich und sahen ihn nicht einmal an.

»Gut. Dann nicht. Fehlt euch irgendetwas? Ich bin heute in Spendierlaune und möchte euch etwas Gutes tun!«

»Gib mir mein Handy zurück!«, zischte Elena.

Nevio lachte. »Für wie blöd hältst du mich? Damit du einen Hilferuf absetzt? Damit es geortet wird und die Carabinieri hier anrücken? Ich bin doch nicht bescheuert. Dein Handy ist längst unschädlich gemacht, damit kann niemand mehr etwas anfangen. Denn ich will doch unser nettes Zusammenleben hier nicht beenden! Ich hab noch so viel Hübsches mit euch vor!«

Elena und Kaya nahmen auch dies stoisch und regungslos zur Kenntnis.

»Apropos Carabinieri! Einer war schon hier, hat mich besucht, einfach so. Das fand ich ganz reizend, aber wir können auch unheimlich gut miteinander. Donato Neri heißt er, wir haben uns ausgesprochen gut unterhalten, er ist ja nicht nur ein Freund, sondern auch noch ein Patient von mir. Dumm für euch, dass dieser Raum hier keine Fenster hat, sonst hättet ihr vielleicht sein Auto gesehen und hier rumkrakeelt. Nein, es war sehr nett, und alles ist gut. Und da ich heute so gute Laune habe, werde ich mit euch die nächste Aufgabe besprechen. Hast du noch Schmerzen, Elena?«

Elena nickte. »Wenn die Schmerzmittel nachlassen.« Neri, dachte sie. Du lieber Himmel, Donato war hier gewesen, und weder sie noch er hatten geahnt, dass sie sich im selben Haus befanden. Denn sicher suchte Donato schon nach ihr. Gabriella hatte bestimmt schon ein paar Mal wegen des bevorstehenden Notartermins bei ihr anzurufen versucht. Bleib dran, Gabriella, bat sie stumm. Mach alle Pferde scheu, setz Himmel und Hölle in Bewegung und hol uns hier raus!

»Das ist ja prima, meine Liebe. Die Schmerzmittel wirken augenscheinlich, das freut mich, du kannst so viel davon haben, wie du willst, aber darauf kommt es leider, leider bei dem nächsten Eingriff gar nicht an.«

Jetzt erstarrten beide Frauen voller Angst, was Nevio schon wieder amüsierte.

»Sagen wir mal so, ich möchte dieses Spiel nicht ewig in die Länge ziehen, sonst wird es langweilig. Deswegen hab ich jetzt einen ganz neuen genialen Plan entwickelt. Ich weiß gar nicht, wie ich anfangen soll. Da gibt es so unglaublich viele unglückliche und todkranke Menschen auf der Welt, die unbedingt ein neues Organ brauchen. Aber leider sind viel zu selten Menschen bereit, ein Organ vor oder nach ihrem Tod zu spenden. Das ist übel. Ganz übel.« Er hielt inne und sah Elena und Kaya an.

Beide zeigten keine Reaktion.

Er lachte. »Ich muss es euch vielleicht erklären: Ich verdiene mein Geld damit, dass ich Organe tausche. Ein krankes raus, ein gesundes rein. Derjenige mit dem ehemals kranken lebt weiter, der mit dem ehemals gesunden leider nicht. Einer Person rette ich das Leben, der anderen nehme ich es. Das hebt sich auf. Das ist eine Nullnummer. Ich bin kein Retter und kein Mörder, ich bin nur der, der dafür sorgt, dass es auf dieser Welt ein klein wenig gerechter zugeht. Versteht ihr das?«

Beide Frauen schienen nicht mehr zu atmen und rührten sich nicht, hörten fassungslos zu, was er sagte.

»Nun, ihr beide habt die Blutgruppe 0, das ist einfach fabelhaft, das ist der Jackpot überhaupt. Damit seid ihr nämlich beide die absolut perfekten Spender und mit allen anderen Blutgruppen kompatibel! Besser hätte es gar nicht laufen können. Herzen werden hoch gehandelt. Das ist ein Bombengeschäft. Und ich rette einem armen Menschen aus Asien oder Amerika oder sonst wo, der sich niemals ein neues Organ leisten könnte, weil er eben in Armut und nicht auf der Sonnenseite des Lebens geboren worden ist, das Leben. Und nehme es jemanden, der sein Leben lang immer alles hatte. Luxus, Wärme, genug zu essen – alles eben. Ihr versteht, was ich meine?«

Elena schüttelte den Kopf.

»Gut. Dann sage ich es jetzt ein bisschen einfacher: Wenn ich die Anfrage nach einem neuen Herzen bekomme, und das kann jede Minute passieren, dann stellt sich die Frage, wer von euch beiden die Spenderin sein möchte. Mama oder Töchterlein. Das ist eine noch schwierigere Frage als die, wer seinen kleinen Finger opfert. Aber ihr habt ja schon mal geübt. Jetzt kommt die Kür, und ihr könnt zur Hochform auflaufen. Wenn ich das nächste Mal hereinkomme, kann es sein, dass es schnell gehen muss. Dann müsst ihr mir eure Entscheidung mitteilen, denn dann geht es für eine von euch beiden zur Sache.

Aber ihr dürft nie vergessen: Es erfüllt einen guten Zweck. Es ermöglicht einem armen Menschen, der bisher vielleicht nicht so viel Glück gehabt hat wie ihr, ein sorgenfreies und gesundes Leben! Und du, Laura, oder besser Elena, warst ja sogar live dabei, als ich einem Menschen das Herz entnommen habe. Es war ein erhabener Moment. Für dich und für mich!«

Ihr schwirrte der Kopf. Sie starrte ihn an, seine kalten blauen Augen. Jetzt erst begriff sie. Er war es gewesen. Er hatte in Pisa ein Herz in den Händen gehalten. Hatte gemordet und sie, die hereingeplatzt war, bei ihrem Date wiedererkannt. Darum war sie jetzt hier. Allmählich wurde ihr alles klar.

»Leider musste ich danach mein schönes, kleines ambulatorio aufgeben. Das hat mich sehr geärgert, denn Zeugen konnte ich echt keine gebrauchen, und darum habe ich dir auch den unerlaubten Zutritt in mein ambulatorio extrem übel genommen. Aber jetzt hast du ja die Möglichkeit, alles wiedergutzumachen. Indem du dich selbst opferst oder es verkraftest, dass sich deine Tochter opfert. Du bist die Königin! Du bestimmst!« Er lächelte.

Sie würde sterben. Das war ihr klar, als sie sah, wie er lächelte. So oder so. Sie würde das Gefängnis dieses wahnsinnigen Mörders nie mehr lebend verlassen.

Kaya war ebenso fassungslos wie ihre Mutter, unfähig, irgendetwas zu erwidern.

»Habt ihr noch einen besonderen Wunsch fürs Abendessen?«

Beide schwiegen und sahen Nevio nur hasserfüllt an.

»Va benissimo. Dann lasse ich euch jetzt allein. Ciao, ihr Lieben!«

Damit ging er und schloss hinter sich sorgfältig ab.

Er lief die Treppe hinunter, trat aus dem Haus und setzte sich auf der Terrasse in die Sonne.

Aber er konnte sich nicht entspannen, war innerlich nervös wie selten, sein Puls schlug wesentlich schneller als gewohnt. Er brauchte die Herzen der beiden Ladys, so viel war klar, aber irgendwie war ihm auch dieser verdammte Neri auf den Fersen. Irgendwas hatte der gerochen und war hier sicher nicht zum letzten Mal aufgekreuzt. Und wenn der sich einen Durchsuchungsbefehl besorgte, dann war er sowieso geliefert, dann war alles, was er sich in Jahrzehnten aufgebaut hatte, dann war sein ganzes Leben kaputt.

Und schließlich auch noch dieses dämliche Gequatsche von Remo. Das war hochbrisant, denn er konnte ihn so viel zusammenstauchen, wie er wollte, Remo begriff nichts und merkte sich nichts.

Eins wurde ihm immer klarer: Er musste so schnell wie möglich die Herzen der beiden Ladys verkaufen, das spülte eine Menge Geld in die Kasse, und dann musste er dem allen ein Ende setzen. Zumindest für eine Weile, bis Gras über die Sache gewachsen war.

Zum Glück war dieser Neri ziemlich betulich und nicht der Handlungsfreudigste, vielleicht konnten Lino und er auf Tauchstation gehen, bevor der maresciallo ahnte, was hier wirklich gespielt wurde.

Auf jeden Fall musste er seine Haut retten.

Koste es, was es wolle.

108

In den Tagen zuvor hatten sie über ihren Hunger, ihre Schlaf-
schwierigkeiten, über Sehnsüchte und Gelüste gesprochen, über
ihre Schwierigkeiten, auf dem wackligen, weichen Plastikeimer
Halt zu finden, und die Scham beim Toilettengang, sie redeten
über Luigi und Andrea, sie hatten sogar ab und zu gelacht. Aber
dann hatten die Ängste wieder überhandgenommen, und sie hatten geweint und gehofft und gebetet und sich gegenseitig Mut
zugesprochen. Sie hatten Giancarlo verflucht und versucht herauszufinden, wo sie waren, hatten vergebliche Fluchtpläne geschmie-
det und sich ausgemalt, wie sie leben würden, wenn sie endlich
wieder frei wären. Was sie von Tag zu Tag weniger glaubten.

Ihre Gespräche hatten sie am Leben gehalten und nicht verzweifeln lassen, sie waren zu zweit und nicht allein – was für ein
Glück.

Elena hatte Kaya zum ersten Mal nicht als Kind, nicht als
Tochter betrachtet, sondern als intelligente Frau, die Kraft und
Nervenstärke hatte und mit dieser schrecklichen Ausnahmesitu-
ation besser zurechtzukommen schien als sie selbst.

Aber wenn sie sie jetzt betrachtete, wie sie da auf ihrem Bett
saß, zusammengekauert, die Beine mit den Armen umschlungen,
dann spürte Elena: Dies, was hier gerade geschah, hatte sie nicht
verdient.

Wenn man in diesem Fall überhaupt von Schuld sprechen konnte, dann war es Elena, die sich dieses ganze Desaster zuzuschreiben hatte.

Auch Kaya hatte viel über ihre Mutter nachgedacht. Tagelang sah sie sie nun schon vor sich. Verängstigt, verstört und verzweifelt, sich in so eine ausweglose Situation hineinmanövriert zu haben. Sie nahm ihr nichts übel. Gab ihr keine Schuld. Denn offensichtlich war all das, was hier gerade geschah, Schicksal. Auch im normalen Leben konnte einem jederzeit der berühmte Ziegelstein auf den Kopf fallen, man konnte ahnungslos und unvorbereitet Mord- oder Vergewaltigungsopfer werden, man konnte einen schweren Unfall erleiden, eine tödliche Krankheit bekommen oder auf einer tollen Reise in einem Luxushotel, in dem ein Brand ausbrach, ums Leben kommen. Und all dem ging keine sexuelle Obsession voraus. Ihre Mutter sollte endlich aufhören, sich irgendetwas vorzuwerfen. Sie fand ihre Art zu leben okay. Bewunderte ihre Mutter sogar in gewisser Weise und dachte, wie traumhaft es wäre, wenn sie selbst in fünfundzwanzig Jahren noch genauso leidenschaftlich und kompromisslos leben könnte.

Und dass sie in Giancarlos ambulatorio geplatzt war, als dieser gerade einem armen Menschen das Herz entnahm, dafür konnte sie nun wirklich nichts, aber auch gar nichts.

Sie waren in den letzten Tagen zu Freundinnen geworden. Stützten und stärkten sich gegenseitig. Waren eine verschworene Gemeinschaft.

»Eine von uns beiden wird sterben«, sagte Kaya. »Vielleicht kommt er jetzt gleich herein und holt dich oder mich. Oder in zwei Stunden oder zwei Tagen. Aber er wird eine von uns töten. Er ist ein Monster. Ein Sadist. Er will uns leiden sehen, und er ergötzt sich jetzt wahrscheinlich daran, wenn er sich vorstellt, was wir beide für eine Scheißangst haben. Und uns gegenseitig zerfleischen.«

»Aber das werden wir nicht tun«, sagte Elena leise.

»Mama, ich will nicht sterben!« Kaya brach in Tränen aus, warf sich zu ihrer Mutter aufs Bett, umarmte sie und weinte und weinte. »Aber ich will auch nicht, dass du stirbst! Mama, bitte, wir müssen hier irgendwie raus!«

»Es ist egal, wie wir uns entscheiden. Es ist egal, wer zuerst geht. Keine von uns wird überleben. Ich würde dich gerne beruhigen, aber ich fürchte: Er hat unseren Tod schon lange beschlossen, es macht ihm nur Spaß, ihn hinauszuzögern und uns zu quälen. Wir wissen, dass er Organe stiehlt und verkauft. Da kann er uns gar nicht mehr freilassen. Das können wir vergessen.

Aber du hast völlig recht: Er genießt unsere Angst. Ich glaube, die, die zuerst geht und ihr Herz opfert, hat es leichter. Es wird nicht schmerzhaft sein, es wird schnell gehen, und dann ist es vorbei. Diejenige, die zurückbleibt, wird noch länger und noch schlimmere Qualen erleiden. Insofern, entscheide du. Wenn du schnell in den Tod gehen willst, dann tu es, ich werde dir folgen. Wer weiß, was er sich für mich noch alles ausdenkt. Aber wenn du willst, dass ich als Erste dran bin, dann mache ich das auch. Es ist im Grunde egal. Wir haben beide keine Chance. Wir haben verloren. Wir werden sterben und sehen uns hoffentlich im Himmel wieder.«

Jetzt schwiegen sie. Starrten sich an und wussten nicht mehr weiter. Wussten nicht, was sie sagen sollten. So furchtbar und unaussprechlich war das, was ihnen bevorstand.

»Damals an Bord, da hast du Papa nicht geholfen. Du wusstest, dass er sterben würde.«

»Ja. Aber ich hab ihm nicht helfen können, Kaya! Wirklich nicht! Ich kam gegen die meterhohen Wellen nicht an, ich konnte nicht wenden, ich hätte uns beide in Lebensgefahr gebracht, und ich ging davon aus, dass er schon längst tot ist. So ein Inferno überlebt ein Mensch im Wasser nur wenige Minuten, wenn überhaupt. Und ich befürchtete, dass wir ihm folgen würden.

Innerhalb kürzester Zeit wären wir alle drei tot gewesen. Vom Meer verschluckt. Dass wir überlebt haben, wundert mich bis heute. Ich habe meinem Schöpfer tausendmal dafür gedankt, aber jetzt frage ich mich, warum. Um hier von einem wahnsinnigen, sadistischen Mörder abgeschlachtet zu werden? Warum sollten wir weiterleben?«

»Ich dachte, du hättest ihn geopfert, um zu überleben. Um dich und mich zu retten.«

»Nein. Das hätte ich nicht fertiggebracht. Ich hab ihn – verdammt noch mal, bitte begreif es doch endlich mal, Kaya –, ich hab ihn nicht retten können! Ich sag es dir jetzt zum tausendsten Mal! Ich hab es nicht geschafft! Ich konnte nicht wenden und zu ihm zurückfahren, ohne zu kentern! Und ich habe keine Sekunde geglaubt, dass wir beide überleben. Ich war sicher, wir würden sterben und ihm folgen. Das war für mich fast in Ordnung.«

Kaya schwieg.

»Und bitte, glaub mir eines: Ich hab ihn geliebt. Ohne Ende. Er war die Liebe meines Lebens. Und wen man liebt, den lässt man nicht im Stich!«

»Oh, mein Gott, Mama!« Kaya umarmte Elena und wiegte sie hin und her.

»Ja.«

Plötzlich hörte sie auf, löste die Umarmung und sah ihre Mutter an. »Was machen wir denn jetzt bloß?«

»Ich weiß es nicht, meine Liebe, meine Allerliebste, ich weiß es wirklich nicht!«

Und dann legten sich beide hin. Eng umschlungen. Und weinten um ihr verlorenes Leben.

109

Neri kam vollkommen gestresst und kaputt aus dem Büro nach Hause. »Gabriella«, sagte er bereits in der Tür, »Gabriella, die Hitze bringt mich um. Ich brauche als Erstes einen Eimer Wasser. Bin völlig verdorrt.«

Gabriella lachte. »Gibt es bei euch im Büro keinen Wasserhahn?«

»Doch, aber das Mineralwasser war alle, und aus der Leitung dort trinke ich nicht.«

»Ach? Wieso?«

»Du weißt, es ist ein altes Haus, und wir haben noch Bleirohre. Ich habe gehört, Loretta von der Bäckerei, die Fleischer-Emilia und Silvia aus der Wäscherei, denen allen fallen die Haare büschelweise aus, und sie sehen so zum Fürchten aus, dass sie sich kaum noch auf die Straße wagen. Man munkelt, dass es an den alten Bleirohren liegt. Ich hab mal drauf geachtet, Gabriella, es gibt ziemlich viele Frauen in Ambra, bei denen man die Kopfhaut durchschimmern sieht.«

»Bei mir nicht.«

»Natürlich nicht, denn wir haben ja auch die Rohrleitungen erneuert, als wir umgebaut haben.«

»Gott sei Dank! Aber wie sieht es aus, Mann meines Herzens, wollen wir was essen?«

»Aber bitte! Unbedingt! Ich bin nicht nur verdurstet, sondern auch verhungert!«

»Komm, Neri, setz dich. Oder wollen wir draußen essen?«

»Nein. Da ist es zu heiß und so ein Umstand. Lass uns hier in der Küche bleiben, das hab ich am liebsten.«

Gabriella lächelte, beugte sich zu ihm herunter und drückte ihm einen Kuss auf die Stirn. »Buonasera carissimo. Wir haben uns ja noch gar nicht richtig begrüßt!«

Neri sprang auf, nahm Gabriella fest in den Arm, drückte sie an sich und sagte: »Du hast völlig recht. Buonasera carissima. Was gibt es denn heute?«

»Penne dello chef. Mit Sahne und Schinken!«

Neri strahlte. »Va benissimo.«

»Aber mal was anderes«, begann Gabriella und stellte ihm ein riesiges Glas Mineralwasser auf den Tisch, »ich versuche seit Tagen, Elena anzurufen, doch ich erreiche sie nicht. Ich hab es auf ihrem Handy, bei ihr zu Hause und im Büro probiert. Niente. Sie reagiert einfach nicht. Übermorgen haben wir den Notartermin, und sie hat sämtliche Unterlagen. Ohne sie können wir den Termin vergessen.«

»Sie ist wahrscheinlich im Stress. Wird bestimmt noch reagieren, spätestens morgen ruft sie an, da bin ich ganz sicher.«

»In ihrem Büro sagte man mir, dass sie alle irritiert sind, alle nicht wissen, was los ist, denn niemand kann sie erreichen. So etwas wäre noch nie passiert. Elena ist normalerweise eine ganz Zuverlässige, hat alles im Griff und meldet sich sofort, wenn sie ein Gespräch mal nicht annehmen kann. Sie ist ja auch die Chefin. Im Grunde ist sie rund um die Uhr erreichbar und nun schon seit einer Woche nicht mehr. Dario, ihr Kollege, der ganz eng mit Elena zusammenarbeitet, sagte mir, dass er sich extreme Sorgen macht, denn sie hatte einen Notartermin für ein Millionenprojekt, und auch da ist sie nicht erschienen. Vielleicht meinte er sogar diese Villa auf Ischia, von der sie erzählt hat. Der Verkauf ist jedenfalls geplatzt. Und so einen dicken Fisch hat man nicht alle Tage. Er ist bei ihr zu Hause vorbeigefahren, aber da ist niemand. Er hat ein verdammt blödes Gefühl und überlegt, eine Vermisstenanzeige aufzugeben.«

»Nun mal langsam«, meinte Neri, nahm sein Handy und wählte Elenas Nummer, aber eine Computerstimme sagte ihm, der Anschluss sei zurzeit nicht erreichbar.

Gabriella sah ihn an. »Ich schwör dir, ich hab alles versucht, hab mit der ganzen Welt telefoniert, aber Elena ist wie vom Erdboden verschluckt.«

Neri trank noch einen Schluck Wasser und sagte vollkommen resigniert: »Gabriella, ich dreh durch! Überall verschwinden Menschen, und jetzt auch noch Elena!«

Er stand auf und pfiff leise. Dante sprang sofort auf und sah ihn abwartend an. »Komm, Dante, wir gehen ein bisschen an die Luft.«

»Und was ist mit dem Essen?«, fragte Gabriella konsterniert.

»Später, amore, später. Jetzt muss ich einen Moment durchatmen ...«

Gabriella schaltete den Herd aus und setzte sich. Sie konnte ihren Mann völlig verstehen.

110

Neri hatte den Anzug an, den er sich extra für die Hochzeit seines Sohnes gekauft hatte, denn zum Notar ging man nicht alle Tage, und eine Immobilie kaufte man nicht jede Woche, und darum zog man sich zu diesem besonderen Termin auch einen Anzug an und nicht die lumpige Jeans, in die man jeden Morgen stieg, wenn man den Hund ausführte.

Gabriella trug ein sehr schönes, sommerliches Kleid, das auch schon Jahre auf dem Buckel hatte, und sie erschien ihm so fremd, dass er Lust hatte, sie zu siezen. Es war alles irgendwie merkwürdig.

»Sie wird nicht kommen, wird nicht da sein«, sagte Gabriella. »Das können wir vergessen. Ich weiß nicht, was los ist, aber irgendetwas stimmt nicht.«

»Mal sehn«, sagte Neri nur und überlegte, ob er in Montevarchi auf dem großen Parkplatz vom Ipercoop parken sollte, dann müssten sie allerdings eine ziemlich lange Strecke bis in die Fußgängerzone laufen, oder ob er versuchen sollte, direkt in der Stadt einen Parkplatz zu ergattern.

Er parkte beim Ipercoop.

»Sollen wir von hier aus ein Taxi nehmen?«, fragte Gabriella spitz. »Oder soll ich einen Hubschrauber kommen lassen?«

»Gabriella, bitte! Du weißt, dass es in der Innenstadt keine

Parkplätze gibt, also lass uns einfach ein paar Schritte gehen, das ist doch nicht so schlimm!«

Gabriella knurrte, aber fügte sich.

Als sie nach einem viertelstündigen Marsch die Kanzlei erreichten, war von Elena oder ihrem Auto weit und breit nichts zu sehen. Sie gingen nach oben.

Die Sekretärin von dottor Pallini begrüßte sie freundlich und meinte: »Wir warten jetzt nur noch auf Signora Ludwig, aber sie wird sicher gleich kommen.«

»Sie hat all unsere Unterlagen.«

»Ja, und darum wird sie sicher auch gleich hier sein. Ich wollte gestern wegen der Beurkundung noch ein paar Dinge mit ihr besprechen, habe sie aber leider nicht erreicht.«

Donato und Gabriella sahen sich an.

»Bitte, nehmen Sie doch noch einen Moment im Wartezimmer Platz. Sobald Signora Ludwig hier ist, können wir anfangen.«

Gabriella und Donato nickten schweigend und setzten sich ins Wartezimmer.

»Es wäre ein Wunder, wenn sie noch käme!«, flüsterte Gabriella.

Donato schwieg. Er blätterte lustlos und ohne auch nur ein Wort zu lesen in einem Seglermagazin und wurde von Minute zu Minute nervöser.

Nach einer Dreiviertelstunde betrat die Sekretärin das Wartezimmer. »Tja«, sagte sie und rieb sich die Hände. »Die Signora wird wohl nicht mehr kommen. Vielleicht hat sie den Termin vergessen. Ich habe versucht, sie anzurufen, erreiche sie aber nicht. Auch in ihrem Büro weiß niemand, wo sie steckt. Das ist ja nun dumm, zumal Signora Ludwig die Unterschriftsvollmacht für die Eigentümer hat. Ohne sie oder die Eigentümer können wir nicht beurkunden. Das tut mir leid.«

Neri und Gabriella standen auf.

»Dann machen wir einen neuen Termin«, sagte Gabriella. »Es eilt ja nicht allzu sehr. Niemand kann uns die Immobilie wegschnappen, es sei denn, die Eigentümer haben noch weitere Unterschriftsvollmachten erteilt.« Sie lächelte.

»Lassen Sie uns einen Termin in zwei Wochen ins Auge fassen. Und in der Zwischenzeit versuche ich herauszufinden, was mit der Signora Ludwig los ist«, meinte Neri.

Die Notariatsgehilfin nickte und eilte zu ihrem Terminplaner.

Als Neri und Gabriella vor dem Haus auf der Straße standen, sagte Gabriella leise: »Ich hab's dir gesagt, Neri. Irgendetwas stimmt nicht. Das ist nicht normal. Irgendetwas ist Elena passiert.« Sie stand da mit hängenden Schultern und sah aus, als würde sie gleich in Tränen ausbrechen.

Neri legte ihr den Arm um die Schultern.

Langsam gingen sie zurück zu ihrem Auto auf dem Supermarktparkplatz.

Am nächsten Morgen rief Neri bei seinem Kollegen Stefano Baldi in Siena an und erzählte ihm alles, was er über das Verschwinden von Elena wusste.

Baldi hörte ihm aufmerksam und schweigend zu. Dann sagte er: »Donato, ich habe hier auf meinem Schreibtisch eine Vermisstenanzeige von einem Luigi Orlando. Ist der dir ein Begriff?«

»Nein. Nie gehört.«

»Er ist der Lebensgefährte von Kaya Ludwig, der Tochter von Elena Ludwig. Er hat seine Freundin als vermisst gemeldet. Sie ist seit über einer Woche verschwunden. Und jetzt erzählst du mir, dass auch die Mutter vermisst wird? Das ist doch kein Zufall! Könnte es vielleicht sein, dass die beiden Damen sich mal eine Auszeit genommen haben, einfach abgehauen sind, ohne irgendjemand Bescheid zu sagen, und sich mal zwei entspannte Wochen am Meer gönnen? Wäre das nicht denkbar?«

»Nein, Stefano, das wäre nicht denkbar. Denn Elena hat einen Notartermin platzen lassen, da ging es um den Verkauf einer

Immobilie im Wert von mehreren Millionen. Der Käufer ist mittlerweile abgesprungen. Weißt du, was für einen Makler bei so einem Geschäft herausspringt?«

»Keine Ahnung.«

»Eine halbe Million. Lässt du die einfach sausen, um mit deiner Tochter kichernd am Strand zu liegen und Eis zu essen?«

»Sicher nicht. Nein.«

»Siehst du. Auch meine Frau versucht seit Tagen, Elena zu erreichen, ihre Kanzlei ist mittlerweile ganz konfus, und unseren Notartermin hat sie auch platzen lassen. Wir sind für sie nur ein kleiner Fisch, nun gut – aber es passt ins Bild. Sie ist genauso vom Erdboden verschwunden wie ihre Tochter. Und darum möchte ich die Vermisstenanzeige hiermit um Elena Ludwig erweitern.«

»Donato, das ist nicht dein Ernst?«

»Doch, das ist mein voller Ernst. Setze alles auf, ich bin in zwei Stunden bei dir und unterschreibe. Und dann werden wir beide überlegen müssen, was wir unternehmen.«

»Va bene. A dopo, Donato.«

»A dopo.«

111

Nevio stürmte in den Raum.

Elena und Kaya saßen vor Schreck senkrecht auf ihren Betten, beide waren starr vor Todesangst.

»Keine Angst, meine Hübschen, ich bin mal wieder gekommen, um euch zu helfen. Es ist ja ganz furchtbar, sich entscheiden zu müssen, ob das Mütter- oder das Töchterlein als Erste geopfert wird und über die Klinge springen muss ... Das kann einen fertigmachen, ich weiß, und darum habe ich mir ein tolles Spiel überlegt, um euch die Entscheidung abzunehmen.

Ist das nicht super? Ich sag euch, es ist das größte und aufregendste Spiel, das es auf der Welt überhaupt gibt. Wer gewinnt, ist frei, und wer verliert, stirbt. Grandios, oder?«

Elena und Kaya blieben stumm.

»Also gut. Ich erklär es euch. Wir spielen im Internet. Im Darknet. Heutzutage läuft ja alles übers Internet. Wir müssen das akzeptieren und uns anpassen, es geht eben nicht anders. Und es gibt viele lustige Internetspiele. Auch solche, die sich um Leben und Tod drehen, und die interessieren mich besonders, weil ich sie so unglaublich spannend finde.

Also. Wir haben drei Personen. Ihre Gesichter sind von Tiermasken verdeckt. Man sieht nicht, wer männlich oder weiblich ist, wer wer ist, man sieht nur diese Tiermasken.

An diesem unseren Abend wird vor laufender Kamera im Internet eins von den drei Tieren erschossen. Welches, entscheidet das Publikum. Das heißt, der, der online die höchste Summe bietet, darf bestimmen, welches Tier erschossen wird. Da weiß man nicht, was ist und was passieren wird. Denn es ändert sich ständig. Das ist doch unglaublich spannend, oder? Nicht nur für die Zuschauer an ihren Computern, sondern auch für euch hinter den Tiermasken. Und dann, um Mitternacht, Punkt vierundzwanzig Uhr, ist das Spiel vorbei. Dann sehen wir, auf welches Tier der höchste Preis gesetzt wurde, der Wunsch von dem, der bezahlt, ist uns Befehl, und bumm! Ein Schuss. Es tut nicht weh. Einer von euch dreien ist tot, aber die beiden anderen sind frei. Das verspreche ich euch. Jeder von euch hat eine dreiunddreißigprozentige Chance. Ist das nicht fair? Und richtig toll? Ist das nicht das spannendste Spiel überhaupt?«

»Wer ist der Dritte?«

»Das kann euch egal sein. Es ist ja alles anonym. Er kennt euch nicht, ihr kennt ihn nicht.«

»Aber es ist ein ›er‹?«

»Ja. Doch wen interessiert das? Hinter den Masken seid ihr alle gleich.«

»Wer garantiert uns, dass wir hier auch wirklich rauskommen, wenn wir gewinnen?«

»Ich.«

Kaya lachte laut auf. »Was ist mit unserem Herz? Wenn du eine von uns erschießt und die andere freilässt, bekommst du kein Herz.«

»Doch. Natürlich. Wenn eine von euch erschossen wird, entnehme ich das Herz. Ihr müsst euch also nicht mehr entscheiden. Müsst euch nicht nächtelang quälen, wer sein Herz geben und sterben soll. Müsst euch nicht stundenlang alte Geschichten vorhalten, müsst euch nicht überlegen, wer was wem schuldet, wer wen belogen und betrogen hat. Müsst nicht darüber nachdenken, wer wen mehr oder weniger liebt und wessen Tod sinnvoller wäre. Das ist alles so nervenaufreibend und ineffektiv. Dieses Spiel hilft euch. Und es beinhaltet die Chance, dass ihr beide überlebt. Großartig, oder?«

»Was passiert, wenn wir nicht mitspielen?«, fragte Elena leise.

»Dann werde ich eure Herzen nehmen. Erst von der einen, dann von der anderen. Dann habt ihr keine Chance. Doch wenn ihr mitspielt, habt ihr eine. Zugegeben nur eine kleine. Aber immerhin.«

»Ich glaub dir kein Wort!«

»Das ist dein Problem.«

Elena stürzte sich auf ihn, krallte sich an ihm fest und schlug auf ihn ein.

Er packte ihre Handgelenke mit eisernem Griff in einer Hand, sodass sie nichts mehr tun konnte, und zog mit der anderen sein Messer.

»Giancarlo, bitte!«, schluchzte sie. »Du hast mich bestellt, wir haben miteinander geschlafen, wir hatten eine fantastische Nacht, warum willst du mich töten? Gut, ich weiß, was du tust, aber lass uns ein Gentleman-Agreement treffen. Du lässt uns frei, und von mir oder von Kaya wird niemals irgendjemand irgendwas erfahren. Da kannst du ganz sicher sein und deine Geschäfte weiterführen. Und falls ich was verraten sollte, kannst du mich töten. Da werde ich dir sogar eigenhändig die Tür öffnen.«

»Hör auf mit diesem schwachsinnigen Gelaber.« Er äffte sie nach. »Ich werde dich nicht verraten!« Und lachte laut. »Etwas Blöderes ist mir wirklich noch nicht untergekommen. So einen Stuss hast du auch gar nicht nötig. Ich hab dich für intelligenter gehalten. Außerdem will ich mein Spiel haben, ein bisschen Unterhaltung braucht der Mensch. Und du hast etwas ganz Entscheidendes noch nicht begriffen, meine Liebe: Ich bin Geschäftsmann, kein Liebhaber.«

Damit stieß er sie mit Kraft von sich, verließ den Raum und schloss sorgfältig ab.

Kaya drehte völlig durch. Die Todesgewissheit packte sie und machte sie irre. Sie konnte nicht mehr, hielt es einfach nicht mehr aus, sie weinte und schrie ihre Panik und Verzweiflung heraus. Sprang gegen die Tür, die kein bisschen nachgab, rappelte sich hoch, tobte durch den Raum wie eine Furie, schrie laut um Hilfe, trommelte gegen die Wand, brüllte wie ein verwundetes Tier, und dann kreischte sie wieder wie am Spieß, bis sie sich endlich zu ihrer Mutter aufs Bett warf und hemmungslos zu heulen begann.

Plötzlich stockte ihr Atem. Sie schnappte nach Luft. Begriff, dass der Tod nah war, und ihr Körper und ihre Seele schrien gemeinsam und bäumten sich auf gegen diese Ungerechtigkeit, das Ende eines so kurzen Lebens erdulden zu müssen.

Doch wenn sie bei diesem abartigen Spiel nicht mitspielte, war sie garantiert irgendwann tot.

Wenn sie mitspielte, war sie nur vielleicht tot.

Und genauso ging es ihrer Mutter.

Aber würde er jemals eine von ihnen gehen lassen? Sie konnte es sich kaum vorstellen.

»Komm, lass es uns versuchen«, flehte Kaya dennoch ihre Mutter an. »Lass uns das Spiel spielen. Es ist ja sowieso alles egal. Und vielleicht haben wir eine klitzekleine Chance.«

Elena nahm sie in den Arm und strich ihr übers Haar.

»Gut. Wir versuchen es.«

Sie hielt ihre Tochter fest umschlungen. Dies war der einzige Trost, den es in dieser Situation überhaupt noch geben konnte.

Aber auch das war eine Illusion.

112

»Ich habe das jetzt nicht ganz verstanden, Remo«, sagte Rosanna stirnrunzelnd. »Versuche bitte noch mal, es mir zu erklären. Es geht um ein Spiel?«

»Ja, ja, ja!« Remo hüpfte voller Freude auf seinem Stuhl herum.

»Und da sitzen drei Tiere. Also drei Menschen mit Tiermasken. Vor einer Kamera?«

»Ja, ja, ja!«

»Und Leute im Internet gucken zu. Und zahlen Geld?«

»Ja, ja, ja.«

»Aber wofür?«

»Es macht bumm, und ein Tier tot.« Remo lachte sich kaputt.

»Aber doch nicht wirklich?«

»Nein, nein, nein!«

»Und das ist das Spiel?«

»Ja, ja, ja!« Remo strampelte mit den Beinen und bekam sich gar nicht mehr ein.

»Das ist doch kein vernünftiges Spiel, Remo, sondern total doof und langweilig!«

Remo saß augenblicklich still. Und starrte sie mit großen Augen an. Dann schüttelte er den Kopf, stand auf und rannte weg.

Jetzt hab ich ihm den Spaß kaputtgemacht, dachte Rosanna, als sie ins ambulatorio nach Ambra fuhr, Nevio wartete sicher schon auf sie. Porca miseria, das tut mir leid für Remo, aber ich kapier es einfach nicht. Was ist denn der Sinn dieses blöden Spiels? Und wenn wirklich Leute dafür zahlen ... wofür denn?

Sie überlegte fieberhaft. Die Idee zu dem Spiel kam wohl von Nevio. Aber der hatte sicher kein Interesse daran, Remo zu erfreuen oder ihm einen lustigen Abend zu machen. Niemals! Zumal er in letzter Zeit so ekelhaft zu seinem kleinen Bruder war. Kurz angebunden, unwirsch, einfach widerlich. Ganz offensichtlich hatte er momentan mit Remo ein Problem.

Und eine Ahnung stieg in ihr auf.

So grauenvoll, dass sie es selbst nicht glauben konnte.

113

In der Nacht war sie wieder unterwegs. Wie immer war es im Haus totenstill.

Sie sah sich um. Der Flur war leer. Kein Laut. Sie glaubte auch, dass sie Nevio früh genug bemerken würde, wenn er den Gang entlangkäme. Ihr Gehör war ausgezeichnet.

Daher legte sie nun ihr Ohr an die Tür des Krankenzimmers, und sie hörte, wie zwei Frauen miteinander redeten. Rosanna konnte nicht verstehen, was sie sagten, aber so viel war klar: In diesem Raum waren *zwei* Frauen. Nicht nur eine, wie sie vermutet hatte.

Sie schlich zurück in ihr Zimmer.

Ganz allmählich wurde ihr klar, wie gefährlich dieser Mann war. Da hielt er zwei Frauen gefangen. Offensichtlich zu seinem Spaß. Vergewaltigte sie und zwang sie zum Sex zu zweit oder zu dritt, das wusste sie nicht, und das wollte sie auch gar nicht wissen. Auf alle Fälle waren die Frauen eingesperrt. Und er nahm sich, was er wollte.

Sie brauchte sich keinen Illusionen mehr hinzugeben. Er hatte kein Interesse an ihr, niemals würde er sie auch nur bemerken oder eines Blickes würdigen! Sie machte ihre Arbeit, er bezahlte sie, aber sie war Luft für ihn. Seine Lust befriedigte er anderswo.

Ihr Herz tat weh, sie war voller Eifersucht und wollte die

Frauen hinter der schweren Tür hassen, aber das konnte sie nicht, sie hasste nur ihn.

Die beiden taten ihr verdammt leid.

Der nächste Morgen war sonnig und warm. Rosanna setzte sich zu Nevio, der auf der Terrasse saß, einen Kaffee trank und Melone aß.

»Buongiorno!«, sagte sie.

»Buongiorno«, erwiderte er und blinzelte lächelnd in die Sonne. »Alles gut, Rosanna?«

»Nicht wirklich. Ich hol mir mal einen Kaffee.« Sie ging ins Haus und kam nur wenig später mit einer dampfenden Tasse wieder.

»Hat Remo schon gefrühstückt?«

»Nein. Ich bring ihm gleich was. Er ist noch bei den Wölfen.«

»Das freut mich«, sagte Nevio und schlug die Beine übereinander. Rosanna spürte, dass ihn dieses Gespräch langweilte und ihm auf die Nerven ging. Und dass er sie auf den Mond wünschte. Aber sie hatte nicht vor zu gehen.

»Dottor Angioli, Remo redet unentwegt von einem Internetspiel, es geht um drei Tiere, eines wird gewählt und am Ende erschossen, aber das ist natürlich nur ein Fake, er freut sich drauf, aber ich verstehe es nicht. Was ist das für ein Spiel? Und was ist der Sinn? Ich begreife ihn beim besten Willen nicht!«

Nevio lachte laut auf, schien einen Moment zu überlegen und setzte sich aufrecht hin. »Den Sinn begreift niemand. Aber Remo freut sich darauf. Wie du sagst: Es ist wirklich nur ein Fake, ein blödes Spiel. Ein Nervenkitzel. Total kindisch. Aber lass ihn doch! Es ist, wie es ist. Und je dämlicher es ist, desto besser gefällt es Remo!« Er rutschte wieder tiefer in den Stuhl, spreizte die Beine und kippte den Kopf in den Nacken.

Rosanna fand seine Haltung obszön und abstoßend.

»Okay«, murmelte sie.

»Sind die Wölfe schon gefüttert, Rosanna?«

»Nein, aber ich kümmere mich gleich nach dem Frühstück drum. Und dann komme ich ins ambulatorio.«

»Perfetto, Rosanna. Ci vediamo.«

Rosanna ging ihm auf die Nerven, aber Remo ging ihm so viel mehr und so unsagbar auf die Nerven, das konnte er überhaupt nicht mehr ertragen, es wurde von Tag zu Tag schlimmer. Zumal er zu einem erheblichen Unsicherheitsfaktor geworden war.

Nevio lief zum Wolfszwinger und rief nach seinem Bruder.

Remo tauchte aus einer Hütte auf, lachte und hüpfte und schrie: »Hier! Hier bin ich!«

»Komm mal her!«

Bei Remo schien alle Euphorie verflogen, denn er schlich vorsichtig näher und setzte sich still auf die Erde. Sah seinen Bruder mit großen, ängstlichen Augen an.

»Ich wollte dich mal was fragen, Remo. Du hast mit Rosanna über unser Spiel geredet?«

Remo strahlte und nickte. »Meine Freundin.«

»Va bene. Aber es ist ein geheimes Spiel, Remo. Wenn es nicht geheim ist, funktioniert es nicht. Du darfst mit niemandem darüber reden, verstehst du? Mit niemandem. Auch nicht mit Rosanna!«

Remo nickte. »Tut mir leid, leid, leid!«

»Ich hab es dir schon mal gesagt: Du darfst mit niemandem über irgendetwas reden! Ist das klar?«

Remo nickte eingeschüchtert.

»Hast – du – das – verstanden – verdammt?«

»Ja, ja, ja.« Remo war den Tränen nahe, stand auf und umarmte Nevio.

Nevio versuchte sich zu befreien. »Schon gut, Remo. Und es ist ja auch nicht mehr lange. Wir spielen morgen schon. Aber bis dahin hältst du die Klappe? Va bene?«

Remo nickte und hüpfte vor Freude.

Nevio strich ihm noch einmal übers Haar und entfernte sich.

DAS SPIEL

114

Elena und Kaya waren wie paralysiert, zwei dem Tod Geweihte, die allmählich immer weniger verstanden, in welch absurder Situation sie sich befanden. Die es einfach nicht glauben konnten, dass sie Gefangene und vielleicht in ein paar Stunden tot waren. Zumindest eine von ihnen. So etwas gab es nicht, so etwas konnte nicht sein. Nicht hier in Europa, im sonnigen Italien, wo sie noch vor Kurzem sorgenfrei und glücklich gelebt und davon geträumt hatten, später im Sommer gemeinsam ans Meer zu fahren.

Dies hier war der schlimmste Albtraum überhaupt, weil sie beide von all dem nur eines wirklich begriffen: Es war kein Albtraum. Es passierte ihnen wirklich, und sie hatten keine Ahnung, dass sie sich nur ungefähr einen Kilometer Luftlinie von Monte Benichi entfernt befanden, diesem malerischen Bergdorf, das sie so gut kannten und in dem sie schon lange Sommerabende in der Osteria auf der Piazza verbracht hatten.

Während vor dieser Gefängnisvilla die Grillen zirpten und der Jasmin besonders stark duftete, der Staub der Straße den erdigen, intensiven Sommergeruch abgab, die Restaurants in der Umgebung ihre Sonnenschirme zuklappten, weil die grellorangefarbene Abendsonne allmählich und langsam in den Hügeln versank, war ihr Entführer gekommen, hatte sie gefesselt, ihnen burkaähnliche schwarze Gewänder übergeworfen und sie mit grobem Griff über einen

Gang in ein anderes Zimmer geführt. Dort stand ein länglicher, schmaler Tisch mit drei Stühlen davor. Die Szenerie war von Scheinwerfern grell ausgeleuchtet, zwei Kameras auf Stativen standen davor.

Er sagte: »Nehmt Platz. Wo ihr mögt. Es ist ganz egal.«

Elena und Kaya setzten sich. Dann fixierte er ihre Handschellen an den Stühlen und setzte ihnen die Tiermasken auf.

»Oh nein!«, jammerte Kaya und begann unter dem dunklen Gewand zu schluchzen.

»Hör auf, Liebes«, flüsterte Elena. »Bitte, hör auf, sonst wird alles nur noch schlimmer.«

Elena spürte instinktiv, dass jedes Zeichen von Schwäche diesen Sadisten nur zu noch grausameren Taten herausfordern würde.

»Du bist der Hund«, sagte er zu Elena, »und du die Katze«, zu Kaya.

Dann brachte er eine dritte Person herein. Ebenso verhüllt wie die beiden Frauen, mit der Maske eines Affen.

»So«, meinte Giancarlo, »auch euer Kollege hat jetzt Platz genommen. Na, dann kann es ja losgehen!«

Elena und Kaya hatten immer noch keine Ahnung, wer der Dritte im Bunde war.

Da saßen nun drei Menschen. Verängstigt, verhüllt, verloren. Schwarze, weite Gewänder, die nicht vermuten ließen, ob ein weiblicher oder ein männlicher Körper darunter steckte. Drei Masken vor dem Gesicht. Ein Hund – eine Katze – ein Affe. Alle drei unheimlich süß. Zum Küssen. Man wollte sie in den Arm und mit nach Hause nehmen.

Giancarlo erklärte als Stimme aus dem Off das Spiel.

»Hi, Fans, ich grüße euch auf meinem ganz speziellen und einzigartigen Kanal der Hinrichtungen. *Canale internet dell'esecuzione.* Ihr seht hier einen Hund, eine Katze und einen Affen. Hinter den Masken verbergen sich drei Personen, die ihr nicht kennt, aber alle drei sind bereit zu sterben. Vor laufender Kamera. Wenn ihr es wollt, wird einer der drei erschossen. Einer der drei ist todkrank, einer ist schwer depressiv, weil der oder die Liebste beim Versuch, den eigenen Hund zu retten, ertrunken ist, und die dritte Person ist alt und allein, das Geld reicht hinten und vorn nicht, der oder die will einfach nicht mehr. Und ihr werdet es mit ansehen, werdet Zeuge dieser Hinrichtung werden. Und aktiv eingreifen und bestimmen können, wer stirbt. Ich warte auf eure Gebote. Setzt auf das Tier, das getötet werden soll. Um Punkt vierundzwanzig Uhr ist Schicht. Der dann Meistbietende bekommt den Zuschlag und kann entscheiden, wer von den dreien hingerichtet wird. Sobald das Geld per Blitzüberweisung auf dem Konto ist, wird der Gewinner die Maske abnehmen. Und sterben. Das ist das härteste und vielleicht auch brutalste Spiel im Darknet, und es beginnt jetzt! Wir starten mit zehntausend Euro.«

Im Hintergrund blinkte eine rote Lampe.

Und seitdem saßen sie stumm da und mussten mit anhören, wie Giancarlo hinter den Kameras am Computer genüsslich die Gebote verlas.

Der Hundewelpe lag im Moment vorn mit einem Gebot von siebzehntausend Euro, gefolgt von dem Kätzchen mit vierzehntausend Euro und ziemlich abgeschlagen dem Äffchen mit elftausend Euro.

Elena saß da wie erstarrt. Der Welpe war das süßeste Tier der drei, sie war dabei, mit ihrem Leben abzuschließen. Aus diesem Raum kam sie mit großer Wahrscheinlichkeit nicht mehr lebend heraus.

Sie hatte ihr Leben geliebt, ihre Tochter, ihre Männer, ihre Obsessionen, ihr besonderes Haus. Sie hatte dem Himmel für jede friedliche Sommernacht, für ihr bequemes Bett, ihren gefüllten Kühlschrank und die morgendliche warme Dusche gedankt. Alles keine Selbstverständlichkeit, das wusste sie. Sie war dankbar, dass sie kerngesund war, immer genug Geld auf dem Konto hatte und sich in keiner Weise Sorgen zu machen brauchte.

Und dann passierte so etwas. Und alles war kaputt und vorbei. Alles. Sie konnte noch nicht einmal ihrer Tochter die Reste ihres schönen Lebens hinterlassen.

»So, eine Erhöhung für die Katze, wunderbar! Siebzehntausendfünfhundert Euro, sehr schön«, brach Giancarlos heitere Stimme durch ihre Gedanken.

Sie hätte gern Kayas Hand gedrückt, aber sie konnte nicht genug sehen und fand sie nicht. Tastete nach ihr, aber vielleicht saß sie zu weit weg.

»Amore!«, rief sie leise.

»Mamma?«

»Wir schaffen das. Du musst nur daran glauben!«

Kaya antwortete nicht, sondern weinte nur.

»Und schon wieder ein Angebot: Über achtzehntausend für den Welpen«, tönte es von Giancarlo. »Welpe und Kätzchen: Wird das am Ende der entscheidende Zweikampf?«

Sie hatten kein Zeitgefühl mehr, hatten keine Ahnung, wie lange sie da saßen.

Schließlich meinte Kaya kleinlaut: »Giancarlo, ich muss auf die Toilette.«

»Is' nich'. Geht nicht«, meinte Nevio lapidar. »Wir sind hier schließlich in einer Livesendung.«

»Aber ich muss.«

»Dann lass es laufen. Mir egal. Freu dich, du bist momentan die Spitzenreiterin. Jedenfalls lass ich dich jetzt hier nicht raus.«

Kaya verstummte.

»So, die letzte halbe Stunde läuft!«, verkündete er schließlich. »Kriegen wir doch noch ein schönes Angebot für das Äffchen?

Oder macht am Ende die Katze das Rennen, die momentan mit neunzehntausend Euro vorne liegt?«

Der Mensch hinter der Affenmaske, der die ganze Zeit irgendwie rumgehampelt und vor sich hin gesummt hatte, erschlaffte zusehends.

Alle drei konnten kaum noch aufrecht sitzen, konnten die Anspannung und die Todesangst nicht mehr ertragen. Elena wünschte sich, einfach nur einzuschlafen und nie mehr zu erwachen, Kaya zitterte und krampfte immer mehr, ihre Angst wurde von Minute zu Minute stärker und unerträglicher.

»Oh, oh«, hieß es plötzlich. »Die letzte Viertelstunde läuft, und jetzt kommt noch mal richtig Bewegung ins Spiel. Neunzehntausendfünfhundert für den Welpen! Und was seh ich hier? Zwanzigtausend für den Affen. Erstmals liegt der Affe vorne! Die Leute bieten wie verrückt, sie wollen jemanden sterben sehen: den Welpen, die Katze oder den Affen.«

Plötzlich war die dritte Person wieder hellwach und fing an zu zappeln.

»Also, aktueller Stand: Neunzehntausendzweihundert für die Katze, der Welpe stagniert bei neunzehntausendfünfhundert, zwanzigtausend für den Affen. Und jetzt läuft der Countdown, noch zehn Minuten!«

Ein paar quälende Minuten lang wurde Musik gespielt.

Dann schaltete er sich wieder ein. »Ihr Lieben, die Angebote überschlagen sich, und es geht hin und her. Alle drei Tiere liegen eng beieinander, es ist noch alles möglich. Ich wollte eigentlich allen dreien noch ein Glas Wein kredenzen, für die vielleicht letzte halbe Stunde ihres Lebens, aber das ist völlig unmöglich. Leute, was ist los mit euch, die Preise schießen geradezu in die Höhe, ich kann nicht sagen, wer das Rennen macht, es ist alles offen.

Es ist jetzt dreiundzwanzig Uhr vierundfünfzig. Momentan liegt der Welpe vorn mit sagenhaften zweiundzwanzigtausendsiebenhundert Euro, gefolgt von der Katze mit einundzwanzigtausendsechshundert Euro und im Moment etwas abgeschlagen der Affe mit stagnierenden zwanzigtausend Euro. Aber das muss nicht so bleiben, das ändert sich sekündlich. Gott, ist das spannend!«

Wieder kurze Musikeinspielung. Vivaldiklänge.

Dann wurde Giancarlos Stimme lauter, euphorischer, höher. »Leute, es ist jetzt drei Minuten vor zwölf! Der Affe wurde erhöht auf dreiundzwanzigtausend, aber postwendend hat der Welpe mit dreiundzwanzigtausendfünfhundert zurückgeschlagen. Los jetzt, letzte Angebote!! Das ist der Event des Jahres im Darknet, eine öffentliche Hinrichtung vor laufender Kamera. Ein Wahnsinn!«

Elena und Kaya bebten und zitterten unter ihren Gewändern, sie konnten es kaum noch ertragen, konnten kaum noch aufrecht sitzen.

Der Affe saß ganz still.

»Freunde!«, meldete sich Giancarlo wieder zu Wort. »Eine Minute vor zwölf. Ich verrate unseren Kandidaten im Raum nicht mehr, wer im Rennen um den Tod vorn liegt, aber der Countdown läuft. Die drei erwarten die Entscheidung offensichtlich mit stoischer Ruhe, sie haben sich ja auch alle den Tod gewünscht. Das wird jetzt eventuell gleich der größte und beste Moment ihres Lebens, sollten sie gewonnen haben.

Also: zehn – neun – acht – sieben – sechs – fünf – vier – drei – zwei – eins – Schluss! Das Spiel ist beendet, es steht fest, auf wen am meisten gesetzt wurde. Ich setze mich jetzt mit dem Bieter in Verbindung, in wenigen Minuten wird das Geld überwiesen sein. Bis dahin: Bleibt bitte dran!«

Für Elena und Kaya folgten die quälendsten zehn Minuten ihres Lebens. Dann verkündete Giancarlo das Ergebnis.

»Liebe Freunde, schön, dass ihr drangeblieben seid, das Geld ist überwiesen, jetzt kommt der Höhepunkt unseres Spiels: die Hinrichtung des Gewinners! Um exakt vierundzwanzig Uhr lag«, er machte eine lange Pause, »der Welpe bei dreiundzwanzig-

tausendfünfhundert Euro. Die Katze bei … na … dreiundzwanzigtausend Euro! Arme Katze, das hat heute also leider nicht geklappt!«

Kaya sackte in sich zusammen.

»Aber wo liegt der Affe?« Giancarlo machte eine unendlich
lange Pause, bevor er weitersprach. »Der Affe … hatte leider …«,
noch einmal ließ er sie zappeln, »mit vierundzwanzigtausendein-
hundert Euro das höchste Gebot und hat somit gewonnen!« Er
schrie das Ergebnis fast, so wie der Sieger eines Boxkampfes präsentiert wurde.

Dann trat er vor und zog dem Affen die Maske und das Gewand vom Gesicht.

»Du hast gewonnen, Bruderherz!«

Der Affe riss die Fäuste hoch und jubelte.

Elena war so erleichtert, dass sie fast ohnmächtig wurde, Kaya
zitterte am ganzen Körper und schien noch gar nicht begriffen
zu haben, dass alles gut war, dass sie beide – zumindest heute
Nacht – nicht sterben würden.

»Jetzt musst du noch einen Moment ruhig warten, dann kommt
deine Trophäe!«, sagte Giancarlo, trat ein paar Schritte zurück
und kramte in einer Tasche, die hinter dem Computer lag.

Der Affe wartete, grinste wie im Siegesrausch und sah nicht
so aus, als hätte er irgendetwas verstanden.

Dann fiel ein Schuss.

Der Affe brach zusammen.

Er war sofort tot.

Wie gewünscht.

115

Nevio führte Mutter und Tochter zurück in ihren Raum.

»Glück gehabt«, sagte er. »Gratuliere. Und auch ich bin froh drum. Habe ich doch jetzt zwei fantastische Herzen für zwei arme, kranke, unglückliche Menschen.«

»Wie? Wieso zwei? Du hast versprochen, uns freizulassen, sollten wir dieses Spiel überleben!«

Nevio tat erstaunt. »Im Ernst? Hab ich das? Da kann ich mich gar nicht dran erinnern. Und es wäre auch total dumm von mir. Denn zwei gesunde Frauen mit der Blutgruppe 0 lässt man nicht so einfach gehen, wenn man kranken Menschen helfen und damit sein Geld verdienen kann. Ich glaube nicht, dass ich das gesagt habe.«

Elena und Kaya dachten beide das Gleiche: Wir haben ja die ganze Zeit gewusst, dass er lügt und uns niemals freilassen wird.

»Ich wünsche euch noch einen wunderschönen Abend!«, zwitscherte er. »Genießt es, noch am Leben zu sein. Ein paar Stunden, ein paar Tage – wer weiß. Ich bringe euch gleich euer Abendbrot, und ich gönne euch dazu ein Fläschchen Wein. Na, was meint ihr? Ich finde, ihr habt es verdient. Der Tag war ziemlich anstrengend. Macht es gut.«

Damit ging er hinaus und schloss die Tür.

Elena und Kaya sahen sich an und nahmen sich nur stumm in

die Arme. Drückten sich und hielten sich ganz fest. Wollten sich nie mehr loslassen.

Nevio war äußerst zufrieden. Seinen Bruder und sein blödes Gequatsche gab es nicht mehr. Von ihm ging keine Gefahr mehr aus, und er selbst hatte keine Verpflichtung mehr, sich um ihn zu kümmern – er war endlich frei. Ciao Remo, du machst mir mein Leben nicht mehr kaputt, du nervst mich nicht mehr, du kotzt mich nicht mehr an, ich muss deine Nacktheit nicht mehr ertragen. Mein Haus und mein Garten sind frei von dir! Was für eine herrliche Vorstellung. Aber ich wünsche dir Wölfe im Himmel.

Keine der Frauen hatte den Fake durchschaut, Remo natürlich sowieso nicht. Denn er war gar nicht online gewesen, war nicht im Internet, schon gar nicht im Darknet. Die Kamera hatte nichts, aber auch gar nichts aufgezeichnet, da leuchtete nur ein rotes Licht. Das war alles. Es gab keine Gebote, niemand wusste von der geplanten Hinrichtung. Nur er allein in seiner kleinen Kammer.

Aber die beiden Grazien hatten stundenlang Angst gehabt. Das war nicht nötig, aber großartig gewesen. Niemals wäre ihnen irgendetwas passiert, denn es ging ausschließlich um Remo. Und um ihre Angst. Eine Win-win-Situation. Fantastisch, wenn man mit einer Situation, und noch dazu mit einer fingierten, mehrere Dinge erreichen konnte: Remos Tod und Elenas und Kayas Angst. Besser ging es gar nicht.

Nevio war äußerst zufrieden mit sich.

116

Rosanna kauerte auf dem Flur. Sie hatte den Schuss gehört, war regelrecht zusammengezuckt, und jetzt saß sie da, wusste nicht, was geschehen war, und zitterte nur noch.

Und dann begriff sie langsam, dass das, was sie hier tat, das Falscheste war, das sie überhaupt tun konnte. Irgendjemand war umgebracht worden. Eine der beiden Frauen, die nachts miteinander flüsterten, oder Remo. Oder war es wirklich nur eine Schreckschusspistole, das Ganze nur ein Fake gewesen, und niemand war tot? In jedem Fall war es besser, dass Nevio das Gefühl hatte, sie hätte von all dem nicht das Geringste mitbekommen.

Einem inneren Impuls folgend, rannte sie davon. Raus, auf die Terrasse. In die Nacht. Und sie betete zu Gott, dass sie Remo noch einmal wiedersehen und er vor ihren Augen herumhampeln, jauchzen und ins kalte Wasser springen würde. Sie betete so inbrünstig, wie sie noch nie gebetet hatte. Aber dann sah sie, dass ein Lieferwagen kam, aufs Grundstück fuhr und kurz darauf ein großer, unförmiger Sack eingeladen und abtransportiert wurde.

Rosanna war vollkommen durcheinander. Sie verstand gar nichts mehr. War dies jetzt ein Spiel oder nicht? War hier wirklich jemand erschossen worden? War Remo tot? Aber das war doch unmöglich! Oder tat man nur so, als ob? Sie wusste nicht mehr, was sie denken sollte. Sie musste Remo finden. Und mit ihm reden. Und dann war vielleicht alles klar.

Rosanna hatte Remo noch lange verzweifelt gesucht. Im Haus, bei den Wölfen, auf dem Grundstück. Nichts. Dann hatte sie ewig allein auf der Terrasse gesessen und an ihn gedacht. Schließlich war sie ins Bett gegangen. Vollkommen übermüdet, verwirrt, verzweifelt. Konnte kaum schlafen, war immer halb wach, sprang von einem wüsten Traum in den nächsten.

Am nächsten Morgen saß sie schon früh völlig übernächtigt auf der Terrasse. Gegen acht kam Nevio.

»Wo ist Remo?«, fragte Rosanna. »Er kam gestern nicht zum Abendessen, seitdem hab ich ihn überall gesucht!«

»Keine Ahnung. Du weißt doch immer besser als ich, wo er sich verkriecht und versteckt!« Er sah sich um. »Er muss doch irgendwo sein? Warst du mal bei den Wölfen?«

»Natürlich war ich da, ich hab auch die Hundehütten durchsucht – nichts.«

Nevio zuckte die Achseln. »Er wird schon irgendwo sein. Beruhige dich. Spätestens wenn er Hunger hat, taucht er wieder auf.«

»Was war das gestern Abend für ein Lieferwagen? Was hat er geholt oder gebracht?«

»Das geht dich nichts an. Ich glaube nicht, dass ich dir erklären muss, was ich im Internet bestelle und was ich abtransportieren lasse.«

Du Arsch, dachte Rosanna, und ihre letzten Hoffnungen stürzten in sich zusammen. Nacht für Nacht hatte sie von Nevio geträumt, all ihre sexuellen Fantasien bezogen sich auf ihn, sie hatte sich nach ihm gesehnt, nie war sie eingeschlafen, ohne den letzten Gedanken an ihn zu verschwenden, obwohl sie von den Frauen gewusst hatte. Aber jetzt begriff sie endgültig, wen sie vor sich hatte.

Nevio stand auf. »Kannst du die Wölfe füttern?«

»Ja. Das mach ich doch immer.«

»Va bene. Wir sehen uns.«

Nevio ging, setzte sich in seinen Wagen und fuhr vom Grundstück.

Rosanna sprang auf und begann das Haus noch einmal systematisch zu durchsuchen.

Sie sah in jeden Flur, in jede Ecke, jedes Zimmer, jede Nische, in der Remo sein könnte, sie rief nach ihm, guckte sogar hinter Gardinen, vielleicht war er schlecht drauf und wollte sich verstecken … Nirgends eine Spur von ihm.

Dann lauschte sie an dem verschlossenen Zimmer. Aber auch darin war es totenstill.

Sie drehte noch mal eine Runde, sah immer wieder aus dem Fenster, ob Remo vielleicht doch zufällig hinter einem Busch heraussprang, aber nichts passierte. Das Haus war leer und totenstill. Als hätte die Hitze jedes Leben darin erdrückt.

Doch als sie jetzt wieder an der verschlossenen Zimmertür lauschte, hörte sie leise Stimmen. Die beiden Frauen lebten also und unterhielten sich.

Rosannas Herz schlug bis zum Hals. Sie wusste und verstand gar nichts mehr. Bedeutete das jetzt, dass Remo wirklich tot war? Dass Nevio ihn umgebracht hatte?

Es war also doch nicht nur ein Spiel, sondern bitterer Ernst gewesen?

In ihrem Kopf drehte sich alles, sie wünschte sich, klar denken zu können, aber das gelang ihr nicht.

Zorn stieg in ihr auf, kroch durch ihre Adern wie eine giftige Substanz, die sich langsam durch ihren Körper fraß. Aber gleichzeitig füllten sich ihre Muskeln mit Kraft. Und ihr Sinn mit Mut. Jegliche Skrupel waren wie weggeblasen.

Ihr Herz schmerzte. Brannte vor Trauer. Es war für sie unvorstellbar, dass sie Remo nie wieder begegnen, ihn nie wieder kraulen und nie wieder sehen konnte, wenn er vor Freude jauchzend ins Wasser sprang.

Und allmählich begriff sie, dass genau das ihr Leben ausgemacht hatte: diesem einfältigen Menschen, dem friedlichsten und liebenswertesten unter der Sonne, die Liebe zu geben, die ihm immer gefehlt hatte.

Sie verstand in diesem Moment, dass Remo, der nicht bis drei zählen und sich kaum mit ihr unterhalten konnte, dass dieser tumbe Tor sie glücklich gemacht hatte.

Und sie ahnte, dass sich durch seinen Tod auch ihr Leben vollkommen verändern würde. Ohne ihn war ein Alltag auf Chiesina nicht mehr möglich. Aber wo sollte sie hin? Sie hatte keine Heimat mehr. Noch nicht einmal den Anflug einer Sehnsucht nach einem fernen oder nahen Ort. Hatte überhaupt keinen Plan.

Zusammen mit Remo wäre jeder Ort zu einer Heimat geworden.

Sie vermisste sein Lachen. Niemand konnte so befreit, so uneigennützig, so uneitel lachen wie er. Er lachte nur für sich. Weil er glücklich und mit der Welt im Reinen war. Auch wenn es für sein Lachen gar keinen Grund gab.

Niemals hinterfragte er sein Leben. Suchte keinen Sinn. Existierte einfach.

Und war daher so unvorstellbar zufrieden.

Aber Nevio war dieses glückliche Menschlein, das einfach nur leben wollte, dermaßen auf die Nerven gegangen, dass er es zerstören musste.

Der Hass, den Rosanna jetzt empfand, war stärker als jedes Gefühl, das sie jemals gehabt hatte.

117

Den ganzen Abend wartete sie nun schon auf der Terrasse. War dumpf und taub und beinah bewegungsunfähig vor Trauer.

Remo!, schrie sie innerlich, bitte, Remo, komm zu mir, ich kraule dich auch, stundenlang, ganz wie du willst, ich möchte nur noch einmal dein Grunzen und Schnurren hören.

Rosanna spürte nicht, wie ihr die Tränen übers Gesicht liefen, ihr Unglück war so groß, dass sie sich ganz krank fühlte, normalerweise wäre sie im Bett verschwunden und tagelang nicht mehr aufgestanden, aber sie wartete auf Nevio.

Sie saß da, den Kopf an die Mauer gelehnt, die Sonne war bereits untergegangen, und sie überlegte, wen sie überhaupt noch hatte, zu wem sie fahren könnte, wenn sie Hilfe bräuchte oder ein Dach über dem Kopf. Ihre Mutter vielleicht. Aber die war kalt und ichbezogen, wusste alles besser, nörgelte an allem herum, nichts tat man ihr recht. Vor allem ihre Tochter nicht. Sie hatte ständig Ansprüche und konnte einfach nicht begreifen, dass sich die Welt nicht nur um sie drehte. Nein, es war keine Freude, auch nur in ihrer Nähe zu leben. Und sonst fiel Rosanna niemand ein. Sie war verdammt noch mal völlig allein auf dieser beschissenen Welt. Hatte sich total ins Abseits katapultiert und wusste nicht, warum und wieso. Sie kapierte dieses Leben nicht. Und das Sterben war ihr plötzlich das größte Rätsel überhaupt. Wieso war Remo nicht mehr da?

In diesem Moment sah sie Nevio aufs Grundstück fahren und kurz darauf auf sich zukommen.

»Ist irgendwas?«, fragte er sie.

»Mir ist nicht gut«, stöhnte sie und rieb sich die Schläfen. »Vielleicht ist es die Hitze oder mein Kreislauf, ich kann mich kaum bewegen.«

»Dann geh in dein Zimmer, leg dich ins Bett und trink was. Trinken ist wichtig.«

»Ich muss noch die Wölfe füttern, und ich habe Remo immer noch nicht gefunden. Kann es sein, dass er abgehauen ist? War das Tor offen? Oder vielleicht, als der Lieferwagen rein und raus gefahren ist?«

»Warum sollte er das tun? Er ist noch nie abgehauen, und er hat auch kein Interesse daran. Hier ist sein Zuhause, hier sind seine Wölfe, hier sind wir für ihn da, ich und du ... Was sollte er da draußen?«

»Ich weiß es nicht. Ich weiß nur, dass er nicht hier ist. Ich habe stundenlang gesucht. Und er muss einen Scheißhunger haben. Das hält er nicht aus.«

Nevio seufzte und blickte genervt in den Himmel. »Rosanna, keine Ahnung, wo sich mein Bruder auf diesem riesigen Grundstück verkrochen hat. Es ist mir auch egal. Er wird schon wieder hervorkommen, wenn er was will. Tut mir leid, aber ich muss gleich wieder los, wollte mir nur ein paar Unterlagen holen. Ein Sonderauftrag, bin erst spät in der Nacht zurück.«

Sie nickte.

»Ciao«, sagte er, verschwand kurz im Haus, lief anschließend mit einem knappen Winken an ihr vorbei, stieg in seinen Jeep und fuhr vom Grundstück.

Rosanna blieb sitzen.

Sah in den aufziehenden Mond und hatte keine Lust mehr, die Wölfe zu füttern.

Irgendwann ging sie hinauf in ihren Trakt und überlegte, was mit diesen beiden Frauen in dem verschlossenen Zimmer geschah.

Sie konnte nicht hinein, hatte keinen Schlüssel, wusste nicht, wie sie ihnen helfen sollte.

Natürlich konnte sie die Carabinieri rufen, aber sie hatte unwahrscheinliche Angst vor Nevio. Wenn sie ihn nicht sofort verhafteten und sich die Situation in diesem Zimmer vielleicht doch normaler darstellte, als sie gedacht hatte, dann würde Nevio sie rausschmeißen, er würde sie abgrundtief hassen und ihr eventuell sogar etwas antun.

Sie musste noch warten, bis sie über das Verschwinden von Remo und das Geschehen im Krankenzimmer ein klein wenig mehr Gewissheit hatte.

Beim Einschlafen versuchte sie an nichts mehr zu denken: nicht an Remo, nicht an Nevio, nicht an die beiden Frauen und auch nicht an die hungrigen Wölfe.

118

Als er wiederkam, war es kurz vor Mitternacht.

Er schloss sofort Elenas und Kayas Zimmer auf.

»Ich wirke vielleicht ein bisschen hektisch«, sagte er, »aber ich habe einen Auftrag. Ein Herz. Es tut mir wahnsinnig leid, aber so ist es nun mal. Eine Bestellung aus Mailand. Übermorgen wird das Herz abgeholt. Ich bin sicher, ihr wisst, wer als Erste über die Klinge springen muss?«

Keine der beiden reagierte auch nur mit einem Wimpernschlag.

»Okay. Ihr habt einen Tag. Übermorgen früh komme ich und hole eine von euch. Und dann geht es los. Ist ja kein Drama. Denn eine von euch bleibt gesund und munter, aber auch die andere wird weiterleben. Nur leider in einem anderen Körper. Mit anderen Gedanken, anderen Sehnsüchten, anderen Plänen und anderen Erinnerungen und Hoffnungen. Aber das ist vielleicht ja auch nicht unbedingt das Schlechteste.« Er lachte. »Man kann doch allem Schlechten auch noch was Gutes abgewinnen. Sehen wir es positiv, das Glas ist halb voll!«

»Du willst also wirklich und wahrhaftig eine von uns beiden töten, indem du einer von uns das Herz entnimmst?«

»Nein, diejenige, die es trifft, ist ja nicht tot, ihr Lieben, ihr begreift es offensichtlich immer noch nicht. Denn sie lebt ja weiter, nur in einem anderen Körper. Das ist alles. Und dieser Körper ist vielleicht sogar jünger und die Lebenserwartung somit größer!«

»Die Gedanken kommen nicht aus dem Herz, sondern aus dem Hirn!«

»Ja, aber die Emotionen kommen aus dem Herz. Lasst euch doch einfach überraschen! Ihr switcht von einem Körper in den anderen, das kann doch wahnsinnig spannend sein! Ihr seid ja nicht wirklich tot, sondern bekommt ein anderes, vielleicht interessanteres Leben!«

»Du tickst doch nicht mehr richtig«, schnaubte Kaya.

»Guck mal, Kaya, ich hab dich immer für eine intelligente Person gehalten, aber auch du hast es offensichtlich noch nicht kapiert. Also: Wenn ein Mensch für hirntot erklärt wird, ist er offiziell tot, auch wenn das Herz noch schlägt. Man entnimmt Organe und begräbt ihn. Aus die Maus. Aber euer Herz gelangt in einen ansonsten intakten Körper mit einem intakten Hirn, das heißt, eure Emotionen befinden sich plötzlich in einem anderen Kontext, in Kooperation mit einem anderen Organismus. Ihr werdet plötzlich Dinge wissen, die ihr noch nie gewusst habt, seid vielleicht Doktor der Philosophie oder Chemie, beherrscht fünf Sprachen und seid Weltmeister im Kopfrechnen. Was weiß ich. Vielleicht wart ihr aber auch Förster oder Kellnerin oder Pfarrer. Oder Bauer, Kanalarbeiter oder Schriftstellerin. Es ist ein spannendes Lotteriespiel. Sicher kennt ihr eure Liebsten nicht mehr, das ist das Problem, denn sie werden euch auch als neue Menschen im anderen Körper nicht erkennen … Aber gut. Neues Herz – neues Glück.«

»Man sollte dir das Hirn entnehmen«, sagte Elena, »und durch ein anderes, jüngeres, gesundes ersetzen. Das wäre ja mal eine gute Tat. Denn du bist so krank, so widerlich, so bösartig und pervers, das ist nicht zu ertragen. Du bist der Abschaum der Menschheit, auf dieser Welt gibt es keinen schlimmeren Verbrecher als dich!«

»War das das Wort zum Sonntag?«

»Ich kann noch weiter, wenn du mehr über dich hören willst, mein Hass ist grenzenlos!«

Nevio lachte. »Gott, wie süß! Hass ist auch eine Leidenschaft, und ich mag leidenschaftliche Frauen!«

Er ging zur Tür. »Macht es gut, ihr Lieben, ihr wisst Bescheid. Noch einen Tag! Va bene?«

Er bekam keine Antwort und verließ den Raum. Die Tür fiel krachend zu, und der Schlüssel drehte sich im Schloss.

119

Sie schreckte auf, weil sie der kreischende Ton einer Motorsense weckte.

Rosanna sah auf die Uhr und erschrak. Oddio, schon halb zehn. So lange hatte sie schon ewig nicht mehr geschlafen. Die Wölfe, die sie gestern nicht mehr gefüttert hatte, mussten fürchterlichen Hunger haben.

Langsam stand sie auf, streckte sich, gähnte herzhaft, strich sich die strähnigen Haare aus der Stirn und lief barfuß zum Fenster.

Ah ja. Nevio mähte wieder mit der Motorsense am Zaun entlang. Die rotierende scharfe und gezackte Messerscheibe schnitt Gras, Gebüsch und Gestrüpp und jeden Zweig, der gegen den Elektrozaun gewachsen war, den Strom unterbrach und ihn somit unwirksam machte.

Selbst durch kleine Baumstämme mit einem Durchmesser von zehn Zentimetern drang die Messerscheibe butterweich und problemlos.

Rosanna sah, dass Nevio schnell arbeitete, und als sie das Fenster öffnete, spürte sie, dass bereits drückende Hitze über dem Land lag.

Warme, schwüle Luft waberte ins Zimmer, und sie schloss das Fenster schnell wieder.

Sie verschwand kurz im Bad, zog sich dann leichte, luftige

Kleidung an und ging anschließend hinunter in die Küche, um sich einen Kaffee zu machen und ihn auf der Pool-Terrasse zu trinken.

Rosanna hatte sich gerade gesetzt, als sie einen fürchterlichen Schrei hörte. Gellend, schmerzerfüllt und vollkommen panisch.

Sie rannte sofort los und sah Nevio nur Sekunden später immer noch schreiend am Boden liegen. Seine Wade zerschnitten, das Schienbein fast völlig durchtrennt. Das Blut schoss aus seinem Bein, als wäre eine wichtige Ader getroffen, Rosanna hatte keine Ahnung welche, sie sah nur das viele Blut und den schreienden Mann. Das scharfe gezackte Messer der Motorsense war ebenso blutverschmiert und drehte sich immer noch.

»Hilf mir, Rosanna«, röchelte Nevio. »Bitte, hilf mir, verdammt, ich verliere zu viel Blut. Mach mir einen Druckverband! Und dann ruf den Notarzt, schnell!« Nevio konnte zwar noch reden, aber er sah aus, als würde er gleich ohnmächtig werden.

Und in diesem Moment dachte Rosanna an Remo. Seine freundlichen Augen, seine feisten Finger, die ihr so oft zärtlich über die Wange oder den Arm gestrichen hatten. Und sie empfand keinerlei Mitleid mit dem blutenden, verletzten Mann dort auf der Wiese, der sie mit seinen kalten Huskyaugen um Hilfe bat.

»Ich helfe dir, Nevio«, sagte sie leise lächelnd, »natürlich, ich rufe gleich den Notarzt, aber erst, wenn ich Remo gefunden habe. Den suche ich nämlich immer noch.«

Nevio schrie auf. »Nein! Bitte, beeil dich, bitte! Ich verblute!«

»Alles gut«, sagte Rosanna, »du darfst dich jetzt nicht aufregen.«

Sie ging langsam zum Wolfszwinger, hatte das Gefühl, wie eine Königin zu schreiten, und öffnete ihn.

120

Sie kamen langsam heraus. Hoben ihre Nasen in die Höhe, schnüffelten und stutzten. Irgendetwas war anders als sonst. Daher stürzten sie auch nicht aus dem Zwinger, tobten nicht übers Grundstück, balgten und spielten – nein, sie waren verhalten, rochen. Sondierten.

Nevio schrie nicht mehr. Er hatte begriffen, dass Rosanna, diese miese, fette Schlampe, der er das Paradies geboten, in der er sich aber entsetzlich getäuscht hatte, ihm nicht helfen würde.

Er lag auf dem Boden. Hilflos. Blutend. Halb tot.

Und die Wölfe kamen.

Näherten sich langsam ihrer Beute.

Wie Löwen, die sich an eine schlafende oder verletzte Antilope heranschlichen.

Sie bildeten einen Halbkreis. Als hätten sie sich abgesprochen. Oder als wüssten sie instinktiv, wie man so ein Opfer fertigmacht.

Sie fixierten ihn. Starrten ihn an. Bewegten sich nur Zentimeter für Zentimeter auf ihn zu. Als wären sie darauf vorbereitet, dass er plötzlich aufsprang und flüchtete. Um sich dann auf ihn zu stürzen, ihn zu Boden zu reißen und zu zerfleischen.

Aber das tat er nicht, er floh nicht, weil er es nicht konnte.

Die Wölfe kannten ihn, er war immer ihr Chef gewesen, doch Nevio wusste, dass er verloren hatte. Er war nicht mehr Chef, sondern Opfer. Er war schwach. Sein Blut machte sie gierig, sein Fleisch war urplötzlich nur noch Fraß. Es stillte ihren Hunger. Hatte nichts mehr mit dem Menschen zu tun, der sie kommandiert, gestreichelt und gefüttert hatte.

Nun galt nur noch das Gesetz des Stärkeren, er hatte verloren.

Er rief ihre Namen, er lockte, er koste sie mit Worten, er versuchte auf all das aufzubauen, was er mit ihnen erlebt hatte, er breitete die Arme aus …

Die Wölfe waren für all dies unempfänglich. Als starke Gruppe, als verschworene Gemeinschaft umkreisten sie ihn, enger und immer enger.

Rosanna saß auf der Terrasse und sah dem Spektakel zu. Eiskalt. Sie wollte den Mann sterben sehen, der Remo umgebracht hatte.

Die Wölfe hielten inne. Verharrten. Nevio säuselte in seiner Not ständig dummes Zeug wie »Liebe Wölfe, feine Wölfe, kommt her, ihr seid ja meine Allerliebsten, und Sitz und Platz und legt euch …«

Keiner der Wölfe reagierte darauf.

Als sie bis auf einen Meter an ihn herangekommen waren und einen engen Kreis um ihn gebildet hatten, stürzte sich plötzlich und für Nevio vollkommen unerwartet Apollo auf ihn und riss ihm ein riesiges Stück Fleisch aus dem Arm.

Nevio schrie.

Rosanna, die das alles beobachtete, wusste nicht, ob der Auslöser Apollos Angriff oder Nevios Schrei gewesen war, jedenfalls stürzten sich in diesem Moment alle sieben Wölfe auf Nevio und begannen, ihn zu zerfleischen. Sie rissen Fleischstücke aus seinen Beinen und Oberschenkeln, aus seinen Armen, lagen da und fraßen genüsslich, während ihr Opfer vor Schmerzen verrückt wurde. Aber schließlich beendeten sie seine Qual und töteten ihn mit einem Biss in die Kehle.

Rosanna beobachtete es und wusste, dass sich diese Bilder für immer in ihrem Hirn eingebrannt hatten, dass sie sie nie mehr vergessen würde. Aber gleichzeitig durchfuhr sie der Gedanke, dass sie das eigentlich auch gar nicht wollte.

121

Noch nie in seinem Leben hatte Neri eine so schrecklich zugerichtete Leiche gesehen. Nevio war ein blutiger Klumpen Fleisch
und Knochen, zerrissen und zerfetzt, und nur weil er ihn einige
Male gesehen hatte, erkannte Neri ihn an dem, was die Wölfe
von seinem Gesicht übrig gelassen hatten.

Neri würgte.

Cesare verschwand im Gebüsch, um sich zu übergeben.

Als sich beide wieder einigermaßen gefangen hatten, sagte
Rosanna leise: »Kommen Sie mit. Es geht hier nicht nur um
dottor Angioli, den seine eigenen Wölfe gefressen haben, es geht
um noch was ganz anderes. Schlimmeres. Kommen Sie!«

Neri und Cesare sahen sich an und folgten Rosanna.

Sie ging über die Terrasse, durch den Salon, die Galerie nach
oben, weiter einen Gang entlang und blieb vor einer verschlossenen Tür stehen. »Hier drin sind zwei Frauen«, sagte sie, »ich
dachte immer, hier wäre so eine Art Abstellkammer, aber gestern
habe ich fürchterliche Schreie gehört. Offensichtlich hält er sie
hier gefangen, aber ich weiß nicht, was er mit ihnen gemacht hat.
Grausames wahrscheinlich. Sie sind da drin. Ich hab keinen
Schlüssel, keine Ahnung, wo der sein könnte.« Sie zuckte die
Achseln.

Neri starrte sie entsetzt an, dann klopfte er und rief mit lauter

Stimme: »Hier sind die Carabinieri! Ich bin maresciallo Donato Neri aus Ambra und gekommen, um Ihnen zu helfen. Was ist mit Ihnen?«

»Neri!«, kreischte eine Frauenstimme. »Neri, Donato, bist du's wirklich? Ich bin Elena, Elena Ludwig, und bei mir ist meine Tochter Kaya. Bitte, Neri, hol uns hier raus! Bitte, bitte, schnell!«

Neri war jetzt noch blasser als zehn Minuten zuvor, als er die zerfetzte Leiche gesehen hatte.

»Keine Sorge, Elena, wir sind da und holen euch da raus. Es kann euch nichts mehr passieren. Wir suchen den Schlüssel, zur Not schlagen wir die Tür ein. Mach dir keine Sorgen!«

Er hörte keine Antwort mehr, nur noch lautes Weinen.

Neri übernahm das Kommando und sagte zu Rosanna: »Ich vermute, dass Angioli diesen wichtigen Schlüssel immer mit sich herumgetragen hat?«

»Gut möglich«, meinte Rosanna.

Alle starrten sich stumm an. Sie wussten, was das bedeutete.

Neri opferte sich. Wusste, dass er als Capo den ekligsten und widerlichsten Teil übernehmen musste. Den konnte er nicht delegieren. »Ich kümmere mich um die Leiche. Aber Rosanna, Sie kennen das Haus, gucken Sie bitte auch überall. Und du, Cesare, durchsuch seinen Jeep.«

Beide nickten.

Neri näherte sich der Leiche, die in der prallen Sonne lag. Die ersten Schmeißfliegen saßen schon auf den offenen Wunden.

Und als er gerade anfangen wollte, die Taschen der Leiche nach dem Schlüssel zu durchsuchen, fiel ihm ein, dass das vielleicht keine gute Idee war. Das war eine Sache für die Spurensicherung. Er konnte ja schlecht als Carabiniere selbst Spuren vernichten.

Also fasste er Nevio nicht an, sondern nahm sein Handy, rief die Kollegen an und bat, sofort zu kommen, Gefahr sei im Verzug.

Wohl wissend, dass ein »sofort« gut zwei oder drei Stunden dauern konnte.

Er wurde irre. So lange konnte er Elena und ihre Tochter unmöglich in ihrem Gefängnis ausharren lassen! Dann musste er doch die Tür aufbrechen.

In diesem Moment schrie Cesare triumphierend vom Auto her: »Ich hab sein Schlüsselbund!«

Neri fiel ein Stein vom Herzen.

»Gute Arbeit, Cesare«, sagte er, »dann gehen wir mal nach oben.«

Einer der Schlüssel passte.

Neri öffnete und stand in der Tür. Ihm bot sich ein Bild des Jammers. Auf zwei Betten saßen die beiden Frauen. Abgemagert und dreckig. In einer Ecke ein stinkender Toiletteneimer, über dem dicke Schmeißfliegen kreisten. Ein paar leere Plastikflaschen auf der Erde, zwei Teller mit Essensresten. Stickige Luft. Und Todesangst im Raum, die man regelrecht spüren konnte.

Da waren zwei Menschen, die seit Wochen kein Tageslicht und nur dem Tod ins Auge gesehen hatten, vollkommen traumatisiert und am Ende. Geschwächt, verletzt und vielleicht für immer gezeichnet.

Elena ging langsam und wacklig auf Neri zu und fiel ihm um den Hals. »Oddio!«, flüsterte sie. Und: »Grazie!«

Neri hielt Elena umarmt und drückte sie ganz fest an sich. Spürte instinktiv, dass diese Umarmung für sie die Befreiung, das Tor zu einem neuen Leben, zum Leben überhaupt war.

»Das Arschloch ist tot«, sagte Rosanna, und es klang wie die Filmmusik zu diesem Drama, »ihr braucht keine Angst mehr zu haben. Die Wölfe haben ihn gefressen. Er ist wirklich tot.«

Und dann nahm sie die weinende Kaya in den Arm.

»Ruf den Krankenwagen«, sagte Neri zu Cesare, als er Elena vorsichtig aufs Bett setzte. »Die beiden sind völlig am Ende.

Dehydriert, psychisch zerstört, was weiß ich. Auf alle Fälle müssen sie ins Krankenhaus. Und dann sehen wir hier weiter.«

Cesare nickte.

Zwanzig Minuten später kam der Rettungswagen und holte Elena und Kaya ab. Der Notarzt war erschüttert, als er sie sah, und gab ihnen sofort Infusionen.

Dann brachte er Mutter und Tochter in die Klinik von Siena.

122

Die Spurensicherung hatte ihre Arbeit beendet, die Leiche war abtransportiert.

Es war kurz vor Mitternacht.

Neri und Cesare saßen mit Rosanna in der Küche.

»Und Sie haben hier für ihn gearbeitet?«

»Ja.«

»Was denn?«

»Ich hab mich um alles gekümmert. Um seinen Bruder, die Wölfe, das Haus, das Essen, den Garten, um alles eben.«

»Wo ist denn der Bruder vom dottore?«

»Tot.«

»Wie, *tot?*«

»Der dottore hat ihn umgebracht. Erschossen. Denk ich mal. Und die Leiche ist weg. Wurde abgeholt. Und ist wahrscheinlich schon entsorgt.« Sie schluckte, sah zu Boden und fing leise an zu weinen. Riss sich die Nagelhaut vom Daumen.

Neri und Cesare sahen sich an.

»Das müssen Sie uns genau erzählen.«

Rosanna nickte.

Als sie sich wieder gefangen hatte, redete sie. Erzählte alles, was sie wusste, was ihr in den Kopf kam. Von ihrer Arbeit, von Remo, von den Wölfen, von Nevio, von dem Schuss, vom Wagen, der etwas abtransportiert hatte, von Lino, der ab und zu kam, von Silvio, den sie gepflegt hatte, von den Frauen im Zimmer, die geschrien und geweint hatten … Sie redete und redete, sie wollte alles auf den Tisch legen und dann nur noch weg. Wollte mit all dem nichts mehr zu tun haben.

»Hier war also ein kleiner Junge, der frisch operiert war?«

»Ja.«

»Und das kam Ihnen nicht komisch vor?«

»Nein, warum? Der dottore nimmt Kranke in seinem Haus auf und pflegt sie gesund. Was ist daran komisch?«

»Und? War er immer allein? Oder gab es Leute, die ihm geholfen haben?«

»Nein, er war eigentlich immer allein. Bis auf Lino, der war hin und wieder hier. Aber das hab ich Ihnen ja schon erzählt. Der hat auch die Leiche von Remo abtransportiert, da bin ich mir sicher.«

»Wie heißt denn dieser Lino mit Nachnamen?«

Rosanna zuckte die Achseln. »Keine Ahnung. Weiß ich wirklich nicht. Er wurde immer nur Lino genannt.«

123

Am nächsten Morgen standen Neri und Cesare noch vor acht Uhr im Krankenhaus auf der Matte.

Elena trank gerade einen Schluck Kaffee, als sie hereinkamen. »Wie geht es dir?«, fragte Neri.

»Gut. Denn wie geht es einem, wenn endlich diese permanente Todesangst vorbei ist? Sensationell! Alles andere ist egal.«

»Kann ich irgendetwas für dich tun?«

»Ja, bitte sag bei mir im Büro Bescheid, dass ich noch lebe und bald wieder auf der Matte stehe. Ich hoffe, dass ich all das, was ich sausen lassen musste, wieder einigermaßen hinbiegen kann.« Sie sah ihn an. »Das betrifft auch dich, Neri.«

Er grinste. »Mach dir da um Gottes willen keine Sorgen. Ich bin auch nicht deswegen gekommen, Elena, sondern wollte dir ein paar Fragen stellen. Meinst du, du bist schon in der Lage, mir zu erzählen, was alles passiert ist?«

»Aber sicher.«

Neri holte sich einen Stuhl, setzte sich neben sie ans Bett und fragte …

… und Elena erzählte alles, was sie wusste. Schonungslos und ehrlich.

Neri erfuhr, was wirklich im ambulatorio in Pisa geschehen war, dass Nevio professionellen Organhandel betrieb und in keiner

Weise vor Mord zurückschreckte. Sie verschwieg auch nicht, dass er sie bestellt, sie erkannt und sie schließlich in seinem Gefängnis gefangen gehalten hatte. Und dass er auch ihre Tochter vergewaltigt und ebenfalls zu ihr gesperrt hatte, um sie beide zu quälen.

»Aber warum hielt Nevio euch so lange gefangen? Er hätte euch längst umbringen können. Was hatte er mit euch vor? Kannst du mir das sagen?«

Elena nickte. »Er wartete auf eine lukrative Bestellung für ein Herz. Wir beide hatten die ideale Blutgruppe. Und dann kam die passende Bestellung. Heute sollte eine von uns beiden sterben. Wir sollten entscheiden, wer.« Sie wischte sich die Tränen aus den Augen.

»Heute? Hatte er sonst noch Gehilfen?«

»Keine Ahnung. Ich habe nur einen im ambulatorio gesehen, aber ich weiß nicht, wie er heißt.«

»Danke, Elena. Werd gesund. Wir hören voneinander.«

Neri stürzte aus dem Krankenzimmer, hastete die Treppen hinunter und lief auf dem Parkplatz so schnell er konnte zu Cesare, der im Auto wartete. Er japste nach Luft, als er Cesare zuschrie: »Schnell, wir müssen nach Chiesina. Heute sollte ein Herz abgeholt werden. Wir können die Typen auf frischer Tat ertappen und festnehmen, wenn wir nicht zu spät kommen!«

»Ich versteh nicht«, murmelte Cesare.

»Das ist egal! Red nicht! Fahr! So schnell du kannst!«

Cesare zuckte die Achseln und brauste los.

124

Lino platzte fast vor Wut. Er hatte sogar noch eine weitere Anfrage nach einem Herzen hereinbekommen. Am Abend sollte das eine Herz abgeholt werden, gleich am Tag darauf das zweite. Aus der Schweiz. Für einen stinkreichen Uhrenfabrikanten, dessen Frau todkrank war. Ihr Herz machte nicht mehr mit, sie brauchte dringend ein neues, der Gatte war bereit, jeden Preis zu zahlen. Ein Bombengeschäft. Noch dazu kurze Wege. Besser ging es gar nicht. Egal, ob Mutter oder Tochter, die Herzen der beiden waren hervorragend geeignet.

Und jetzt war der verfluchte Nevio wie vom Erdboden verschluckt! Seit Stunden versuchte er ihn zu erreichen, aber Nevio antwortete auf keine Mail, keine Nachricht, kein Telefonat. Offensichtlich hatte er sein Handy ausgeschaltet oder ins Klo gespült oder was auch immer. Was für ein Idiot!

Dann würde er das vor der OP besprechen müssen. Immerhin der Termin heute Abend stand. Das erste Herz war so gut wie auf dem Weg nach Dubai.

Es war kurz vor sieben Uhr abends, als sich Lino genervt ins Auto setzte und zu Nevio fuhr.

Er hatte eine Fernbedienung fürs Tor und öffnete es.

Das Haus war dunkel, aber er sah, dass Nevios Auto vor der Tür stand.

Was für ein Arsch! Wenn er jetzt so unzuverlässig wurde und auf dringende Nachrichten nicht mehr antwortete, konnte er in Zukunft nicht mehr mit ihm zusammenarbeiten. In diesem Geschäft musste man spontan, schnell und flexibel sein und auf etwaige Anfragen sofort reagieren können. Sonst hatte man verloren. Seit seiner Panikmache im ambulatorio hatte Lino eh von Nevio die Faxen dicke.

Ich hoffe, du hast eine gute Erklärung …, dachte er noch, als er das Haus betrat und sich unmittelbar hinter der Tür eine kalte Handschelle aus Edelstahl um sein Handgelenk schloss und unangenehm klickte.

»Sie sind verhaftet«, sagte eine Stimme. »Ich bin maresciallo Donato Neri, und das ist mein Kollege Cesare Scala. Wir fahren jetzt zusammen zum Präsidium, dort werden wir Sie über Ihre Rechte aufklären, und dann können Sie auch gern Ihren Anwalt anrufen, wenn Sie wollen.«

Lino wurde schwindlig. »Wo ist Nevio?«, fragte er.

»Er ist tot. Und jetzt kommen Sie.«

125

Nach einer Woche waren beide Frauen so weit wiederhergestellt. Sie hatten zwar stark abgenommen, aber ansonsten waren sie okay und konnten aus dem Krankenhaus entlassen werden.

Luigi holte Kaya ab. Er wusste nicht so recht, wie er nach all dem, was sie erlebt und erlitten hatte, mit ihr umgehen sollte, und behandelte sie wie eine zerbrechliche Porzellanpuppe. Wollte nichts falsch und nichts kaputt machen.

»Ich bin so froh, Kaya, so froh, das kann ich dir gar nicht beschreiben. Ich hatte wirklich gedacht, dass ich dich nicht wiedersehe.«

Kaya nickte nur.

»Wohin fahren wir? Zu mir oder zu dir?«, fragte Luigi.

»Zu mir. Ich will wissen, wie es in meiner Wohnung aussieht. Der Typ war da, hat mich vergewaltigt und verschleppt, ich will wissen, ob ich es dort jetzt überhaupt noch aushalte oder ob ich ... Ach ich weiß nicht, Luigi, ich weiß nicht, ob das überhaupt noch meine Wohnung ist.«

»Va bene. Fahren wir zu dir.«

»Ich hab Angst davor, meine Wohnung zu sehen.«

»Versteh ich. Aber ich bin bei dir.«

Nachdem die Spurensicherung die Wohnung untersucht hatte, hatte Luigi den Katzenkadaver entsorgt, die ganze Wohnung gesäubert, das Bett frisch bezogen und die Küche aufgeräumt. Nichts erinnerte mehr an diese schreckliche Nacht.

Kaya strich ihm dankbar übers Haar, Luigi fuhr. Sie schwiegen.

»Ich kann noch nicht reden, Luigi, kann dir den ganzen Horror noch nicht erzählen, scusa, das wird noch dauern.«

»Versteh ich doch. Mach dir keine Sorgen.«

Schließlich hielten sie vor Kayas Haus und stiegen aus.

Kaya hatte ganz weiche Knie, sie fürchtete sich davor, ihre Wohnung zu betreten, in der so Schreckliches geschehen war.

Im Flur ging es noch, in der Küche auch, aber im Schlafzimmer fing sie an zu schreien, klammerte sich an Luigi und brüllte wie von Sinnen: »Bring mich hier raus! Bitte, bring mich hier raus! Ich halte das nicht aus!«

Luigi nahm sie in den Arm und führte sie aus der Wohnung, schloss ab und brachte sie zum Auto.

Als sie beide saßen, sah er sie fragend an.

»Ich kann das nicht«, sagte sie leise. »Ich kann keinen einzigen Tag und keine einzige Nacht mehr in dieser Wohnung sein. Ich werde den Maskenmann nicht mehr los. Den Typ, der meiner Mutter und mir das alles angetan hat. Ich kann es nicht. Bitte, nimm mich mit zu dir. Und dann muss ich mir eine neue Wohnung suchen.«

Luigi nickte und fuhr los. »Das verstehe ich. Das hält kein Mensch aus.«

»Bitte hilf mir, die Wohnung auszuräumen, das heißt, bitte, räume sie für mich aus. Ich kann da nie wieder rein.«

»Das mache ich.«

»Ich werde mir mithilfe meiner Mutter eine neue Wohnung suchen, das klappt sicher schnell. Und dann wollen meine Mutter und ich eine Woche ans Meer fahren, um alles zu vergessen. Meinst du, du kannst für mich in dieser Woche den Umzug organisieren?«

»Na klar«, sagte Luigi und nahm ihre Hand. »Gar kein Problem. Das kriegen wir hin.«

Kaya sprangen die Tränen in die Augen. Sie drehte sich zu ihm und küsste ihn auf den Mund.

Am Abend beim Wein fragte Luigi: »Könntest du dir nicht vorstellen, hier bei mir zu wohnen?«

»Nein«, sagte Kaya. »Es tut mir so leid, Luigi, aber ich muss erst wieder mit mir zurechtkommen. Und ich kann mir im Moment auch nicht vorstellen, jemals wieder mit irgendjemandem auf dieser Welt zu schlafen, auch nicht mit dir. Ich bin so fertig damit. Ich möchte das nie wieder erleben. Nie wieder. Ich möchte nur noch zwanzig Schlösser an der Tür haben und allein sein.«

Und dann schlug sie die Hände vors Gesicht und weinte hemmungslos.

Luigi nahm sie in den Arm und wiegte sie leicht hin und her. Er verstand, dass er für Kaya viel Zeit brauchte. Er würde immer an ihrer Seite sein, und irgendwann würde sie sich vielleicht wieder öffnen.

Er hatte Geduld. Weil er sie liebte.

126

Als sie Andrea das erste Mal nach diesem Horrortrip in die Arme fiel, erkannte er sie kaum wieder: Sie war blass, schmal, hatte tiefe Augenringe und offensichtlich viel von ihrer Kraft und Vitalität verloren.

»Komm rein«, sagte er. »Ich hätte nicht gedacht, dass ich diese beiden wunderschönen Worte jemals wieder dir gegenüber aussprechen würde ... Denn ich habe wirklich nicht damit gerechnet, dich jemals wiederzusehen. Bitte, komm rein!«

Gott, was drückte er sich kompliziert aus, und sie liebte ihn dafür.

Er führte sie in den Salon, sie setzten sich auf die Couch, und dann fragte er: »Erzählst du mir davon?«

»Ja, das werde ich tun. Alles, auch die kleinste Kleinigkeit. Die Zeit der Heimlichkeiten ist vorbei. Und du musst wissen, Andrea, dass ich die Agentur aufgebe. Es wird nie wieder eine Bestellung geben.«

Andrea nahm sie in den Arm.

Und sie ließ sich sinken, entspannte sich völlig, wurde weich an seiner Schulter.

Und dann redete sie die ganze Nacht.

Andrea betrank sich, sonst hätte er es nicht ertragen.

Als sie ins Bett gingen, sahen sie den Sonnenaufgang über den Dächern von Siena.

»Ich liebe dich«, sagte Elena.

Andrea antwortete nicht, sondern drückte sie nur an sich. War trotz allem so glücklich wie noch niemals zuvor.

127

Vier Wochen später

Elena war im Büro. Es hatte sich durch ihre lange Abwesenheit jede Menge Arbeit angehäuft.

Carina hatte ihr einen kurzen Brief geschrieben und um ein Gespräch gebeten. Zur Hölle mit dir, dachte Elena, mach, was du willst, du hast meinen Vater erfolgreich abgezockt, werde mit dem Anwesen und den Ländereien selig. Ich werde mit dir nicht reden und nicht streiten. Es interessiert mich nicht mehr, ich bin glücklich, am Leben zu sein, das ist alles, was zählt.

Die Zicke Carina und somit auch die gesamte Erbschaftsangelegenheit waren für sie abgehakt. Basta.

Dario kam herein. »Da möchte Sie eine Signora Rosanna Lucana sprechen.«

»Oh! Ja, bitte, holen Sie sie herein.«

Rosanna betrat den Raum, ohne irgendetwas zu sagen.

»Wie geht es dir?«, fragte Elena.

»Einigermaßen. Aber nicht gut.«

»Warum?«

»Remo fehlt mir. Und das Leben, das ich in Chiesina hatte. Ich hatte ja keine Ahnung, was los war.«

»Aber du wusstest, dass wir in diesem Zimmer gefangen waren!«

»Nein! Erst ganz am Schluss. Einen Abend bevor der dottore gefressen wurde und ich die Carabinieri geholt habe, hab ich euch gehört und gewusst, dass da jemand ist. Vorher hatte ich keine Ahnung. Er hat mich ja nie in den Trakt gelassen. Ich dachte, in dem Zimmer steht nur Gerümpel rum.«

»Aber als du es wusstest, hast du nicht sofort die Polizei alarmiert. Sondern erst, als er tot war. In der Zeit hätte er auch meine Tochter und mich umbringen können!«

Rosanna nickte. »Ich wusste nicht, was ich machen sollte!«

»Warum hast du die Carabinieri nicht gerufen?«

Rosanna zuckte mit den Achseln. Sie war diesem knallharten Verhör nicht gewachsen. »Ich hatte Angst vor dem dottore. Angst, meinen Job zu verlieren, meine Wohnung, meine Existenz! Verstehen Sie das nicht?«

»Nein, ich verstehe es nicht! Du wusstest genau, dass gerade dort oben in diesem Zimmer ein abscheuliches Verbrechen geschieht, und du hast nichts dagegen unternommen, nur um deinen verdammten Job zu retten! Das kann doch wohl nicht wahr sein!«

»Aber ich habe Sie gerettet! Ich habe den Carabinieri gesagt, dass Sie da sind!«

»Ja. Zusammen mit den Carabinieri warst du mutig, aber vorher warst du eine feige Sau!«

»Bitte«, sagte Rosanna unter Tränen, »bitte, entschuldigen Sie, aber ich brauche eine Wohnung. In Chiesina kann ich nicht mehr bleiben, und ich hab nichts mehr. Kein Zuhause, keine Heimat, nichts. Dottor Angioli und Remo waren alles, was ich hatte. Haben Sie eine Wohnung für mich? Ich steh auf der Straße!«

»Nein«, sagte Elena. »Hab ich nicht. Tut mir leid, aber ich kann dir nicht helfen.«

»Bitte!«

»Nein!«

Ohne ein weiteres Wort stand Rosanna auf. Elena war ihre letzte Hoffnung gewesen. Jetzt wusste sie wirklich nicht mehr weiter.

Sie ging hinaus und wusste nicht, wohin.

128

Zwei Monate später

Neri und Gabriella saßen gemeinsam auf der Terrasse ihres neuen Häuschens und sahen hinaus aufs Meer.

»Heute gibt es keinen Sonnenuntergang, Donato, heute ist es bedeckt.«

»Das macht nichts.«

»Aber es ist trotzdem traumhaft hier.«

»Einfach wunderschön. Ich kann mir keinen besseren Platz auf der Welt vorstellen.«

Gabriella lächelte und strich Neri über den Arm. »Das freut mich. Und wenn diese Bruchbude erst mal hergerichtet ist – nicht auszudenken!«

»Übrigens hat mir Cesare heute eine Mail geschickt. Er fängt am nächsten Ersten bei der Polizia Municipale an. Da kann er dann den Verkehr regeln, Strafzettel verteilen und Blitzer aufbauen. Wie schön. Da muss er keine Schwerverbrecher mehr festnehmen.«

»Dabei habt ihr beide die Verhaftung von Lino astrein hingekriegt.«

»Ja. Hat alles geklappt, aber der Stress war für Cesare zu groß. Lass mal, ich glaube, das ist gut für ihn. Bei der Polizia Municipale wird er sicher glücklicher werden.«

»Und du? Wird es dir hier gefallen? Auf dieser Terrasse?«

»Noch bin ich nicht pensioniert, cara, noch müssen wir warten, aber dann, denke ich, werde ich hier glücklich werden. Gibt es etwas Schöneres als den Blick aufs Meer? Und keine Termine zu haben? Nichts erledigen zu müssen? Ein Traum! Ich werde es genießen!«

Sie saßen da und sagten gar nichts mehr. Genossen nur den traumhaften Blick.

Dante lag auf dem Terrassenboden, die Schnauze zwischen zwei Eisenstäbe der Umrandung gesteckt, und fixierte die Straße. Wenn ein Hund vorbeikam, war er hellwach und bellte. Mal wütend, weil er den anderen aus der Entfernung nicht riechen und nicht leiden konnte, mal freudig erregt, weil er den anderen hochinteressant fand und am liebsten zu sich nach Hause eingeladen hätte.

»Dante findet die Terrasse großartig«, meinte Gabriella. »Hier zu liegen und die vielen Gerüche aufzunehmen ist für ihn wie fernsehen!«

Neri grinste und sagte dann: »Ich geh mal kurz ins Dorf, Gabriella. Kauf mir 'ne Tageszeitung. Kann doch nicht sein, dass hier in diesem kleinen Nest am Meer mit den vielen Touristen nichts, aber auch gar nichts passiert?«

Neri ging, und Gabriella verdrehte die Augen.

Dieser Mann war einfach nicht zu retten.

Lust auf mehr von Sabine Thiesler?

Dann lesen Sie weiter:

LESEPROBE

Genialer Schauspieler trifft auf geheimnisvolle Frau:
Eine tödliche Affäre beginnt

ISBN 978-3-453-27438-9
Oder als E-Book: 978-3-641-30849-0
Überall, wo es Bücher gibt

HEYNE ‹

Der begnadete Schauspieler Jan Jespik verliebt sich Hals über Kopf in eine erotische, leidenschaftliche Frau. Mona ist gerade erst aus dem Knast gekommen und erzählt ihm ihre unerträgliche Geschichte. Von ihrem italienischen Ex-Mann hat sie schon Jahre nichts mehr gehört, offenbar ist er mit ihren Kindern in Italien untergetaucht. Während Jan jeden Abend auf der Bühne steht und große Erfolge feiert, startet Mona die Suche nach ihrer Familie in Florenz. Jan, der von Monas Schicksal schwer erschüttert ist, folgt ihr schließlich in die Toskana, um seine Geliebte zu rächen. Er weiß, dass dies seine schwerste Rolle sein wird und in der Katastrophe enden könnte.

1

BERLIN, FEBRUAR

Die Freiheit war grau und kalt. Bedeckter Himmel, minus drei Grad, ein scharfer Wind aus Nordost.

Sie hatte kein Ziel, kein Zuhause, niemanden, der auf sie wartete. Trug nichts als eine Jeans, einen Pullover, eine dünne Blousonjacke und Turnschuhe. Völlig richtig für Ende Mai, aber nicht für Mitte Februar.

In ihrer Sporttasche waren einige T-Shirts, Unterhosen, Socken, eine Zahnbürste mit schiefen Borsten, ein völlig zerliebtes Kuscheltier, das einmal eine Katze gewesen war und jetzt aussah wie ein durchgekauter Bär, ein kleines Büchlein mit längst veralteten Adressen und Telefonnummern und ihre Brieftasche.

Sie besaß noch einen Schlüsselbund zu ihrer Wohnung, die es nicht mehr gab. So wie es ihre Familie nicht mehr gab. Und ihre Schwiegereltern und die Pizzeria auch nicht.

Als Erstes musste sie sich ein Handy besorgen.

Und dann ernsthaft darüber nachdenken, wo sie den restlichen Tag, die kommende Nacht und überhaupt ihr Leben verbringen wollte.

Gar nicht so einfach, wenn man alles verloren hatte.

Sie kickte einen Stein von der Straße, warf den Kopf in den Nacken und schrie laut »Scheiße« in den Himmel.

Aber niemand hörte sie, und es hätte wahrscheinlich auch keinen interessiert.

Sie war jetzt seit fünf Minuten frei und schon halb erfroren.

Was hielt sie noch in dieser Stadt?

Würde sie hier ihren Mann wiederfinden? Sicher nicht.

Es gab nur eine einzige Chance.

Italien.

Also: Hauptbahnhof.

2

GERNERSBURG

Er hatte Schüttelfrost. Schweißausbrüche. Fieberschübe. Seit morgens um fünf. Als die Katze ihm irritiert um die Beine strich, weil er schon das vierte Mal zur Toilette ging, gab er ihr einen Tritt. Einen wirklich heftigen, weil er so wütend war.

Sie knallte gleich neben dem Fenster gegen die Schreibtischkante und ging zu Boden. Rührte sich nicht mehr. Er war nicht sonderlich besorgt, ging davon aus, dass Katzen ohnehin alles abkonnten. Die waren so schnell nicht totzukriegen.

Erst als er wieder von der Toilette zurückkam, sah er sie immer noch am Boden liegen. Er ging erneut ins Bad, holte ein Glas Wasser und schüttete es ihr über den Kopf.

Ganz langsam kam sie wieder zu sich. Na also. Sie outrierte. So etwas konnte er nicht ausstehen. Er hatte mal eine Opernsängerin gebumst, die outrierte immer. Jeder kleinste Kopfschmerz wurde zur Migräne, und wenn sie leicht umknickte, wurde sofort ein Beinbruch draus. Die Frau war eine Katastrophe. Während er es einmal mit ihr trieb, aß sie einen Apfel und fragte nach einer Weile: »Macht's Spaß?« Er wurde irre, sprang aus dem Bett, raffte seine Sachen zusammen und wollte fliehen, aber sie war schneller, schloss die Tür ab und warf den Schlüssel aus dem Fenster. Auf dem Balkon rief er laut um Hilfe.

Letztendlich war er sie nur losgeworden, weil er das Theater wechselte.

Aber seine Katze bekam auch allmählich Staralüren.

Vor einiger Zeit, er konnte sich gar nicht mehr genau erinnern, wann, da war er in Mainz engagiert gewesen. Staatstheater. Du lieber Himmel! Selbst die Garderoben hatte er nicht mehr vor Augen, so selten war er dort gewesen. Er gehörte zur dritten oder vierten oder fünften Garde, durfte ab und zu einen Eimer Wasser über die Bühne tragen oder einspringen, wenn sich ein anderer Wimmelwurz den Hals gebrochen hatte. In der Kantine ließ er anschreiben, trank sich um den Verstand und lag ansonsten in seiner miesen Wohnung auf der Couch und knipste sich durch die Programme.

Er wohnte in einem fürchterlichen Mietshaus im vierten Stock. Fantasielosigkeit pur. Kaltes Treppenhaus, kalte Flure, kalte, quadratische Räume, da konnte selbst eine Innenarchitektin mit einem Faible für schweren Kitsch keine Atmosphäre hineinzaubern. Und bei ihm kam noch erschwerend hinzu, dass er direkt unter dem Dach wohnte. Schräge Wände in allen Zimmern, nur Dachfenster mit Blick in den Himmel, aber nicht auf die Straße.

Und eines Tages saß vor seinem Dachfenster eine Katze und schrie. So lange, bis er das Fenster öffnete, weil er die Situation so eigentümlich fand.

Sie sprang sofort ins Zimmer und aufs Bett und lebte seitdem bei ihm. Zog mit ihm von Appartement zu Appartement. Er hatte ihr keinen Namen gegeben, um sich nicht zu sehr an sie zu gewöhnen, aber das machte keinen Unterschied. Irgendwie war sie immer da, und mittlerweile mochte er sie. Mochte sie sogar sehr. Sie freute sich, wenn er kam. Schnurrte, wenn er sie fütterte, und schmiegte sich nachts an ihn.

Er legte sich wieder ins Bett, konnte aber nicht mehr schlafen. Natürlich nicht.

Ihm wurde heiß. Der Schweiß brach ihm erneut aus, sein Puls klopfte wild in den Schläfen. Er deckte sich ab, starrte ins Dunkel. Textfetzen fielen ihm ein, aber er wusste nicht weiter.

Es war ein Desaster.

Er begann zu zittern und zog sich die Decke wieder bis über die Ohren.

Er war krank, sterbenskrank. Vielleicht sollte er die Feuerwehr rufen, bevor es zu spät war. Auf gar keinen Fall konnte er die Premiere spielen. Das war vollkommen unmöglich. Aussichtslos.

Wie konnte er nur dermaßen am Ende sein? Wochenlange Arbeit für nichts. Die Kollegen würden ihn hassen, wenn er jetzt, im letzten Moment, alles platzen ließ. Wahrscheinlich würde ihn auch der Intendant vor die Tür setzen, weil er nicht begriff, wie schlecht es ihm ging.

Der Intendant hatte sowieso noch nie irgendetwas begriffen.

Er fühlte sich schwach. Ihm war übel, einfach nur zum Kotzen, aber er konnte sich nicht übergeben, hatte es schon versucht. Es war so elend, vor der Kloschüssel zu liegen und sterben zu wollen. *Sterben – schlafen – nichts weiter! Und zu wissen, dass ein Schlaf das Herzweh und die tausend Stöße endet …*

Er wusste nicht weiter. Verdammt, er wusste wahrhaftig nicht weiter. Er würde versagen, all das würde in einer Katastrophe enden.

Noch dreizehn Stunden. Dann ging der Vorhang hoch.

Er stand auf und schleppte sich in die Küche. Ließ Wasser in den Kocher laufen, schaltete ihn an, zog einen Teebeutel aus dem kleinen Karton. Fenchel und Salbei. Zur Entspannung.

Dann wartete er. Seine Hände kribbelten. Bis hinauf zum Ellenbogen. Vielleicht die Vorboten eines Schlaganfalls. Wenn er jetzt zusammenbrach, würden sie ihn erst finden, wenn er nicht ins Theater kam. Wenn er um achtzehn Uhr dreißig nicht in der Maske war. Wenn die Maskenbildnerin hysterisch wurde und Wolf, der Inspizient, nicht wusste, was er tun sollte.

Wolf wusste nie, was er tun sollte. In seiner Not machte er pausenlos Durchsagen. Verkündete Wichtiges und Unwichtiges und bestellte alle Personen, die ihm einfielen, zum Inspizientenpult, damit sie gemeinsam beratschlagen konnten.

Wolf war ein Idiot.

Es waren alles Idioten. Er war dazu verdammt, in einem Haufen von Idioten zu arbeiten.

Das Wasser kochte, das Kribbeln wurde stärker. Er konnte das sprudelnde Wasser kaum eingießen, so sehr zitterten seine Hände, und er verschüttete die Hälfte.

Dann stellte er die Eieruhr auf zehn Minuten – so lange musste der Tee ziehen – und setzte sich in den Sessel vor dem Fernseher.

Zwölf Stunden, fünfzig Minuten, dann ging der Lappen hoch. Gnadenlos.

Das schaffte er nicht. Keine Chance.

Er schlief ein.

Um zehn vor neun wachte er auf, weil seine Füße eiskalt waren. Kälter als der Tee, der immer noch in der Küche stand.

Noch elf Stunden, zehn Minuten.

Oh Gott!

Er griff zum Telefon und rief Ingo, den Regieassistenten, an. Noch der Vernünftigste der ganzen Truppe. Er organisierte, tat, was er konnte, und behielt die Nerven. Er war ganz sicher schon wach. Wahrscheinlich checkte er im Theater gerade die Requisiten. Wenn es Leute wie Ingo nicht gäbe, würde der ganze verfluchte, marode Haufen zusammenbrechen und das offenbaren, was er war: nichts. Ein Haufen Scheiße. Wie eine Wolke Seifenblasen, die schon beim geringsten Lufthauch zerplatzten. Und dort verschwendete er sein Talent.

Gab es etwas Größeres als den Hamlet?

Nein.

»Ingo«, sagte er mit leidender Stimme, »ich hoffe, ich störe dich nicht. Entschuldige, dass ich so früh schon anrufe.«

»Aber gar kein Problem, Jan. Was ist los? Kann ich irgendetwas für dich tun?«

»Ja. Sag die Premiere ab. Hamlet liegt im Sterben. Es geht nicht. Ich werde nicht spielen. Es geht mir hundsmiserabel, das hohe Fieber schüttelt mich, meine Gedanken werden irre, ich weiß nicht mehr ein noch aus, weiß nicht mehr, wer ich bin oder sein soll, *sterben, schlafen, träumen werden eins, ich stöhnt' und schwitzte unter Lebensmüh! Denn wer ertrüg der Zeiten Spott und Geißel ...* Ingo, ich bin krank, sterbenskrank, ich schaffe es nicht, wer mich zwingt aufzutreten, dem komme ich mit meinem Selbstmord zuvor. Ich bitte dich, rede mit dem Intendanten, sag die Premiere ab, ich habe versagt. Drum lebet wohl!«

Er legte auf und schlug die Hände vors Gesicht. Noch nie zuvor hatte er sich so elend gefühlt. Wochenlang hatte er diesem Tag entgegengefiebert! Der Hamlet! Die Rolle seines Lebens! Es war ihm endlich vergönnt, sie zu spielen.

Und dann dies.

Vielleicht sollte er Schluss machen mit seinem Leben, mit dieser endlosen Quälerei. Schon zigmal war er auf der Bühne gestorben und hatte es gefühlt, das Ende. Diese Gier nach Leben, dieses Entsetzen vor dem endgültigen Aus, diese Enttäuschung über alles, was einem versagt, was ungelebt geblieben war.

Was für ein großer Moment!

Ein Genuss auf der Bühne. Horror in der Realität.

Und jetzt war er so weit. Er atmete tief durch und schloss die Augen.

Hamlet stirbt.

3

BERLIN, HAUPTBAHNHOF

ICE 2547, Berlin–München, Abfahrt 7:43, voraussichtlich 55 Minuten später.

Gefühlte minus zehn Grad, der eisige Nordwind machte sie fuchsteufelswild. Mona war eine attraktive Frau Anfang vierzig. Sie hatte ausgeprägte Wangenknochen, dunkle, fast schwarze Augen, braunes, im Sonnenlicht rötlich schimmerndes, ungebändigtes halblanges Haar und schmale, energische Lippen, die faszinierende, halbmondförmige Grübchen um ihren Mund zauberten, wenn sie lächelte.

Sie war schlank und durchtrainiert, an ihrem Körper gab es kein Gramm Fett zu viel. Man konnte sich vorstellen, dass diese Frau zupacken, sich selbst verteidigen und sogar noch auf einen fahrenden Zug aufspringen konnte.

Zum Glück saß außer ihr niemand im Abteil, das hätte ihr gerade noch gefehlt. Vielleicht irgendein alter Sack, der ständig vor sich hin rotzte und nieste und hustete und sein Taschentuch nach jedem Auswurf genau und lange inspizierte. Oder eine Frau mit drei lärmenden, nervigen Kindern … oder eine fette Schlampe, die nach Schweiß stank, einen Döner fraß und ohne Ende lautstark telefonierte.

Da hatte sie jetzt absolut keinen Bock drauf und würde sauer werden. Verdammt sauer.

Als sie am Hauptbahnhof angekommen war, war sie ins erstbeste Schickimicki-Geschäft gegangen – es gab dort anscheinend nur Schickimicki-Geschäfte –, hatte sich einen Wollpullover und eine dicke Steppjacke gekauft und beides sofort angezogen. Und in einem Telefonshop erstand sie ein Handy und ließ es sofort freischalten. In den letzten zehn Jahren hatte sie sich etwas Geld erspart. So um die fünfzehntausend. Das würde sie ein bisschen über die Runden bringen.

Dennoch hatte es ihr gereicht, fast vierzig Minuten in dieser Saukälte auf dem Bahnsteig stehen und auf den Zug warten zu müssen. Trotz der neuen Sachen war sie total durchgefroren. In diesem hochmodernen Drecksbahnhof gab es ja noch nicht mal ein kleines Wärmezimmerchen, in das man sich verkriechen konnte, um nicht zu erfrieren, wenn diese Scheißzüge Stunden Verspätung hatten.

Aber dann war ja zum Glück ein ICE gekommen.

Und alle waren eingestiegen. Wie die Lemminge. Ganz egal. Nur rein ins Warme. Selbst wenn er jetzt einfach losrollen und nach Novosibirsk fahren sollte. Der Deutschen Bahn war alles zuzutrauen.

Mona hatte gerade die Augen geschlossen und war kurz davor einzuschlafen, als eine kleine, sehr zierlich wirkende ältere Frau die Abteiltür aufschob. Sie hatte ihre Strickmütze tief ins Gesicht gezogen, trug einen dunklen, weiten Mantel und hohe Stiefel.

Oh nee, dachte Mona und schätzte sie auf Mitte, Ende sechzig. Kann sich die Tusse nicht woanders hinsetzen? Wie nervig war das denn jetzt?

»Guten Tag«, sagte die Frau, zog ihre Mütze vom Kopf, hängte ihren Mantel auf und setzte sich.

Sie hatte kurzes, sehr dünnes weißes Haar, durch das man die Kopfhaut schimmern sah. Mit den Händen fuhr sie schnell hindurch und verwuschelte es. Eine Geste, die sie sich wahrscheinlich angewöhnt hatte, seit ihr die Haare ausgefallen waren.

»Hallo«, meinte Mona.

Die Frau lächelte kurz, aber reagierte nicht weiter, kramte in ihrer Tasche, zog ein Taschenbuch heraus und begann zu lesen.

Mona konnte den Titel des Buches nicht erkennen, aber er interessierte sie auch nicht wirklich. Das Blöde war, sie selbst hatte nichts: kein Buch, keine Zeitschrift, keine Zeitung, gar nichts. Und dieser düstere, kalte Bahnhof, so seelenlos wie nur irgendwas, war nun wahrhaftig kein Augenschmaus.

Sie schloss wieder die Augen. Egal. Auch wenn sie noch zwei Tage und Nächte in diesem Zug sitzen müsste. Sie hatte wirklich Schlimmeres erlebt.

4

Dorothea Jespik war eine gescheite, bescheidene Frau, die ihr Licht gern unter den Scheffel stellte. Sie hatte ihr Leben lang als Gymnasiallehrerin für Latein und Geschichte gearbeitet, hatte es vermieden, mit den Kollegen hin und wieder einen über den Durst zu trinken, und sich stattdessen, als ihr Sohn bereits ausgezogen war und sie wieder allein lebte, lieber unter einer dicken Decke mit einem Buch verkrochen, das Handy ausgeschaltet und das Telefonklingeln ignoriert.

Einladungen lehnte sie ab, wenn sie sich danach anhörten, dass man sich aufbrezeln musste, sie hasste es, sich zu schminken, und besaß nur drei etwas elegantere Outfits, wenn sie mal ins Konzert oder ins Theater ging.

Dorothea war im wahrsten Sinne des Wortes eine graue Maus, sie liebte dieses Image und genoss es, von Freund und Feind, von Kollegen, Eltern oder Schülern unterschätzt zu werden. Dies war immer von Vorteil gewesen, aber jetzt – seit sie pensioniert war – kam es nicht mehr darauf an. Sie musste sich nicht mehr profilieren, war nur noch eine graue Maus unter den unzähligen anderen grauen Rentnermäusen.

Ihre Kolleginnen waren früher jedes Jahr in Abendkleidern und High Heels mit ihren Männern zum ADAC-Ball gegangen, sie hatte sich unterdessen eine Wärmflasche gemacht und auf die Couch gelegt.

Jetzt lagen die Rentner alle mit einer Wärmflasche auf der

Couch, erwarteten nichts mehr vom Leben und fürchteten sich vor dem Tod.

Vielleicht sollte sie auf ihre alten Tage doch noch ihr Leben ändern und irgendetwas Neues in Angriff nehmen.

Und darum war sie heute auf dem Weg nach Gernersburg, hatte Schminkzeug, ein elegantes Outfit und hohe, aber dennoch bequeme Stiefeletten dabei – und jetzt dachte dieser verfluchte Zug gar nicht daran loszufahren.

Dorothea knallte ihr Buch zu, pfefferte es auf den Sitz neben sich, sah aus dem Fenster und murmelte vor sich hin: »Jetzt steht da: Abfahrt in voraussichtlich sechzig Minuten. Wer weiß, ob der Zug überhaupt noch fährt.«

Mona war sofort hellwach. »Verflucht! Diese Schweine! Aber was können wir machen?«

Dorothea lächelte. »Wo wollen Sie hin?«

»Nach Italien. Und Sie?«

»Nach Gernersburg, das ist kurz vor München.«

Mona nickte und sah aus, als ob ihr das jetzt nicht viel sagte.

»Haben Sie es eilig?«, fragte Dorothea. »Ich meine, müssen Sie dringend irgendwann irgendwo sein?«

»Nee. Und Sie?«

»Na ja, ich muss spätestens um sechs Uhr abends in Gernersburg sein.«

»Kein Drama. Is' ja noch Zeit.«

Dorothea lächelte in sich hinein. Was für ein schönes Wortspiel. Doch ein Drama. Genau. Darum ging es.

Mona deutete auf Dorotheas Tasche, in der eine Zeitung steckte. »Sorry, kann ich mir die mal kurz ausborgen? Ich dreh hier durch vor Langeweile.«

»Aber sicher.«

Dorothea gab ihr die Zeitung. »Hier. Ich bin übrigens Dorothea.«

»Und ich bin Mona.« Sie grinste. »Danke.«

Mona begann zu lesen, auch Dorothea vertiefte sich wieder in ihr Buch, und eine Weile sagte keine der beiden ein Wort.

Was in der Zeitung stand, interessierte Mona nicht die Bohne. Seit zehn Jahren hatte sie keine mehr in der Hand gehabt. Aber dass sie so öde sein würde, hätte sie nicht gedacht. Langweilig, spießig, oh mein Gott, da hatte sie offensichtlich nichts verpasst.

Sie hatte immer nur ferngesehen. Das war okay gewesen. Aber hier diese Zeitung: die Hölle.

Sie faltete sie zusammen und reichte sie zurück. »Danke. Sehr freundlich.«

Dorothea nickte und legte sie neben sich.

»Ich geh jetzt mal raus, eine rauchen, und dann hol ich mir ein Brötchen. Soll ich dir was mitbringen?«

Dorothea riss die Augen auf und setzte sich aufrecht hin. »Oh ja. Das ist eine gute Idee. Für mich bitte auch ein Brötchen.«

»Wurst oder Käse?«

»Käse.«

»Okay.«

Dorothea kramte nach ihrer Geldbörse.

»Lass mal. Das machen wir später.«

Mona verließ das Abteil. Ihre Tasche mit den wenigen Habseligkeiten ließ sie zurück.

Als sie eine Viertelstunde später wiederkam, war Dorothea eingeschlafen und schreckte hoch, als Mona mit Schwung die Abteiltür aufschob und wieder zukrachen ließ.

»Sorry«, sagte sie, »aber ich wusste nicht, dass du schläfst.«

»Schon gut.« Dorothea sah so zerknautscht aus, als hätte sie zwanzig Stunden in einem engen Zelt einer Arktisexpedition verbracht.

Mona gab ihr das Brötchen und eine Flasche Wasser. »Is' nicht die Welt, toll sahen die alle nicht aus, aber immerhin.«

»Danke.« Dorothea lächelte. »Sehr, sehr nett. Was hast du bezahlt?«

»Is' jetzt wurscht. Guten Appetit.«

Beide bissen in ihre Brötchen und sahen sich an.

Und grinsten.

Mona nahm einen tiefen Schluck aus ihrer Wasserflasche.

»Hast du irgendwas erfahren, wie es hier weitergeht?«, fragte Dorothea.

»Nee. An der Anzeige steht jetzt: Die Abfahrt verzögert sich auf unbestimmte Zeit.«

»Hast du mal gefragt, was das soll?«

»Nee. Die Gefahr war zu groß, dass ich dem Typen, der mir 'ne blöde Antwort gibt, eine reinhaue. Aber so viel hab ich gesehen: Es fährt auch kein anderer Zug nach München.«

Dorothea gefror das Lächeln im Gesicht. »Verflucht! Und was machen wir jetzt?«

Mona zuckte mit den Achseln. »Keine Ahnung.«

Dorothea seufzte. »Wir haben nur drei Möglichkeiten in diesem Bundesbahndesaster. Möglichkeit eins: Wir gehen beide nach Hause und vergessen unsere Reise und alles, was wir vorgehabt haben.«

»Ich hab kein Zuhause«, murmelte Mona.

»Möglichkeit zwei: Wir warten. Irgendwann muss sich der Zug ja in Bewegung setzen. Allerdings könnte es dann für mich zu spät werden. Und Möglichkeit drei: Wir beiden Grazien versuchen jetzt noch, einen Mietwagen zu bekommen, denn diese Idee hatten sicher auch schon andere. Und dann fahren wir gemeinsam Richtung Süden … Was meinst du?«

Ende der Leseprobe